U0113474

本研究成果获教育部重大研究课题"非洲高等教育国别研究工程"项目和国家留学基金委高级访问学者项目的资助

非洲高等教育研究丛书

徐辉 顾建新 主编

非洲研究文库·非洲高等教育国别研究系列

坦桑尼亚

许序雅 著

高等教育研究

HIGHER EDUCATION IN TANZANIA

中国社会科学出版社

图书在版编目（CIP）数据

坦桑尼亚高等教育研究/许序雅著. —北京：中国社会
科学出版社，2009.9
（非洲高等教育研究丛书）
ISBN 978 －7－5004－8023－5

Ⅰ. 坦⋯ Ⅱ. 许⋯ Ⅲ. 高等教育－研究－坦桑尼亚
Ⅳ. G649.425

中国版本图书馆 CIP 数据核字（2009）第 124943 号

责任编辑　金　泓
责任校对　石春梅
封面设计　李尘工作室
技术编辑　戴　宽

出版发行　中国社会科学出版社
社　　址　北京鼓楼西大街甲 158 号　　邮　编　100720
电　　话　010—84029450（邮购）
网　　址　http://www.csspw.cn
经　　销　新华书店
印　　刷　新魏印刷厂　　　　　　　装　订　广增装订厂
版　　次　2009 年 9 月第 1 版　　　印　次　2009 年 9 月第 1 次印刷
开　　本　880×1230　1/32
印　　张　11.25
字　　数　292 千字
定　　价　32.00 元

《非洲研究文库》编纂委员会

深入了解非洲,增进中非友好

——《非洲研究文库》总序

　　非洲是人类文明发祥地之一,地域广阔,物产丰富,历史文化悠久,人口约 10 亿,共有 53 个独立国家和 1500 多个民族,是发展中国家最集中的大陆,是维护世界和平、促进全球发展的一支重要力量。近年来,非洲局势发展总体平稳,经济保持较快增长,一体化建设取得重要进展,国际社会对非洲关注和投入不断增加,非洲在国际格局中地位有所上升。

　　中国是非洲国家的好朋友、好伙伴,中非传统友谊源远流长。早在 2000 多年前的汉朝,中非双方就互有了解,并开始间接贸易往来。1405—1433 年,明朝航海家郑和率船队 7 次下西洋,其中 4 次到达东非沿海,至今肯尼亚等国还流传着郑和下西洋的故事。1949 年新中国成立开辟了中非关系新纪元。1956 年 5 月,中国同埃及建交,开启了新中国同非洲国家的外交关系。中国曾大力支持非洲人民反帝反殖、争取民族独立的正义斗争;在非洲国家赢得独立后,中国坚定支持非洲国家维护主权和尊严、真诚无私地帮助非洲国家发展经济、提高人民生活水平,赢得了非洲朋友的尊重和信任。中非友好经受住了时间和国际风云变幻的考验,中非人民的友谊与日俱增。

　　进入新世纪以来,在中非双方领导人共同关心和亲自推动下,中非关系在传统友好基础上呈现新的全面快速发展的良好势头。2000 年 10 月,中非合作论坛正式成立并召开首届部长级会议,这在中非关系史上具有重要意义,此后论坛逐步发展成为中非集体对话的重要平台和务实合作的有效机制。2004 年和 2006 年，胡锦涛主席两次访问非洲，同非洲领导人就新形势下进一步发展中非关系深入交换意见，达成广泛共识。2006 年初，中国政府发表《中国对非洲政策文件》，将"真诚友好，平等相待；互利互惠，共同繁荣；相互支持，密切配合；相互学习，共谋发展"确定为新时期中国对非政策的总体原则和目标，受到非洲国家的普遍赞赏和欢迎。

2006 年 11 月，中非合作论坛北京峰会暨第三届部长级会议成功举行，中非领导人共同确立政治上平等互信、经济上合作共赢、文化上交流互鉴的中非新型战略伙伴关系，胡锦涛主席代表中国政府宣布了加强中非务实合作、支持非洲国家发展的 8 项政策措施，中非关系由此进入新的发展阶段。2007 年初，胡锦涛主席专程访问非洲，全面启动了北京峰会后续行动的落实。2009 年 2 月，胡锦涛主度再次访问非洲，进一步巩固了中非传统友谊，拓展了双方务实合作，有力推动了北京峰会各项成果的全面落实。在短短的 8 年时间里，中非经贸合作取得跨越式发展，中非贸易额从 2000 年首次突破 100 亿美元上升至 2008 年的 1068 亿美元，提前两年实现 1000 亿美元的目标。中非在文化、科技、金融、民航、旅游等领域的合作也取得新的重大进展。

随着中非关系的蓬勃发展，中国社会各界深入了解非洲与中非关系的兴趣和需求逐年上升，这对国内从事非洲问题研究的专家学者提出了新的任务和需求。在此背景下，浙江师范大学非洲研究院主持编撰的大型非洲研究丛书《非洲研究文库》应运而生。《非洲研究文库》由国内外知名专家学者按照"学科建设和社会需求并重"、"学术追求与现实应用兼顾"的原则，遴选非洲研究领域的重点课题，分《非洲高等教育国别研究》、《中非关系研究》、《非洲国际关系研究》、《非洲发展研究》、《非洲研究博士论文》、《非洲专题史》、《非洲国别史》、《非洲研究译丛》等八个系列逐步编撰出版，集学术性和知识性为一体，力求客观地反映非洲历史和现实，是一项学科覆盖面广、具有鲜明特色的非洲基础研究成果。这套丛书致力于为研究非洲问题和中非关系提供详尽的史料和新颖的视角，有利于增进各界对非洲的深入了解和认知。丛书第一本《全球视野下的达尔富尔问题研究》于 2008 年 10 月问世，社会反响良好，该书对全面客观地了解达尔富尔问题和中国对非外交具有积极意义。

《非洲研究文库》的推出离不开浙江师范大学非洲研究院的辛勤工作。浙江师范大学开展对非洲研究工作已有十多年历史，取得不少成果，2007 年 9 月，该校正式成立非洲研究院。这是国内高校中首家综合性非洲研究院，设有非洲政治与国际关系、非洲经济、非洲教育、非洲历史文化 4 个研究所，以及非洲图书资料中心、非洲艺术传媒制作中心和非洲博物馆，是教育部教育援非基地，在喀麦隆建有孔子学院，为推动中国的非洲问题研究、促进中非关系、文化交流和合作发挥了积极作用。

我本人多年从事和主管对非外交，对非洲大陆和非洲人民怀有深厚感情。得知世界知识出版社、中国社会科学出版社与浙江师范大学非洲研究院合作推出《非洲研究文库》系列丛书，甚为欣慰。我为越来越多的国人将通过丛书进一步了解非洲和中非关系，进而为中非友好事业添砖加瓦感到振奋；我也为中国学者在非洲和中非关系研究领域取得具有中国特色的学术成果感到高兴。我相信，《非洲研究文库》系列丛书的出版，将推动国内对非洲和中非关系的研究更上一层楼。谨此作序，以表祝贺。

中华人民共和国外交部部长助理　翟　隽
2009 年 2 月

前　言

　　非洲大陆地域辽阔，文明悠久，民族众多，发展潜力巨大。中国与非洲的友好交往源远流长，尤其在新中国成立后发生了质的飞跃。近年来，随着全球化的推进与中非关系的快速发展，国内各行各业都产生了走进非洲、认知非洲、了解非洲的广泛需要。加强对非洲政治经济、历史文化、科技教育、中非关系各方面的研究，培养相关专业人才，已经显得日益重要。

　　浙江省地处中国东南沿海，经济发达，文化繁荣。改革开放30年来，浙江与外部世界的交往日趋紧密，已成为中国对外开放程度最高的省份。早在20世纪80年代，就有一批批浙江人远赴非洲闯市场，寻商机。如今在广袤非洲大陆的城市与乡村，都可以找到浙江人辛劳创业的身影。与此同时，也有越来越多非洲人来到浙江经商贸易，寻求发展机会。

　　世纪之交，基于主动服务国家外交战略、地方社会经济发展以及学校特色学科建设的需要，浙江师范大学努力发挥自身优势，凝炼办学特色，积极开展对非工作，重点在汉语国际推广、人力资源开发与非洲学术研究三个方面取得了显著成绩，产生了广泛影响。1996年，受国家教委派遣，我校在喀麦隆雅温得第二大学国际关系学院建立了"喀麦隆汉语教学中心"，十多年来，已有1000多人在该中心学习汉语与中国文化，其中外交官和研究生达500多名，对象遍及非洲近二十个国家。中心在非洲诸多国家已声名远播，被喀麦隆政府及周边国家赞誉为"体现南南合作精神的典范"。2005年，为表彰中国教师在传播汉语言文化、发展中喀友谊方面所作的特殊贡献，喀麦隆政府授予我校

3 位教师"喀麦隆金质劳动勋章"。2007 年胡锦涛主席访问喀麦隆期间，中喀两国元首共同做出了合作建设孔子学院的决定。同年 11 月 9 日，中国国家汉语国际推广领导小组副组长陈进玉率团赴喀举行隆重的孔子学院揭牌仪式，由此掀开了中喀文化教育交流新的一页。

从 2002 年开始，我校在中非合作论坛的框架下，在教育部国际司和商务部援外司的具体指导下，积极承担教育部和商务部的人力资源开发项目，邀请非洲各国高级教育官员和大学校长到国内研修。迄今为止，我校已举办了 13 期非洲高级教育官员研修班，有 42 个非洲国家的 240 余名大、中学校长和高级教育官员参加了研修。2004 年，我校成为教育部 4 个教育援外基地之一。2006 年，我校承办国家教育部"首届中非大学校长论坛"，来自 14 个非洲国家的 30 名非洲大学校长、高级教育行政官员以及国内几十所高校的校长、学者和部分教育行政官员参加了论坛。此外，学校还于 2009 年 5 月承办了教育部第七次对发展中国家教育援助工作会议。

在积极开展汉语国际推广、人力资源开发的同时，学校审时度势，抢抓机遇，迅速启动非洲研究与学科建设工作。2003 年，我校成立了国内首家专门研究非洲教育及发展的学术机构——非洲教育研究中心，由时任校长的徐辉教授兼任主任。随后，中心承担了国家教育部、国家留学基金委支持的"非洲高等教育国别研究工程"项目，派遣 14 人分赴非洲 7 个国家进行实地调研。几年来，学校还承担了多项国家汉办对非汉语推广研究课题，并向教育部提交了多个有关中非教育合作的政策咨询报告。2007 年 9 月 1 日，经多方论证，精心筹划，与中国教育国际交流协会联合共建，成立了国内首家综合性的非洲研究院——浙江师范大学非洲研究院，由时任校长的梅新林教授兼任院长，刘鸿武教授任执行院长，顾建新教授任副院长。期间，学校同时主办了

"面向 21 世纪的中非合作：战略与途径"国际学术会议。非洲研究院的成立，标志着我校的对非工作进入了一个汉语国际推广、人力资源开发与非洲学术研究三位一体而重点向非洲学科建设迈进的崭新历史阶段。

浙江师范大学成立非洲研究院的学术宗旨是主动服务国家外交战略、服务地方经济建设、服务学校学科发展。其发展目标是以"非洲情怀、中国特色、全球视野"的治学精神，构建一个开放的学术平台，聚集国内外非洲学者及有志于非洲研究的后起之秀，开展长期而系统的非洲研究工作，通过若干年持续不断的努力，使其成为国内一流、国际有影响的非洲学人才培养基地、学术研究中心、决策咨询中心和信息服务中心，以学术服务国家，为中非关系发展作出贡献。

非洲研究院集学术研究、人才培养、国际交流、政策咨询等为一体，设有非洲政治与国际关系、非洲经济、非洲教育、非洲历史文化 4 个研究所，以及非洲图书资料中心、非洲艺术传媒制作中心与非洲博物馆。现有专职人员 25 人。他们的成果曾获国家领导人嘉奖，有的获全国优秀教师称号、教育部国家级教学成果奖、全国高校优秀教材奖、省政府特殊津贴，年轻科研人员多数为毕业于国内名牌大学的博士，受过良好学术训练并有志于非洲研究事业。研究院还聘请了一批国内外知名专家学者担任顾问、客座教授、兼职研究员。

非洲研究院成立一年多来，工作成效显著，获得浙江省政府"钱江学者"特聘教授岗位，组建起了一支以省特聘教授、著名非洲研究专家刘鸿武教授为学科带头人的非洲研究团队，先后承担国家外交部、中联部、教育部、国家社科基金、国务院侨办等部门一系列重要研究课题与调研报告项目，出版发表了包括《全球视野下的达尔富尔问题研究》等一批有学术影响力的成果。2008 年，非洲研究院被国家留学基金委列为与非洲国家互换奖学金项目单位后，开始启动"非洲通人才培养计划"，一批青年科研人员与研究生被选派至非洲国家的大学进修学习。2009年，在浙江省与中国社会科学院领导支持下，非洲研究院列入浙江省与中国社科院省院共建重点学科行列，并与该院西亚非洲研究所、世界经济与政治研究所开展了很好的合作，与非洲及欧美国家非洲研究机构的学术交流也日益频繁。

我校的对非工作与非洲研究，得到了国家有关部委、学术组织的充分肯定和大力支持。教育部、中国社会科学院、浙江省委省政府、国家留学基金委、中国教育国际交流协会、中国国际关系学会、中国民间组织国际交流促进会、中国非洲史研究会领导相继莅临视察，指导工作；外交部非洲司、政策规划司，中联部非洲局，教育部社科司、国际司，商务部援外司，国家汉办以及外交学院，中央党校国际战略研究所，北京大学国际关系学院，中国人民大学国际关系学院，上海国际问题研究院等有关领导和专家先后来院指导发展规划、建设思路及科研工作；浙江省委宣传部、省教育厅、省外事办、省社科院、省社科联等部门领导与专家也对研究院给予了多方面的帮助和指导，有力地推动了我校的对非工作与非洲研究的顺利开展。

编纂《非洲研究文库》是浙江师范大学非洲研究院长期开展的一项基础性学术工作，由相关部门领导与著名学者组成编纂委员会，以"学科建设与社会需求并重"、"学术追求与现实应用兼顾"为基本原则，遴选非洲研究重大领域及重点课题，以国别和专题研究之形式，集合为八大系列的大型丛书，分批分期出版，以期形成既有学科覆盖面与系统性，同时又具鲜明特色的基础性、标志性研究成果。值此《文库》即将出版之际，谨向所有给予研究院热忱指导和鼎力支持的有关部门，应邀担任《文库》顾问与编委的领导与专家，为《文库》撰写《总序》的外交部部长助理翟隽先生，以及出版《文库》的中国社会科学出版社、世界知识出版社，一并表示衷心的谢忱！

　　中国的非洲研究经过几代学者的努力，现在已经有了初步的基础，目前国家高度重视非洲研究和人才培养，国内已经有多所大学建立了非洲研究的学术机构。我们希望在今后的工作中，与各相关单位开展更有效的合作，共同努力，为中国非洲学的发展贡献力量。

浙江师范大学　党委书记　梅新林

校　　长　吴锋民

2009 年 5 月

序　言

现今，非洲的大学面临着各种各样的挑战与机遇，浙江师范大学推出了非洲高等教育的系列研究成果，这正当其时。长期以来，浙江师范大学不仅承担了许多面向非洲大学校长和教育行政官员的人力资源开发合作项目，被中国教育部确定为教育援外基地，而且与非洲许多国家的高等教育机构建立了伙伴关系。2007年9月，浙江师范大学组建了非洲研究院，这更使得该校的非洲研究声名远播。

整个非洲高等教育国别研究系列将涵盖20个左右的国家。首期7个国家（包括埃及、南非、喀麦隆、尼日利亚、肯尼亚、埃塞俄比亚和坦桑尼亚）的国别研究涉及非洲多样的大学发展经历。难能可贵的是，这些研究并没有将对象局限在撒哈拉以南的非洲，而是覆盖了从北非到南非、从东非到西非的主要代表性国家。这就使得我们有可能对整个非洲大陆有关高等教育的问题进行比较分析。此外，中国擅长于通过南南合作来学习他国之长，因此，中国想必也能从这一系列的研究中为自身许多欠发达地区的高等教育发展汲取经验。这些经验包括如何创造性地利用公共和私人资金资助大学入学，如何完善大学的内部治理结构，如何通过与本国有优异传统的高等院校的合作来改善弱势院校的办学（如在南非那样），等等。

该系列研究的结构大体相同，主要描述并分析了各国高等教育体系的形成、构成、职能、管理体制与运行机制、发展与变革以及所面临的主要机遇与挑战等。

此外，该系列的研究也肯定能加深我们对以下问题的理解：

高等教育在非洲国家发展中起着什么样的作用？非洲国家在高等教育本土化方面有什么经历？非洲高等教育在全球化的世界中面临的国际压力是什么？各国如何应对这些压力？大学与政府及市场的关系如何？管理主义对非洲高等教育治理结构有何影响？非洲大学中科学研究是如何发挥作用的？科研活动中高校与私营部门的关系如何？日益增多的私立高等教育机构在非洲高等教育发展中扮演着什么样的角色？

该系列研究成果在中国得以出版，表明了中国国内比较教育学界对发展中国家教育研究的兴趣日益浓厚。待其中的部分或全部成果用英语发表之后，国际高等教育学者也将能获得对非洲高等教育的一个全新视角。中国与非洲大学的合作传统与现有的法国模式、英国模式、德国模式、美国模式、加拿大模式以及荷兰模式相比有何不同？这些研究如何处理非洲高等教育多方面的不足？这些研究对非洲大学改革的看法是否没有西方许多学者那样带有明显的价值判断？

我们衷心感谢徐辉、顾建新两位教授及其团队所做的研究，感谢他们将非洲主要国家的高等教育系统、完整地呈现在我们面前，供我们讨论和研究。

肯尼思·金

英国爱丁堡大学国际与比较教育荣誉教授、

非洲研究荣誉教授

全球化背景中非洲高等教育的
本土化(代序)

高等教育全球化、国际化、本土化及其与现代化的关系，都是高等教育现代化议题中的重要理论问题。在西方政治、经济、科技、文化占据强势的背景下，高等教育的全球化和国际化不可否认地在很大程度上是高等教育思想、体制、课程、技术的西方化以及西方高等教育的输出。历史上作为西方殖民地的非洲，在高等教育上一贯深受西方影响，至今与西方有着千丝万缕的联系。本文拟探讨的是在这种情况下非洲高等教育本土化的语境和内涵，高校对此的认识和实践，成绩和局限，制约因素，未来发展的趋势和根本点。

一、非洲高等教育本土化的语境

"非洲高等教育本土化"（indigenisation）与"高等教育非洲化"（Africanisation）一般在同一意义上使用。它虽然有意识形态的意味，但更有发展主义意味。非洲知识分子更多的是从非洲综合发展角度要求高等教育本土化的。非洲人认识到，非洲在全球化境遇中已经被边缘化甚至有被进一步边缘化的危险，唯一的出路就是发挥内部的发展潜力。非洲高等教育强调本土化就是这一认识的一个具体体现，主要是为发挥非洲内部发展潜力服务的。

（一）全球化中非洲的边缘化

一些发达国家能从全球化中获得巨大的利益，而一些不发达国家在其中处处碰壁，步履维艰。非洲是在毫无准备的情况下被卷入全球化的。这一方面反映在南撒哈拉非洲人均无线电收音机、电视机、电话机、因特网用户数量过低，文盲率过高①；另一方面反映在非洲经济的生产基础薄弱，生产力低，经济基础结构不平衡、投资市场不景气。此外，非洲一些国家政治不稳定、债务负担沉重，战乱等社会状况也非常不利于融入全球化经济洪流。国际私人资本完全忽略了非洲；就连非洲出身的大多数人也宁愿把自己的资金投资到其他地区。除资本外流外，人才流失也很严重，削弱了非洲社会的创新能力。"非洲生活的很多方面都存在着高度的外化倾向，而与国内的联系有限。"同过去一样，非洲青年人"努力逃避严酷的社会化经济条件，乐意离乡背井，并准备在任何情况下忍受所在国的侮辱、敌意和排斥"。这样，有人不无极端地说，非洲给人的感觉是"失去了重新创造自我的能力，它没有与世界其他地区同步前进"——撒哈拉以南非洲所占世界贸易总额还不到2%；"几乎没有一个非洲国家被包括在全球价值创造系列之中"；"世界贸易自由化使非洲大多数国家进一步走向边缘化"②。

（二）发挥非洲"内部发展潜力"以遏制边缘化

虽然非洲不断接受国际援助，但是"国际善举有如杯水车薪，它不像上天赐雨，人人同沐甘露"。要摆脱困境，需要全体非洲人自己的努力，探索更多的根本地解决问题的路子。非洲人认识到"通过发挥内部的发展潜力非洲可以避免进一步边缘化"。这种内部发展潜力不仅包含内部的经济增长方面，而且是着眼于"国家或地区的内部前景"。相应地，"内生的发展"这

---

① 详见联合国开发计划署各年度《人力发展报告》(Human Development Report)，http://hdr.undp.org.

② ［德］赖纳·特茨拉夫：《全球化压力下的世界文化》，江西人民出版社2001年版，第129—171页。

个概念经常被用作选择性的、自主的发展或自力更生的同义词。在全球化中谋求自力更生、自主发展，对高等教育而言意味着人才培养从思想意识、道德情操到工作能力的培养都密切结合当地发展的需要，教育内容密切联系本土实际。不仅从非洲物质层面也从精神层面的发展要求高等教育本土化。因为在全球化中谋求非洲的自力更生、自主发展需要有强大的内在精神力量支撑。"非洲虽然必须致力于融入全球经济的主流并成为这一新运动的组成部分，但重要的是，要把非洲的遗产作为非洲精神以及非洲特征的重要内容来看待并加以保护。"[①]

二、非洲高等教育本土化的内涵

"非洲高等教育本土化"（"高等教育非洲化"）与教育全球化、国际化密不可分。没有全球化和国际化也就无所谓本土化。

在非洲，与本土化、非洲化相关的概念还有内生化。虽然"本土的"（indigenous）和"内生的"（endogenous）两词在植物学领域的使用有明显区别[②]，但在非洲社科研究发展协会（CODESRIA）出版的《21世纪非洲大学》一书中，高等教育的"本土化"、"非洲化"和"内生化"被交替使用，指的是高等教育融入背景或"背景化"的过程（a process of contextualisation），也就是使高等教育在组织结构和课程上适应非洲背景。它们不仅意味着非洲高等教育不受制于对世界的支配性解释（dominant narratives）及其方法论，而且意味着通过相对自治的研究和教育机构、独立的方法论、观点和主题的选择而拥有原创的和批判性的智力产品

---

① ［德］赖纳·特茨拉夫：《全球化压力下的世界文化》，江西人民出版社2001年版，第132—163页。

② 在那里，"本土的"主要是指在某一特定地形学（topography）上物种是土产的、本地的；而"内生的"指的是一种植物"基于自身的资源而发展"的能力，或者"生长或起源于内部"的能力——*Concise Oxford Dictionary*. 9th Ed.

的能力。该书假设，"内生化指的是非洲大学及其生产过程的发展所遵循的路线与它们所从属的或它们所服务的人民的文化方向和物质条件（它们本身在持续变化）相一致。这样，它被理解为：高等教育机构的发展方向和组织结构形式可能在物质和学术上相对独立（但绝不孤立）于全球教育形式（forms）。"①

在该协会一名负责人的一篇文章中，高等教育的非洲化则意味着要冲破西方传统认识论的桎梏，要摒弃由过去西方殖民统治和现实的西方文化霸权造成的非洲教育的"外向性"（extraversion），因为它从外部导致非洲教育发展历程中充满"无能感"（sense of inadequacy），并使这种感觉内化，贬低了非洲人的"创造性、作用和价值体系"，导致非洲人对自己文化的疏远；这种疏远又强化了非洲人的"自我贬低和自我厌恶"，强化了他们深深的"自卑感"。因此，他强调非洲高等教育要"在非洲和（或）为非洲"；非洲大学和学者在国际舞台上，要"根据自己的条件和主张行事，把普通非洲人的利益和关切作为指导原则"。② 还有学者认为，"高等教育非洲化要反对的是长此以往会导致永久奴化非洲人的种族主义优越心理和哲学；是被外人强迫接受的、常常离间与本土联系的、并非符合非洲主要利益的外国的行为模式和大学。"③

---

① Peter Crossman. Perceptions of "africanisation" or "endogenisation" at African universities: Issues and recommendations. In Paul Tiyambe Zeleza and Adebayo Olukoshi. *African Universities: in the Twenty-first Century.* Volume II: Knowledge and Society. Dakar: Council for the Development of Social Science Research in Africa. 2004. pp. 325—326.

② Francis B. Nyamnjoh. A Relevant Education for African Development: Some Epistemological Considerations. *Africa Development.* Vol. XXIX, No. 1, 2004, pp. 161—184.

③ K. MacGregor, "Getting to Grips with Africanization," *New Nation*, May 17, 1996, vii. http://www. bc. edu/bc＿org/avp/soe/cihe/newsletter/News12/text9. html. 2007—07—27.

可见，高等教育非洲化的内涵大致可分为两个相互联系的方面：一是高等教育非洲化目的层面。高等教育非洲化就是非洲高等教育要为非洲服务，密切联系非洲实际，从非洲的利益出发培养热爱非洲、扎根非洲、能创造性地建设非洲的人才；二是高等教育非洲化途径层面。为了达到上述目的，非洲高等教育要摆脱西方高等教育模式的束缚，不局限于西方认识论，克服外向性，驱散自卑阴霾，从而独立认识和自主建设符合非洲实际的自己的高等教育组织结构、课程体系。

三、高等教育非洲化：认识与实践

（一）非洲教师对高等教育非洲化的观点和态度

就观念层面而言，非洲大学教师对高等教育非洲化的观点分为三种情况[1]。第一种情况是大多数教师表明接受甚至需要非洲化；他们把它置于发展主义框架内，强调非洲化和发展之间的联系；不过在面临严酷的物质环境或全球化压力时采取听天由命的态度。发展主义倾向导致了"发展大学"的创建——最早的是苏丹朱巴（Juba）大学、最近的是加纳发展大学（Ghana's University for Development）——而且这些大学创建了重在发展研究（development studies）的系科。第二种情况是许多教师带着浓重的怀疑觉得"非洲化必须具备基本条件"。虽然他们同意非洲化原则，但他们认为非洲化在目前的实践中是不可能的。由于缺乏出自非洲的课程大纲、课本和研究成果，大多数教师和研究人员仍然更多地依靠出自非洲大陆之外的文献，这些文献反映的观

---

[1]　Peter Crossman. Perceptions of "africanisation" or "endogenisation" at African universities: Issues and recommendations. In Paul Tiyambe Zeleza and Adebayo Olukoshi. *African Universities: in the Twenty-first Century*. Volume II: Knowledge and Society. Dakar: Council for the Development of Social Science Research in Africa. 2004. pp. 326—330.

点大体上与非洲大陆无关。例如当下仍在使用的社会学教材的重点在于欧洲或美国的城市或乡村环境。学校灌输的关于全面而系统的西方科学的预设。很明显，致力于课程非洲化或为课程非洲化的任何独立的学术，都要求有一种对任何全球的和占统治地位的解释或意识形态进行批判的基本能力。第三种情况是少数大学教师完全反对非洲化的观点。第一层次的反对源自这样一个假设，即只可能有一种形式的科学，就是通过殖民历史和西方教育系统的灌输而被接受的"统一的"传统。这种观点可视为内生知识基本条件的对立面。第二层次的反对折射了对合理理由的严肃思考，试图把学术从妨碍人们掌握事物联系性的"统一"科学的束缚中解脱出来，也从妨碍人们获得批判性、原创性思维的小民族的机械联想中解脱出来。

（二）高等教育非洲化在南非的实践

就行动层面而言，调查发现，只有少量非洲学者完全以非洲化本身的优势和理由而接受非洲化的观念并以某种具体的行动予以促进。"至少在南非之外几乎没有什么大学支持非洲化的迹象；而且非洲化支持者大多是孤立无援的。"查文杜卡（Chavunduka）教授的个人史就是一个例子：他在创造性促进传统医学方面声名卓著，但在争取副校长职位以便改革所在大学课程时却没能成功。还好非洲化的主题至少在某种形式上在南非得到重视。南非的本土知识观念（IKS）在20世纪90年代被纳入学术讨论，现在成为一个主要研究主题得到国家科研基金资助，每年的科研经费达到近百万美元。

关于为何出现这种反差，比利时学者彼得·克罗斯曼（Peter Crossman）认为："南非历史上在殖民控制和种族隔离制度下比其他任何国家经历了更强、更广泛和更长时间的与自己的文化之根特别是与自己的传统地域（traditional lands）的疏离……取代和剥夺的影响在南非最深远。加剧的被剥夺感更易于催生在意识形态上的身份追求；非洲化就是这种追求的一种表达。"在 1994 年南非民主选举之后的过渡时期，这一概念被一些最重要的黑人政治家引入公共领域，而且明确地与"非洲复兴"等意识形态系统相联系。艺术、文化、语言、科学和技术部长莱昂内尔·穆察里（Lionel Mtshali）在 1998 年的一次讲话中说道："本土知识系统和本土技术的新生是我们非洲复兴经验的一个重要方面。"这种观点被视为泛非主义学派和黑人意识学派的继承。与这些宣言相伴随的是呼吁大学承担"恢复"和调动非洲本土知识并真正把它引入课程的任务。在政府资助下一些大学的系（部）逐渐实施了这一方向的研究计划。

值得注意的是，最近受科研资助来源的影响，南非关于本土知识的研究实际上从对它的意识形态的理解转向它对环境、农业和当地经济等问题中去了。科学和工业研究学会（CSIR）资助的全国"本土技术摸查工程"（Indigenous Technologies Audit Project）明显地把研究重点放在各种工农业技术、有发展或商业潜力的工艺和民间传说等项目上。但该工程的首次研讨会明确呼吁把 IKS 纳入大学课程。全球贸易相关因素迫使国家就知识产权和贸易相关问题的立法，也有助于这一观念进入大众议题。随着世界贸易组织的建立，这一问题不仅成为人们关注的中心，而且南非已经向世界透露了其开发南非多样化生物系统巨大本草疗法潜力的制药学意图。[①]

四、几点思考
（一）非洲高等教育本土化的成绩与局限
非洲高等教育本土化从思想观念到客观条件都面临巨大困

---

① Peter Crossman. Perceptions of "africanisation" or "endogenisation" at African universities: Issues and recommendations. In Paul Tiyambe Zeleza and Adebayo Olukoshi. *African Universities: in the Twenty-first Century.* Volume II: Knowledge and Society. Dakar: Council for the Development of Social Science Research in Africa. 2004. pp. 331—333.

难，但也取得了一些进展，产生了一些作用，比如：在内涵上进行了澄清，消除了一些误解；既从民族意识、民族精神、民族自尊等意识形态层面着眼，也从经济振兴、科技发展需要出发；南非关于本土知识的讨论已"引起一定范围内的知识分子对按西方范式所培训的那些东西的不安。"不过，这种进展和作用不能掩盖非洲高等教育本土化水平很低的现实。如前所述，非洲学者对非洲高等教育本土化大多持消极甚至怀疑态度，非洲高等教育本土化还只有零星的研究和实践；"高等教育本土化在非洲大多数国家高等学校中被忽略"。①

（二）非洲高等教育本土化的制约因素

影响非洲高等教育本土化的因素比较多。这里重点讨论三个方面：

1. 西方殖民教育传统养成的非洲高校的"外化倾向"。这种倾向即非洲高等教育对西方全方位崇拜抑或不得已而为之的单向依赖，从组织的设立和管理、教学的内容和方法、教师和教学的评价标准、科研的评价标准到教科书和教师培训等莫不如此。更重要的是，这导致对摆脱这种依赖的可能性的怀疑。这不仅表现在教育上，也表现在整个社会科学，甚至体现在非洲整个政治、经济和社会生活之中。"非洲教育是西方认识论输出的牺牲品。这种输出使科学充当了意识形态和霸权的工具。在这种认识论输出下，在非洲和（或）为非洲人的教育一直像是在面向西方知识分子的理想朝圣。非洲教育……成为贬低或灭绝非洲人创造性、行为力（agency）和价值体系的帮凶。"结果，学生们了解

---

① Peter Crossman. Perceptions of "africanisation" or "endogenisation" at African universities: Issues and recommendations. In Paul Tiyambe Zeleza and Adebayo Olukoshi. *African Universities: in the Twenty-first Century*. Volume II: Knowledge and Society. Dakar: Council for the Development of Social Science Research in Africa. 2004. pp. 331—334.

欧洲的情况比了解本国的更多；"非洲生产的研究者和教育者在自己生长的周围社区不能起作用，但能得心应手地工作于任何工业化国家的任何机构"。有时候，"图书馆塞得满满的图书在观点和内容上也许与非洲大陆的急迫问题和特异性没有任何关联"。①

2. 非洲民族国家的发展历程。非洲高等教育本土化面临的挑战之一是民族国家身份认同问题。这与非洲许多"民族国家"的发展历程有关。非洲大多数国家都曾经是欧洲人的殖民地。许多殖民地政府的边界是通过欧洲随意达成的协议划分的，并没有考虑人们的经济、文化或种族差别。结果，这些殖民地独立时，很难形成一种民族意识和民族归属感。"在非洲一些地区还没有充分形成国家与民族国家"② 是独立后一些国家不断受到内部对抗甚至内战的威胁的重要原因之一。这大大限制了高等教育本土化的底蕴和基础。

3. 本土语言的待遇。与殖民教育传统、民族意识缺乏或民族国家政府权威偏弱相关，目前"只有少数国家采取政策鼓励用非洲语言进行教学"，而且这些国家已经倾向于把当地语言的教学和使用限制在小学和中学而不涵盖大学。马拉维的卡马祖学院（Kamuzu Academy）的许多做法体现了极端的媚外，不切实际。该校教师会毫不犹豫地对"被逮到讲母语"的学生进行体罚。这些惯例使非洲语言在非洲学生眼中"成为次等语言"。除了坦桑尼亚外，没有任何南撒哈拉非洲大学"用某一非洲语言作为主要教学语言提供完整的文凭课程计划（a full diploma programme）"。③ 民族语言与民族意识和民族情感密切相关，进

---

① Francis B. Nyamnjoh. A Relevant Education for African Development：Some Epistemological Considerations. *Africa Development*. Vol. XXIX, No. 1, 2004, pp. 161—184.

② ［英］安东尼·吉登斯：《社会学》，北京大学出版社 2003 年版，第 563 页。

③ Francis B. Nyamnjoh. A Relevant Education for African Development：Some Epistemological Considerations. *Africa Development*. Vol. XXIX, No. 1, 2004, pp. 161—184.

而与民族国家的政治、经济和文化建设相关。严重影响非洲大学
师资和物质设施的非洲人才外流和资本外逃，虽说与非洲大陆的
生存和投资环境恶劣有关，但无疑也与包括语言政策在内的民族
虚无主义有关。

（三）非洲高等教育本土化何去何从

虽然任何一个国家或地区要达成现代化，都要"逐步形成
国际上大多数国家尤其是现代化先行者采用的制度化教育模式、
民主化的办学道路、反映科学知识的教学内容、先进的教学手段
等"，但从理论上讲，高等教育本土化作为教育本土化的一部分
是"教育现代化过程中必经的阶段；而且本土化也可看做是现
代化发展的一个结果或者说一种表现形式"①。没有教育的本土
化便没有真正的教育现代化。虽然高等教育本土化对非洲来说的
确需要时间和一定的客观条件，但高等教育本土化本身的价值是
不容置疑的。因此，非洲高等教育本土化对广大非洲大学和教师
来说，不是是否同意、是否可能的问题，而是必须去促进、去落
实、去加强的问题，正如非洲学者自己所言，"非洲高等教育的
未来只有通过谨慎而创造性的文化回归和本土化过程才能有
希望。"②

那么，非洲高等教育本土化未来发展的根本点是什么？非洲
学者曾提出"让非洲大学在非洲土壤上扎根"，指出了非洲高等
教育本土化的根本方向。为此，非洲高等教育界要仔细反思非洲
人的利益和优先任务，明确致力于"非洲大陆及其人民多方面

---

① 郑金洲：《教育现代化与教育本土化》，载《华东师范大学学报》（教育科学版）1997年第3期。

② Francis B. Nyamnjoh. A Relevant Education for African Development: Some Epistemological Considerations. *Africa Development*. Vol. XXIX, No. 1, 2004, pp. 161—184.

的真正解放的使命"①。目前，非洲高教本土化，首先，要逐渐摆脱西方中心倾向，立足非洲需要。因为西方的办学理念和制度、教材、语言、知识体系、评价标准等等，无不充斥着非洲高等教育；大学教师也具有强大的西方留学的背景。对于非洲高等教育机构而言，不适应非洲需要的西方的东西太多了。政府可采取措施鼓励本土急需的应用知识的教学和科研。非洲高等教育机构不妨大力加强与非西方的高等教育机构的合作。其次，要强化非洲民族意识培养和民族使命感教育。非洲高等教育本土化最艰巨的任务，也许是加强非洲传统文化、非洲历史和非洲当前形势和任务的教育。为此，课程设置和教学内容选择上要更多地涉及本土的知识，更多地致力于本土问题的解决，而不是让西方的文化、西方性的问题挤占本土文化、本土性问题的空间。此外，还须重视民族语言的教学，甚至在一些专业以民族语言为教学语言。

徐　辉　万秀兰

2008 年 8 月 8 日

---

① Francis B. Nyamnjoh. A Relevant Education for African Development: Some Epistemological Considerations. *Africa Development*. Vol. XXIX, No. 1, 2004, pp. 161—184.

目　录

深入了解非洲,增进中非友好
　　——《非洲研究文库》总序 ……………… 翟　隽（1）

前言 ……………………………… 梅新林　吴锋民（4）

序言 ………………………………………… 肯尼思·金（9）

全球化背景中非洲高等教育的本土化（代序）
　　………………………………… 徐　辉　万秀兰（11）

第一章　坦桑尼亚概况 …………………………（1）
　第一节　坦桑尼亚的国情 …………………………（1）
　　一、地理和人口 …………………………………（1）
　　二、经济和社会发展 ……………………………（4）
　　三、历史和社会政治制度 ………………………（6）
　　四、中坦交流与合作 ……………………………（8）
　第二节　坦桑尼亚教育发展和教育体制 …………（9）
　　一、教育发展 ……………………………………（9）
　　二、教育体制 …………………………………（26）

第二章　坦桑尼亚高等教育发展的历史与现状 ………（29）
　第一节　坦桑尼亚高等教育的发展 …………（29）
　　一、高等教育的发展 …………………………（29）
　　二、大学教育的改革 …………………………（57）
　第二节　坦桑尼亚高等院校的基本情况 ………（67）

第三章　坦桑尼亚高等教育管理 ……………………………（73）

第一节　中央教育管理机构和管理体制 …………………（73）

第二节　高校内部的管理体制 ……………………………（80）

一、高校的机构设置和职能 …………………………（80）

二、高校管理体制和机构改革 ………………………（83）

三、高校行政管理人员素质 …………………………（86）

第四章　高等教育财政与经费 ………………………………（89）

第一节　坦桑尼亚的高等教育财政政策 …………………（89）

一、政府的教育财政政策 ……………………………（89）

二、多渠道筹措教育经费 ……………………………（91）

第二节　国家教育经费的使用 ……………………………（93）

一、国家教育经费的投入 ……………………………（93）

二、教育经费的使用 …………………………………（100）

三、高校生均培养成本费 ……………………………（117）

第三节　高校的财政来源和支出 …………………………（121）

一、公立院校 …………………………………………（121）

二、私立院校 …………………………………………（131）

第四节　国际合作和国外援助的影响 ……………………（133）

一、国际合作及其成效 ………………………………（133）

二、国际援助及其影响 ………………………………（137）

第五章　坦桑尼亚高校的教学与科研 ………………………（145）

第一节　院系与专业设置 …………………………………（145）

一、院系设置 …………………………………………（145）

二、高校的专业分布 …………………………………（147）

第二节　非学位课程与学位课程设置 ……………………（150）

一、课程计划的设置 …………………………………（150）

　　二、学位课程计划的设置 ………………………（154）

　　三、学位课程计划的构成 ………………………（156）

　第三节　研究生教育 ………………………………（159）

　第四节　图书和信息资源 …………………………（165）

　　一、图书馆服务 …………………………………（165）

　　二、电脑信息查询服务 …………………………（168）

　第五节　科研成果 …………………………………（170）

第六章　坦桑尼亚高校的教师与学生 ………………（180）

　第一节　师资结构 …………………………………（180）

　　一、教师和师生比 ………………………………（180）

　　二、教师学历和年龄 ……………………………（187）

　第二节　高校学生 …………………………………（198）

　　一、入学条件和录取率 …………………………（198）

　　二、高校学生的学业水平 ………………………（208）

　第三节　高校毕业生就业 …………………………（210）

　　一、大学生就业 …………………………………（210）

　　二、教育的个人回报率和社会回报率 …………（216）

第七章　高等教育发展政策研究 ……………………（220）

　第一节　高等教育成本分担政策 …………………（220）

　　一、高等教育成本分担政策的起源 ……………（220）

　　二、高等教育成本分担政策的实施 ……………（223）

　　三、学费负担 ……………………………………（226）

　　四、高等教育成本分担政策的影响 ……………（235）

　第二节　支持女生入学的政策 ……………………（242）

　　一、高校女生入学率问题 ………………………（243）

　　二、肯定性行动方案 ……………………………（248）

　　三、对肯定性行动方案的评价 ……………………（253）

第八章　坦桑尼亚高等教育面临的挑战与发展前景 ……（260）
　第一节　坦桑尼亚高等教育存在的主要问题 …………（260）
　第二节　高等教育发展的措施和前景 ……………………（272）
　　一、提高入学率的措施 …………………………………（272）
　　二、加大高等教育经费投入 ……………………………（275）
　　三、防治艾滋病的措施 …………………………………（280）
　　四、改善教学设施和提高教学质量的措施 ……………（282）
　　五、改革组织机构和管理方式的措施 …………………（284）

附录一　调查问卷 ………………………………………（286）
附录二　坦桑尼亚主要高等学校名录 …………………（290）
附录三　坦桑尼亚部分高等院校介绍 …………………（297）
附录四　坦桑尼亚高等教育审查委员会通过的
　　　　2005/2006 学年大学招生数 …………………（302）
附录五　英文缩略语 ……………………………………（304）

参考文献 …………………………………………………（313）
后记 ………………………………………………………（329）

第一章

坦桑尼亚概况

第一节 坦桑尼亚的国情

一、地理和人口

坦桑尼亚联合共和国（The United Republic of Tanzania）位于非洲东部，赤道以南，由坦噶尼喀（大陆）、桑给巴尔岛、奔巴岛和20多个小岛组成，领土面积945087平方公里（其中桑给巴尔2642平方公里[①]），森林和林地面积3350平方公里。大陆东临印度洋，南接赞比亚、马拉维和莫桑比克，西邻卢旺达、布隆迪和刚果（金），北与肯尼亚和乌干达接壤。大陆海岸线长840多公里。地势东南低、西北高，呈阶梯状，东部沿海为低地，西部内陆高原面积占内陆总面积一半以上，内陆是东非高原的一部分，平均海拔1200米。东非大裂谷从马拉维湖分东、西两支纵贯南北。东北部乞力马扎罗山的基博峰海拔5895米，为非洲最高峰。坦桑尼亚内陆高原湖泊、河流众多，盛产各种鱼类。境内主要河流有鲁伍马河、鲁菲季河（长1400公里）、潘加尼河、马拉加腊西河等。湖泊多分布于西部，非洲三大湖泊维多利亚湖、坦噶尼喀湖和马拉维湖自北而南分布在其边境线上。东部沿海地区和内陆的部分低地属热带草原气候，西部内陆高原

[①] 中国外交部公布的"坦桑尼亚国家概况"（2007年1月），桑给巴尔面积为2657平方公里。（http://www.fmprc.gov.cn/chn/wjb/zzjg/fzs/gjlb/1645/1645x0/default.htm.）

属热带山地气候，凉爽而干燥。大部分地区年平均气温 21℃ ~
25℃。桑给巴尔、奔巴及马菲亚等岛属热带海洋性气候，终年湿
热，年平均气温 26℃。3 ~ 6 月为雨季，6 ~ 9 月为凉季，10 月至
第二年 2 月为热季。沿海平原炎热潮湿，年平均降水量在 1000
毫米以上，高原中部干旱期较长，年降水量 500 ~ 700 毫米，湖
滨地区和岛屿年降水量 1000 ~ 1400 毫米。

　　据联合国教科文组织（UNESCO）的统计，2004 年坦桑尼
亚人口约 3762.7 万，其中桑给巴尔人口约 100 万。坦桑尼亚人
口自然增长率 2.8%，0 ~ 14 岁儿童占总人口的 43%。[①] 另据坦
桑尼亚政府 2000 年公布的数据，坦桑尼亚人口中有 51% 是妇
女，15 周岁以下的人口占 46%。[②] 在坦桑尼亚的人口中，非洲
人占 98.5% 以上，分属 126 个部族，人口超过 100 万的部族有苏

　　[①]　The United Republic of Tanzania: *The Education and Training Sector Development
Programme Document*, *Final Draft*. August, 2001. 也有资料说，坦桑尼亚的人口自然
增长率为 2%。参见 UNESCO（联合国教科文组织），*Education in United Republic
Tanzania*. 2004。

　　也有资料说，2002 年，坦桑尼亚人口 37187939 人，人口增长率约为 2.6%；大
陆人口 30% 是基督徒，35% 是穆斯林，35% 的人持本土信仰；桑给巴尔穆斯林占
99% 以上。1999 年，艾滋病病毒感染者估计有 130 万人。Daniel Mkude, Brian
Cooksey & Lisbeth Levey, *Higher Education in Tanzania: A Case Study — Economic,
Political and Education Sector Transformations. World Education News & Reviews.* Jan. /Feb.
2003, Volume 16.

　　（http://www.wes.org/ewenr/03jan/Feature.htm　或　http://www.foundation-
partnership.org/pubs/tanzania/tanzania_ 2003.pdf.）

　　美国学者 Johnson M. Ishengoma 说，坦桑尼亚人口为 3460 万。见 Johnson M.
Ishengoma, *Cost Sharing and Participation in Higher Education in Sub Saharan Africa: The
Case of Tanzania.* Paris, 2004.

　　（www.tanzaniagateway.org/docs/Girls_ education_ in_ Tanzania_ 2003.pdf -）

　　[②]　United Republic of Tanzania: *Tanzania Assistance Strategy.* May 2000.

　　（http://www.undg.org/archize-docs/1691 - Tanzania_ CCA_ - _ Tanzania_
2000.pdf.）

库马、尼亚姆维奇、查加、赫赫、马康迪和哈亚族等。此外，有少数阿拉伯人、印巴人和欧洲人后裔。在坦桑尼亚大陆地区，45%的人是基督教徒，35%的人是穆斯林，其余20%的人持传统宗教信仰。在桑给巴尔，99%以上的人是穆斯林，基督教徒和其他宗教信徒大约占1%。旧首都达累斯萨拉姆（Dar es Salaam）市，人口300万（2004年），新首都多多马（Dodoma）尚在建设中，人口170万（2002年）。坦桑尼亚行政区分为26省，114县，其中大陆省21个，桑给巴尔岛5个省。斯瓦希里语为国语，与英语同为官方通用语。

表1-1-1　　　坦桑尼亚社会发展状况（1999年公布）

平均寿命	50岁
人口增长率（%）	2.8
贫穷	50%人口处于或在贫困线以下
婴儿死亡率（%）	85/1000
热量摄入	2200卡路里（每人/天）
家庭收入分布	20%的高收入人群占有45%的家庭收入，处于社会底层的20%人群仅占有7%的家庭收入
入学率（%）	7～13岁：57%（1995）

资料来源：International Cooperative Alliance, *Tanzania Cooperative Country Study* (*Geneva*：1999). ①

　　另据坦桑尼亚政府公布的数据，坦桑尼亚1999年的婴儿死亡率为99‰，1988年人口自然出生率为46‰，1996年人口自然

---

　　① 引自 Brian Cooksey & Daniel Mkude, *Higher Education in Tanzania*：*A Case Study. Tanzania*, Oct. 2001. Appendix 4. (The Partnership for Higher Education in Africa, New York, 2001.)

死亡率为 16‰。[①] 有一份联合国教科文组织的材料说，据世界银行的统计，2004 年坦桑尼亚农业人口占总人口的 65%，平均每一位育龄妇女生育 5 个孩子，婴儿死亡率高达 104‰，儿童小学失学率达 14%，在 15～49 岁的成人中艾滋病感染者高达 8.8%，国民平均寿命 43 岁。[②]

二、经济和社会发展

坦桑尼亚是一个典型的农业国，可耕地面积 4300 万公顷，已利用耕地面积占可耕地面积的 16%，全国有 85% 左右的人口从事农业生产，农业占国内生产总值（GDP）的比重高达 48%（也有数据说达 50%[③]）。[④] 根据联合国开发计划署 1999 年的统计，坦桑尼亚 51% 的人口每天生活费少于 1 美元；42% 的人处于绝对贫困，每天生活费少于 0.75 美元。近年来，坦桑尼亚经济发展较快。据坦桑尼亚国家银行和世界银行的统计，坦桑尼亚大陆国内生产总值（GDP）的增长率 1997 年为 3.3%，1998 年为 4%，1999 年为 4.8%；桑给巴尔国内生产总值的增长率 1997 年为 4.1%，1998 年为 0.4%，1999 年为 4.5%。[⑤] 据世界银行的统计，2003 年，坦桑尼亚国内生产总值为 102 亿美元；坦桑

① United Republic of Tanzania, *Tanzania Assistance Strategy*. May 2000.

② UNESCO Institute for Statistics, *Education in United Republic Tanzania*. 2004.

③ INHEA：Daniel Mkude and Brian Cooksey, *Tanania Higher Education Profile*. Dec., 2006. （http：//www. bc. edu/bc ＿ org/avp/soe/cihe/inhea/profiles/Tanzania. htm.）

④ 赵鸣骥等：《坦桑尼亚农业支持和服务体系》，载《世界农业》2005 年第 2 期，第 26～28 页。

⑤ J. C. J. Galabawa, *Education Sector Country Status Report*（*Tanzania*），Dar es Salaam, Ministry of Education and Culture, 2001, p. 4. （http：//www. moe. go. tz/pdf/Educ. %20Sector%20Country%20Status%20Report. pdf.）

尼亚人均国内生产总值 2000 年为 280 美元，2003 年为 284 美元；[①] 2004 年坦桑尼亚 GDP 年增长率为 7.1%。[②] 根据世界银行（WB）、国际货币基金组织（IMF）公布的数据，2005 年坦桑尼亚国内生产总值 110 亿美元，人均国内生产总值约 300 美元，经济增长率 6.9%，通货膨胀率 4.7%。[③] 另有一份联合国教科文组织的材料说，据世界银行的统计，2004 年坦桑尼亚人均国民生产总值为 621 美元。[④] 坦桑尼亚政府公布的该国近年经济指标如表 1 - 1 - 2：

表 1 - 1 - 2　　　　坦桑尼亚经济发展指标（1994~2000）

指　标 ＼ 年　份	1994/1995 财年	1995/1996 财年	1997/1998 财年	1998/1999 财年	1999/2000 财年
GDP 增长（%）	1.4	3.6	3.5	4.1	4.8
通货膨胀（%）	21.0	16.1	12.3	9.0	7.5
税收/GDP（%）	11.3	12.1	11.5	11.5	11.9
出口/进口比率（%）	34.0	56.0	62.8	61.7	65.0
国际贸易差额（百万美元）	-456	-254	-362	-214	-200

---

① Johnson M. Ishengoma, *Cost Sharing and Participation in Higher Education in Sub Saharan Africa: The Case of Tanzania*, Paris, 2004, pp. 4 - 5.

（http: //portal. unesco. org/education/en/file _ download. php/9f9e36e4f6d024d6ab6c981 a3c08c75bColloquium + - + December + 04 + - + Ishengoma. doc.）

赵鸣骥等：《坦桑尼亚农业支持和服务体系》，载《世界农业》2005 年第 2 期。

② UNESCO, *Education in United Republic Tanzania*. 2004.

③ 中国外交部网站"坦桑尼亚国家概况"。

④ UNESCO Institute for Statistics, *Education in United Republic Tanzania*. 2004.

续表

指　标　　年　份	1994/1995 财年	1995/1996 财年	1997/1998 财年	1998/1999 财年	1999/2000 财年
外债（百万美元）	6260	7230	7520	7782	8000

资料来源：URT，*Development Vision* 2025，p. 2. ①

1997 年，联合国开发计划署（UNDP）对世界 174 国的社会发展水平由高到低排名，坦桑尼亚位居 156 位。1999 年，国际合作组织对 85 个国家的社会腐败程度由低到高排名，坦桑尼亚位居第 81 位。②

三、历史和社会政治制度

坦桑尼亚是古人类发源地之一，其境内奥都威峡谷中的 300 多万年前的人类遗迹闻名于世。早在公元前几个世纪，该地区就同阿拉伯、波斯和印度等地有贸易往来。公元 7~8 世纪，阿拉伯人和波斯人大批迁入。阿拉伯人于 10 世纪末建立了伊斯兰王国。1886 年坦噶尼喀（Tanganyika）内陆划归德国势力范围，1917 年 11 月英军占领坦噶尼喀全境。1920 年，坦噶尼喀成为英

---

① 引自 Daniel Mkude, Brian Cooksey & Lisbeth Levey, *Higher Education in Tanzania：A Case Study*. Oct. 2001. p. 95, Appendix 4. (The Partnership for Higher Education in Africa, New York, 2001.)

（http：//www. foundation-partnership. org/pubs/tanzania/index. php? sub = appendix4 或 http：//www. foundation-partnership. org/pubs/tanzania/tanzania_ 2003. pdf）或：Brian Cooksey & Daniel Mkude, *Higher Education in Tanzania：A Case Study — Economic, Political and Education Sector Transformations*. World Education News & Reviews (WENR), Jan. /Feb. 2003, Volume 16. (http：//www. wes. org/ewenr/03jan/Feature. htm.)

② International Cooperative Alliance, *Tanzania Cooperative Country Study (Geneva：1999)*. 引自 Brian Cooksey & Daniel Mkude, *Higher Education in Tanzania：A Case Study. Tanzania*, Oct. 2001. Appendix 4.

国"委任统治地"。1946年，联合国大会通过决议，将坦噶尼喀改为英"托管地"。1961年5月1日，坦噶尼喀取得内部自治，同年12月9日宣告独立。1962年12月9日，成立坦噶尼喀共和国，尼雷尔（Julius. K. Nyerere, 1922～1999）出任第一任总统。桑给巴尔于1890年沦为英国"保护地"。1963年6月24日取得自治，同年12月10日宣告独立，成为苏丹王统治的君主立宪国。1964年1月12日，桑给巴尔人民推翻了苏丹王的封建统治，建立了桑给巴尔联合共和国。1964年4月26日，坦噶尼喀和桑给巴尔组成联合共和国。同年10月29日改国名为坦桑尼亚联合共和国。现行联合共和国宪法和桑给巴尔宪法分别产生于1977年和1979年。联合共和国宪法规定，联合共和国分设联合政府和桑给巴尔地方政府。1992年第8次宪法修正案明确提出，坦桑尼亚是多党民主国家，奉行社会主义和自力更生政策。1994年第11次宪法修正案规定，联合共和国政府设1名总统和1名副总统；总统为国家元首、政府首脑和武装部队总司令，由选民直选产生，获简单多数者当选，任期5年，可连任一届；总统任命总理，总理主持联合政府日常事务；副总统在竞选中作为总统候选人的竞选伙伴；总统与副总统必须来自同一政党，并分别来自大陆和桑给巴尔；副总统不能由桑总统或联合共和国总理兼任，每届任期5年，连任不得超过两届。桑给巴尔宪法规定，桑给巴尔是坦桑尼亚联合共和国的一部分，桑给巴尔总统为桑给巴尔革命政府首脑。桑给巴尔选举与联合共和国总统大选同时举行，桑给巴尔总统候选人由桑岛各政党提名，经桑给巴尔岛全体选民直选。坦桑尼亚议会为一院制，称国民议会，是联合共和国最高立法机构。议会选举与总统选举同时进行，每5年选举一次。2000年第13次宪法修正案重新界定了坦桑尼亚政治体制，确认原宪法中的"社会主义"和"自力更生"等原则代表了民主、自立、人权、自由、平等、友爱、团结。

坦桑尼亚主要刊物有英文《每日新闻》，斯瓦希里文《自由报》、《民族主义者报》和《工人日报》。坦桑尼亚电台是国家电台，建于 1951 年，设在达累斯萨拉姆，分别用英语和斯瓦希里语广播。"桑给巴尔革命之声"为桑给巴尔电台，建于 1964 年，用斯瓦希里语广播，每天播音 9 小时。桑给巴尔电视台是国营电视台，1973 年建立，用斯瓦希里语播送节目。

四、中坦交流与合作

1961 年，中国与坦噶尼喀建交；1963 年，中国与桑给巴尔建交。坦噶尼喀和桑给巴尔联合后，中国自然延续与坦、桑的外交关系，将 1964 年 4 月 26 日联合日定为中国与坦桑尼亚建交日。坦桑尼亚是中国在非洲的最大受援国。中国从 1964 年开始向坦桑尼亚提供各种援助，主要援建项目有坦赞铁路、友谊纺织厂、姆巴拉利农场、基畏那煤矿和马宏达糖厂等。其中，坦中友谊纺织有限公司是在中国援建的友谊纺织厂基础上，由我国政府提供优惠贴息贷款，双方合资经营的项目，成为中、坦在新形势下开展互利合作的成功范例。中、坦互利合作始于 1981 年，目前共有 40 多家公司在坦桑尼亚开展劳务承包业务。2006 年 1 ~ 6 月双边贸易额为 2.4296 亿美元，其中中方出口额为 1.5329 亿美元，进口额为 8967 万美元，同比分别增长 20.6%，17.8% 和 25.9%。①

中、坦签有《中华人民共和国政府和坦桑尼亚联合共和国政府文化合作协定》。20 世纪 60 年代起中国开始接收坦桑尼亚留学生，截至 2005 年年底共接收坦桑尼亚留学生 696 名。中国于 1964 年开始向坦桑尼亚派遣医疗队，1967 年两国签署了《关于中国派遣医疗队在坦桑尼亚工作的协议》，2006 年中国在坦桑

---

① 中国外交部网站"坦桑尼亚国家概况"。

尼亚医疗队员共 46 人。①

第二节　坦桑尼亚教育发展和
教育体制

一、教育发展

坦噶尼喀于 1961 年 12 月 9 日脱离英国统治，取得政治独立。独立之初，坦噶尼喀的人口约 1190 万。在独立后的最初 7 年里（1961~1967 年），坦桑尼亚保留了从殖民统治中继承而来的自由市场经济，文化教育事业十分落后，教育制度是英国式的，实施的完全是殖民主义教育。坦桑尼亚独立以来所采取的一系列极具特色的发展战略，使之成为非洲大陆上一个引人注目的国家。伴随着社会、政治和经济变革，坦桑尼亚的教育改革和发展大致可以分为四个阶段：

1. 独立后初期的教育改革（1961~1966）：优先发展中等和高等教育

这个时期，坦桑尼亚政府经济政策较温和，也较注意发挥各种经济成分的作用，加之经济发展的外部环境较好，故经济保持增长趋势。国内生产总值年平均增长 6%，人均国内生产总值年平均增长 4%；工业产值年平均增长 13%，占国内生产总值的比重由 1961 年 3.4% 增至 1966 年的 8.1%；农业产值年平均增长 7%，占国内生产总值的比重由 1964 年的 50.3% 降到 1966 年的 48.7%；粮食自给并略有出口；对外贸易年年顺差，出口值年平均增长 11%，1966 年达 2.63 亿美元，是当年进口值的 1.1 倍；政府财政收支年年盈余，货币供应量年平均增长约 2%，年平均

---

① 中国外交部网站"坦桑尼亚国家概况"。

通货膨胀率为 1.7%。①

经济的高速增长为教育的快速发展提供了条件。同其他大多数非洲国家一样，坦噶尼喀独立前实施的是由欧洲传教士和殖民者传播进来的西式教育。该国长期先后被德国和英国统治，种族隔离和歧视教育成为殖民地教育政策的基础，而且地区、部落及各宗教社团间教育发展存在着极大的不平衡，教育内容脱离本地生活，强调学术性。教育发展水平远远落后于英国在非洲北部和南部的其他殖民地。

发展教育是独立后非洲政治领袖们的普遍愿望。1961 年 5 月，在联合国教科文组织的支持下，约 35 个独立或即将独立的非洲国家的代表，在亚的斯亚贝巴讨论教育发展的问题，并制定了"亚的斯亚贝巴"计划。亚的斯亚贝巴会议召开之际，正值非洲大陆民族解放运动方兴未艾，各独立国家把教育看作是振兴国家经济、推动社会发展的有力工具。考虑到现代发展部门急需专业人才的现实，亚的斯亚贝巴会议将发展的重点放到教育"硬件"的规划建设上，如大力扩充各级学校网，提高学龄儿童的入学率，同时建议非洲各国优先发展中等教育、中学后教育和高等教育；由于教育经费不足，普及初等教育放在第二位。②

坦桑尼亚教育的发展也正是顺应了这个时期非洲教育高速发展的潮流。独立后，坦桑尼亚新政府高度重视教育的发展，实行了一系列的教育改革政策：

首先是取消种族隔离教育，取消各种形式的教育歧视，使受

---

① 刘郦生：《坦桑尼亚经济发展面面观》，载《西亚非洲》1988 年第 3 期，第 41～47 页。

② 邓明言：《哈拉雷会议 非洲教育发展的历史转折》，载《比较教育研究》1992 年第 1 期，第 48～49 页。

教育机会均等化。1961 年颁布的《教育法令》为废除种族隔离教育提供了法律框架，从 1962 年起，初级和中级学校向所有儿童开放，所有儿童不论种族、宗教、性别及社会背景如何均可接受初等和中等教育。1962 年，坦噶尼喀教育部决定把斯瓦希里语和英语作为初等学校的教学语言。为使受中等教育机会均等，政府于 1964 年取消了中学学费，并控制小学的收费标准。殖民主义统治时期，对斯瓦希里语非常歧视。官方、高等院校，甚至在中小学都使用英语。独立后，坦桑尼亚非常重视发展民族文化和语言。1964 年，政府公布法令，规定所有部门、企事业单位的一切公函、表格、文件等用斯文书写。在教师种族融合方面，1962 年教育部决定进行非洲人教师和亚裔人教师任教学校的互换，1965 年这种活动在初等学校大规模展开。

其次，在课程改革上做了初步非洲化的努力。独立后不久，在公众要求变革课程的呼吁下，1963 年初等教育部视察团和师资培训咨询委员会完成了初等学校新教学大纲的初步修订工作。到 1966 年底重新修订后的中小学地理课侧重阐述坦桑尼亚和东非社会和经济发展问题、各族人民对解决这些问题所发挥的重要作用；历史课旨在使学生对非洲悠久的历史充满自豪和骄傲感，培养学生的民族自尊心和国家意识。

第三，确定了教育发展战略的重点。在《1961～1963 坦噶尼喀三年发展计划》及《1964～1969 第一个五年计划》中都把扩大中等和高等教育置于教育发展战略的最优先位置。由于这一时期坦桑尼亚社会结构和经济结构未有根本的改变，因而教育改革的规模、范围及深度仍有很大局限。真正有声有势、深刻的教育变革的到来是在《阿鲁沙宣言》发表之后。[1]

---

[1]　李环：《坦桑尼亚大力发展民族教育》，载《比较教育研究》1982 年第 1 期，第 24～25 页。

2. 乌贾马（Ujamaa）社会主义时期的教育变革（1967~1984）：着重发展独立的民族教育和初等教育

1967 年是坦桑尼亚社会经济发展发生重大转折的一年，其显著标志是 2 月《阿鲁沙宣言》的问世。

1967 年 2 月，尼雷尔总统发表了著名的《阿鲁沙宣言》（以下简称《宣言》），奠定了坦桑尼亚发展的意识形态基础。《宣言》主要体现了尼雷尔总统要在坦桑尼亚走乌贾马社会主义发展道路的思想。所谓"乌贾马"，在斯瓦希里语里的原意为"家庭气氛"，是在非洲部族社会中集体劳动、共同生活和共享成果的家族关系。因而尼雷尔总统所倡导的乌贾马社会主义是建立在非洲传统社会的村社或部落基础之上的社会主义，具有非洲的特性，不同于马克思所阐述的社会主义。《宣言》发表后，坦桑尼亚采取了较为激进的经济政策，对大中型工矿企业、贸易商行和金融机构实行国有化政策，在农村开展大规模的建立乌贾马村运动，到 1979 年，全国建立了 8200 多个村庄，90% 以上的人口搬进了这些村庄。乌贾马村庄计划的实现为扫盲运动以及对农民进行卫生、农业技术的教育创造了有利条件。

在社会经济经历重要变革时，教育变革也相继发生。1967 年 3 月 9 日尼雷尔总统发表了题为《教育为自力更生服务》（又译《为自力更生服务的教育》）的报告书。在报告书中，他揭露了殖民主义教育的危害，指出："殖民政府所实施的教育是为了灌输殖民主义社会道德，训练坦桑尼亚人民为殖民主义卖命。其目的在于使坦桑尼亚沦为附属于强权政治，并永远安于这种地位的殖民地社会。这种教育制度实行种族隔离政策，它是为极少数人办的教育。在教学内容上，坦桑尼亚学校使用的是英语和英文教材。这种教育使学生完全脱离劳动，使学生感到一旦受过教育，就可以与众不同，不必再过艰苦的生活，而去追求薪金和社会地位。这种殖民主义教育制度还引导学生只学书本知识，轻视农业耕种的经验，轻视农业劳动者。"①

《阿鲁沙宣言》构成坦桑尼亚教育变革的大背景，而《教育为自力更生服务》这本小册子确定了坦桑尼亚教育改革的方向，成为坦桑尼亚在此后一个时期教育发展和变革的指导性文件。

值得注意的是，尼雷尔所提出的发展自力更生的教育战略，在 12 年后为非洲多数国家所采纳。1979 年，非洲统一组织国家的政府首脑召开第 16 次会议，发表了《蒙罗维亚宣言》。1980年又召开第二次特别会议，通过了《拉各斯非洲发展行动计划》，提出了著名的非洲国家自力更生和集体自力更生的发展战略。②

为了改变这种旧的教育制度和方针，坦桑尼亚政府采取了一系列措施。要求每所学校都应努力成为自力更生的学校；号召教师到农村去劳动和生活，向群众学习。此外，政府对不同年级的学生也提出了不同的劳动要求，从小学到大学的学生都要参加农业生产。教育部规定，把一般工农业生产技术和科学知识的教学列入小学教育计划。考试制度也和师生的劳动评定结合起来。1974 年，坦桑尼亚政府在穆索马（Musoma）召开会议，进一步强调把劳动作为教育的主要组成部分。这次会议还通过了一项决议，要求立即改变中学毕业生经过考试直接上大学的制度，所有中学毕业生都必须先到各行各业去工作，然后根据其表现和工农业生产的需要，由坦噶尼喀非洲联盟支持

---

① 李建忠：《坦桑尼亚教育改革初探》，载《比较教育研究》1994 年第 5 期，第 38～41，18 页。

② 邓明言：《哈拉雷会议——非洲教育发展的历史转折》，载《比较教育研究》1992 年第 1 期，第 48～49 页。

部推荐他们上大学。"在生活中学习"已成为整个坦桑尼亚教育的理想。

根据《阿鲁沙宣言》的原则，对类似于教育这样稀缺资源的使用应该以一种方式去规范和控制，即所有的坦桑尼亚人，无论他的社会经济地位，种族血统，宗教信仰或者性别如何，都有机会获得教育的资源。在阿鲁沙宣言所阐述的原则中，政府制定了若干平等主义为本的教育政策，以均衡不同种族、区域、宗教、社会和性别群体获得和参与教育的机会。这些政策的主要目的是消除坦桑尼亚独立后的区域/民族、社会经济阶级、两性以及不同宗教之间受教育机会的不平等。[①]

在《教育为自力更生服务》指导下，坦桑尼亚对中小学进行了课程改革、考试制度改革，并改变了教育发展战略，把发展成人教育与初等教育作为坦桑尼亚教育发展战略的两个重点。独立后一段时期，为加快培养国家所急需的中、高级人才，坦桑尼亚教育发展的重心曾一度放在中等和高等教育的发展上，但自1967年开始，教育发展重心逐步转向初等教育。由于大多数儿童只有上小学的机会，尼雷尔总统宣布，小学必须为生活而不是为学术培养学生，一个10岁或11、12岁的孩子从小学毕业后，无论从智力、体力或从经济观点来看，都不能成为独立参加生产的公民，所以，他要求儿童晚一些入学，提高了小学入学的年龄。

在这种教育发展战略的指导下，小学就学人数增长极为迅速。坦桑尼亚独立之初，儿童上小学的问题非常严重，上小学的适龄儿童还不到50%。1961年，小学生在校人数为49万

---

① Johnson M. Ishengoma, *Cost Sharing and Participation in Higher Education in Sub Saharan Africa: The Case of Tanzania*. Paris, 2004, p. 5.

人，到 1975 年，就增加到 290 万人。1965～1981 年间政府初
等学校在校学生人数翻了 4 番。与此同时，侧重发展初等教育
的战略使得中等教育就学人数的增长极为缓慢。1961 年坦桑
尼亚中学入学人数为 16691 人；1964～1965 年，坦桑尼亚公立
中学入学人数为 19895 人，1970～1971 年为 31217 人。[①] 坦噶
尼喀独立时，有 33% 以上的初等学校毕业生可被选拔上政府中
等学校；到 1970 年升学率下降到 1/10，到 1982 年升学率则下
降到 2%。[②]

表 1－2－1　　　　1962～1981 年坦桑尼亚各级学校注册学生人数[③]

学　　年	公立中学（人）	私立中学（人）	达累斯萨拉姆大学（人）
1962～1963	14175	—	17 [④]
1964～1965	19895	—	89
1970～1971	31217	9961	1316
1975～1976	38327	14950	2030
1977～1978	41965	19213	2096
1980～1981	—	30162	3357

---

① C. J. Galabawa, *Implementing Educational Policies in Tanzania*. World Bank
Discussion Papers, No. 86, Africa Technical Department Series. Washington, D. C.
1990. pp. 3, 10.

② 李建忠：《坦桑尼亚教育改革初探》，载《比较教育研究》1994 年第 5 期，
第 38～41、18 页。

③ C. J. Galabawa, *Implementing Educational Policies in Tanzania*. （World Bank
Discussion Papers, No. 86, Africa Technical Department Series.）Washington, D. C.
1990. p. 10.

④ 其他资料均说 13 人。

关于 1961~1981 年坦桑尼亚各级教育的学校和在校学生人数，还有另一组数据（表 1-2-2）。

表 1-2-2　　　　1962~1981 年坦桑尼亚各类正规教育和成人教育统计①

时间 项目 教育类型	1962 年		1966 年		1976 年		1981 年	
	学校	注册人数	学校	注册人数	学校	注册人数	学校	注册人数
小学（1~4 年级）	333342	443799	3853	561755	5804b	1954442	9947	3530622
小学（5~7 年级 a）		74864		179236				
中学（1~4 年级）	51	13690	70	22241	无数据	36218	83	34748
中学（5~6 年级）	10	485		1595		3729		3544
职业和技术教育	3c	1516	3c	1444c	无数据	无数据	2d	1360d
教师培训	21	1851e	17f	5011f	无数据	9471b	37	13138g
高等教育（东非）h	—	193	—	997i	—	2828	1j	2952

① Lene Buchert & James Currey, *Education in the Development of Tanzania* (1919~1990), London, 1994. Table6. 3. (http：//www. questia. com/PM. qst? a ＝ o&d ＝ 91114956.)

续表

时间\项目\教育类型	1962 年		1966 年		1976 年		1981 年	
	学校	注册人数	学校	注册人数	学校	注册人数	学校	注册人数
高等教育（海外留学）	—	1327k	—	2325k	—	1070	—	1497
总计	3427	537725	3943	774604	5804	2007758	10070	3587861

注：不包括劳动和社会福利部（the Ministry of Labour and Social Welfare）（现在改称劳动和人力资源发展部，MLMD）举办的职业培训。正式的教育包括国家备案的私立研究机构，它能得到政府的援助保证。学生数量是指总的注册招生数。

a：1968 年废除了第 7 套标准（Standard VII）。

b：1975 年的数据。

c：包括达累斯萨拉姆技术学院（Dar es Salaam Technical College），中等技术学校（艾夫达和莫希），手工艺课（仅在莫希中学开设。这些课程被定为四年制初中的技术课程）。1966 年，在达累斯萨拉姆技术学院还有 1580 名非全日制学员。

d：达累斯萨拉姆和阿鲁莎技术学院。这里不包括劳动和社会福利/人力资源发展部所属的职业培训中心和中级职业培训中心的学员。

e：1962 年 11 月，包括政府举办（总共 439 名学员）和非官办学院的所有 A、B 和 C 级的学生。

f：包括师范学院第一年入学和第二年毕业（只有两年课程）的学生，三年级和 A，B 和 C 级的教育官员。

g：远程教育项目的成果并不包含在统计数据之内。1979 年到 1981 年为止，37988 人当中有 35028 人通过了考试。

h：1970 年东非大学拆分为三所独立的大学。在坦桑尼亚，达累斯萨拉姆学院成为达累斯萨拉姆大学。

i：包括 1966/1967 年度所有学科的招生。

j：达累斯萨拉姆大学。

k：包括海外的大学。另外中级以上的研究机构和课程。1977 年的数据。

资料来源：*Annual Report of the Ministry of Education* 1962：10 - 16，1966：54 - 86；*Statistical Abstract* 1964：154 - 158；*Annual Report of the Ministry of Education* 1966：54 - 86；*Economic Survey* 1977 ~ 1978：111 - 112；Ministry of Education, *Basic Education Statistics in Tanzania* 1981 ~ 1985：1，5，8 - 10，12 - 13，15 - 20，22；UNESCO 1977：1.3.

　　尼雷尔总统特别重视成人教育。他认为成人教育见效快，收益大。成人教育的重点是扫盲。1968 年开展了农民成人扫盲的试点工作。在《阿鲁沙宣言》发表后，大规模发展成人教育。成人教育的重点是扫盲。据统计，坦桑尼亚独立时只有 10% ~ 15% 的人会读斯瓦希里文，1% 的人会读英语。经过多年的不懈努力，坦桑尼亚的扫盲工作取得了令人瞩目的成就，文盲率从 1967 年的 69% 猛降至 1986 年的 9.6% ,[①] 在非洲国家中树立了极好的样板。

　　与此同时，高等教育机构有了较快发展。坦桑尼亚独立时，全国仅有一所附属在东非大学的达累斯萨拉姆学院，该学院仅设有几个系。独立后，达累斯萨拉姆学院正式改为大学，又新建立了财政管理学院、莫罗戈罗发展学院、全国生产力学院、达累斯萨拉姆工学院、达累斯萨拉姆商学院，1980 年又新成立了阿鲁沙技术学院，全国还有 21 所国民教育学院，其中一部分培养初中师资。[②] 但是，这个时期学校的利用率却很低，教育资源浪费严重。以达累斯萨拉姆大学为例，1974 ~ 1983 年的 10 年间，该校招生人数还不到学校招生能力的 75%。[③]

　　关于这个时期坦桑尼亚大学教育的发展和大学教育的改革，详见后述（第二章第一节）。坦桑尼亚从小学到大学，一律实行

---

　　① 李环：《坦桑尼亚大力发展民族教育》，载《比较教育研究》，1982 年第 1 期，第 24 ~ 25 页。

　　李建忠：《坦桑尼亚教育改革初探》，载《比较教育研究》1994 年第 5 期。

　　② 李环：《坦桑尼亚大力发展民族教育》，载《比较教育研究》，1982 年第 1 期，第 24 ~ 25 页。

　　③ MSTHE (Tanzania), *Higher and Technical Education Sub-Master Plan* (2003 ~ 2018). Vol. II, Dar es Sallam University Press, 2004. p. 7.

免费教育。1977～1978年，教育经费占国家财政预算14.2%。[①]这使国家不堪重负。

值得注意的是，三级教育内部的发展应大体有个比例，而且三级教育之间应该是阶梯进衔接的关系。坦桑尼亚独立初期，教育发展的重点放在中等和高等教育，而《教育为自力更生服务》发表后，教育重点又发生颠倒，初等教育列为优先，并且作为一个完成的教育阶段和终点，这不仅使初等教育与高一级教育失去了衔接，而且使中等以后教育发展出现"瓶颈"现象，制约了国家建设所需的中、高级人才的供给。

随着从20世纪70年代下半期开始坦桑尼亚经济形势逐渐恶化，教育改革自身存在的一些问题日益显露出来。

坦桑尼亚经济自1977年起开始连续10年走下坡路，政府财政连年出现巨额亏空。20世纪80年代中期，政府财政年收入只够年支出的60%；债务负担日益深重，到1986年已积欠到期未还债务9亿美元；通货膨胀率居高不下，年平均通货膨胀率超过25%，1986年达到32.4%。市场商品奇缺，物价飞涨，1986年物价指数是1977年的744%，而工资提高甚少，人民生活水平急剧下降。为谋生计，许多人不得不多方索求额外收入，甚至连一些大学教员也不例外。根据坦桑尼亚国家统计局提供的资料，按1976年不变价格计算，1961～1986年坦桑尼亚国内生产总值增长1.4倍，但同期人口增长1.3倍，人均国内生产总值在26年间仅增长2.6%。当时的坦桑尼亚总统尼雷尔说，坦桑尼亚实际上比独立时更穷了。[②]

---

① 李环：《坦桑尼亚大力发展民族教育》，载《比较教育研究》1982年第1期，第24～25页。

② 刘郇生：《坦桑尼亚经济发展面面观》，载《西亚非洲》1988年第3期，第41～47页。

3. 经济调整和改革时期的教育改革（1985～1990）：① 教育恢复发展，制定了教育成本分担政策

联合国非洲成员国国家教育部长和经济计划部长会议于1982年6月28日至7月3日在津巴布韦首部哈拉雷召开。联合国教科文组织总干事长阿马杜·马赫塔尔·姆博是这次会议的召集人。这是继1961年亚的斯亚贝巴会议以来在非洲本土召开的研讨非洲教育发展战略和地区教育合作问题的第五次部长级会议。43个非洲国家的代表出席了会议。各与会国均派出负责经济发展事物的政府高级官员参加会议，这在现代非洲教育史上尚属第一次，表明非洲国家和政府决心继续坚定不移地执行将教育的重点转到社会经济发展的轨道上来的方针。会议最后通过了《哈拉雷宣言》，标志着非洲国家的教育进入一个新的历史发展阶段。

哈拉雷会议把建立更加公正的国际经济新秩序、捍卫非洲国家的独立主权、进一步消除新老殖民主义在非洲大陆的影响写进了大会宣言，并再次重申了《蒙罗维亚宣言》（1979）和《拉各斯行动计划》（1980）提出的集体自力更生的原则，号召所有非洲国家最大限度地动员本地区人力、物力和财力，合理利用现有资源，以教育促发展，向贫困和愚昧开战。《哈拉雷宣言》提出，高等学校应加强与政府决策机构和各发展部门之间的合作，发挥自身的科研优势，积极介入本国和本地区的社会经济发展。②

在《哈拉雷宣言》发表前后，坦桑尼亚也开始酝酿经济改革和教育改革。面对经济持续恶化、外援日趋减少和外汇濒临枯

---

① 李建忠在《坦桑尼亚教育改革初探》中，把该时期的起始时间定为1984年。

② 邓明言：《哈拉雷会议　非洲教育发展的历史转折》，载《比较教育研究》1992年第1期，第48～49页。

竭的危急形势，为寻求恢复经济所急需的外部资金，坦桑尼亚被迫于 1980 年开始同国际货币基金组织进行谈判。这一时期坦桑尼亚政府采取了调整汇率政策、价格政策、财政政策、货币政策、贸易政策和工业发展政策，颁布新的鼓励投资条例，逐步实行经济自由化政策，为该国经济增长注入了新的活力。在此情况下，国际货币基金组织于 1986 年 8 月与坦桑尼亚正式达成贷款协议。根据坦桑尼亚同国际货币基金组织达成协议后制订的三年"经济恢复计划"（1986/1987 年度～1988/1989 年度），坦桑尼亚恢复经济每年需 12 亿美元，其中 8 亿美元要由西方国家提供。

1985 年姆维尼当选总统，标志着坦桑尼亚经济调整和改革时期的开始。坦桑尼亚政府制定了 1986～1989 年经济恢复三年计划，采取了优先发展农业、提高农产品收购价格、整顿国营企业、放宽贸易限制、压缩进口、紧缩财政等措施。到 20 世纪 80 年代末逐步确立了贸易自由化和以市场为导向的经济改革方向。从 1986 年下半年开始，坦桑尼亚经济困难略有缓解。[1]

经济改革为新一轮教育改革创造了条件，并加快了教育改革的进程。1984 年坦桑尼亚政府通过《迈向 2000 年的坦桑尼亚教育》的决议，拉开了这一时期教育改革的序幕。决议提出发展教育的远景规划，强调进一步发展各级各类教育，特别是职业教育和成人教育，并决定放宽政策，准许集体和私人办学；决议坚持民族的、自主的教育发展道路，根除殖民地教育的影响；确认教育的目的在于巩固和加强国家的统一，促进社会经济的改革和发展，提高人民的物质文化生活水平；决议提出的核心政策是改善教育质量和实行教育成本分担。[2]

① 刘郧生：《坦桑尼亚经济发展面面观》，载《西亚非洲》1988 年第 3 期。
② 《非洲教育概况》编写组：《非洲教育概况》，中国旅游出版社 1997 年版，第 310 页。

　　在坦桑尼亚经济调整和改革的背景下，小学教育一度得到恢复发展。1970 年，坦桑尼亚小学毛入学率仅有 34%，1985 年小学毛入学率男生为 73.8%，女生为 73.1%，增加了一倍多。1970～1985 年，中学入学率不但没有增长，反而有所下降：1970 年，中学（包括初中、高中）毛入学率平均为 3%，1985 年初中毛入学率男生为 4.5%，女生为 2.7%，高中毛入学率男生为 0.80%，女生为 0.20%。1990 年，中学毛入学率为 4%，比 1985 年增长了 1/3。[①]

　　但是，这个时期坦桑尼亚中小学的入学率在东非仍是最低的。到 1990 年，坦桑尼亚小学毛入学率下降到 63%。

表 1 - 2 - 3　　　　　　几个非洲国家中小学入学率比较[②]

国家	教育水平	总入学率（%）			女生入学率（%）		
		1970	1990	1992	1970	1990	1992
肯尼亚	小学	58	94	95	48	92	93
	中学	9	27	29	58	19	25
坦桑尼亚	小学	34	63	68	27	63	67
	中学	3	4	5	2	4	4

　　① J. C. J. Galabawa, *Education Sector Country Status Report* (*Tanzania*). Dar es Salaam, 2001. p. 86, Table 7.3. (http://www. moe. go. tz/pdf/Educ. % 20Sector% 20Country% 20Status% 20Report. pdf.)

　　T. L. Maliyamkono& O. Ogbu, *Cost Sharing in Education & Health*. Dar es Salaam, 1999. p. 82.

　　② T. L. Maliyamkono& O. Ogbu, *Cost Sharing in Education & Health*. Dar es Salaam, 1999. p. 82.

项目 时间 国家	教育水平	总入学率（%）			女生入学率（%）		
		1970	1990	1992	1970	1990	1992
乌干达	小学	38	76	71	30	无数据	63
	中学	4	13	13	2	无数据	无数据
赞比亚	小学	90	93	97	80	91	92
	中学	1	20	31	8	14	26

资料来源：World Bank，*World Development Report*. 1995.

在坦桑尼亚经济改革、中小学教育得到恢复发展的背景下，高等教育也得到恢复和发展（详见第二章第一节的论述）。1984年，坦桑尼亚第二所公立大学索考伊农业大学（SUA）成立。1990年，科技和高等教育部成立，制定了高等教育国民教育政策。

4. 经济和教育恢复发展时期（1991年至今）：高中和高等教育迅速发展，建立公立、私立办学体制

在这个时期，坦桑尼亚经济面临不少困难，制约了教育的发展。1997/1998学年，小学毛入学率为77.9%，1999年小学净入学率为55%，2004年小学入学率上升到85%；1999年，中学毛入学率仅有5%（撒哈拉以南地区平均水平为30%）。[①] 但成人扫盲率仍位列非洲地区前茅，1997年成人扫盲率为68%；2000~2004年，成人扫盲率男性为77.5%（地区平均水平是

---

① United Republic of Tanzania：*Tanzania Assistance Strategy*. May 2000.（http：//www. undg. org/documents/1691 - Tanzania_ CCA_ - _ Tanzania_ 2000. pdf.）

70.9%），女性为 62.2%（地区平均水平为 54.8%）。[①]

表 1 - 2 - 4　　1990~1999 年坦桑尼亚不同性别和

教育类型的毛入学率变化[②]　　　　单位:%

年份	小学		中学				职业教育		高等教育	
	男	女	初中		高中		男	女	男	女
			男	女	男	女				
1990	70.4	71.1	7.7	5.6	1.30	0.40	—	—	—	—
1995	67.7	79.0	7.5	6.4	1.75	0.60	82.3	17.7	0.95	0.12
1996	66.9	68.5	7.6	6.4	1.70	0.80	82.2	17.8	0.96	0.13
1997	66.7	68.8	7.8	6.7	1.80	1.20	80.5	19.5	1.26	0.16
1998	65.0	66.8	7.2	6.9	1.81	0.95	—	—	0.66	0.14
1999	65.3	67.6	7.6	7.2	2.15	1.12	—	—	0.79	0.18

资料来源：*BEST*, 1985 ~ 1989, 1989 ~ 1993, 1995 ~ 1999；URT, *Economic Survey for* 1999；URT, *Population Projection from Population Planning Unit*.

从表 1 - 2 - 4 可以看出，自 1990 年开始，坦桑尼亚小学入学率大幅度下降，到 1995 年下降了约 13 ~ 18 个百分点；与此同时，初中入学率则大幅提升；高中入学率的大幅提升则发生在 1995 年以后；职业教育和高等教育的入学率则变化不大。看来，在这个时期高中入学率的提升对提高高等教育的入学率影响不大。

1999/2000 学年，坦桑尼亚仅有 0.3% 完成小学教育的学生考上大学，2000/2001 年上升到 0.4%。在坦桑尼亚，大学适龄

①　UNESCO, *Education in United Republic Tanzania*. 2004.

②　J. C. J. Galabawa, *Education Sector Country Status Report（Tanzania）*. Dar es Salaam, 2001. p. 86, Table 7.3.（http：//www. moe. go. tz/pdf/Educ.% 20Sector% 20Country% 20Status% 20Report. pdf. ）本表职业教育的数据实际上是学生的性别比例，而不是入学率。

群体能够接受高等教育的人占 0.27%，肯尼亚为 1.47%，乌干达为 1.33%，纳米比亚为 4.66%，莫桑比克为 0.33%，安哥拉为 0.44%，津巴布韦为 1.05%。坦桑尼亚高校入学率是撒哈拉以南非洲最低的。[1]

据联合国开发计划署和世界银行估计，在 2003 年前后，约 1/3 的坦桑尼亚未成年人不能接受小学（基础）教育，95% 不能进入中学接受教育。坦桑尼亚还保持着撒哈拉以南非洲几乎最低的中学教育入学率，同一年龄段中学教育入学率，在 2000 年只有 6%，乌干达达到 19%，而肯尼亚则达到 31%。[2]

成人识字率已由 20 世纪 70 年代的 90% 多下降到 2001 年的 71%。成人教育下降的原因主要有：项目非常集中和形式化；由学科专家选定的题材不考虑使用对象的利益；成人教育规划的发展各阶段缺乏参与者决策；缺乏永久性的教师；缺乏教学材料，等等。[3]

在这个时期，坦桑尼亚开始实行教育成本分担政策。该政策首先从中等教育开始实施。坦桑尼亚财政部长提出在 1989/1990 财政年度学生家长交纳的费用要占中学学生培养成本的 8.3%。但这项政策的真正实施要在 1991 年以后。为了解决教育经费不足和扩大招生的矛盾，从 1992 年开始，在达累斯萨拉姆大学等学校，开始招收自费生（详见第七章第一节）。随着教育规定的放宽，政府在 1995 年通过教育法案，允许私人与政府合作办学，建立公立、私立两种办学体制。

---

[1]　URT, *MSTHE*, 2000.

[2]　Johnson M. Ishengoma, *Cost Sharing and Participation in Higher Education in Sub Saharan Africa: The Case of Tanzania*. Paris, 2004, p.5.

[3]　The United Republic of Tanzania: *The Education and Training Sector Development Programme Document*. Final Draft, August, 2001. p.15. (http://www.moe.go.tz/pdf/SDP-Document-final%20draft.pdf.)

二、教育体制

坦桑尼亚现行学制是根据 1969 年通过，并于 1978 年 10 月重新制定的《教育法》确定的。坦桑尼亚正规教育实行三级教育制度。坦桑尼亚大陆的学制小学为 7 年，中学 6 年（初中 4 年，高中 2 年），然后是大学或大专 3 年。桑给巴尔岛的学制小学为 8 年，初中 3 年，高中 3 年，中等技校（小学后）3 年。

表 1 - 2 - 5　　　　　　坦桑尼亚大陆教育结构表①

高等教育	研究生（博士学位）	3 年	高等技术（专科）院校	3 年
	研究生（硕士学位）	2 ~ 3 年		
	大学本科（学士学位）	3 ~ 5 年		
中等教育	高中	2 年	中等技术（专科）学校	3 年
	初中	4 年	初等技校（中专）	3 年
初等教育	小学	7 年		

斯瓦希里语在小学作为教学语言和一门科目，并且在中学和高等学校作为教学语言。除了英语教科书，其他所有的小学教科书都用斯瓦希里语编写。中学和高等学校则用英语教材。

小学是义务教育，又被称作"终结教育"，不以升学为主要目的。小学入学年龄为 7 ~ 10 岁，以适应政府关于"小学必须为生活而不是为学术培养学生"的要求。小学阶段结束举行一次毕业考试。据估计，约80% ~ 90%的小学生升不了中学。②

中学教育分为两个阶段。第一阶段为 4 年，相当于中国的初中。在这 4 年中，学生必须通过 9 门科目的考试才能达到初中毕业水平（Ordinary Level，即 O 级），获得初中资格证书（O 级证

---

①　《非洲教育概况》编写组：《非洲教育概况》，中国旅游出版社 1997 年版，第 311 ~ 312 页。

②　同上书，第 313 页。

书，称作 Certificate of Secondary Education，简称 CSE）。

在初中的第二个学年，如果学生通过全国性的考试，他们可以另外再读两年。这两年之后，学生可以在 11 月份参加中学资格证书考试（the Certificate of Secondary Education Exam，CSEE），第二年的 3 月份公布考试成绩。

学生必须在中学资格证书考试（CSEE）中 5 门科目达到 A 至 C 级，才能进入中学第 5 学年学习。在接下来 2 年中，学生必须通过包括综合课（General Studies）在内的 9 门科目的考试才达到高中毕业水平（Advanced Level，即 A 级）。考试合格者就能拿到国际承认的高中资格证书（Advanced Certificate of Secondary Education，简称 ACSE）。高中资格证书考试（The Advanced Certificate Examination，即 ACSE）在 5 月举行，成绩在 10 月公布。学生拿到高中资格证书（中学 A 级证书），一般需要 13 年时间。此后，学生才有资格进入大学深造。此外，在 2003 年以前，申请人在进入一个高等院校读书以前必须接受 6 个月的公民兵役训练。①

坦桑尼亚的中学后教育是双重制的。在坦桑尼亚的教育体制中，高等院校属于第三级学校（tertiary institutions）。值得注意的是，在坦桑尼亚，高等教育和高等技术教育是分开的，技术学院（Institute of Technology，或 Technical College）属于高等技术教育院校，它们是纯工科院校。

按照坦桑尼亚教育和文化部制定的"教育和培训政策"（1995）的规定，所有普通中学教育以上的教育称为第三级教育，高等教育属于第三级教育，包括有证书（certificate）、文凭

---

①　Brian Cooksey & Daniel Mkude，Higher Education in Tanzania: A Case Study —— Economic, Political and Education Sector Transformations. World Education News & Reviews，Jan./Feb. 2003，Volume 16.

（http://www. wes. org/ewenr/03jan/Feature. htm. ）

（diploma）和学位（degree）三种课程计划。第三级教育所授文凭从高到低依次为学位（degree）、高级文凭（advanced diploma）、普通文凭（ordinary diploma）以及证书（certificate）。证书的学制 1 年，普通文凭 2 年，高级文凭 3 年。学士学位需要 3 年的全日制学习；学士之后攻读硕士学位需要 2~3 年；硕士学位之后攻读博士学位一般需要 3 年。① 坦桑尼亚的高等院校分成三个等级，从高到低依次为大学（University Level Institutions）、大学学院（University Colleges Institutions）和大专水平的院校（Non-University Level Institutions）。②

　　第三级学校一般在 9 月或 10 月开学。在 2003 年以前，中学生在进入一个高等教育机构以前必须接受 6 个月的公民兵役训练。加上中学生高中资格证书考试（ACSE）的成绩在 10 月份公布，中学毕业后一年才能上大学。因此，一个 7 岁就上小学的学生，读大学的年龄一般要到 22 岁。③ 大约在 2003 年以后，大学生入学前的 6 个月的公民兵役训练被各校逐渐取消了。

　　大学和其他高等学校的一般入学条件有：有中学资格 O 级证书（CSEE）或等效的证书，在高中资格考试（ACSE）或等效的考试中，必须通过五门科目；有两门相应的科目，在考试中总分不能低于 5 分（A 是 5 分，B 是 4 分，C 是 3 分，D 是 2 分，E 是 1 分，S 是 0.5 分，F 是 0 分）或两门主课必须达到 C 级以上。④

---

① Brian Cooksey & Daniel Mkude, Higher Education in Tanzania: A Case Study — Economic, Political and Education Sector Transformations. WENR, Jan./Feb. 2003, Volume 16.

② URT MoEC, Education and Training Policy (1995). p. 8.

③ Cultural Affairs Assistant and Educational Advisor, Tanzania Educationl System. 2005.

④ Brian Cooksey & Daniel Mkude, Higher Education in Tanzania: A Case Study — Economic, Political and Education Sector Transformations. World Education News & Reviews, Jan./Feb. 2003, Volume 16. (http://www.wes.org/ewenr/03jan/Feature.htm.)

Cultural Affairs Assistant and Educational Advisor, Tanzanian Educational System.

第二章

坦桑尼亚高等教育发展的
历史与现状

第一节　坦桑尼亚高等教育的发展

一、高等教育的发展

坦桑尼亚高等教育起步很晚。在 1961 年以前，坦桑尼亚并没有自己的高等教育。1961 年，全国只有 76 名大学毕业生，他们都是在国外留学回来的。坦桑尼亚于 1961 年创办坦噶尼喀（Tanganyika）大学学院，它附属于伦敦大学，作为伦敦大学的一个学院，最初仅设法律系，仅有法律系学生 13 人。1963 年东非大学成立，由坦噶尼喀学院同乌干达的麦克勒勒大学学院（Makerere University College）和肯尼亚的内罗毕大学学院（Nairobi University College）一起构成，坦噶尼喀大学学院改称为达累斯萨拉姆大学学院。1970 年，东非大学解散。因此，1970 年 7 月 1 日，达累斯萨拉姆大学学院成为独立的国家大学。[①] 在东非大学解体时，达累斯萨拉姆大学学院在校大学生达到 1263 人，[②] 1985 年上升到 2987 人。1989 年又略微下降到

---

　　① Daniel Mkude & Brian Cooksey, *Tanzania Higher Education Profile*. Dec. , 2006. (http：//www. bc. edu/bc_ org/avp/soe/cihe/inhea/profiles/Tanzania. htm.)

　　② 李建忠：《战后非洲教育研究》，江西教育出版社 1996 年版，第 293 页。李建忠称 1970 年 6 月，达累斯萨拉姆大学在校学生有 1592 人。坦桑尼亚科技和高教部 2004 年的材料说，1970 年 6 月，达累斯萨拉姆大学在校大学生有 1263 人。MSTHE, *Higher and Technical Education Sub-Master Plan*(2003～2018). Vol. II,2004. p. 6.

2839 人。到 1995 年前后，在全国 2500 万人口中，仅有 3327 名本科生及大约 500 名研究生。可以说，坦桑尼亚大学教育整体发展水平是很低的。[1][2]

坦桑尼亚科技和高等教育部曾把本国的高等教育发展分成 5 个时期，即：从独立前到 1961 年 11 月；1961 年 12 月到 1974 年；1974 年到 1983 年；1984 年到 1993 年；1994 年至今。[3] 笔者认为，第三时期的上限应以 1970 年 7 月达累斯萨拉姆大学成立为标志，因为这是坦桑尼亚高等教育独立发展的标志；第四时期开始的标志是《穆索马决议》的废止，因此以 1985 年为宜。值得注意的是，坦桑尼亚高等教育发展的阶段，与该国教育发展阶段并不一致。

1. 殖民地时期的高等教育（截至 1961 年 11 月）

坦桑尼亚高等教育的起源，可追溯到 1961 年 5 月，当时坦噶尼喀大学学院（University College of Tanganyika）作为伦敦大学的附属学校建立起来。7 个月后，即 1961 年 12 月，坦噶尼喀就宣告独立。坦噶尼喀学院与伦敦大学建立了特殊的关系，颁发伦敦大学的学位，该学院最初只有一个系（法律系）和 13 名学生，[4] 其中 7 名是坦噶尼喀本地人。

坦噶尼喀学院成立前，坦噶尼喀仅有一所中专水平的技术学校。该技术学校于 1957 年在达累斯萨拉姆建立，提供技术商业

---

① 李环：《坦桑尼亚大力发展民族教育》，载《比较教育研究》1982 年第 1 期。

② 李建忠：《战后非洲教育研究》，江西教育出版社 1996 年版，第 293 页。

③ MSTHE, *Higher and Technical Education Sub-Master Plan* (2003 ~ 2018). Vol. II, 2004. p. 5.

④ 坦桑尼亚科技和高教部的一份资料和达累斯萨拉姆的一份资料说，当时在校生有 14 名。但达累斯萨拉姆大学校方和其他资料都说是 13 名学生。参见 MSTHE, *Higher and Technical Education Sub-Master Plan* (2003 ~ 2018). Vol. II, 2004. p. 5. UDSM, Prospectus (2006/2007). p. 1.

课程，有工程学、商学、建筑学、社会学和家政学。这所技术学校吸收了伊富达（Ifunda）商业学校和莫希商业学校（分别建立于 1954 年和 1957 年）的优秀毕业生，从而可提供技术教育的中专水平课程，甚至面向国外学校招生，如肯尼亚的内罗毕皇家技术学院（the Royal Technical College Nairobi in Kenya）。

除了上述中专水平的教育外，在 1961 年前，坦桑尼亚人（坦噶尼喀人桑给巴尔人）的非技术课程和高等教育的受业机会由外国学校提供，如乌干达的麦克勒勒学院，肯尼亚的内罗毕皇家技术学院以及欧洲、印度、南非的一些大学。例如，在 1947 年，麦克勒勒大学有 25 名坦噶尼喀学生，1959 ~ 1960 年，有 183 名；内罗毕皇家技术学院也有 6 名坦噶尼喀学生，而进入非洲其他国家和海外大学的坦噶尼喀学生也是屈指可数。

2. 高等教育初创时期（1961 ~ 1970 年 6 月）

坦桑尼亚的高等教育几乎与国家的独立同时起步。在独立之初，坦噶尼喀与其他非洲国家一样，首先做了三件事：设计一面国旗、创办航空公司和大学，并把它们作为主权及脱离宗主国的三个象征。在那些还没有一所大学的非洲国家，独立后纷纷创办一所大学，出现了"一个国家一所大学"（one country one university）的现象。大学成为独立的象征，其意义不亚于设计一面国旗、创作一首国歌或创办一家航空公司。因而独立后每一个非洲国家都创办了自己的大学，国家总统成为当然的第一任大学校长。当然"一个国家一所大学"是出于新生政权的政治与经济建设的需要。在政治上，非洲国家为了巩固新生的政权，急需大批行政管理人才，以实现文职人员非洲化。经济上非洲国家面临改变落后经济状况，发展民族经济的艰巨任务，经济的振兴推动了人才的需求。

为适应国家建设的需要，大学开设了一些准学位课程，如护理、新闻、图书管理、社会工作和药剂学等课程，创办校外学习部及继续教育中心；大学评议会不仅负责校内学生的考试，而且负责校外教育机构的非学位学生考试；有关非洲发展特别是农村发展问题在大学的教学和科研计划里得到了反映；全日制及一些大学的非全日制学生就学人数迅速增加；举办"开放日"，允许家长和儿童参观大学图书馆；大学教师参加国家工作委员会，积极投身国家服务和建设。①

独立后一段时期，为加快培养国家所急需的中、高级人才，坦桑尼亚教育发展的重心曾一度放在中等和高等教育的发展上，因此中等和高等教育一度发展迅速。但从 1967 年开始，坦桑尼亚教育的重心转向初等教育的发展，牺牲中学教育的政策意味着可以升入大学的合格高中毕业生人数严重受限制。

1962/1963～1975/1976 年间，坦桑尼亚教育经费占 GDP 的比重从 2.7% 增加至 5.7%。在国家开发预算中，1962～1963 年的教育拨款达到 13%。②

坦噶尼喀学院虽然起点低，但这所大学发展很快，在成立之初的三年里，不仅搬到新校区，而且在 1963 年与（乌干达）麦克勒勒学院和（肯尼亚）内罗毕大学合并成为东非大学。1970 年 6 月，当东非大学解体时，达累斯萨拉姆大学已有 4 个系，即文学和社会科学系（1964 年建立），理工系（1965），医学系（1968）和农学系（1969）共 1263 名学生。③

---

① 李建忠：《战后非洲教育研究》，江西教育出版社 1996 年版，第 153～155、292～293 页。

② Lene Buchert & James Currey, *Education in the Development of Tanzania* (1919～90), London, 1994. Table6. 1. （http：//www. questia. com/PM. qst? a ＝ o&d ＝ 91114956.）

③ MSTHE, *Higher and Technical Education Sub-Master Plan* （2003～2018）. Vol. II, 2004. p. 6.

在这个时期，坦桑尼亚建立了一所新院校，即达累斯萨拉姆教师培训学院（DSTC，1966）。不过，这所学校不是严格意义上的高等学校，它只不过是一所职业教育学校。

这个时期坦桑尼亚高等教育的发展主要有以下几个特点：

（1）坦桑尼亚高等教育最初是在原宗主国的指导下发展起来的。1961年达累斯萨拉姆大学学院和内罗毕大学学院与伦敦大学建立了特殊关系。殖民地学院与伦敦大学建立的这种特殊关系，在当时有以下几点好处：

① 殖民地学院的学位依据的是学习金本位（gold standard of learning），从而保证了毕业生质量。例如1960年（殖民地学院与伦敦大学的特殊关系开始松动的第一年）大约300名东非和西非学生参加伦敦大学学位考试，结果有80%的人通过，这个百分比大致与同年伦敦大学内部考生的及格率相同。这表明非洲本土培养的大学生与英格兰本科生相比质量上毫不逊色。短短10年殖民地学院赢得质量声誉。

② 伦敦大学与殖民地学院不仅是庇护与被庇护的关系，而且还体现出一种伙伴关系。殖民地学院教师有权参加监考，而伦敦考试委员则有机会访问殖民地学院，由此增进彼此熟悉和了解，促使他们对非洲和西印度群岛的教学和科研问题产生兴趣。

③ 在学位结构框架内伦敦大学准许对殖民地学院的教学大纲作较大幅度的改动，增设了一些地方特色的课程。例如生物课以非洲动植物内容代替讲授欧洲的动植物，非洲历史和地理也列入了课程之中。伦敦大学甚至还同意增设那些并不在它的课程表范围之内的科目，比如在达累斯萨拉姆大学学院开设了东非法律制度课程，在尼日利亚的伊巴丹大学学院开设了行政管理学习课程。

④ 在一定程度上促进了殖民地学院科研能力的提高。特殊关系不仅使殖民地学院教职员能够以校内生身份攻读伦敦的哲学博士学位，而且有些不能在欧洲进行的科研课题得以在殖民地学院开展，像热带病、社会人类学、淡水生物、非洲宗教、非洲历史和非洲考古学等科研课题都曾在殖民地学院列项研究。

但是，这种特殊关系也有其不利的方面。首先，课程设置与当地社会不完全适应。尽管伦敦大学积极鼓励课程内容与当地环境相适应，但却坚决反对与它的学位模式有任何的背离，仅允许设置一些次要学科与当地环境相关。因而殖民地学院基本上是依循牛津或剑桥的传统的课程模式，学院设置的大部分课程同当地社会和学生将来的就业没什么明显的相关。第二，这些殖民地大学学院被建成为一个脱离当地社区环境、设施齐全和有配套服务的小社会。坦噶尼喀大学学院照搬了伊巴丹大学学院的模式，即学院的校址选在远离市中心的地方（达累斯萨拉姆大学建在达累斯萨拉姆西郊 13 公里的地方），校内有配套服务，附设医务室、中小学并为师生提供交通服务。创办者认为有效的教育要求学生脱离开他们的文化之根。第三，课程设置偏重人文学科，开设的一些课程与当地社会的发展关系不是太大。殖民地大学学院重文轻理的课程模式对独立后非洲国家的长期发展带来了极为不利的影响。①

（2）随着达累斯萨拉姆大学学院与伦敦大学的特殊关系开始松动，并最终结束了这种特殊关系，殖民地大学学院取得了独立的大学地位。1963 年，坦桑尼亚、乌干达和肯尼亚的三所学院联合组成东非大学，结束了与伦敦大学 8 年的特殊关系。

---

① 李建忠：《战后非洲教育研究》，江西教育出版社 1996 年版，第 150～152 页。

1967 年坦桑尼亚政府把"普通入学考试"改为"初等学校毕业考试"，旨在贯彻初等教育"本身是个完成的阶段"的改革思想。在中等教育方面，坦桑尼亚退出东非与剑桥大学具有伙伴关系的"剑桥地方考试管理会特别委员会"，设立自己的第四学级（初中）和第六学级（高中）国家考试。

（3）"一个国家一所大学"制促进了非洲高等教育的繁荣。但在这种繁荣局面的背后还隐含着不少问题。不管是由殖民地学院脱离特殊关系后成为独立的大学，还是那些没有大学的国家独立后新建的大学，不少大学是宗主国大学模式的再生产，很少或根本没有改造，非洲现代大学与它们原宗主国的大学体制有着惊人的相似。例如在英属前殖民地，大学的管理和课程模式是移植来的，大学的校长是象征性的，通常由国家首脑或政府首脑担任，大学的日常事务则由副校长及其行政班子掌管，大学采用两级组织和管理体制，大学董事会负责大学的财政和全面政策，学术事务则由评议会负责，评议会由学术人员组成。在院系的组成、学位结构、课程设置、教学方法、考试程序、研究生教育、任命程序和学术人员的评级等方面都基本因循英国的做法。

此外，"一个国家一所大学"的模式也使得一些国家的院校规模较小，形不成规模效益，面临着办学经费不足和办学条件差等问题。教育基础设施常常在迅速增加的就学人数面前承受着巨大的压力。

（4）重新确定大学在国家发展中的作用。20 世纪 60 年代初非洲国家同一些国际组织相继召开了一系列地区性教育会议，如 1960 年的喀土穆教育会议。1961 年的亚的斯亚贝巴教育会议，1962 年的塔那那利佛教育会议。会议一致认为对非洲教育的未来包括高等教育应予以规划和设计，非洲大学最重要的任务就是促进国家的发展。[①]

　　1965 年坦桑尼亚发生支持政府反对南非种族隔离制度和"白人"单方面宣布罗得西亚（现津巴布韦）独立的学生示威游行，示威学生焚烧了英、美大使馆的国旗、公务车辆和财产。尼雷尔总统不得不就学生的行动向这些国家的大使公开表示道歉。这次事件后，政府决定对所有要进入高等教育机构特别是大学的学生及毕业的大学生，实行义务性国家服务计划。计划规定入学前学生得有 3 个月军训和 3 个月社区工作的经历，并不付任何报酬；毕业后的两年间大学生只能拿到他们工资的 40%，其余工资由国家保留，作为学费的一种回收。1966 年学生发生暴力行动，抗议政府的这项计划，学生举出"现政府比殖民地政府还糟"的标语。出于激愤，尼雷尔总统作出大学生要下放农村锻炼一年多的决定。1967 年在大学生下放农村锻炼时期，政府召开了一次"大学在独立的坦桑尼亚所具有的作用"的大型会议。会议认为国家不能容忍一个独立的、对抗的和傲慢的机构存在。[②] 1967 年《阿鲁沙宣言》和《教育为自力更生服务》等文件的发表重新确定了大学的办学方向。

　　3. 高等教育独立发展时期（1970 年 7 月 ~ 1984 年）

　　1970 年，东非大学解散，其中部分原因是坦桑尼亚要对大学进行改革。1970 年 7 月 1 日，达累斯萨拉姆大学学院发展成为独立的国家大学。到 1970 年东非大学解体时，达累斯萨拉姆大学学院在校学生达 1263 人。[③] 以达累斯萨拉姆大学独立为标

---

①　李建忠：《战后非洲教育研究》，江西教育出版社 1996 年版，第 155 ~ 156 页。

②　同上书，第 293 页。

③　Daniel Mkude & Brian Cooksey, *Tanzania Higher Education Profile*. Dec. , 2006. (http：//www. bc. edu/bc_ org/avp/soe/cihe/inhea/profiles/Tanzania. htm.)

李建忠：《战后非洲教育研究》，江西教育出版社 1996 年版，第 293 页。

志，伴随着国家进行的社会主义改造运动，坦桑尼亚高等教育进
入独立发展的时期。

这个时期是坦桑尼亚高等教育大发展时期。这表现在新大
学的不断建立，招生人数随之增加。1972 年，土木建筑研究
学院（UCLAS）成立，1975 年，新闻和大众传媒学院（IJMC）
成立。以上两所院校属于大学学院级院校（University Colleges
Institutions）。在这个时期，坦桑尼亚成立了一系列大专水平的
院校（Non-University Level Institutions），如 1971 年，达累斯萨
拉姆工学院（DIT）成立；1972 年，金融管理学院（IFM）、
发展管理学院（IDM）成立；1974 年，坦桑尼亚会计学院
（TIA）、国立运输学院（NIT）和社会福利学院（ISW）成立；
1975 年，新闻和大众传媒学院（IJMC）成立；1980 年，乡村
发展和规划学院（IRDP）成立。[①] 这些学校开始招收初中毕业
生，并大量招收高中毕业生，使他们通过培训获得证书和高级
资格证书。

在高等教育发展的同时，坦桑尼亚政府大力发展中等技术教
育，设立许多中等技术学校，为国家培养了大批中级技术和管理
人员。据人力发展部 1977 年的非正式统计，政府 16 个部共办起
了 130 所各种类型的中等专业学校，重点发展师范，医护和农业
技术教育。1963 年，达累斯萨拉姆市的穆希姆比利医院办起了
第一所医疗训练学校，1979 年，卫生部所属的 47 所医助、护士
或助产士学校分布在全国各地，在校学生 4000 多人。达累斯萨
拉姆市设有医疗训练中心，开设医疗、牙科、药剂、放射和化验
5 个专业，每年有近百名毕业生分配到全国各级医院工作。农业

---

① The Higher Edcation Accreditation Council（HEAC），*Tanzania*，*Guide to
Higher Education in Tanzani* 2005. Third Edition，2005. pp. 18 – 21.

部所属的 15 所农业中等技术学校招收初中毕业生，学习两年，成绩合格者被农业部分配到农村，担任农、畜等方面的指导工作。许多地方和大型工厂企业也根据本地区本单位的条件和需要，办起了各种类型的技术学校。教育部专门设立了技术教育处，以加强和提高全国的技术教育。①

上述一系列院校的成立，使坦桑尼亚三级教育的布局初步形成，并使坦桑尼亚大学的专业设置趋于合理，高等教育与中等职业教育相互结合，大学与国民经济发展的联系紧密起来。

1980 年至 1981 年，坦桑尼亚教育经费占 GDP 的比重基本上保持在 5.3%，虽然作为政府总支出的比重在下降。作为总支出中的一部分，教育经常性支出费用在 1966 年至 1967 年达到高峰（23%），在 1980/1981 持续下降到 18%。在开发预算中，1980 年至 1981 年教育拨款降到最低，仅占 6.5%。②

在此期间，坦桑尼亚政府展开了新一轮教育改革。1972 年，在经济极为困难的情况下，坦桑尼亚政府实行新的教育管理改革，希望通过教育改革来振兴教育。这次教育改革的主要内容有以下几个方面：

（1）实行教育管理分散化政策，主要是把发展初等教育和成人教育的责任交给地方当局，而中央教育部主要负责中等教育、师范教育和高等教育。

（2）新增设了一些专业。达累斯萨拉姆大学有了较齐全的专业，为政府部门和经济部门培养了大批人才。1973 年，达累

---

①　李环：《坦桑尼亚大力发展民族教育》，载《比较教育研究》1982 年第 1 期。

②　Lene Buchert & James Currey, *Education in the Development of Tanzania* (1919 ~ 90), London, 1994. Table6. 1. （http：//www. questia. com/PM. qst? a = o&d = 91114956.）

斯萨拉姆大学增设了工程学系，系科数量增加到 6 个系。①

（3）课程改革。在 60 年代初大学使用的都是从国外进口的教材，到 70 年代许多大学使用自己编写的教材，开发新的学校课程以替代早期以欧洲为中心的课程模式，扩大了以学年作业和论文为主的硕士研究生教育的规模。

（4）教学人员本土化。独立初期大学外籍教员占很大比重。1963 年东非大学成立时学术人员中东非人所占的比例还不到 10% 。为增加本国教学人员的比例，坦桑尼亚一方面在国内积极培养师资力量，另一方面大力招聘留学归国人员充实师资队伍。坦桑尼亚在聘用本国教学人员时还注重师资的地区和种族构成，在聘用外籍人员时改变完全依赖某一宗主国的做法，尽量从多国招聘，如达累斯萨拉姆大学至少聘用了 15 个国家的教员。

坦桑尼亚大学教育的发展，尤其是在 1968～1983 年间，是一个逐步使其纳入乌贾马社会主义发展方向的历程。对大学教育的改革有重要影响的是 1974 年 11 月坦桑尼亚执政党坦噶尼喀非洲民族联盟通过的《穆索马决议》。该决议回顾了"教育为自力更生服务"政策，并决定：

① 在 1978 年前普及全民小学教育，在此基础上制定起于 1980 年的近期发展规划。

② 在教育系统实行"理论和实践相结合"政策，教育和工作、理论和实践都应该结合起来。

③ 高中（六级）毕业生或同等学力者至少工作两年后才可提出大学入学申请。

---

① MSTHE, *Higher and Technical Education Sub-Master Plan* （2003～2018）. Vol. II, 2004. p. 6.

　　这项改革措施的成败得失如何？由于没有大学外部效率的有关情况和数据，仅从大学内部效率方面来初步评价一下。

　　教学管理和学生年龄构成。达累斯萨拉姆大学本来是招收单身学生的住宿性大学，但实施新的招生办法后，招收的学生有不少是已婚的成人，他们不愿意过纯粹的学生生活，更愿意住在自己家里。这些学生居住分散，住在市里各个地方，有的还住在郊区。不便利的交通使得他们常常不能按时到校，晚上 10 点图书馆关门后回家困难。因而上午 8 点的课和下午 6 点以后的课缺席严重。学校不得不调整作息时间甚至压缩时间以适应住校外学生的需要。在课程安排上应届毕业生学员和成人学生是一样的，但成人学生得花不少时间料理家务及其他事务。对成人学生来说，他们上大学的主要动机是"混一张文凭"，以便找个好单位，晋职提干。实行新的招生办法，大学入学没有最低和最高年龄限制，学生读本科的年龄可以是 30 岁、40 岁甚至是 50 岁，这使得新生入学和毕业年龄提高，一般说来，一个大学生的毕业年龄最低是 25 岁。

　　就学人数和新生质量。20 世纪 70 年代关注小学教育的增长，牺牲中学教育的政策意味着可以合格升入大学的高中毕业生人数严重受限制。尽管如此，达累斯萨拉姆大学在 1967 年到 1976 年间扩招了 3 倍，从 711 名学生到 2145 名学生。[1] 此后招生人数几乎就停止了增长。1975/1976 学年，达累斯萨拉姆大学招生人数有较大幅度减少，男生减少 30%，从 728 人减至 511 人，女生减少 41%，从 85 人减至 50 人。招生人数减少较多的

　　① Brian Cooksey & Daniel Mkude, *Higher Education in Tanzania：A Case Study — Economic, Political and Education Sector Transformations. World Education News & Reviews* Jan./Feb. 2003, Volume 16.

　　（http：//www. wes. org/ewenr/03jan/Feature. htm.）

院系有理学、数学、医学、统计、神学、工程和会计，如理工系比上一年减少 50%。在 1974～1983 年大学革新时期，不少学生由于结婚、怀孕、出国留学或在非政府部门找到了感兴趣的工作等原因而辍学，使得在校人数波动很大。[①]

由于实施了新的入学标准，大学新生质量大为降低。见下表：

表 2 - 1 - 1　　　1975 年达累斯萨拉姆大学招收的学生的质量情况[②]

学位计划	0～3 积点		4～6 积点		7～9 积点		10～12 积点		13～15 积点	
	人数	%	人数	%	人数	%	人数	%	人数	%
文学士	43	37.4	56	48.7	9	7.8	5	4.4	2	1.7
商学士	15	33.3	26	57.8	4	8.9	—	—	—	—
教育文学士	53	30.1	67	38.1	45	25.6	10	5.7	1	0.0
总计	111	33.0	149	44.3	58	17.3	15	4.5	3	0.9

表 2 - 1 - 1 反映就读三种学位计划的新生质量。在以前仅有 3 个积点（Point）的学生几乎不可能被录取，但在新的招生制度下，三种学位计划里有两种学位计划具有这种资格的学生占到了就学人数的 1/3 以上。工程系由于是前联邦德国出钱援建，在德国政府的压力下该系每年都保证了新生质量。

---

① 李建忠：《战后非洲教育研究》，江西教育出版社 1996 年版，第 295～296 页。

② Omari, I. M., *Innovation and change in higher education in developing countries: Experiences from Tanzania.*, Comparative Education, vol27, n2, 1991, p.192.

（http://web.ebscohost.com/ehost/detail? vid = 10&hid = 112&sid = 746ba2c0 - e026 - 454e-a4e2 - f931f6c39411%40sessionmgr107.）

李建忠：《战后非洲教育研究》，江西教育出版社 1996 年版，第 297 页。

　　达累斯萨拉姆大学在校人数增幅很小。该校在校生人数从1976 年的 2145 人，上升到 1984 年的 2913 人，增幅为 35.8%；1985/1986 学年达 2987 人，1993 年又下降到 2968 人。[①] 到 90 年代初，坦桑尼亚每 10 万居民中大学生人数仅有 21 人，大学毛入学率仅有 0.3%。[②]

　　与此相对应的是，其他非洲国家高等教育发展极为迅速。1960 年在 39 个非洲国家中仅有 2.1 万名大学生，入学率仅为 0.2%，亦即在 500 名适龄的青年中仅有一名大学生；到 1983 年，在校大学生人数达到 44.7 万人，入学率达到 1.4%，另有近 10 万名学生出国留学。

　　达喀尔大学在校人数从 1980/1981 学年的 12673 人增长到 1990/1991 学年的 17964 人，增幅达 41.%。杰济拉大学从 1981/1982 学年的 624 人增长到 1987/1988 学年的 1114 人，增幅达 78.5%，赞比亚大学从 1982/1983 学年的 3115 人增长到 1987/1988 学年的 4386 人，增幅为 40.8%。[③] 1990 年，北非的阿尔及利亚、埃及和利比亚三国每 10 万居民中大学生人数都在 1000 人以上，分别为 1146 人、1698 人和 1548 人，1990 年三国的毛入学率也都在 10% 以上，分别为 10.9%、18.4% 和 11.4%。相比之下，莫桑比克和布基纳法索每 10 万居民中大学生人数分别为 16 人和 60 人，毛入学率分别为 0.2% 和 0.7%，与坦桑尼亚相类似。[④]

　　[①]　Brian Cooksey & Daniel Mkude, *Higher Education in Tanzania: A Case Study — Economic, Political and Education Sector Transformations.* 2003. Volume 16. p. 63. (http://www. wes. org/ewenr/03jan/Feature. htm.)

　　[②]　李建忠：《战后非洲教育研究》，江西教育出版社 1996 年版，第 158～159 页。

　　[③]　同上书，第 169 页。

　　[④]　同上书，第 158～159 页。

表 2 - 1 - 2　　非洲部分国家每 10 万居民中大学生人数和毛入学率

项目 时间 国别	每 10 万居民中大学生人数		毛入学率（%）	
	1980	1990	1980	1990
坦桑尼亚	22	21	0.3	0.3
阿尔及利亚	530	1146	5.9	10.9
喀麦隆	135	288	1.6	3.2
埃及	1751	1698	17.3	18.4
埃塞俄比亚	37	68	0.4	0.8
加纳	144	126	1.5	1.4
肯尼亚	78	140	0.9	1.5
毛里求斯	107	208	0.8	2.2
莫桑比克	8	16	0.1	0.2
尼日利亚	191	320	2.1	3.5
扎伊尔	105	176	1.2	1.9
赞比亚	131	189	1.4	1.9
津巴布韦	117	496	1.3	4.5

资料来源：联合国教科文组织《1993 年世界教育报告》。①

　　浪费率和不及格率。新生质量降低是导致高辍学率和不及格率的重要原因。特别是成人学员的不及格率要远远高于应届毕业生学员。一般说来，应届毕业生学员与成人学员平均不及格率之比为 1∶5。例如，1980 年医学系应届毕业生学员第一学期考试的及格率为 85%，经补考后仅有 3.6% 的人不及格，而成人学员第一学期考试仅有 62.6% 的人及格，并且每年大约有 20% 的人辍学。高不及格率还惹出乱子。1979 年医学系新生第一学年考试

---

　　①　引自李建忠：《战后非洲教育研究》，江西教育出版社 1996 年版，第 169 页。

有 30.1% 的学生不及格，引起一些人强烈不满，称大学诬上欺下，固守国际标准。他们把问题提到参议院会议上。副校长怕学生闹事，敦促医学系主任配合，降低不及格率，系主任只好照办，但他坚持认为："我们医学系不是屠夫。我们从事的是精确科学，来不得 1% 的误差，否则就是拿人的生命开玩笑"。到 80 年代初大学教师对这种教育改革越来越不满，派代表到政府要求恢复原来的招生制度，并认为大学革新计划应对"集体不及格"负责。[①]

表 2 - 1 - 3　　　1974 ~ 1984 年坦桑尼亚大学的不及格率（%）[②]

项目 学年	理学士		理科教育学士		最高的辍学率		
	男	女	男	女	课程	比率	性别
1974/1977	14.0	—	5.7	8.3	法学士	50.6	女
1975/1978	33.3	—	3.6	7.1	理学士	33.3	男
1976/1979	30.0	—	12.7	11.5	教育学文学士	53.3	女
1977/1980	20.0	9.1	12.8	—	文学士	44.0	女
1978/1981	27.8	25.0	11.1	11.5	农业理学士	32.3	女
1979/1982	30.8	6.5	25.1	24.3	地理理学士	33.9	男
1980/1983	5.6	—	14.1	34.4	科学教育学士	34.4	男
1981/1984	31.8	5.9	23.1	24.5	商学士	23.1	男

学术成绩。革新计划的实施给教学带来两个问题，一是教师

[①]　李建忠：《战后非洲教育研究》，江西教育出版社 1996 年版，第 297 ~ 298 页。

[②]　Omari, I. M., *Innovation and change in higher education in developing countries: Experiences from Tanzania.*, Comparative Education, vol. 27, n2, 1991. p193. (http://web. ebscohost. com/ehost/detail? vid = 10&hid = 112&sid = 746ba2c0 - e026 - 454e-a4e 2 - f931f6c39411% 40sessionmgr107.)；李建忠：《战后非洲教育研究》，江西教育出版社 1996 年版，第 298 页。

的动机和期望值低，另一个是革新计划鼓励一种松懈的考试制度，如以小组作业、课堂小测验、场外测验、开卷考试和设计作业取代了正规的考试。在许多系大约仅有 50% 的毕业班举行毕业考试。这些因素都使得教学质量和学生的成绩水平大为下降。有数据表明一流学生的比率下降，二流学生增加。

资源利用和成本。1975/1976 学年招生人数跌至低谷，1977/1978 学年对女生和理科学生实行免试入学（基础科学考生不免试）使得招生人数又大幅度上升。由于就学人数波动很大，导致教学设施利用率低，如理工系和农学系资源利用则分别仅为 60% 和 50%，资源利用率低所带来的潜在影响是若干年后国家面临理科教师短缺的问题。考虑到教学人员没有变化，这就使得单位成本上升。经常成本从 1970/1971 学年的 3777.1 万坦桑尼亚先令（以下简称先令）激增至 1980/1981 学年的 1.8573 亿先令，而资本支出保持不变或是有所下降，但同期学校总规模也仅从 2440 人增加到 3440 人。①

从上面的分析不难看出，从工作场所中招收有实践经验的成人入学的招生制度弊端很多。2004 年，坦桑尼亚科技和高教部在谈到《穆索马决议》对坦桑尼亚高等教育发展的负面影响时说，这种负面影响包括学生入学数的停滞甚至减退，学生专业水平的减弱，重修课程的学生增多。在 1974～1983 年的整整 10 年，达累斯萨拉姆大学的入学率降低了 25% 以上，其他大学的入学率同样大幅下降。②

这种激进的教育改革措施在很大程度上是坦桑尼亚所采取的

---

① 李建忠：《战后非洲教育研究》，江西教育出版社 1996 年版，第 298～299 页。

② MSTHE, *Higher and Technical Education Sub-Master Plan*（2003～2018）. Vol. II, 2004. p. 7.

激进的社会经济变革政策直接影响的结果。坦桑尼亚经济自1977年起开始连续10年走下坡路，坦桑尼亚国家发展指导思想未变，且领导层认识不一，经济调整进展迟缓，经济持续恶化。再加上东非共同体破裂。坦（桑尼亚）乌（干达）战争，连续6年的水、虫、旱灾，第二次石油危机和国际贸易与信贷条件急剧恶化等一连串内外部因素的影响，致使坦桑尼亚经济每况愈下，一蹶不振。这对高等教育发展也带来很大冲击。教育外部环境的恶化导致政府教育支出的削减，教科书、校舍和其他教学用品缺乏。尤其是教科书的缺乏是普遍现象，如农业课、政治教育课、地理课和历史课的教科书普遍短缺，影响了课程改革的实施。此外，师资的数量和质量也都存在一些问题。①

　　教育改革自身存在的及由此带来的一些问题日益显露出来，因而再改革的呼声日益高涨。80年代初经济改革终于艰难地揭开了序幕，由此拉动了教育改革的新的进程。

　　4. 高等教育缓慢发展时期（1985～1993年）

　　早在1980年坦桑尼亚政府就任命了一个总统教育委员会，前教育部长马克韦塔（Jackson Makwetta）出任该委员会主席。委员会于1982年向党的全国执行委员会提交一份题为《迈向2000年的坦桑尼亚教育》（Educational System in Tanzania towards the year 2000）的报告。该报告在全国执行委员会内引起热烈争论。直到1984年该报告才获得批准并予以发表。该报告建议取消《穆索马决议》中关于招收有实践工作经验的人上大学的规定，并提出了改善教育质量和实行成本分担的政策。该报告揭开了这一时期教育改革的序幕。

　　1985年姆维尼当选总统，坦桑尼亚政府开始进行一系列的政治、经济改革。政府制定了1986～1989年经济恢复三年计划，

为摆脱经济困境政府采取了优先发展农业、提高农产品收购价格、整顿国营企业、放宽贸易限制、压缩进口、紧缩财政等措施。国际货币基金组织于 1986 年 8 月与坦桑尼亚正式达成贷款协议。根据坦桑尼亚同国际货币基金组织达成协议后制订的三年"经济恢复计划"（1986/1987 年度～1988/1989 年度），坦桑尼亚恢复经济每年需 12 亿美元，其中 8 亿美元由西方国家提供。1986 年起，坦桑尼亚接受国际货币基金组织（IMF）和世界银行的调改方案，连续三次实行"三年经济恢复计划"。1989 年 4 月国民议会通过第二个五年（1988/1989 年度～1992/1993 年度）发展计划，继续执行 3 年经济恢复计划制定的调整政策和措施。到 80 年代末坦政府逐步确立了贸易自由化和以市场为导向的经济改革方向。经济改革使坦桑尼亚经济得到复苏和发展，并推动了教育改革的进程。

1985 年坦桑尼亚政府废止了《穆索马决议》，对招生办法进行改革。《穆索马决议》对大学生入学的限制规定（工作两年以上）被废除了。大学生入学年龄降低了几岁，申请入学的人数大大增加，这使各个大学对入学新生有更多的选择权，各大学纷纷设置了比过去更严格的入学条件，学业成绩成为入学考衡的主要标准。理工科专业，尤其是工程学专业，过去几乎无法完成招生计划，现在也能满员招生了。

经济的复苏和发展，使高等教育的发展也止跌回升。在这个时期，阿累沙会计学院（IAA，1987）成立。与此同时，达累斯萨拉姆大学调整专业设置，增设了一些新的院系。1984 年，达累斯萨拉姆大学农林学院独立出来，发展成索考伊农业大学（SUA）；1991 年，达累斯萨拉姆大学医学院独立出来，发展成穆希姆比利医学院（MUCHS）；1989 年，教育学院成立；达累斯萨拉姆大学还增加了 4 门学士学位课程，即信息学（1990），物理教育、电子科学和通信、体育运动和文化

（1993）。

索考伊农业大学在 1984 年成立时只有 3 个学位课程计划（专业），即农学、林学和兽医学，到 1993 年增加到 8 个学位课程计划，包括农业工程、食品科技、园艺学、动物学、家政经济学和人类营养学。1984/1985 学年，该校只有 407 名学生；到 1992/1993 学年，该校有 743 名本科生和 120 名研究生在读。①

1984～1993 年间，达累斯萨拉姆大学注册学生人数从 2913 人升到 2968 人，仅上升不到 2%。索考伊农业大学的入学人数从 1986 年的 465 人下降到 1990 年的 383 人。到 1990 年，在上述两所大学读书的学生仅有 3146 名，还不到肯尼亚在校大学生的 1/10。与坦桑尼亚高等教育的入学人数低增长形成对比的是南部非洲其他国家，在那里，80 年代入学人数增长超过 60%。②

5. 高等教育的改革、发展时期（1994 年至今）

这个时期坦桑尼亚高等教育的发展主要表现在四个方面：

首先，科技和高等教育部（MSTHE）在 1990 年建立，该部和其他部委制定了国家高等教育发展政策（1999）等一系列政策来促进高等教育的发展；其次，高等教育办学的自由化，大批公立、私立高等院校成立；第三，公立大学，尤其是全日制大学，采纳合作战略计划概念（corporate strategic planning concept）并树立首创精神；最后，在高等教育和职业技术教育中建立法定的质量管理和保证机制。③

---

① MSTHE, *Higher and Technical Education Sub-Master Plan* (2003~2018). Vol. II, 2004. p. 8.

② Brian Cooksey & Daniel Mkude, *Higher Education in Tanzania：A Case Study — Economic, Political and Education Sector Transformations. World Education News & Reviews*, Jan./Feb. 2003, Volume 16. (http：//www.wes.org/ewenr/03jan/Feature.htm.)

③ MSTHE, *Higher and Technical Education Sub-Master Plan* (2003~2018). Vol. II, 2004. p. 9.

在这个时期，由于坦桑尼亚经济发展缓慢，通货膨胀（1995/1996 年为 16.1%，1997/1998 年为 12.3%，1998/1999 年为 9.0%，1999/2000 年为 7.5%），人民生活困难等原因，坦桑尼亚高等教育发展仍然面临诸多困难。1995 年，坦桑尼亚科技和高教部检讨了坦桑尼亚 30 年来的高等教育发展存在的主要问题：第三级教育学校的无序扩增；入学学生性别比的严重失衡，男生超过 80%，女生经常低于 10%；报考理工科专业的学生寥寥无几；财政支持的困难；学位课程设置和授予的不正常现象，例如低于大学水平的院校授出硕士学位和研究生课程证书。①

1999 年，坦桑尼亚"国家高等教育政策"（The National Higher Education Policy，1999）重申了坦桑尼亚高等教育发展所面对的 6 个主要问题：令人震惊的学生低入学率，文理科就读学生严重失衡，性别失衡，财政困难，无规律、无节制地扩大第三级培训机构（tertiary training institutions），扭曲学术研究的真正价值的倾向。② 1999~2004 年，坦桑尼亚适龄青年的高等院校入学率仅有 1%，撒哈拉以南地区的高等院校入学率平均水平则达 5%。③

坦桑尼亚有关部门提出很多策略去解决这些问题。例如，可以通过增加公共设施，鼓励私立大学创建，成本分担，采取积极措施鼓励女生入学，增加教学场所（non-residential

---

① MSTHE, *Higher and Technical Education Sub-Master Plan* (2003~2018). Vol. II, 2004. p. 9.

② Brian Cooksey & Daniel Mkude, *Higher Education in Tanzania: A Case Study — Economic, Political and Education Sector Transformations.* World Education News & Reviews (WENR), Jan./Feb. 2003, Volume 16.

（http://www.foundation-partnership.org/pubs/tanzania/index.php? chap = chap4& sub = c4b.）

③ UNESCO, *Education in United Republic Tanzania.* 2004.

places），提高效率和远程教育等措施来扩大招生规模。尽管官方政策倾向于增加高等教育的政府拨款，甚至提出设立一种教育税的主张，但这种教育税如何使用无法确定，所以该主张不了了之。

随着办学规定的放宽，政府在 1995 年通过教育法案，允许私人（包括个人、群体和组织）与政府合作办学，包括普通教育和高等教育。这一政策出台的原因最初是为了满足人民不断增长的教育需求，确保学生不断增长的入学需求，增强入学机会的平等，减少学生培养成本，提升经济效益；另一原因是扩大社区的教育责任感，促进社会向教育界提供更多的资源，而不仅仅依靠政府来负担。

1994 年开始，坦桑尼亚高等教育改革进入实质性阶段，其标志是一系列教育政策的制定并付诸实施，以及第二阶段教育成本分担政策开始实施（详见第七章第一节）。

1995 年，坦桑尼亚政府制定了一系列政策来促进教育尤其是高等教育的发展。其中重要的政策有：1995 年 2 月由教育和文化部制定的"教育和培训政策"（MoEC，Education and Training Policy，1995），[1] 1996 年 4 月由科技和高等教育部（MSTHE）制定的"坦桑尼亚国家科学技术发展政策"（The National Science and Technology Policy for Tanzania，1996），[2] 1996 年 6 月由社会发展和妇女儿童部制定的"社会发展政策"（Community Development Policy，1996），[3] 1997 年 9 月由教育和

---

[1]　URT MoEC, *Education and Training Policy* (1995). (http：//www. tzonline. org/pdf/educationandtraining. pdf.)

[2]　MoSTHE, *The National Science and Technology Policy for Tanzania* (1996). (http：//www. tzonline. org/pdf/thenationalscience. pdf.)

[3]　URT, *Community Development Policy* (1996). (http：//www. tzonline. org/pdf/communitydevelopmentpolicy. pdf.)

文化部制定的"文化政策报告"（Cultural Policy, 1997），[①] 1997
年由劳动和青年发展部（MoLYD）制定的"国家就业政策"
（National Employment Policy, 1997），[②] 1999 年 2 月由科技和高
教部制定的"国家高等教育政策"　（MSTHE, National Higher
Education Policy, 1999）等。[③]

　　1995 年 2 月由坦桑尼亚教育和文化部制定的"教育和培训
政策"共 11 章，分别是教育和培训的宗旨和目标，教育和培训
的体系和结构，教育和培训的准入与公平，教育培训的经营管
理，正规教育和培训，教学大纲，考试认证，职业教育和培训，
高等教育与培训，非正规教育和培训，投资教育培训以及政策声
明摘要。"教育和培训政策"讨论了自由化和扩大高等教育以及
教育费用分担和可持续发展的国际合作。"紧随自由化而来的是
对中、高级人才需求的增加以及社会对高等教育需求的增加……
因此应当按自由化原则建立和拥有第三级学校和高等教育及培训
机构"。注意到坦桑尼亚大学水平的相对低下以及大学毕业生人
数偏少，政策规定，"应增加大学和其他高等教育机构的招生和
培训"，并建议学生及家长分担学费和金融机构助学贷款。过
去，学生过度依赖国家拨款，造成"资源不足、低入学率、单
位成本高、效率低下的体制，学生动乱，非责任制和松懈。"最
后，为了打破"知识的差距，坦桑尼亚鼓励和促进国际合作的
信息共享、人才交流、国际合作教育与培训事宜"。[④]

---

　　① MoEC, *Culture Policy（Policy Statement）*（1997）. （http：//www. tzonline. org/
pdf/culturalpolicy. pdf. ）

　　② MoLYD, *National Employment policy*（1997）. （http：//www. tzonline. org/pdf/
thenationalemploymentpolicy. pdf. ）

　　③ MoSTHE, *National Higher Education Policy*（1999）. （http：//www. tzonline. org/
pdf/nationalhighereducationpolicy. pdf. ）

　　④ MoEC, *The Education and Training Policy*（1995）, pp. 76 - 80. Brian Cooksey
& Daniel Mkude, Higher Education in Tanzania：A Case Study. 2001. （http：//
www. foundation-partnership. org/pubs/tanzania/index. php. ）

按照坦桑尼亚教育和文化部制定的"教育和培训政策"（1995）的规定，三级教育和高等教育的目标是：

① 使人们有进入和享受高层次知识、专业和管理技能的机会的基本必备的知识；

② 为经济各部门的服务准备中等和高等层次的专业人力资源，提供智力的、科技的卓越业绩的机会；

③ 让学生具备在世界范围内就业职场的竞争力。[①]

当时，年轻人和成年人可以获得的职业技术教育、中等教育和高等教育的机会很少。因此，政府认为有必要培养更多的人去获得可得的工作机会，以及在自力更生的前提下自主创业。另一方面，有必要为成年人提供职业教育和培训。

这个时期，坦桑尼亚实施开放高等教育政策，以此来扩大高等教育入学率。政府修改了 1978 年的教育法第 25 条的规定，代之以 1995 年教育法的第 10 条。这一新的法案增加了建立私立高等教育机构的条款。由此，私立大学和学院于 1997 年在坦桑尼亚开始正式运营。在此以前，私立教育机构仅有天主教非洲传教团 1960 年创建的尼耶噶兹社会培训学校（the Nyegezi Social Training Institute，该校是坦桑尼亚圣·奥古斯丁大学的前身[②]）。

在上述政策的推动下，自 1994 年以来，新的公立、私立高等院校不断建立，原有院校学生人数不断增加。1994 年，坦桑尼亚开放大学（OUT）成立，[③] 2001 年穆祖比大学（MU）成

---

① MoEC, *Education and Training Policy* (1995). p. 8.

② St Augustine University of Tanzania, *Prospectus* (2006/07). p. 1.

③ 坦桑尼亚开放大学是根据 1992 年 12 月的 17 号议会法案成立的。该法案于 1993 年 3 月 1 日颁布、生效。但开放大学第一任校长于 1994 年 1 月 19 日到任。该校以 1994 年 1 月为成立纪念日。但也有其他资料把该校成立日期定为 1993 年。参见：The Open University of Tanzania, *Prospectus* (2007). p. ix.

立，2002 年国立桑给巴尔大学成立。在此期间，有 18 所私立高等院校成立，其中有：1996 年，天主教在姆万扎（Mwanza）成立了圣·奥古斯丁大学（St Augustine University）；路德教派建有图迈尼大学（Tumaini University），有四个校区，分别位于阿鲁沙（Arusha），伊瑞伽（Iringa）、莫希（Moshi）和达累斯萨拉姆。在桑给巴尔，1998 年桑给巴尔大学（私立）和桑给巴尔教育学院（私立）成立。新的私立大学必须在高等教育审查委员会（HEAC）注册。这些私立大学和学院主要提供学士学位和工商学、会计以及相关专业，医科、教育、新闻和大众传播学及宗教学的学位教育课程。许多私立院校隶属于坦桑尼亚国内外的宗教组织。

私立大学于 1997 年开始被批准开始运作，1999 年，全国有 19 所私立高校由高等教育认证审查委员会审查备案，其中 12 所在 1999～2000 学年招生，颁发学士学位和高级文凭。2007 年，有 5 所私立大学（圣·奥古斯丁大学、图迈尼大学、阿鲁沙大学、纪念胡本特·凯鲁基大学、国际医科大学）可以颁发研究生课程证书和硕士学位文凭，其余的私立大学只可授予学士学位和各种技术证书。2002/2003 学年，属于图迈尼大学的乞力马扎罗基督教医学院开始招收博士学位研究生（社会卫生专业）。此后，图迈尼大学的马库米拉学院、伊瑞伽学院也开始招收博士研究生。[1]

进入公立大学的竞争相当激烈。许多没有高中毕业证书的学生通过成人入学考试（MAEE）在坦桑尼亚大陆 25 个地区设有教学点的坦桑尼亚开放大学的远程教育进入公立大学。由世界银

---

[1] MHEST, *Basic Statistics on Higher Education*, *Science and Technology*（2001/2002～2005/2006）. Dar es Salaam, July 2006. p. 2.

The Higher Education Accreditation Council（HEAC）, *Guide to Higher Education in Tanzania*, 2005. Third Edition, Dar es Salaam, 2005. pp. 18－21, 140－144.

行赞助的在达累斯萨拉姆有校园的非洲虚拟大学（African Virtual University）也提供高等教育。在坦桑尼亚接受高等教育受到社会经济地位、种族、宗教和性别的影响。

1999/2000 学年，坦桑尼亚公立大学招生总数为 12665 名学生，其中女生占 23.8%。同一学年，共有 873 名学生进入民办高校。1999/2000 学年，坦桑尼亚仅有 0.3% 完成小学教育的学生考上大学。

大学学位，尤其是公立大学的大学学位，尽管毕业生失业率很高，还是很受社会尊重的。例如，平均每年 832 个大学毕业生中，仅 20% 找到高收入的职业。

所有公立高等教育机构，尽管是半自治的，通过科技高教部和其他相关政府部门由政府管理和监控。政府给大学和其他高教机构拨款以及批准其预算，任免这些院校的校长。[①]

私立高等教育院校对于扩大坦桑尼亚高等教育入学的贡献几乎可以忽略不计，主要是其能力明显的有限，宿舍和教学投入不足，学术人员的严重匮乏以及无持续性的财政状况，几乎 100% 依赖于政府控制的学费和国外捐赠，大多数私立大学和学院以前都是规模很小的大专院校，在政府允许运营私立高等教育机构之后转为大学。在提升自己的同时并没有扩建或兴建新的教育设施，大部分私立大学和学院都在租用各种建筑。[②]

---

① The International Comparative Higher Education Finace and Accessibilty Project: *Database Studend-Parent Cost by Country-Tanzania*. （http：//www. gse. buffalo. edu/org/inthigheredfinance/region_ africaTanzania. html.）

② Johnson M. Ishengoma, *Cost Sharing and Participation in Higher Education in Sub Saharan Africa*: *The Case of Tanzania*. Paris, December, 2004. p. 17.

（http：//portal. unesco. org/education/en/file_ download. php/9f9e36e4f6d024d6ab6c981a3c08c75bColloquium + - + December + 04 + - + Ishengoma. doc.）

表 2 - 1 - 4　　　坦桑尼亚主要大学在校大学生人数（1985～2000）[1]

学校 ＼ 学年	1985/1986	1995/1996	1996/1997	1997/1998	1998/1999	1999/2000
达累斯萨拉姆大学	2987	3544	3770	4131	4172	4816
穆希姆比利医学院	—	357	379	443	548	626
土木建筑研究学院	—	—	91	463	501	728
索考伊农业大学	480	1100	1040	1253	1300	1425
其他大学	—	—	—	—	—	1459
总计	3467	5001	5280	6290	6521	9054

资料来源：MSTHE，*Some Basic Statistics*. 2000.

注：本表统计"其他大学"数据不包括坦桑尼亚开放大学的学生。

1994 年，达累斯萨拉姆大学的改革也进入一个新阶段，制定了几个影响深远的文件：达累斯萨拉姆大学理事会在 1994 年 8 月制定《合作战略计划》（corporate strategic planning）文件，并付诸实践；该校还制定了《校级五年滚动发展计划》（*University-Level Five-Year Rolling Strategic Plan*），对学校的机构、人事、财政和行政管理实行全面改革，使学校迎接 21 世纪的挑战。战略计划设计学校改革和发展的方方面面，包括扩大校园面积，行政管理，学位课程和专业课程设置，增加学生入学人数，实现足额招生等等。另外一些高校，如索考伊农业大学、发展管理学院和坦桑尼亚圣·奥古斯丁大学等院校，也制定了相似的

[1]　Brian Cooksey & Daniel Mkude, *Higher Education in Tanzania：A Case Study — Economic，Political and Education Sector Transformations.* Oct. , 2001. Table 6.（http：// www. foundation-partnership. org/pubs/tanzania/index. php? sub/. ）

（Brian Cooksey, *Higher Education in Tanzania：A Case Study — Economic，Political and Education Sector Transformations. World Education News & Rivews*, Jan./Feb. 2003，Volume 16. ）

计划。

进入21世纪，坦桑尼亚加快了经济发展的步伐。2001年以来，坦桑尼亚成立以总统为首的"国家商业协会"和以总理为首的"投资指导委员会"，减免外资企业税费和高科技产品进口税，出台小额信贷政策，扶植中小企业发展。国际货币基金组织和世界银行认定坦桑尼亚达到重债穷国动议完成点，将于20年内减免其30亿美元外债。2002年10月，国际货币基金组织将其在非洲的第一个技术援助中心——东非技术援助中心设在坦桑尼亚。2005年以来，坦桑尼亚宏观经济运行良好，投资环境进一步改善，外国直接投资持续增长。

2001年，坦桑尼亚政府制定了教育和培训15年发展规划，提出了教育和培训部门发展的主要目标是：分散管理机构，从而把更多的教育和培训的管理权力下放到地方、社团和各学校；通过加强教师和导师的在职培训，提供充足的教学资料改善正规和非正规教育的质量；改善院校和培训机构的设施；健全和完善教师职前培训方案；促进教育和培训机构的研究；加强监控和评估；鼓励教育机构和资源的公平分配，促进基础教育公平准入；扩大和改善女童教育；确保特殊社会文化群体接受教育；识别有才气的残疾儿童，确保他们获得适当的教育和培训；为贫困地区提供教育设施；使各院校能在2015年高效益地运作，有所创收以补充政府的补贴；公共教育经费优先考虑小学教育，小学教育经常费在1998年至2015年期间占全国经常性的教育预算70%的比例；使中学以上的教育，尤其是高等教育、职业教育和培训，适应市场需求。①

---

① The United Republic of Tanzania: *The Education and Training Sector Development Programme Document*, Final Draft, August, 2001. pp. 5 – 7. (http: //www. moe. go. tz/pdf/SDP-Document-final% 20draft. pdf.)

根据总的方案目标，在 15 年规划期间的具体目标是：增加招生人数，到 2015 年高等教育和技术院校不同学科的师生比达到国际同类学校水平，高等学校师生比达到 1：12；师范学院指导教师的最低学历资格提高到相关教育的大学学位；到 2010 年把艾滋病（HIV/AIDS）在教育和培训机构的影响减少 50%；把包括高等教育在内的各级教育的学业成绩提高 75%；到 2003 年，学业及格率达到 50%；到 2010 年，高校的招生能力比 2001 年提高 20%～40%，技术教育的招生能力增加 60%～80%；实现各级教育中学生、教师、讲师、研究人员男女平等；到 2015 年，完成各级学校的基础技术建设，以跟上技术变革；到 2005 年，加强各级教育质量监控机构；到 2010 年，确保充裕的研究资金，使研究结果尽快被社会采用。①

2003 年，坦桑尼亚政府制定了"坦桑尼亚 2025 年远景发展规划（*Tanzania Development Vision* 2025）"，明确提出了教育和社会发展的 5 个目标，即："受过良好教育和学习型社会"，"高质量的生活；和平，稳定和团结；清廉政府"；"能产生竞争的经济可持续增长，共享利益"，以及培养"发展思路和竞争精神"。② 高等院校要为实现上述 5 个目标发挥重要作用。

二、大学教育的改革

1. 对高等教育和大学功能的认识

独立之初，坦桑尼亚重新确定大学在国家发展中的作用。20 世纪 60 年代初非洲国家同一些国际组织相继召开了一系列地区

---

① The United Republic of Tanzania：*The Education and Training Sector Development Programme Document*，Final Draft，August，2001. pp. 5 – 7.（http：//www. moe. go. tz/pdf/SDP-Document-final%20draft. pdf.）

② Brian Cooksey & Daniel Mkude，Higher Education in Tanzania：A Case Study — Economic，Political and Education Sector Transformations. 2003.

性教育会议，如 1960 年的喀土穆教育会议。1961 年的亚的斯亚贝巴教育会议，1962 年的塔那那利佛教育会议。会议一致认为对非洲教育的未来包括高等教育应予以规划和设计，非洲大学最重要的任务就是促进国家的发展。①

　　在 20 世纪 60 年代初，大部分非洲政治领袖和政策制定者通常从功利角度去看待大学。他们期望大学尽快为统治和管理新独立的国家提供智力资源，期望大学为国家富强和民族振兴服务。他们对大学的认识具有强烈的民族主义色彩。在坦桑尼亚，尼雷尔在其作为总理就职和新创立的达累斯萨拉姆大学学院的荣誉职员的演说中，他面对只有 13 名法律系学生说："我们的年轻人必须接受根植于非洲本土的教育。这就是说，教育不仅要在非洲接受，还要适应非洲现时的需要……我们当下的任务必须到乡村去。"1970 年，达累斯萨拉姆学院发展成独立的大学，不再受外国大学的监管和资助，其中原由就有坦桑尼亚自治的愿望。这种民族独立的期待在大学到底有多大程度实现了，这是一个值得讨论的问题。1985 年，尼雷尔承认"昂扬的斗志与有限的资源有冲突"。②

　　非洲国家第一代领导人如尼雷尔和恩克鲁玛等也指出，非洲大学要满足社会和经济对人力的需求，广泛传播知识，提高人民的文化和道德水平，促进国家的发展。1963 年尼雷尔在东非大学的落成典礼仪式上指出：大学要促进本地区的发展，满足东非

　　① 李建忠：《战后非洲教育研究》，江西教育出版社 1996 年版，第 156 页。

　　② Omari, I. M., Innovation and change in higher education in developing countries: Experiences from Tanzania., Comparative Education, Jun1991, Vol. 27, Issue 2. p181. (《比较教育》1991 年第 2 期，第 181～205 页。)（http://web. ebscohost. com/ehost/detail? vid = 6&hid = 112&sid = 295e7695 − 209b-44bf-b073 − 2652390c7f76% 40sessionmgr108；http://search. ebscohost. com/login. aspx? direct = true&db = ehh&AN = 9603195438&amp；lang = zh-cn&site = ehost-live.）

的需要，积极参与正在进行的社会革命，反对殖民主义遗留下来的种族歧视和偏见，培养学生分析问题、建设性批判和不断问"为什么"的习惯。①

正是在这种思想指导下，尼雷尔总统在1967年2月发表了著名的《阿鲁沙宣言》，在1967年3月9日发表了一篇题为《教育为自力更生服务》的报告，确立了自力更生发展教育的战略和高等教育为政治服务、为社会发展服务的战略，高等教育的学术性和前沿性被放在次要的地位。

1972年7月10～15日由非洲大学联合会发起，在加纳的阿克拉举办了一次研讨会，会议明确而全面地提出了非洲大学的功能和作用。研讨会的议题是："创立非洲大学：70年代出现的问题"。研讨会的目的是"系统阐述非洲高等教育特别是大学教育的新的宗旨，希望处在发展中的高等教育机构不仅能建在非洲并属于非洲，而且要具有非洲特性，从非洲吸取灵感，为实现非洲的理想和渴望贡献才智"。②

与会者认为，60年代以来非洲的大学教育是极少数精英分子缩在象牙塔中，而实施的教育却花费高昂，牺牲了绝大多数人的利益，而少数精英分子同绝大多数人很少有什么共同之处。

与会者认为，需要对大学下一个有效用的新的定义，这个定义要能表明它所承担的义务。创办大学不仅是为了知识本身的缘故，而且是为了追求知识，是为了改善非洲普通百姓的状况。非洲的大学必须根除从宗主国那里照抄照搬来的与非洲环境毫不相干的概念、体制和课程，必须形成一种全新的大学概念。研讨会认为在70年代"真正意义上的非洲大学"应具有6种重要的职能：追求、促进和传播知识；研究；提供知识的

---

① 李建忠：《战后非洲教育研究》，江西教育出版社1996年版，第156页。
② 同上。

力量；人力开发；促进社会和经济现代化；促进洲际间团结和国际理解。①

　　在这样的背景下，坦桑尼亚政府对高等教育的认识也强调独立自主性和大众性。1974 年 11 月发表的《穆索马决议》进一步强化了高等教育的政治功能，把高等教育的发展完全纳入乌贾马运动中。这使坦桑尼亚高等教育与学术性、科学研究性相去甚远。在乌贾马社会主义时期由于政府过分强调教育与实际相结合，导致教育质量严重滑坡。

　　进入 80 年代，非洲多数国家对高等教育的地位和作用有了进一步的认识。非洲各种行动计划和有关会议，如 1981 年的《拉各斯行动计划》，1985 年的《非洲经济恢复优先计划》和1986 年的《非洲经济恢复和发展行动计划》以及 1985 年的姆巴巴纳会议和 1987 年的哈拉雷会议，对高等教育在非洲发展中的作用作了进一步明确的表述，即培养高层次人力，从事高质量研究，开展咨询服务，促进非洲社会和经济的进步和发展。

　　1984 年以来，面对非洲高等教育改革的潮流和本国的经济改革，坦桑尼亚对高等教育的地位和作用也重新认识。在经济改革形势下实行的教育改革，仍坚持《教育为自力更生服务》的一些基本精神。在《1988～1990 年坦桑尼亚教育发展国家报告》里，教育的基本目的和目标被认定为："向坦桑尼亚人提供实施社会主义和自力更生的国家政策所适宜的和必要的知识、技能和态度"，"发展民族文化和继承社会主义（乌贾马）遗产"。② 不过，新一轮的教育改革是以经济改革为背景，不同于乌贾马社会主义时期以政治意识为驱动力的教育改革，因而这一次教育改革主要着眼于社会经济发展的目标，而不是政治上的目标，并且教

---

①　李建忠：《战后非洲教育研究》，江西教育出版社 1996 年版，第 156～158 页。
②　同上书，第 303 页。

育改革的重点强调改善教育质量，降低或分担成本及加强教育的培训作用，以及提高大学生的入学率。这样，高等教育逐渐恢复了其应有的学术地位。

进入 21 世纪，坦桑尼亚学者对高等教育课程有了新的认识。达累斯萨拉姆大学原行政副校长丹尼尔·穆库德（Daniel Mkude）等认为高等教育课程应当是："适应……世界科学技术的不断更新和人们及其政府、工业、商务、周边环境等不断变化的需求。由于农业仍将是经济的支柱，农业相关学科和技术应给予优先考虑。学习和研究目标应更为本土化，使本土的科学技术得到发展和进步，使坦桑尼亚人民解决自身发展中遇到的诸多问题"。[①]

2. 招生办法的改革

自独立以来，坦桑尼亚大学教育的发展，尤其是在 1968 ~ 1983 年间，是一个逐步使其纳入乌贾马社会主义发展方向的历程。1965 年，尼雷尔总统决定对所有要进入高等教育机构特别是大学的学生及毕业的大学生，实行义务性国家服务计划。1966 年，尼雷尔总统作出大学生要下放农村锻炼一年以上的决定。1967 年在大学生下放农村锻炼时期，政府召开了一次"大学在独立的坦桑尼亚所具有的作用"的大型会议，会议认为国家不能容忍一个独立的、对抗的和傲慢的机构存在。1967 年《阿鲁沙宣言》和《教育为自力更生》等文件的发表重新确定了大学的办学方向。

对大学教育的改革有重要影响的是 1974 年 11 月坦桑尼亚执政党坦噶尼喀非洲民族联盟发表的《穆索马决议》。《穆索马决

---

①　Brian Cooksey & Daniel Mkude, Higher Education in Tanzania: A Case Study, Oct. 2001. (http://www. foundation-partnership. org/pubs/tanzania/index. php? chap = chap4&sub = c4b.)

议》规定，今后大学不再从学校直接招生，而是从工作场所中招收有实践经验的成人入学。这是大学教育的一项重要改革。该决议规定，今后大学不再从中学直接招生，而是从工作场所中招收有实践经验的成人入学。这是大学教育的一项重要改革。这与当时中国的工农兵大学生招生相类似。坦桑尼亚大学新的招生条件具体包括：

① 接受完 13 年学校教育，并至少通过两门中学第六级（高中二年级）课程毕业考试；

② 接受完 6 个月的军训，并有 6 个月的社区工作经历（在此之前，大学生入学条件是有 3 个月的军训和 3 个月的社区工作的经历，并不付任何报酬）；

③ 在一个"固定单位"至少工作两年以上，其经历与其将可能获得的继续深造相关；

④ 有所在单位提交的有关考生本人品格和工作态度的肯定性推荐报告；

⑤ 有所在党支部提交的有关考生本人品格和政治觉悟的肯定性推荐报告。①

从新的招生办法中不难看出，大学招收新生除考虑考生具有一定的教育经历外，更重要的取舍标准是考生的工作经历、工作态度、品格及政治表现等方面的因素。在一定意义上录取的政治标准高于学术标准。政府决定对所有要进入高等教育机构特别是大学的学生及毕业生，实行义务性国家服务计划。该计划规定，毕业后的两年间大学生只能拿到他们 40% 的工资，其余工资由国家保留，作为学费的一种回收。这项改革从 1974 年开始实施到 1984 年底止。这项改革受到了当时"中国教育改革模式"的很大影响。1974 年之前，坦桑尼亚曾派团考察一些社会主义国

---

① 　李建忠：《战后非洲教育研究》，江西教育出版社 1996 年版，第 294 页。

家和斯堪的纳维亚国家的教育改革，寻求可借鉴的高等教育模式。①

1974 年的招生制度改革，严重影响了大学生的入学率和生源质量。1990 年，坦桑尼亚仅有 3146 名学生在其两所大学读书，在校大学生还不到肯尼亚的 1/10。索考伊农业大学的入学人数从 1986 年的 465 人下降到 1990 年的 383 人。与坦桑尼亚高等教育的入学低增长形成对比的是南部非洲国家入学人数，在80 年代入学人数增长超过 60%。②

到 1984 年，《迈向 2000 年的坦桑尼亚教育》报告发表。该报告建议取消《穆索马决议》里招收有实践工作经验的人上大学的规定，并提出了改善教育质量和实行成本分担的政策。从1985 年开始，坦桑尼亚政府废止了《穆索马决议》，对招生办法进行改革。《穆索马决议》对大学生入学的限制规定（工作两年以上）被废除了。

1989 年，坦桑尼亚制定《1989/1990～1991/1992 年社会优先行动计划》，计划提出在社会各部门中教育应作为优先项目之一，在教育部门内初等教育应置于优先地位，并进一步改善初等教育办学条件；关于教育经费，计划提出由当前的中央政府负担逐步向主要由地方社区负担的体制过渡。③ 这样一来，大学的招生办法基本恢复到 1974 年以前的做法。

随着招生制度的改革，大学新生入学资格也逐渐取消了军

---

① 李建忠：《战后非洲教育研究》，江西教育出版社 1996 年版，第 294～296 页。

② Brian Cooksey & Daniel Mkude, Higher Education in Tanzania: A Case Study — Economic, Political and Education Sector Transformations. World Education News & Reviews Jan./Feb. 2003, Volume 16. (http://www.wes.org/ewenr/03jan/Feature.htm.)

③ 李建忠：《战后非洲教育研究》，江西教育出版社 1996 年版，第 301～302 页。

训。据笔者在坦桑尼亚达累斯萨拉姆大学等高校的走访，谁也说不清取消军训的确切时间，大概是在 2003 年前后。据达累斯萨拉姆大学常务副校长 R. S. Mukandala 的秘书说，取消军训的主要原因是军训的费用太昂贵了。[①]

1995 年以来，随着高等教育改革的开展，坦桑尼亚大学入学人数也有较大提高。新大学建立，现有学校学生人数增加。达累斯萨拉姆大学本科生人数迅速增加。1992 年至 1999 年，招生人数从 883 人增至 2055 人，增长 133%，毕业生人数也开始上升，校本部和穆希姆比利医学院毕业生 1992 年仅有 777 人，到1998 年上升为 1167 人，增加了 50%。同一时期，研究生学历的人数由原来 110 人增至 126 人。[②]

3. 专业设置结构的改革

非洲高等教育专业结构普遍失衡，表现为文科设置大大多于理工科。非洲国家高等教育专业结构失衡在一定程度上反映了殖民主义教育的影响。为改善传统的文理科专业结构模式，扭转重文轻理的倾向，许多非洲国家提出要加强理科教育。早在 1964年的科学发展会议和 1974 年的非洲科学和技术发展会议就提出加快非洲的科技进步，加大科技投入，满足国家对科技人才的需求。

1981 年非洲统一组织发表的《拉各斯行动计划》指出："科学和技术技能及现代发展技术的重要性怎么强调也不过分。正是在这个领域，成员国过分依赖于外籍科技人才，培训科学和技术教师和指导员，这对成员国来说是非常重要的，也是符合自力更

---

①　2007 年 4 月 12 日笔者对该秘书的访谈。

②　Brian Cooksey & Daniel Mkude, Higher Education in Tanzania: A Case Study — Economic, Political and Education Sector Transformations. World Education News & Reviews (WENR), Jan./Feb. 2003, Volume 16.

生原则的"。①

1982 年 1 月由联合国非洲经济委员会和非洲大学联合会联合召开了非洲高等院校校长和副校长会议，会议的议题是"非洲高等院校在实施拉各斯行动计划中的作用"，会议指出科学和技术对社会的日常生活如粮食、饮用水、卫生、识字、能源、交通、通信、住房等方面有着广泛而深刻的影响，尽管非洲在过去已取得了某些成就，但非洲与工业化国家在科学和技术方面的差距仍在扩大。因而大学应在发展非洲的科学和技术文化及满足迫切的人力需要方面发挥出重要的作用。

但强调以科学为定向的课程模式，其成本要高于以非科学为主的课程，需要有相应的实验室设备和化学制品的投入及配备专业化教学人员。有的国家特别是一些小国在财力上难以承受，因而非洲国家提出走联合办学的路子，特别是在一些招生人数较少的理科专业实施联合培养研究生的计划，以共享设施、资源，发挥规模效益。在《拉各斯行动计划》中，非统组织提出要实施合作和集体自力更生开发人力资源的战略，支持非统组织和联合国非洲经济委员会协调和实施的《非洲扩大培训和研究生奖学金计划》(Expanded Training and Fellowship Programme for Africa)。②

从 20 世纪 60 年代到 80 年代初，非洲国家大学文理科比例大体维持在 6∶4 水平上，而非洲法语国家高等教育的文科比重则还要大些。1983 年非洲英语国家文科比重占 63%，理科约占 35%；法语国家文科比重为 71%，理科为 29%。在 80 年代不少国家降低了文科比重，加大了理科比例。从 1983 年到 1990 年，坦桑尼亚大学文科比例从 65% 降到 38%，同期津巴布韦的文科

①　李建忠：《战后非洲教育研究》，江西教育出版社 1996 年版，第 173～174 页。

②　同上书，第 174 页。

比例从 89% 降到 73%，尼日利亚从 59% 降到 52%，布隆迪从 69% 降到 59%。但 80 年代也有一些国家出现了相反的趋势，即文科比例上升，理科比重下降，如埃塞俄比亚的文科比例从 1983 年的 46% 上升到 1990 年的 59%，同期塞内加尔文科比例从 60% 上升到 62%，赞比亚文科比例从 58% 上升到 67%，这表明这些国家新增的就学人数较多地集中在了文科专业。也有部分国家文科比例较低，如阿尔及利亚 1990 年文理分别为 35% 和 63%，坦桑尼亚分别为 38% 和 62%。[①]

表 2 - 1 - 5　　　　　1990 年部分非洲国家各主要
专业就学人数的百分比（%）[②]

国家＼学科＼总计	文科	教育	人文科学	法律和社会科学	理科	自然	医学
坦桑尼亚	38	12	12	14	62	49	13
赞比亚	67	44	9	14	29	25	4
肯尼亚	69	34	25	10	32	26	6
埃塞俄比亚	59	21	3	35	40	34	6
尼日利亚	52	15	13	24	43	36	7
刚果	82	15	5	62	18	14	4
加纳	58	5	34	19	41	32	9
津巴布韦	73	42	5	26	27	25	2

资料来源：联合国教科文组织《1993 年世界教育报告》。

此后，坦桑尼亚政府在达累斯萨拉姆大学等院校不断调整专业设置，增加实用专业（如工商管理、教育、工程学等）的招生人数，使文科学生比例不断下降。

---

① 李建忠：《战后非洲教育研究》，江西教育出版社 1996 年版，第 171～172 页。
② 同上书，第 172 页。

表 2 - 1 - 6　　**达累斯萨拉姆大学各学院在校大学生人数**
（1997/1998 ~ 2002/2003） [1]

学院＼学年	1997/1998	2002/2003	增长幅度（%）
人文和社会科学	1538	2040	33
工商管理	509	1170	130
教育	100	875	775
工程	805	2367	194
法学	345	815	136
理学	793	1558	96
校本部合计	4090	8825	116
穆希姆比利医学院	446	970	117
土木建筑学院	463	880	90
总计	4999	10675	117

资料来源：UDSM, *Facts and Figures* 1999/2000. pp. 56 - 58.

　　通过教育改革，坦桑尼亚高等教育中的文科比例大幅下降，成为非洲少数几个文科比例低于 40% 的国家。理工科学生比例的上升，要求提高教育经费的投入，而坦桑尼亚的经济发展状况又限制了教育经费的投入，这迫使坦桑尼亚政府寻求新的教育经费来源。

第二节　坦桑尼亚高等院校
的基本情况

　　目前，坦桑尼亚高教和科技部（Ministry of Higher Education,

---

　　[1]　Brian Cooksey & Daniel Mkude, *Higher Education in Tanzania: A Case Study —— Economic, Political and Education Sector Transformations.* Oct. , 2001. p. 65, Table 8. (http://www. foundation-partnership. org/pubs/tanzania/index. php? chap = tables&tbl = t6).

Science and Technology, MHEST) 对高等教育院校的定义是："高等教育院校是指这样一些大学、学院、校区（campus）或任何独立自治的机构，它们必须提供学术水平的教育和职业技能培养（professional training），这种教育和培养能够提供完全的学术或职业的资格和能力。"①

在坦桑尼亚的教育体制中，高等院校是第三级学校。据坦桑尼亚高等教育审查委员会（HEAC）介绍，坦桑尼亚第三级教育（Tertiary education）包括高等教育（higher education）和非高等教育（non-higher education）。第三级教育所授文凭从高到低依次为学位（degree），高级文凭（advanced diploma），普通文凭（ordinary diploma），以及证书（certificate）。

坦桑尼亚高等教育院校按所有权分为公立和私立两种。坦桑尼亚高教和科学技术部把坦桑尼亚高等院校按类别分成以下四种：技术学院（工学院）（Technical Colleges）、职业技术学院（Institutions of Technology）、大学学院/校区（Colleges/Campuses）和大学（Universities）。② 坦桑尼亚高等教育审查委员会把本国的高等院校按办学水平分为三类，即大学、大学学院和专科学校。1996 年，坦桑尼亚只有 2 所大学（可授学士、硕士、博士学位）、9 所学院（教育部承认）及若干所专科学校。当时，坦桑尼亚政府提出的目标是，到 20 世纪末拥有 4 所大学（含 1 所科技大学）。③

2005 年，在高等教育审查委员会备案的公立大学 5 所，公

_____

① Ministry of Higher Education, Science and Technology (MHEST), *Admission to Higher Education Institutions* (2006). (http: //www. msthe. go. tz/admission/index. asp#2 #2).

② Ibid.

③ 《非洲教育概况》编写组：《非洲教育概况》，中国旅游出版社 1997 年，第 315 页。

立大学学院 4 所，公立专科学校 9 所（加上遗漏的阿鲁沙技术学
院，应是 10 所）。坦桑尼亚所有公立高等教育机构，由高教和
科技部以及其他相关政府部门管理和监控。2006 年，坦桑尼亚
高教和科学技术部直属院校共 11 所（均属公立院校），即达累
斯萨拉姆大学、穆希姆比利医学院、土木建筑研究学院、索考伊
农业大学、坦桑尼亚开放大学（OUT）、穆祖贝大学（MU）、桑
给巴尔国立大学（SUZ）、莫希合作化和商业研究学院
（MUCCBS）、达累斯萨拉姆工学院、姆贝亚技术学院（MIT）、
阿鲁沙技术学院（TCA）。① 另有 9 所公立院校归高教和科技部
以外的部委管辖，其中有坦桑尼亚会计学院、社会工作学院、财
政管理学院、商业教育学院、国立交通学院等。2005/2006 年，
坦桑尼亚有私立大学 9 所，私立大学学院 9 所，私立专科学校 2
所，均归高教和科技部管辖，其中著名私立院校有图迈尼大学、
坦桑尼亚圣·奥古斯丁大学。②

2006 年其他资料中还有布库巴大学（UoB，学校属权和成
立时间不详），③ 瓦尔多夫学院达累斯萨拉姆校区（WALDORF，
属权和成立时间不详④），发展管理学校（Institute of Dev

① Ministry of Higher Education, Science and Technology (MHEST), *List of Higher Learning Institutions* (2006). (http://www. tanzania. go. tz/educationf. html.)

达累斯萨拉姆工学院的归属领导，不同资料有不同的说法。坦桑尼亚高教审查委员会 2005 年的资料说，达累斯萨拉姆工学院归其他部委管辖；高教和科技部 2006年的资料说，该校归该部直属。

HEAC, *Guide to Higher Education in Tanzania* (2005). Dar es Salaam, 2005. p. 143.

② The Higher Education Accreditation Council (HEAC), *Guide to Higher Education in Tanzania*, 2005. Third Edition, Dar es Salaam, 2005. pp. 18 – 21, 143 – 144.

③ *Examination Results*, *Report to the Probe on Students Crises in Higher Education Institutions in Tanzania* (2006). (Tanzania National Website. htm.)

④ 该校资料据以下材料补充：*Examination Results. Report to the Probe on Students Crises in Higher Education Institutions in Tanzania* (2006).

Management）、穆威卡野生动物学院（Mweka Wildlife College）、达累斯萨拉姆会计学校（Dar es Salaam School of Accountancy）、桑给巴尔卡鲁米技术学院（Karume Technical College Zanzibar）、坦桑尼亚新闻专科学校（Tanzania School of Journalism）、坦桑尼亚耶稣学院（Tanzania Adventist College）。① 此外，还有莫希职业技术学院（CCOM）、坦桑尼亚新闻专科学校（TSJ）等。②

　　一些大学学院挂靠在大学名下，但在招生、财政和人事等问题上相对独立。例如，达累斯萨拉姆大学下属穆希姆比利医学院（MUCHS）、土木建筑研究学院（UCLAS）；图迈尼大学实际上是由马库米拉学院（MUC）、伊瑞伽学院（IUC）、乞力马扎罗基督教医学院（KCMC）和图迈尼大学达累斯萨拉姆学院（TU-DARCo）四所独立的大学学院组成的，并没有"图迈尼大学"校园，它仅仅是一个称号而已，但它在国家的大学目录中有自己的代码编号。坦桑尼亚圣·奥古斯丁大学下属有布甘多医科大学（BUHS）、木温吉教育学院（MUCE）以及鲁阿哈学院（RUC）。这种大学学院的建制，是撒哈拉以南非洲一些国家的高等教育组织形式之一。

　　每所学校都制定了自己的入学程序（Admission Procedure）和资格要求。中学生进入公立大学的竞争相当激烈，并且要看高中证书（ACEE）的成绩。在坦桑尼亚，接受高等教育受到社会经济地位、种族、宗教和性别的影响。在2004/2005学年，达累斯萨拉姆大学校本部7个院系（法律系、工程技术学院、理工学院、工商管理学院、文学和社会科学院、教育学院、新闻和大

---

　　① Daniel Mkude & Brian Cooksey, *Tanzania Higher Education Profiles*, 2006.（http：//www. bc. edu/bc_ org/avp/soe/cihe/inhea/profiles/Tanzania. htm.）

　　② 据以下材料补充：*Examination Results. Report to the PROBE on Students Crises in Higher Education Institutions in Tanzania*（2006）.

众传播学院）的入学申请者仅有 90.6% 的人被批准。[①] 2005/2006 学年，有 17164 人向达累斯萨拉姆大学提出入学申请，其中 15925 人进入入学资格审查程序，15589 人获得录取资格；[②] 而坦桑尼亚高等教育审查委员会批准达累斯萨拉姆大学及其所属院校 2005/2006 学年招生数是 3155 名，实际录取 3925 名，批准率仅有 33.2%。同年，高等教育审查委员会批准其他 28 所高校计划招生总数为 7699 人。[③] 大批有入学资格的中学生不能入学。

私立高等教育在坦桑尼亚是近 10 年的现象。私立大学于 1996 年被批准成立，开始运作。到 1999 年，全国有 19 所私立高校由高等教育审查委员会进行审查，其中 12 所在 1999~2000 学年招生，在不同学科颁发学位文凭和证书文凭。

私立高等教育院校对于扩大坦桑尼亚高等教育入学的贡献很小，主要是由于其师资、教学设施和财政力量的限制。[④] 2004/2005 学年，坦桑尼亚共有私立高等院校 13 所，在校大学生仅有 3554 人（其中女生 1277 人，占 35.9%），[⑤] 私立高等院校在校学生人数仅有公立院校在校生的 8.3%。

专科院校（Non-Uniersity College），在会计、计算机科学、商业管理、新闻、大众传播、工程、师范教育、临床医学、农业、社区发展及社会福利等学科提供多种技术、职业和专业的课程，每年招生超过 14000 人。

---

①　University of Dar es Salaam, *Facts and Figures* 2005/2006. UDSM, 2006：7 - 8.

②　University of Dar es Salaam. , *Facts and Figures* 2005/2006. UDSM, 2006：6.

③　The Higher Education Accreditation Council. *Guide to Higher Education in Tanzania*, 2005. Third Edition, Dar es Salaam, 2005：13 - 15.

④　Johnson M. Ishengoma. *Cost Sharing and Participation in Higher Education in Sub Saharan Africa：The Case of Tanzania*. Paris, 2004：17.

⑤　The Higher Education Accreditation Council. *Guide to Higher Education in Tanzania*, 2005. Third Edition, Dar es Salaam, 2005：140 - 141.

在坦桑尼亚，师范教育、成人教育和职业技术教育是在高等教育体系以外单列的。师范教育的主要目标是为中小学培训合格的师资。著名的师范院校是恰恩贝师范学院。1988 年全国共有师范院校 40 所，教师 1053 名，师范生 12832 名，师生比例为1∶12.2。① 各类学校的教师须具有教师证书或各级学位证书，如任小学教师者必须完成 7 年初等教育和 3 年教育培训，或完成 4年初中教育和 2 年教育培训。中学教师须完成 6 年中等教育，再加上 2 年教育培训。高校教师的来源主要是本科生、研究生、留学生或聘请外国专家。但大学培训出来的毕业生也教中学。

1988 年坦桑尼亚政府宣布拟建立 1 所"开放大学"（函授大学），为未能进入高校学习的高中毕业生或同等学力者提供继续深造的机会。直到 1994 年，坦桑尼亚开放大学才正式成立。②

坦桑尼亚的职业技术教育由教育部会同各政府职能部门举办和组织。全国技术培训委员会负责协调，并通过劳动人事发展部就各级技术人才培训向政府提供咨询意见。1979 年成立全国技术培训顾问委员会，由教育部技术教育司代行该委员会的秘书处职责。

各级教育均设有技术培训课程。1984 年全国有面向农村社区的小学后技术培训中心 316 所，属教育部初等教育司主管。中等教育阶段设有各种技术中学，进行多种行业培训。4 年制初中毕业生可进入教育部所属技术学院和其他部委管理的院校，学习3 年技术员课程。在高等教育阶段，教育部所属达累斯萨拉姆工学院提供工程学科文凭，达累斯萨拉姆大学培养工程师。③

---

① 《非洲教育概况》编写组：《非洲教育概况》，中国旅游出版社 1997 年版，第 317 页。

② 同上书，第 317～318 页。

③ 同上书，第 318 页。

第三章

坦桑尼亚高等教育管理

第一节　中央教育管理机构
和管理体制

坦桑尼亚高等教育由中央政府统一制定政策来管理。最初，高等院校的管理一部分隶属于教育部，一部分分属对口部委。教育部高等教育司负责管理和协调。后来，坦桑尼亚政府机构改革，取消教育部，设立教育和文化部、科技和高教部（Ministry of Science，Technology and Higher Education，1990 年成立），原教育部对高等教育的管辖权主要划归科技和高教部，[1] 但教育文化部也有部分管辖权。

坦桑尼亚的教育归属几个部委管理。2004 年 9 月，在瑞士日内瓦第 47 届世界教育大会上，坦桑尼亚教育和文化部提交了一份《2001～2004 年教育发展国家报告》。在这份报告中提到，教育和文化部主要负责基础教育、中学教育和教师教育，科技和高教部负责技术教育和高等教育，劳动、青年和体育发展部（The Ministry of Labour Youth and Sports Development）负责职业教育，初级教育则由当地政府部门负责管理。不过，这些部委和其他职能部门之间也有合作与协作，尤其是在《教育部门发展

---

① 《非洲教育概况》编写组：《非洲教育概况》，中国旅游出版社 1997 年版，第 315 页。

纲要》（the Education Sector Development Programme）颁布之后。①

　　教育部是管理全国教育事业的行政领导机关。设部长、副部长、首席秘书、专员各一人，下设司、处等职能部门。各省设教育负责官员，受教育部和省政府双重领导。1990 年，教育部改为教育和文化部（Ministry of Education and Culture，简称 MoEC）；2006 年 1 月，教育文化部分为新闻文化体育部和普通教育部，原教育文化部对教育的领导权划归普通教育部。

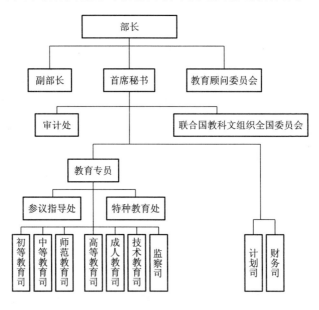

图 3 - 1 - 1　教育部机构图②

---

　　① URT, MoEC, *National Report on the Development of Education* 2001 ~ 2004. 2004, Geneva.

　　② 《非洲教育概况》编写组：《非洲教育概况》，中国旅游出版社 1997 年版，第 311 页。

部长被称为首席教育官（CEO），其办公室负责有效执行教育培训政策，项目和计划，并监督坦桑尼亚教育的教学质量，过程和结果。首席教育官的职责：对公立和非公立学校的管理提出指示；批准非公立学校的创办；批准学校的管理人员和撤销任何已有的批准；登记并发放学校注册证书；在与教育和职业培训部协商后批准课程和大纲设置；为保证学校遵守教育法，派遣巡视员检查学校工作；登记和取消教师注册资格；发放教师资格证书，对教育进行认证；控制公立和私立学校的学费缴纳和捐助；准备和监管广播和电视的学校，教师和大众教育节目的传输；调整并促进特殊教育部门的供给；调整并促进成人教育部门的供给，等等。①

1990年后，坦桑尼亚高等教育由多个政府部门管理，主要由教育和文化部下属的高等教育司、三级教育和高等教育发展委员会以及科技和高教部、其他部委的相关部门管理。

教育和文化部设立教育部门发展规划（ESDP）管理委员会。该委员会内部结构如图3-1-2：②

教育部门发展规划管理委员会由4个分委员会组成，即部际筹划指导委员会（Inter-ministerial Steering Committee，ISC）、基础教育发展委员会（BEDC）、三级教育和高等教育发展委员会（HEDC）、职业教育和乡村教育发展委员会（VFEDC）。③这些分委员会之间的关系见图3-1-2。部际筹划指导委员会由8位常设成员组成，设主席1人，其成员来自教育和文化部、科技和高教部、财政部及劳动和青年发展部（MLYD）等

---

① URT, *Ministry of Education and Vocational Training. htm.*

② MoEC, *The Education and Training Sector Development Programme Document.* Aug. 2001，p. 54.

③ Ibid，p. 53.

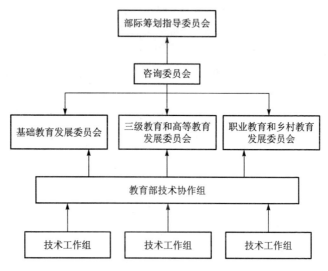

图 3 - 1 - 2　教育和文化部设立教育部门发展
规划管理委员会内部结构

部门。该委员会的主要职责是监督国家教育政策决议的贯彻和实施，监控"教育部门发展规划"（ESDP）的实施，提供高水准的部际合作，保证"教育部门发展规划"与政府的各项政策相一致。[①]

坦桑尼亚科技和高教部成立于 1990 年，它的组织机构如下图所示：[②]

为了加强高等教育和技术教育的管理，坦桑尼亚议会通过了两项相关的法案，即 1995 年的 10 号法案和 1997 年的 9 号法案，

---

① MoEC, *The Education and Training Sector Development Programme Document.*
Aug. 2001, p. 39.

② MSTHE, *Higher and Technical Education Sub-Master Plan* （2003 ~ 2018）.
Vol. II, 2004. p. 116.

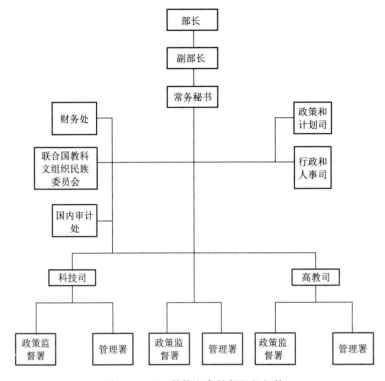

图 3 - 1 - 3 科技和高教部组织机构

对 1978 年通过的第 25 号教育法案进行修正。1996 年，根据 1995 年的第 10 号教育法案（第 65 款），坦桑尼亚成立了高等教育审查委员会（HEAC），由科技和高教部高教司直属领导。坦桑尼亚高等教育审查委员会的职责是负责坦桑尼亚高等教育的规划、管理、质量控制和监督以及各管理机构的协调，其职责范围如下：

① 促进高等院校的知识和网络工作（如提高高等教育的目标；建议政府建立高等教育机构；促进网络工作和各高校之间的

合作）。

②受政府委托颁布学位计划、招生条件和计划与财政预算（如颁布高等教育长期发展计划，颁布财政预算；对高等教育的经常性经费和发展经费提出建议；平衡各院校间获得的学术资助；颁布学位计划和课程设置；成为高等教育的日常管理机构；成为高等院校入学服务中心）。

③监督和评价（如对高等学校进行技术检查，并向政府提出适宜的建议；对各类高等学校所授的学位、学历和证书予以确认，并确保它们的标准和平衡；监督高等院校及其学位计划的质量；对高等院校提供的课程进行系统阐述，并监督学生的转专业事宜）。

④审查（如接受和审理来自个人、机构、组织在坦桑尼亚建立高等学校的申请；审批高等学校的成立及其学位计划；审批各高校提交的课程学习计划和课程规范；批准各高校的招生计划；确保各高等院校学位计划和考试的标准得到维持）。

⑤咨询服务（如在政府、私人机构和个人打算建立高等学校时，向他们提供咨询意见；就高等教育、培训和研发事宜，向政府提供专业的建议）。

⑥发布有关高等教育的信息（包括收集、检查和发布有关高等教育及其研究的信息；为公众创建关于高等院校的简便易行的数据库）①。

为了完成上述任务，高等教育审查委员会在 1997 年制定了任务时间表，致力于完成法定职责内的工作。高等教育审查委员会为高等教育管理标准化做了大量的工作。如依据学生个体类型、师生比例等项指标，制定了学院晋升为大学的标准；

---

① MSTHE, *Higher and Technical Education Sub—Master Plan* (2003 ~ 2018). Vol. II, Dar es Salaam, 2004. pp. 14 – 15.

根据教职员工的水平（包括其所在院校的地理位置和水平）来审查和评定教职员工的等级和职称。对于高等教育审查委员会，除了特殊的合法职责外，政府还起草了一个保护性法案，它将解决一些对于高等教育和技术教育院校有影响的焦点问题。[①]

由于政府认识到只有发展高教，才能发展科技，所以在2005年坦桑尼亚新一届政府成立后，就把科技和高教部（MSTHE）改名为高教和科技部（MHEST，2006年）。高教和科技部下属两个部门，一个是国家技术教育委员会（The National Council for Technical Education，NACTE），管理技术（工科）院校，另一个是坦桑尼亚大学委员会（The Tanzania Commission for Universities，TCU），管理大专院校（包括大学、学院和技术教育学院）。坦桑尼亚大学委员会的前身是高等教育审查委员会（HEAC）。高等教育审查委员会是在1996年创建的，到2005年7月1日，坦桑尼亚国会通过"大学法"（University Act），高等教育审查委员会改名为"坦桑尼亚大学委员会"。

自2006年坦桑尼亚高教和科技部成立以来，坦桑尼亚高等教育由中央多部门管理的局面得到改观，改由高教和科技部管理。

除了以上中央部委外，教育管理的重要机构还有：坦桑尼亚教育学院（Tanzania Institute of Education，TIE），坦桑尼亚国家考试委员会（National Examination Council of Tanzania，NECTA），坦桑尼亚图书馆服务中心（The Tanzania Library Services，TLS），成人教育学院（The Institute of Adult Education，IAE），教师服务委员会（The Teachers Service Commission，TSC），培训教育管理

---

① MSTHE, *Higher and Technical Education Sub — Master Plan* (2003 ~ 2018). Vol. II, Dar es Salaam, 2004. pp. 15 – 16.

人员的管理学院（The Management Administration Training Education Personnel Institute，MANTEP）。坦桑尼亚教育学院于1964年创建，当时作为达累斯萨拉姆大学学院（属东非大学）的一部分。根据国会1975年的第13号法案，它成为一个独立的学院，后被称为课程发展学院。1993年，该机构改名为坦桑尼亚教育学院。该学院主要负责课程和专业设置、开发事宜。坦桑尼亚国家考试委员会根据1973年国会第23号法案创建，负责管理坦桑尼亚所有国家级考试的机构。它还负责授予小学，中学，及中学后教育的公务员证书，但不包括大学教育。坦桑尼亚成人教育学院根据1975年国会第12号法案创建。该机构的职能是承担研究，建议并处理国家事务的成人教育发展，从而通过成人教育提高国民素质。①

第二节　高校内部的管理体制

一、高校的机构设置和职能

坦桑尼亚高校的内部管理一般是采取校长负责制。公立高等院校的校长由政府任免。由于一些高校（如达累斯萨拉姆大学）的校长（Chancellor）由政府首脑或官员兼任，大学又设立理事会（the Council）作为学校的最高管理机构，理事会下设若干管理职位。达累斯萨拉姆大学管理机构设置如图3-2-1所示：②

---

① The United Republic of Tanzania：*The Education and Training Sector Development Programme Document*，Final Draft，August，2001. pp. 12-13.（http：//www. moe. go. tz/pdf/SDP-Document-final%20draft. pdf.）

② USDM，*Facts and Figures*（2005/2006）. Dar es Salaam，July 2006. p. 4.

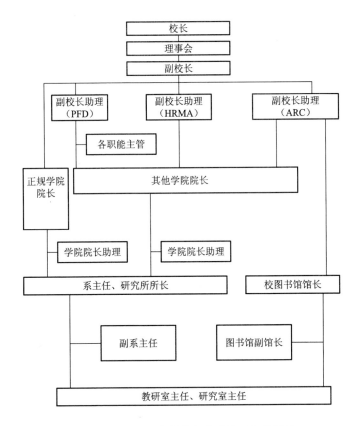

图 3 - 2 - 1 达累斯萨拉姆大学管理机构设置

其他院校的管理机构设置略有不同。如私立的图迈尼大学的管理机构设置如图 3 - 2 - 2 所示：[①]

坦桑尼亚大学的实际管理权力往往掌握在副校长手中。大学理事会（the University Council）是一个决策机构，做政策决定。

————————

① Tumaini University, *Prospectus* (2005～2007). p. 3.

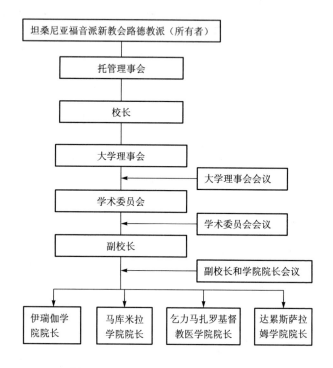

图 3 - 2 - 2　图迈尼大学管理机构设置

在它下面设学术委员会（Senate），负责学术问题。副校长之下的各级管理部门的负责人由副校长来任命。

公立高校的自治极为有限。这类机构的行政总裁和其他高层领导人通常由国家任命，无须征询其他股东意见。政府和机构之间的领导模式是国家控制或干涉。

每所院校都有自己的关于人员任用、评价、晋升，甚至撤职的规则，这些规则都是仿照政府规章制定出来的。因此，这些机构的运作很像公务员部门。

教职工和学生也参与公立大学的治理。坦桑尼亚政府认为，这是一种社会主义管理制度。在达累斯萨拉姆大学，学生代表甚至可以参加一些敏感组织，如考试委员会。考试委员会有时要处理对于考试成绩的上诉。①

二、高校管理体制和机构改革

自 1994 年以来，坦桑尼亚大学开始了管理体制和机构改革进程。达累斯萨拉姆大学理事会在 1994 年 8 月通过了《发展战略计划（Strategic planning）》，文件涉及机构改革的各个方面，包括基本概念、愿望、目标以及改革理念，5 个分主题是：使命、目标和职能；学校运转（所有权、自治、治理与行政结构）；投入（管理风格、政策、计划、财政、后勤服务、人员及学生福利）；产出（学术活动，如本科生和研究生课程，研究和顾问的原则）。

根据这个《发展战略计划（1994）》，达累斯萨拉姆大学创立了 3 个组织，即督导委员会、计划管理小组和年度协商会议，召集包括捐助机构在内的各利益相关者，协调并规范计划实施进程。督导委员会由 6 名成员组成，即校长（主席）、学术主管、行政主管、工商管理学院院长、教育学院院长、计划管理部门经理（如秘书）。督导委员会的职权范围包括：保证计划管理部门的成立和充分运作；委任计划管理小组的成员，确定其职权范围；接收、讨论计划管理小组的报告，并提出建议和指令；讨论并通过由计划管理小组递交的计划财务报告、财政预算和业务需求；决定并指导相关大学机关、小组或委员会的呈递书；监督和指导与项目活动有关的大学对外关系与合

---

① Daniel Mkude and Brian Cooksey, *Tanzania*：*Country Higher Education Profiles.*

作。计划管理小组的职责如下：规划、成立、监控与改革进程相关的工作小组和研究；为这个进程确定与部署内部和外部的顾问、参谋；从内部和外部推广方案；调动方案需要的财政、物质和人力资源；监督大学的行政组织改革，逐步建立良好的大学行政管理结构。①

达累斯萨拉姆大学制定的《发展战略计划（1994）》，针对政府职能管理部门与大学的关系不顺的问题，明确了大学与国家管理部门的关系，提出了两个与管理和融资相关的问题，需要得到国家批准。这两个问题在《校级五年滚动战略计划》（*University-Level Five-Year Rolling Strategic Plan*）开展的头两年引起激烈辩论。达累斯萨拉姆大学经过紧张的讨论和对话，向议会提交了新的法案。该法案旨在把管理权力由政府转到大学理事会，由大学理事会转到分散的责任中心，例如高校院系。关于资金，该方案设想了从基于政府年度资助的财政预算到基于单位成本的财政预算。大学进行了单位成本的计算，促使大学重新审视其经营成本，以减少浪费。1997～1998 年以来，理事会一直坚持在单位成本的基础上准备年度预算。②

虽然该战略计划不是规划专业人士制定，但是它准确地反映了关注学校未来的各阶层人士的愿望。这份文件称，为了使学校培养出能干、可靠和有市场竞争力的学生，它必须大刀阔斧地改革其机构设置和投入。除了通过战略计划，该大学于 1995 年出版了第一份《年鉴》（*Facts and Figures*，1995），至今逐年更新。

---

① Brian Cooksey & Daniel Mkude, *Higher Education in Tanzania: A Case Study*. 2001. Chap. 2. （http://www.foundation-partnership.org/pubs/tanzania/index.php? chap = chap2&sub = c2b.）

② Ibid.

当初设想改革进程持续 15 年，从 1993 年至 2008 年。1996 年 7 月，达累斯萨拉姆大学制定了《校级五年滚动战略计划》，并指导学校员工、各院系编制各自的五年滚动战略和业务规划。在这份文件的序言中，副校长 Luhanga 说："无论是学校的战略计划和五年战略计划，都将定期检查及更新，以适应瞬息万变的形势。"

《校级五年滚动战略计划》清晰地表明了达累斯萨拉姆大学所追求的目标以及它打算如何实现这些目标。这份文件阐述了 15 个战略目标，覆盖了学校各个部门，每一个目标都有一系列的措施保障。但是这些目标相当宽泛和概括，具体措施和策略有时与之脱节。

自 1998 年以来，达累斯萨拉姆大学各院系也在模仿大学五年滚动战略计划的基础上制定他们自己的五年滚动发展计划。这些计划关注于共同战略计划（Corporate Strategic Plan）所设计的投入和产出的关系、与学术过程紧密相关或有直接影响的因素。在该计划执行过程中，召开半年度研讨会检查进度。[①]

在制定一系列发展规划的同时，达累斯萨拉姆大学开始人事制度改革的尝试。1997 年，达累斯萨拉姆大学校方决定校内的院长、主任和部门主管实行民主选举上岗。大学理事会投票赞成民主选举，成立选拔委员会，由该委员会具体负责民主选举事宜，禁止个人竞选职位。在学校任命人文学院、工程学院院长及教育系主任后，新的选用领导的方法遭到指责。有人反映选举过程中有贿选、拉票行为。调查发现，这些指责大多毫无根据，可

---

　　① Brian Cooksey & Daniel Mkude, *Higher Education in Tanzania: A Case Study*. 2001. Chap. 2.

能由闹情绪人员捏造。在人文和社会科学学院进行重新选举，仍由同一候选人入选。达累斯萨拉姆大学教职员工会（The University Staff Assembly）认为新的推选方法没有和教职员充分协商，大学教职员工会正在倡导重新引入竞选原则，理由是选举委员会程序不民主。[①]

　　达累斯萨拉姆大学还建立了学术审计制度（the academic audit）。通过学术审计，向校方提出改革建议。2000 年，"学术审计报告"提出，应当下放和合理化各级学术单位；有效管理相对独立的单位，更好地协调和运用控制工具，建立信息管理系统，以掌握各机构所有管理决策的可靠资料。除此之外，还需研制多用途智能卡系统，以方便办理登记、考试和图书馆查阅等多项活动。此外，图书馆必须加以改良，并增加设备，以更能满足日益增长的学术需要。[②]

三、高校行政管理人员素质

　　坦桑尼亚大学的行政人员（Administrative staff）主要从事财会和人事管理工作。[③] 坦桑尼亚高等院校行政管理人员学历很低，以达累斯萨拉姆大学校本部（主校区）为例（见表 3－3－1），其行政人员中拥有学士学位以上文凭的人仅占 14.8%，初中（四级）及以下学历的人有 451 人，占 68.9%。在坦桑尼亚各高校，行政管理人员并不追求高学历。这与中国高校的情形大不相同。

---

① Brian Cooksey & Daniel Mkude, Higher Education in Tanzania: A Case Study. 2001. (http://www. foundation-partnership. org/pubs/tanzania/index. php? sub.)

② Ibid.

③ USDM, *Facts And Figures* (2005/2006). UDSM, July 2006, p. 5.

表 3 - 3 - 1　　　　　达累斯萨拉姆大学行政人员学历和性别[①]

项目\单位	博士		硕士		学士		文凭		证书		六级		四级		其他		合计		总计
	女	男	女	男	女	男	女	男	女	男	女	男	女	男	女	男	女	男	
校本部	1	0	21	27	16	32	41	54	10	1	1	0	177	130	14	130	281	374	655
穆希姆比利医学院	1	5	4	30	10	37	28	97	22	73	0	1	1	36	0	0	66	279	345
土木建筑研究学院	-	-	1	11	0	3	11	13	44	17	0	0	0	0	0	0	56	44	100
教育学院	—	—	—	—	—	—	—	—	—	—	—	—	—	—	—	—	—	—	—

坦桑尼亚与非洲其他国家一样，众多高校的教学和研究人员少于行政管理人员，大学管理机构臃肿。2005/2006 年，达累斯萨拉姆大学校本部教师（Academic staff）有 575 人，行政管理人员 655 人；穆希姆比利医科学院教师 210 人，行政管理人员 345 人；土木建筑研究学院教师 119 人，行政管理人员 100 人。[②] 显然，达累斯萨拉姆大学校本部、穆希姆比利医学院的行政管理人员数量大大超过教师的人数。大学的财政资源主要用于非教学人员的支出，限制了增加新的教学职位，阻碍了学科专业水平的提高。当非学术人员数量过多时，学校将面临人员臃肿、各种服务机构与学生之间缺乏沟通和高校的运营成本大大提高等问题，还导致员工薪酬微薄。虽然非学术人员也很重要，但其过高的比例耗费了高校实现其基本职能——教学和研究所必需的资源。为了确保一些重要领域的财政资源分配，坦桑尼亚大学必须重视减少这些有重大影响但却不能促进学校持续发展的财政负担。

---

① USDM, *Facts And Figures*（2005/2006）. UDSM, July 2006, p. 152.
② 同上书，第 151 页。

坦桑尼亚各公立大学普遍存在着管理人员教育水平低，设施陈旧过时甚至无用，管理系统低效、官僚作风严重等问题。

达累斯萨拉姆大学行政人员的年龄表显示出一个接近合理的分布。大部分行政人员年龄在 36～40 之间，而且大部分成员年龄低于 50 岁（见表 3－3－2）。[①]

表 3－3－2　　达累斯萨拉姆大学行政人员年龄分布
**　　　　　　　　　（2005/2006 年）[②]**

项目 年龄组	学院/校区			总计
	校本部	穆希姆比利医学院	土木建筑研究学院	
20～30	35	3	10	48
31～35	152	18	10	180
36～40	176	75	15	266
41～45	176	52	19	247
46～50	193	45	23	261
51～55	132	39	14	185
55～60	89	16	10	115
61～65	0	1	0	1
66～70	0	0	0	0
总计	953	249	101	1303

---

① 表 3－2－1 与表 3－2－2 的统计数据有出入。

② USDM, *Facts And Figures* (2005/2006). UDSM, July 2006, p. 154.

第四章

高等教育财政与经费

第一节 坦桑尼亚的高等教育
财政政策

一、政府的教育财政政策

坦桑尼亚教育的资金来源是由许多资金持有者共同分担的，包括中央政府，社会和家长（最主要的资金支持者）和地方政府机构，发展伙伴以及非政府组织（NGOs）。[①]

坦桑尼亚政府制定了与《国家高等教育政策》（NHEP）相配套的、切实可行的高等教育财政计划，该计划的重点在于成本分担，并鼓励私人组织、个人、非政府组织和社会各界采取积极行动，以建立和支持高等院校。学生也必须为自己的学业付费。

新的高等教育财政政策的目标如下：

① 使政府对高等教育的资金投入合理化；

② 使政府在高等院校的回报率合理化，并在回报率上引入某种竞争机制；

③ 制定一个合法的针对经济拮据学生的贷款方案；

④ 阻止高等教育质量的下滑，建立基金会，让所有高校学生可以通过该基金会交得起学费、完成学业，让公共资源成为教

[①] MoEC, *The Education and Training Sector Development Programme Document*, Final Draft, August, 2001. p. 28.

育的资金来源，为学生谋福利。[①]

　　政府认识到教育部门资金不足的问题，已经实施了许多措施。这些措施的目标是增加社会部门特别是教育部门的投入水平，提高教育部门实际的资金支持。其他方面的主动政策目标是拓宽教育部门的资金基础，主要通过途径是提高政府的资金支持，教育费用分担以及私人及非政府组织在服务及资金支持方面的参与。为此，坦桑尼亚政府制定了"坦桑尼亚援助政策（*Tanzania Assistance Strategy*，*TAS*，2000）"。2000 年 6 月在日内瓦举行的世界社会峰会通过了第 6 号承诺书，试图寻求一条普遍且有效的实现高质量教育的道路。这要求政府采取措施，寻求世界各国和本国社会各界对本国基础教育的有效的资金支持，拓展教育资金来源，以实现教育的振兴。这些额外的资金来源于政府、学生家长及各方捐助人，包括世界银行和地区发展银行，还有社会和基金会。

　　坦桑尼亚政府为了开拓其他资金来源，建立了地方教育信托基金。1978 年第 25 号教育法和 1995 年第 10 号的法律修正案使得地方教育信托基金顺利建立。在"教育部门发展规划"（Education Sector Development Programme，ESDP）中，要求每个地区都建立地方教育信托基金，主要给教育活动提供资金支持。尽管财政来源不足，许多地区还是建立了信托基金，例如莫罗戈罗农村地区和穆非迪（Mufindi）。教育基金是单独的，独立于政府预算之外。教育基金的来源包括：提高当前的税率，向货物和服务征税，诸如向工业家、投资者和教育服务收费者等教育受益人的税收。基金的资源动员功能应给予肯定，其资源分配功能也

---

① MoEC, *The Education and Training Sector Development Programme Document*, Final Draft, August, 2001. pp. 25 – 26.

必须承认。但税金的管理很困难，其现实影响也难以评估。[1] 政府曾设想加征教育税，但因征收方式、经费分配和管理诸问题，而不了了之。

二、多渠道筹措教育经费

坦桑尼亚政府坚持自主办教育的方针。教育经费来源除国家预算拨款外，还有学校自筹和外援两条途径。学校自筹即中小学通过开办各类培训班、校办工厂、经营商店、书店、招待所、农场、勤工俭学以及向家长和社区募捐集资、接受馈赠等方式筹集一部分经费。外援除从国际组织和外国政府获得一定数量的资金外，还获得诸如设备、人员培训、专家讲学等各种形式的帮助。经常性地对坦桑尼亚提供教育援助的国际组织和国家有：世界银行、联合国教科文组织、前西德、荷兰、北欧诸国及日本等国。

2000 年，为了扩大教育经费的筹措渠道，政府制定了《坦桑尼亚援助政策》，对教育捐款的筹措、使用和管理和审计作了规定。

财政部拨给地方政府的教育经费补助主要面向小学教育。目前，小学教育由中央政府提供资金支持，由地方政府管理和落实。地方政府引进"布洛克·格兰茨"（Block Grants）资金管理系统来履行自己的义务。该系统从 2000 年 7 月起运作。根据该系统的要求，地方政府各部门确立"国家最低服务标准"和"可提供的国家最低服务标准"；明确了资金持有者的角色和功能；建立了一套教育资金的支付、清算、审计和监控程序。

在 1996/1997 和 1997/1998 年度，通过地方政府拨款的发展

---

① MoEC, *The Education and Training Sector Development Programme Document*, Revised, 2001. p. 25.

经费（如用于教室修建）一般低于地方政府教育财政预算的50%。这笔资金是断断续续拨付的。①

《技术教育和培训政策（1996）》清晰说明，技术教育和培训（VET）的资金支持直接面向社会、家长和私人征收和募集，并非完全依靠政府。付出——分享的概念拓宽了，因而地方政府在中央政府的协助下分担更大的教育经费投入，维持技术教育和培训项目的开展。

职业教育和培训的学费征收在加强培训机构的能力建设上起着重要作用，它包括了雇主的培训发展政策及其实施。目前，对所有雇工4名及以上的雇主征收2%的工资税来支持职业教育和培训部门的私人职业教育和培训之类的公共建设。职业教育和培训部门面临的挑战是在培训满足劳动力市场需要方面加大努力。这样雇主就能看见他们交税后获得的利益回报。

有资料表明，在1995/1996和1996/1997年政府对高等教育和技术教育发展项目的投入极少，自1997/1998年以后这项投入虽有所提高，但高等教育经费仍严重短缺。为此，政府呼吁社会各界和国外团体、政府积极捐赠。捐助人对大学的捐献通过科技和高等教育部（MSTHE）、教育和文化部实现。研究表明，捐款占了中央政府教育经费预算中的其他费用（OC）项目的绝大部分（63%）。捐款人倾向于直接捐款给学校，使学校的教育状况得到直接的改善。

给高等教育的捐助用于其他开支和个人津贴（PE）项目。学生学费的直接补助由特殊的机构（高等教育学生贷款委员会，The Higher Education Students' Loans Board）来发放。学生可以通过科技和高教部（2006年改为高教和和科技部）申请个人助学

---

① MoEC, *The Education and Training Sector Development Programme Document*. Revised, 2001. p. 26.

贷款，助学贷款的钱直接拨给学生所在的学校。[①]

　　但是，坦桑尼亚援助政策在执行的过程中存在许多问题。诸如如何动员捐赠人，提高募捐的效率，捐款的监控和项目的管理，如何提高捐款管理的透明度，最大限度地提高捐款的效能，各种捐款的高昂管理费用等。

　　为了解决上述问题，坦桑尼亚政府从 1997 年开始进行财政改革，建立起独立的公共资金管理系统。政府采取的财政改革主要是为有效地改善资金筹集，征收管理体制的合理化，合理分配和利用公共资源。这些改革措施包括编制经费预算，出版《公共支出评论》（Public Expenditure Review，PER），编制《中期经费预算方案（MTEF)》，建立一体化的资金管理系统，强化金融管理研究所（Institute of Finance Management，IFMS）的功能，加强审计等。政府希望通过这些措施促进优先领域的战略性资源分配，提高资金管理的透明度和管理人员的责任心。[②]

第二节　国家教育经费的使用

一、国家教育经费的投入

　　坦桑尼亚国家教育经费的投入，在 1967 年前呈上升趋势，此后呈下降趋势。1962/1963～1975/1976 年间，坦桑尼亚教育经费占 GDP 的比重从 2.7% 增加至 5.7%，1980～1981 年基本上

①　MoEC, *The Education and Training Sector Development Programme Document*. Revised, 2001. pp. 26–29.

②　Ibid. , pp. 27–28.

MoEC, *The Education and Training Sector Development Programme Document*. Final Draft, . August, 2001. pp. 37–38. （http://www.moe.go.tz/pdf/SDP-Document-final%20draft.pdf.）

保持在 5.3%。但教育总支出预算在政府支出预算中的百分比，在 1966/1967 年达到一个高峰，达 20%，此后不断下降，在 1980/1981 年下降到 14.1%。①

坦桑尼亚教育经费支出分为教育经常费、工资和薪水开支、教育发展经费、其他费用开支四大项。

1962/1963 ~ 1980/1981 年坦桑尼亚教育的经常性经费和发展经费具体分配使用见表 4 - 2 - 1。

表 4 - 2 - 1　　　1962/1963 ~ 1980/1981 年坦桑尼亚教育
经常性经费和发展经费（以可比价格计算）②

各种教育	1962/1963		1966/1967		1975/1976		1980/1981	
	百万先令	%	百万先令	%	百万先令	%	百万先令	%
经常费开支								
小学	44.5b	47	61c	41	309	45	872c	48
成人教育	—	—	—	—	41	6	106c	6
中学和技术教育	22.4b	24	45c	31	142	21	194c	11
教师培训	6.6b	7	12c	8	43	6	65c	3
高等教育	18.0b d	19	17c	12	107	16	219c	12
其他教育	2.7b e	3	12c k	8	39d	6	373c f	20
总计	94.2h	100	147h	100	681g	100	1829h i	100
各种教育发展经费								
小学	1.4c	10	—	—	56	38	73c	23

① Lene Buchert & James Currey, *Education in the Development of Tanzania* (1919 ~ 1990). London, 1994. pp. 105 ~ 106, Table 6.2. (http://www. questia. com/PM. qst? a = o&d = 91114956.)

② 同上。

续表

各种教育	1962/1963		1966/1967		1975/1976		1980/1981	
	百万先令	%	百万先令	%	百万先令	%	百万先令	%
成人教育	—	—	—	—	23	16	44c	14
中学和技术教育 j	7.4c	53	11c	39	43	29	64c	20
教师培训	0.1c	1	—	—	11	8	42c	13
高等教育	4.0c	28	17c	61	12	8	60c	19
其他教育	1.1c	8	—	—	—	—	35c	11
总计	14.0	100	28h	100	145g	99	318h i	100

注释：a：数据根据英镑换算（1 英镑 = 20 先令）。

b：较准确的估计数。

c：估计数。

d：包括行政管理费和一般的服务费。

e：包括信息服务（Information services）。

f：包括一般教育费用（General education）。

g：不包括来自其他部委的经费。

h：实际的经费与此有出入。

i：总的经常性开支和发展经费的预算之实际分配为：小学 44%，中学 12%，教师培训 5.5%，成人教育 6.6%，高等技术教育 1.6%，大学 11.4%，一般教育 6.8%（教育部 1984 年统计数字）。

j：不包括其他部委的职业培训经费。

k：包括一般的服务（General services）。

资料来源：Estimates of the Revenue and Expenditure of Tanganyika 1st July-30th June 1963：230 - 231，1st July-30thJune 1964：45 - 47；1st July-30thJune 1967：48 - 50，D.3；Appropriation Accounts，Revenue Statements，Accounts of the Funds and Other Public Accounts of Tanzania for the Year 1975/1976：159 - 165；Goranson 1981：Table 5；Ministry of Education，Recent Educational Developments in the United Republic of Tanzania（1981 ~ 1983）：Table III.

从表 4 - 2 - 1 看出，在 1962/1963 ~ 1980/1981 年间，坦桑

尼亚教育部的经常性经费以可比价格计算（1 英镑 = 20 先令），
从约 9420 万先令增加到 18.29 亿先令，增加了近 20 倍，但高等
教育的经常性经费仅从 1800 万先令增加到 2.19 亿先令，增加了
12 倍左右。高等教育的经常性经费占教育部的经常性经费的比
重，1962/1963 年为 19%（1800 万先令），1966/1967 年下降到
12%（约 1700 万先令），1980/1981 年维持 12%（2.19 亿先
令）。[①]

　　国家划拨给教育和文化部的经常性经费，其数额虽然在增
长，但教育和文化部经常性经费预算在国家经常性经费预算中的
比例却不断下降，从 1980/1981 年的 11.7% 下降到 1995/1996 年
的 2.5%（见表 4 - 2 - 2）。

表 4 - 2 - 2　中央政府经常性经费支出总预算及教育和
　　　　　　文化部经费预算（1980/1981 ~ 1997/1998）

（单位：百万先令）[②]

财年	政府总预算	教育和文化部预算	教育部预算占比例（%）
1980/1981	14895	1737.7	11.7
1981/1982	18316.1	2258.6	12.3
1982/1983	18993	2524.0	13.3
1983/1984	21460.9	2502.6	11.7
1984/1985	27438.4	1795.1	6.5

---

　　① Lene Buchert & James Currey, *Education in the Development of Tanzania* (1919 ~
1990). London, 1994. pp. 90 – 123, Table 6.2. (http://www.questia.com/PM.
qst? a = o&d = 91114956.)

　　② MoEC, *Basic Statistics in Education* (1994 ~ 1998). Dar es Salaam, 1999. p. 48,
Table 8.

　　坦桑尼亚经费编制以"百万先令"为单位。这与我国有所不同。必须注意的是，
教育和文化部的教育经费比国家教育经费预算要少得多。这说明国家教育经费预算
并不全拨给教育部。另参见表 4 - 2 - 3 的注释。

续表

财年	政府总预算	教育和文化部预算	教育部预算占比例（%）
1985/1986	39764. 4	2321. 2	5. 8
1986/1987	53300. 6	4227. 1	7. 9
1987/1988	77667. 9	4168. 2	5. 4
1988/1989	118672	5659. 3	4. 8
1989/1990	144248. 7	8322. 0	5. 8
1990/1991	160000	10153. 7	6. 3
1991/1992	195708	8507. 0	4. 3
1992/1993	272006	9468. 0	3. 5
1993/1994	337283	11187. 7	3. 3
1994/1995	362797	12137. 7	3. 3
1995/1996	413284. 8	10447. 7	2. 5
1996/1997	538275. 3	13721. 6	2. 5
1997/1998	669592	18764. 6	2. 8

资料来源：MoEC, *Basic Statistics in Education* (1994～1998). Dar es Salaam, 1999.

　　教育支出曾是坦桑尼亚政府各部门经费支出中最大的项目之一。坦桑尼亚独立初期，教育经费支出一度占政府预算支出的19.6%。但随着经济状况的不断恶化，到1990/1991财政年度，教育经费为129.66亿坦桑尼亚先令，占政府经费支出总预算2060亿先令的6.3%，其中经常性开支101亿先令，发展性开支28亿先令。桑给巴尔岛政府1990/1991财政年度教育预算为4.3亿先令，其中经常性经费3.48亿先令，发展性经费0.85亿先令。[①] 1996～1999年，教育预算在政府总预算所占比例下降到

---

　　① 《非洲教育概况》编写组：《非洲教育概况》，中国旅游出版社1997年版，第313页。该书作者说，1992～1996年，坦桑尼亚教育经费占政府预算的比重约4%，比重最高为5.2%，最低为3.2%。不知何据。

13%以下，最低年份（1997/1998）仅有 10.5%。2000 年以后，这种情况得到改善。2001/2002 年，坦桑尼亚政府教育经费预算在国家支出预算中的比重上升到 22.1%，达到历史最高点（见表 4-2-3）。

表 4-2-3　　　1995~2005 年坦桑尼亚教育预算（百万先令）①

财年	政府支出总预算	教育总预算	教育和文化部教育预算②	教育总预算占政府支出总预算比重（%）	教育预算占 GDP 比重（%）	教育和文化部教育预算占政府教育预算比重（%）
1995/1996	500116.0	76504	19056.82	15.3	2.2	24.9
1996/1997	730878.0	92631	17204.16	12.7	2.2	18.6
1997/1998	975639.0	102343	21961.53	10.5	2.0	21.5
1998/1999	927732.0	107457	26794.34	11.6	1.8	24.9
1999/2000	1168778.0	138583	35109.40	11.9	2.1	25.3
2000/2001	1307214.0	218051	51382.70	16.7	2.9	23.6
2001/2002	1462767.0	323864	65863.60	22.1	3.7	20.3
2002/2003	2106291.0	396780	123556.70	18.8	4.0	31.1
2003/2004	2607205.0	487729	106719.70	18.7	4.3	21.9
2004/2005	3347538.0	504745	160344.21	15.1	缺数据	31.8
2005/2006	4176050.0	缺	175434.51*	缺	缺	缺

＊估计数据。

资料来源：MoEC, *Basic Education Statistics in Tanzania*（1995~2005）. 2005. Table8.1

---

①　MoEC, *Basic Education Statistics in Tanzania*（1995~2005）. June, 2005. Table8.1.（http://www.moe.go.tz/zip/National%202005. zip.）

②　本表的"教育和文化部教育预算"金额比表 4-2-2 多，可能是本表的预算是教育和文化部的教育总预算，包括经常费、发展费等，而表 4-2-2 仅仅是经常费预算。

　　值得注意的是，表4-2-3反映出教育和文化部控制的教育经费，最高仅占国家教育经费总预算的31.8%（2004/2005年），最低竟只有18.6%（1996/1997年）。

　　1992～2001年间，政府总的实际支出都在增长。坦桑尼亚每年人口增长率大约2.8%，人均生活消费支出也相应增加。政府对于教育部门的经常费支出平均占政府任意经常费支出的24.2%。然而，坦桑尼亚政府在教育上的经费支出还是很低的，只占GDP的2.6%。与此同时，南非公共教育支出则占GDP的6.4%，肯尼亚占6.1%，乌干达占2.9%。[1] 2003/2004年，坦桑尼亚教育预算占GDP比重为4.3%（见表4-2-3）。但到2004年，坦桑尼亚的公共教育支出经费仅占GDP的2.2%。[2]

　　坦桑尼亚的教育经费一直十分短缺。根据"教育部门发展规划"编制的经费预算（包括经常性经费），2000/2001～2002/2003年教育经费预算总计达到416516.58百万先令。而国家实际拨款319420.45百万先令。这说明有97096.13百万先令的经费预算缺口，资金缺口达23%见表4-2-4。教育经费巨额预算赤字，反映了坦桑尼亚国家经济的窘迫。[3] 从表4-2-4看出，2000/2001年和2002/2003年的"其他费用"实际拨款比预算额要多，

---

　　[1]　MoEC, *The Education and Training Sector Development Programme Document*. Final Draft, August 2001. p. 28.

　　MoEC, *The Education and Training Sector Development Programme Document*. Revised, August 2001. p. 21.

　　[2]　UNESCO, *Education in United Republic Tanzania*. 2004.

　　[3]　MoEC, *The Education and Training Sector Development Programme Document*. Final Draft. August, 2001. p. 47. 该书同一页说，"教育部门发展规划（ESDP）"的经费预算（包括经常性经费），2000/2001～2002/2003年教育经费预算总计达到1986亿先令；而国家实际拨款1057亿先令，有929亿先令的资金缺口。

而"发展经费"缺口很大。

表 4 - 2 - 4　　　教育部门发展规划资金预算和
　　　　　　　　实际拨款方案（包括薪水）（百万先令）[1]

年　　度	种　　类	发展经费	其他费用	总　　计
2000/2001	资金预算	61338.42	47869.75	109208.17
	实际拨款	33536.70	54272.00	87808.70
	资金缺口	27801.72	-6402.25	21399.47
2001/2002	资金预算	68120.09	84419.26	152539.35
	实际拨款	35213.54	67840.00	103053.54
	资金缺口	32906.55	16579.26	49485.81
2002/2003	资金预算	66306.14	88462.92	154769.06
	实际拨款	36974.21	91584.00	128558.21
	资金缺口	29331.93	-3121.08	26210.85
2000/2003	总资金预算	195764.65	220751.93	416516.58
	总实际拨款	105724.45	213696.00	319420.45
	总资金缺口	90040.20	7055.93	97096.13

二、教育经费的使用

各级教育占用教育经费的比例是变化的。1992/1993 年至
1998/1999 年教育部门公共经费的分配是有利于小学教育的。分
配到小学教育的份额从 1993 年的 51% 上升到了 1998 年的 67%，
1999 年又微降到了 62%。[2] 分配到中学、教师培训和教育管理

---

① MoEC, *The Education and Training Sector Development Programme Document.*
Final Draft. August, 2001. p.47. （http://www.moe.go.tz/pdf/SDP-Document-final%
20draft.pdf.）

② Ibid. pp.28 - 29.

方面的费用这段时期都在下降。1998 年，中学教育经费预算只占国家教育经费 7%，和 6 年前的 15% 相比下降了 54%。这对大学生源的数量和质量会产生一定程度的影响。1992～1998 年，分配到教师培训和教育管理的经费预算份额分别下降了 60% 和 44%。与此同时，坦桑尼亚高等教育和技术教育的经费占国家教育经费的比重大体在 20% 左右，但在 1997/1998 年回落到 17%，1999 年略有提高，增加到 24%（见表 4-2-5）。

表 4-2-5　　1992/1993～1998/1999 年坦桑尼亚各级各类教育经费比例①

	1992/1993	1993/1994	1994/1995	1995/1996	1996/1997	1997/1998	1998/1999
小学	51	52	63	65	67	67	62
中学	15	14	10	7	7	9	7
教师教育	5	4	3	2	2	3	2
高等教育和技术教育	20	23	20	21	20	17	24
管理及其他费用	9	7	5	5	4	5	5
%	100	100	100	100	100	100	100

资料来源：*Basic Education*, *Public Expenditure Review*（PER）2000。

　　非洲高等教育经常费占全部公共教育经常费的百分比在 1970 年为 13%，1975～1990 年间比例大体维持在 18% 左右，但各国间差异较大。1990 年高等教育经常费占国家教育经常费预算的百分比，有 5 国低于 10%，如毛里求斯为 7.25%、安哥拉

---

① MoEC, *The Education and Training Sector Development Programme Document*. Revised, August, 2001. p. 21.

为 3.7%、佛得角为 2.7%。比例高的国家不超过 35%，如塞拉利昂为 34.8%，布基纳法索为 32.1%，几内亚为 31%。[①] 而在坦桑尼亚，高等教育的经常费占教育部教育经常费的比重，1962/1963 年为 19%，1966/1967 年下降到 12%，1980/1981 年维持 12%，低于非洲国家的平均水平。1992 年以后，坦桑尼亚高等教育经常费比重大体维持在国家教育经费 20% 以上，超过非洲国家的平均水平。

关于 1995～1999 年坦桑尼亚教育经费的分配，还有另一份统计资料见表 4-2-6。

表 4-2-6　坦桑尼亚各级教育经费实际使用情况
（1995～1999）（百万先令）[②]

年份　　　　　　项目	1995	1996	1997	1998	1999
教育经费总预算	79165	79078	95467	106947	111057
占政府总支出经费比例（%）	26.6	25.1	22.9	22.8	24.2
基础教育（第一级教育）	49174	51602	60938	68895	78000
占教育经费总支出比例（%）	62.1	65.2	66.5	64.4	66.0
中学教育经费	7533	6608	7838	7894	7774
占教育经费总支出比例（%）	9.5	8.4	8.2	7.4	7.0
教师教育	2013	1458	1955	2639	2600
占教育经费总支出比例（%）	2.5	1.8	2.0	2.5	2.3
高等教育和技术教育经费	15922	16836	16811	22914	26638
占教育经费总支出比例（%）	20.1	21.3	20.7	21.4	20.0

---

① 李建忠：《战后非洲教育研究》，江西教育出版社 1996 年版，第 165 页。

② MoEC, *Education Sector Country Status Report* (*Tanzania*). 2001. p. 37, Table 4.1.（http：//www. moe. go. tz/pdf/Educ. % 20Sector% 20Country% 20Status% 20Report. pdf.）

续表

项　目 ＼ 年　份	1995	1996	1997	1998	1999
各级教育总的管理费用	4524	2596	2830	4464	3600
占教育经费总支出比例（％）	5.7	3.3	2.9	4.3	3.2

表 4 - 2 - 7　　　1996/1997 ~ 2007/2008 年坦桑尼亚各级

各类教育经费构成（百万先令）[①]

财年	教育经费总预算	各 级 教 育							
		小学、学前教育等		中学		教师教育		第三级教育和高等教育	
		总额	比例（％）	总额	比例（％）	总额	比例（％）	总额	比例（％）
1996/1997	92631	63519	68.5	7838	8.5	1954	2.1	19320	20.9
1997/1998	102343	68896	67.3	7894	7.7	2639	2.6	22914	22.4
1998/1999	107457	78000	72.6	7857	7.3	2600	2.4	19000	17.7
1999/2000	138583	92845	67.0	10492	7.6	2752	2.0	32494	23.4
2000/2001	218051	144658	66.3	21453	9.8	5261	2.4	46679	21.4
2001/2002	323864	236618	73.1	24359	7.5	5872	1.8	57015	17.6
2002/2003	396780	289718	73.0	29876	7.5	6646	1.7	70540	17.8
2003/2004	487729	361425	74.1	32464	6.7	7700	1.6	86140	17.7

---

①　Ministry of Education and Vocational Training （MoEVT）, *Basic Education Statistics in Tanzania* （2003—2007）. Dar es Salaam, June, 2007. Table 8. 2.（http：// www. moe. go. tz/zip/National 2007. zip.）该表中 2000 ~ 2002 年国家教育经费预算总额与表 4 - 2 - 6 所计不一。

续表

财年	教育经费总预算	各级教育							
		小学、学前教育等		中学		教师教育		第三级教育和高等教育	
		总额	比例(%)	总额	比例(%)	总额	比例(%)	总额	比例(%)
2004/2005	504745	322196	63.8	92045	18.2	6189	1.2	84315	16.7
2005/2006	669537	418455	62.5	104483	15.6	8540	1.3	138059	20.6
2006/2007	958819	618534	64.5	119987	12.5	10439	1.1	209859	21.9
2007/2008	1100188	618828	56.2	174227	15.8	19257	1.8	287876	26.2

资料来源：*Public Expenditure Review*（PER）2000～2007/2008。

从表4-2-7看出，坦桑尼亚第三级教育和高等教育在国家教育经费的份额，1998/1999、2001/2002～2004/2005年大体维持在17.7%，2005/2006年以后又回升到20%以上，2007/2008年升至历史最高点26.2%。值得注意的是，小学教育经费与第三级教育和高等教育经费此消彼长，第三级教育和高等教育经费的增长往往以牺牲小学教育经费为代价；2004/2005年开始，中学教育经费有一倍增长。

教育经费主要有4大开支，即教育经常费、工资和薪水开支、其他费用开支、教育发展经费。2000/2001年，教育经常费总支出、工资和薪水开支、其他费用开支、总的教育发展经费合计467002.06百万先令（表4-2-8的2～5项之和），比总教育经费拨款预算多出216732.68百万先令，经费预算赤字达46.4%。2002/2003年，教育经常费总支出、工资和薪水开支、其他费用开支、总的教育发展经费合计578368.01百万先令，教育经费预算赤字达46.8%。

表 4 - 2 - 8   教育部门经费预算、决算方案
（2000/2001 ~ 2002/2003）（百万先令）[①]

年度 项 目	2000/2001 年 预算	2001/2002 年 实施方案	2002/2003 年 实施方案
教育经费预算总额	250269. 38	273637. 25	307671. 11
占政府总预算经费的百分比（%）	19. 77%	19. 03%	22. 23%
教育经常费总支出	216732. 68	238423. 71	270696. 90
占政府经常费总支出的百分比（%）	22. 75%	22. 74%	24. 07%
占政府任意经常费总支出的百分比（%）	25. 75%	25. 42%	26. 71%
教育员工的工资和薪水开支	162460. 68	170583. 71	179112. 90
占政府总工资和薪水支出的百分比（%）	51. 50%	44. 34%	42. 30%
总的教育其他费用开支	54272. 00	67840. 00	91584. 00
占政府总的其他费用开支的百分比（%）	27. 93%	33. 56%	34. 22%
总的教育发展经费	33536. 70	35213. 54	36974. 21
占总的政府发展经费的百分比（%）	10. 70%	9. 03%	14. 24%
本国支出的教育发展经费	5077. 90	9733. 32	9994. 36
占本国支出的总发展经费的百分比（%）	13. 36%	10. 45%	9. 97%
外国援助的教育发展经费	28458. 80	25479. 89	26979. 85
占外国援助的教育发展经费的百分比（%）	10. 33%	8. 59%	16. 93%

资料来源：*Volume II：Consolidating the Medium Term Expenditure Framework.*
September 2000。

假定：教育部门的工资和薪水 2001/2002 年及 2002 年/2003 年度计划增长 5%。其他费用分摊入中期支出预算实施方案。

注：总的教育发展经费由本国支出的教育发展经费和外国援助的教育发展经费两部分组成。

---

① MoEC, *The Education and Training Sector Development Programme Document.*
Final Draft, August, 2001. p. 45.（Revised, August, 2001. p. 33.）

　　2002/2003 年，第三级教育及高等教育的经常费占全国教育
经常费总额的 15.22%，加上技术教育的经常费共计 17.14%，
高等教育和技术教育经常费的比重比 10 年前（1992/1993 年）
的 20% 降低了 2.86%；2002/2003 年，第三级教育及高等教育
的员工工资和薪金占全国教育员工薪金支出总额的 9.7%，第三
级及高等教育的其他费用占全国教育其他费用总额的 28.3%
（表 4 - 2 - 9）。从学校和学生数量所占比例来看，第三级及高等
教育的其他费用开支很高。

表 4 - 2 - 9　　　2000/2001 ~ 2002/2003 年各级教育经费
分类预算方案（百万先令）[1]

年　度 项　目	2000/2001 年 预算	2001/2002 年 实施方案	2002/2003 年 实施方案
教育经常费总支出	229159.99	244161.33	261344.13
其中：基础教育（即小学教育）	140204.56	150283.03	162207.36
中学教育	17838.37	20443.99	23929.82
教师教育	5142.19	5300.61	5466.96
民族发展教育	747.58	795.46	848.45
职业教育	6488.86	6799.92	6846.38
技术教育	4855.74	4930.35	5008.70
第三级教育及高等教育	37671.85	38932.78	39781.67
检查巡视	1692.76	1978.13	2365.61
教育其他	14514.08	14687.06	14889.19
教育员工薪金支出总额	166891.39	175151.57	183823.93
其中：基础教育	127789.08	134178.53	140887.46

　　[1]　MoEC, *The Education and Training Sector Development Programme Document*, Final Draft, August, 2001. p. 46.

续表

项　目　　　　年　度	2000/2001 年 预算	2001/2002 年 实施方案	2002/2003 年 实施方案
中学教育	10906.62	11451.95	12024.55
教师教育	3168.44	3326.86	3493.21
民族发展教育	715.71	715.50	789.07
职业教育	2109.51	2130.60	2151.91
技术教育	1492.27	1566.88	1645.23
第三级教育及高等教育	16169.33	16977.80	17826.69
检查巡视	880.82	924.86	971.10
教育其他	3659.61	3842.59	4034.72
教育其他费用的总支出	62264.60	69009.76	77520.20
其中：基础教育	12415.48	16104.50	21319.90
中学教育	6931.75	8992.04	11905.27
教师教育	1973.75	1973.75	1973.75
民族发展教育	31.87	43.96	59.38
职业教育	4379.35	4669.32	4694.47
技术教育	3363.47	3363.47	3363.47
第三级教育及高等教育	21502.52	21954.98	21954.98
检查巡视	811.94	1053.27	1394.51
教育其他	10854.47	10854.47	10854.47

资料来源：Volume II：*Consolidating the Medium Term Expenditure Framexork.* September 2000.

假定：教育部门的工资和薪水 2001/2002 年及 2002/2003 年有计划增长 5%。其他费用派入每项中期支出实施方案。[1]

---

[1]　表 4-2-8 与表 4-2-9 虽然出于同一材料，但两表的教育经常费总额、教育员工薪金总额、教育其他费用的总支出额均不一致。孰是孰非难定。

在坦桑尼亚技术教育院校，教育经费使用的效能不断提高。从 1996 年开始，员工薪水比率一直在下降，其在本级部门经费总支出中的比例，1996 年是 26.2%，1997 年是 16.5%，1998 年是 10.1%，1999 年是 7.6%（参见表 4 - 2 - 10）。

坦桑尼亚高等教育院校的政府拨款经费用于教职工的薪金，在 1984~1993 年间，由于通货膨胀，实际下降了 47%。然而，高校教职工工资和薪水在政府拨给学校的教育经费中的比例迅速增加，由 1996 年占总经费预算的 44.9%，到 1999 年升至 64.1%（表 4 - 2 - 10），大大高于技术教育学校。也就是说，政府拨给高等院校的教育经费预算多半用于人头费了。

1984~1993 年，达累斯萨拉姆大学教职工工资和薪水在学校经费总支出的比重迅速增加，由 1992 年占总经费预算的 39%，到 1996 年升至 65%。2000/2001 年，坦桑尼亚教育部门员工工资和薪水开支占政府教育经费拨款预算的比例为 64.9%，2002/2003 年为 58.2%。[①]

表 4 - 2 - 10　　1996~1999 年坦桑尼亚公共教育资金
用于个人薪金和其他支出（百万先令）[②]

支出项目 ＼ 年　份	1996	1997	1998	1999
教师教育总额	2024	2261	3075	2378
其中：个人薪金	1433	1736	1802	1672

① MoEC, *The Education and Training Sector Development Programme Document*. Final Draft, August, 2001. p. 45.（Revised, August, 2001. p. 33.）

② MoEC, *Education Sector Country Status Report（Tanzania）*. Feb., 2001. p. 38, Table 4.2.（http://www.moe.go.tz/pdf/Educ.%20Sector%20Country%20Status%20Report.pdf.）

续表

年份 支出项目	1996	1997	1998	1999
其他费用	591	525	1274	706
个人薪金占比例（%）	71	77	59	70
技术教育总额	1145	1426	1430	3172
其中：个人薪金	251	319	161	242
其他费用	845	1190	1286	2930
个人薪金占比例（%）	26.2	16.5	10.1	7.6
高等教育总额	21980	24431	29165	61222
其中：个人薪金	12127	7085	10497	39182
其他费用	14853	17346	18668	22040
个人薪金占比例（%）	44.9	28.8	35.9	64.1

资料来源：*PER* 1999, *Reconstruction by Authors from App. Accounts*。

坦桑尼亚高等教育院校经费用于教职工薪金的比例似比多数非洲大学高。1980～1990 年间，一些非洲大学经常费用于学术活动的比重平均为 58.2%。用于非学术活动（行政和支持服务）占 41.8%。经常性支出项目如按人头费及货物和劳务来划分，人头费则占 58.7%，货物和劳务费占 14.8%。其他费用（包括设备）则占 26.5%（见表 4–2–11）。[1]

表 4–2–11　　　　部分非洲大学各项经费支出的平均比例（%）[2]

大　学	人头费	货物及劳务费	其他费用	总计
亚的斯亚贝巴大学（1988/1989）	62.2	22.8	15.0	100
艾阿迈杜·贝约大学（1980/1990）	48.5	18.0	33.5	100

① 引自李建忠：《战后非洲教育研究》，江西教育出版社 1996 年版，第 164～166 页。

② 同上书，第 166 页。

续表

大　　学	人头费	货物及劳务费	其他费用	总计
布隆迪大学（1985/1989）	63.4	10.1	26.5	100
杰济拉大学（1979/1989）	50.7	12.5	36.8	100
加纳大学（仅1989）	77.4	10.4	12.2	100
阿沃洛沃大学（1980/1990）	50.1	15.2	34.7	100
平均	58.7	14.8	26.5	100

资料来源：非洲大学联合会：《非洲大学成本效益和效率研究报告》，1991年版，第38页。

其他费用支出预算项目，包括员工发展，办公文具和考试费用。1984～1993年，达累斯萨拉姆大学其他费用支出，从经常性经费支出的49%下降到30%，但仍比许多非洲大学要高。坦桑尼亚高等教育经费中的其他费用的数额从1996年开始又一直在增长，1996年是148.93亿先令，1997年是173.46亿先令，1998年是186.72亿先令，1999年是220.55亿先令。①

许多非洲国家强调科研经费的投入，可是由于财力限制，科研经费投入往往不足。1964年，联合国教科文组织在尼日利亚拉各斯召开非洲国家科学与发展大会，大多数新独立的非洲国家都派代表参加了该次会议。会议制定了非洲地区此后20年的科学发展计划，提出要迅速增加科学人力资源的储备，会议建议到1980年每百万人口中要拥有200名具有大学学历的科学家和工程师。与会国保证要把国民生产总值（GNP）的0.5%用于科研支出，创建科研和培训机构地区网络。1974年非洲国家召开了第一届科学和技术部长大会，会议提出非洲国家应把国民生产总

---

① MoEC, *The Education and Training Sector Development Programme Document*, . Final Draft, August, 2001. p. 30.

值的 1% 用于科学和技术开发方面。

　　然而，绝大多数非洲国家并未达到 1964 年会议确定的目标，估计非洲国家平均科研支出仅占 GNP 的 0.36%，发展中国家平均为 0.45%，发达国家为 2.23%。但有不少非洲国家在 20 世纪 70 年代超过了科研支出占 GNP 的 0.5% 的目标：1970 年喀麦隆为 0.6%，1971 年加纳为 0.9%，1971 年肯尼亚为 0.8%，马达加斯加为 0.9%，1971 年多哥为 1.4%，1972 年赞比亚为 0.5%，1976 年塞内加尔为 1%。1981～1984 年卢旺达研究和开发支出增长 57%。[①] 而 20 世纪 70～80 年代坦桑尼亚科研支出缺乏相关数据比较。

　　国家科研资金分配给大学的比例各国间差异很大：尼日利亚从 1970 年的 17.6% 下降到 1977 年的 10.1%，苏丹从 1973 年的 0.8% 上升到 1978 年的 15.2%，马拉维 1977 年为 1%，1984 年布隆迪为 2.6%，中非共和国为 9.5%，刚果为 2.4%，卢旺达为 23.2%。[②] 坦桑尼亚的教育发展经费与其他非洲国家的科研经费有些类似。

　　坦桑尼亚教育发展经费在政府发展总经费中的比例也不断下降，1962 年至 1963 年为 13%，1980 年至 1981 年降到最低（6.5%）。就发展经费而言，教育部的发展经费从 1962/1963 年的 1400 万先令，增加到 1980/1981 年的 3.18 亿先令，增加了 22.7 倍；而同期高等教育发展经费仅从 400 万先令，增加到 6000 万先令，增加了 15 倍；高等教育发展经费在教育部发展经费中的比例，1962/1963 年占 28%，1975/1976 年下降到 8%（约 1200 万先令），1980/1981 年回升到 19%（6000 万先令）。可见，在 1962/1963～1980/1981 年间，高等教育经费在全国教

———————

① 李建忠：《战后非洲教育研究》，江西教育出版社 1996 年版，第 182 页。
② 同上书，第 182～183 页。

育经费中的比重，无论是经常性经费，还是发展性经费，都是下降的。[1]

坦桑尼亚国家发展经费预算总额中分配给教育部门的份额，1995/1996 年为 4.2%，1996/1997 ~ 1997/1998 年为 2.7%，1998/1999 年为 7.6%，1998/1999 年教育发展经费预算达到 122.20 亿先令。坦桑尼亚的教育发展经费用于高等教育和技术教育的比例波动很大，比例最高的年份（1996/1997 年）达 47.2%，最低的只有 9.2%（1997/1998），在 1995/1996 ~ 1998/1999 年平均为 27.5%（参见表 4 - 2 - 12）。

表 4 - 2 - 12　　　坦桑尼亚各级教育发展经费支出（百万先令）[2]

年　份 项　目	1995/1996	1996/1997	1997/1998	1998/1999
教育发展支出总额	1736	3854	6630	12220
其中：国内教育发展经费	—	456	1555	2011
国外援助的经费	—	3398	5075	8473
国家发展经费预算总额中教育份额（%）	4.2	2.7	2.7	7.6
小学	519	1267	2294	6166
中学	285	141	1934	1141
教师培训	7	93	339	465

---

① Lene Buchert & James Currey, *Education in the Development of Tanzania* (1919 ~ 1990). London, 1994. pp. 90 - 123, Table 6.2. (http://www.questia.com/PM. qst? a = o&d = 91114956).

② MoEC, *The Education and Training Sector Development Programme Document.* Final Draft, 2001. p. 31.

续表

项　目 ＼ 年　份	1995/1996	1996/1997	1997/1998	1998/1999
高等教育和技术教育	585	1818	611	2234
管理费用	340	536	1453	815
小学（％）	30	33	35	54
中学（％）	16	4	29	10
教师培训（％）	0	2	5	4
高等教育和技术教育（％）	34	47	9	20
管理费用（％）	20	14	22	7
支出总额中本国分担的份额（％）	—	12	23	14

资料来源：*Basic Education*，*PER* 2000。

注：原文 1998/1999 年的教育发展支出总额与国内教育发展经费和国外援助的经费的总额有误。现重新计算。

从表 4 - 2 - 12 可以看出，教育发展经费在教育经费预算中的比例一直在增长。从 1997 年开始，坦桑尼亚的教育发展经费主要用于小学教育，高等教育和技术教育的经费所占比例减少了。再考虑到通货膨胀的因素，高等教育的发展经费实际上大大减少了。[1]

1999/2000 年，达累斯萨拉姆大学的发展经费 890 万美元，占学校总经费支出的 20.7％（见表 4 - 2 - 13）。

---

[1]　MoEC, *The Education and Training Sector Development Programme Document. Final Draft*, 2001. p. 31.（http：//www. moe. go. tz/pdf/SDP-Document-final％ 20 draft. pdf. ）

表 4 - 2 - 13　　　　1999/2000 年达累斯萨拉姆大学经费支出概览①

支　　出	合　　计		比例（%）
	先令百万	美元百万	
经常性开支	19177	24.0	55.8
发展经费	7112	8.9	20.7
研究经费	6231	7.8	18.1
机构改革费	1855	2.3	5.4
合计	34376	43.0	100

资料来源：*UDSM*, *Facts and Figures* 1999/2000. Dar es Salaam, 1999。

　　教育发展经费中的外援经费比重则不断上升，从已有的统计数据看，1966/1967 年外国援助的教育发展经费有 1600 万先令，占同年坦桑尼亚教育发展总经费的 59.3%；1980/1981 年外国援助的教育发展经费有 1.75 亿先令，占同年坦桑尼亚教育发展总经费（3.37 亿先令）的 51.9%。②

　　为了解决财政困难，更合理地使用有限的教育经费，2000年以来，坦桑尼亚按优先权来分配、使用国家教育经费。改善各级教学环境被列入第一优先项目，以下依次为加强各级管理能力、改善教育管理信息系统、控制艾滋病的传播。2002/2003年，教育发展经费为 66306.14 百万先令，其中 80.9% 的经费用于改善各级教学环境，18.6% 的经费用于加强各级管理能力，0.49% 的经费用于通过各级教育系统控制艾滋病的传播。改善教育管理信息系统项目的经费投入微乎其微（见表 4 - 2 - 14）。

---

① Brian Cooksey & Daniel Mkude, *Higher Education in Tanzania*: *A Case Study*. 2001, Table 2.

② Lene Buchert & James Currey, *Education in the Development of Tanzania*（1919 ~ 1990）. London, 1994. pp. 90 - 123, Table 6.2.

表 4 - 2 - 14　　**教育部门发展规划资金预算概览**
　　　　　　　　　（按优先顺序）（百万先令）[①]

序号	项　　目	2000/2001 年 预算	2001/2002 年 实施方案	2002/2003 年 实施方案
优先 1	改善各级教学环境	47838.92	48001.46	53661.17
优先 2	加强各级管理能力	10262.74	11547.76	12314.26
优先 3	改善教育管理信息系统	2981.00	8266.81	8.42
优先 4	通过各级教育系统 控制艾滋病的传播	255.76	304.06	322.29
教育部门发展规划资金总额		61338.42	68120.09	66306.14

资料来源：ESDP Financing Framework Requirements，2000/2001 - 2002/2003。

　　用于改善各级教学环境的经费在逐年增长（不考虑货币贬值因素）。2002/2003 年，改善各级教学环境的经费总计为55894.87 百万先令，其中 4.56%（2550.6 百万先令）用于改善第三级教育及高等教育教学环境。[②]

　　用于加强各级管理能力的经费也在逐年增长，但其中用于加强第三级教育及高等教育管理能力的经费连续三年没有变化。2002/2003 年，用于加强各级管理能力的经费为 13099.66 百万先令，其中用于加强第三级教育及高等教育管理能力的经费约占5.5%（720.00 百万先令）。[③]

　　用于改善"教育管理信息系统（EMIS）"的经费起伏很大，2001/2002 年该项经费最多，其中 57% 用于改善第三级教育及高

---

　　① MoEC，*The Education and Training Sector Development Programme Document*，*Final Draft*. August，2001. p. 48.

　　② Ibid，p. 49.（http：//www. moe. go. tz/pdf/SDP-Document-final%20draft. pdf.）

　　③ Ibid.

等教育的教育管理信息系统。值得注意的是，2002/2003 年，第三级教育及高等教育没有任何改善教育管理信息系统的经费（见表 4 - 2 - 15）。这说明 2001/2002 年是坦桑尼亚高校教育管理信息系统建立的年份。

表 4 - 2 - 15　　　　改善教育管理信息系统经费（百万先令）[①]

级　别	2000/2001 年 预算	2001/2002 年 实施方案	2002/2003 年 实施方案
基础教育	2201. 00	2421. 10	—
中学教育	—	—	—
教师教育	—	—	—
民族发展教育	—	5. 61	8. 42
职业教育	330. 00	840. 10	—
技术教育	350. 00	480. 10	60. 00
第三级教育及高等教育	450. 00	5000. 00	—
检查巡视	—	—	—
教育其他	—	—	—
总计	3331. 00	8766. 81	68. 42

教育系统控制艾滋病传播的经费大约 41% 用于"其他费用"开支，第三级教育及高等教育连续 3 年（2000～2002 年）每年获得 6000 万先令经费用于控制艾滋病的传播，大约占此项经费的 18%。[②]

---

① MoEC, *The Education and Training Sector Development Programme Document*. Final Draft, August, 2001. p. 50. (http: //www. moe. go. tz/pdf/SDP-Document-final% 20draft. pdf.)

② MoEC, *The Education and Training Sector Development Programme Document*. Final Draft, 2001. p. 50.

三、高校生均培养成本费

在高等教育经费比重增加不多的同时，坦桑尼亚高校的招生规模却在不断扩大。1962 年，坦桑尼亚在校大学生 193 人，1981 年 2952 人。[1] 于是，大学生的生均培养成本费在不断下降。就每生分配到的培养经费来说，大学教育最高，接下来依此为中学、小学（见表 4 - 2 - 16）。值得注意的是，在 1970/1971 年，中小学分配到的每生培养经费有大幅度提高，而大学生培养经费则大幅下滑。这与坦桑尼亚政府对教育的政策密切相关。到1979/1980 年，大学生培养经费为每生 57056 先令（约合 7132 美元），只有 1962/1963 年培养经费的 1/4。这在很大程度上制约了坦桑尼亚高等教育事业的发展。

表 4 - 2 - 16　　　　各级学校每生培养经费（先令）[2]

年　　度	小　　学	中　　学	大　　学
1962/1963	106	2182	228294
1964/1965	84	1838	221236
1970/1971	200	2817	34800
1975/1976	230	2760	55570
1977/1978	193	4860	63062
1979/1980	207	4608	57056

资料来源：（1）Ministry of Education, Comparative Statistics：1961 ~ 1975, Planning Division, pp. 39 – 47。

（2）Tanzania Ⅲ, Estimates of Public Expenditure, Government Printer, DSM, 1977 ~79.

注：1979 年，1 美元约合 8 坦桑尼亚先令。

[1]　Lene Buchert & James Currey, *Education in the Development of Tanzania* (1919 ~ 1990). London, 1994. Table6. 3. (http：//www. questia. com/PM. qst？a = o&d =91114956)。

[2]　C. J. Galabawa, *Implementing Educational Policies in Tanzania*. World Bank Discussion Papers (No. 86), Africa Technical Department Series . Washington, D. C. 1990. p. 25, Table. 9.

　　此后，表面上看大学生生均培养成本费在不断增加。每位大学生培养费（student unit cost）在 1993 年是 743500 先令，1994年为 1885500 先令，1996 年是 1745500 先令，1997 年是 1590400先令，而 1998 年是 2174400 先令（约合 3193 美元）。[①] 但由于坦桑尼亚先令贬值太快，1998 年大学生生均培养成本费比 1980年的生均培养成本费（约合 7132 美元）实际减少了 65% 左右。

　　关于坦桑尼亚高校学生的培养成本费，我们还有两组数据（表 4 - 2 - 17，表 4 - 2 - 18）。

表 4 - 2 - 17　　高等教育和技术教育院校生均培养成本费
（1993 ~ 1999）（美元，以可比价格计）[②]

学　　年	高等教育	高等教育和技术教育
1993/1994	1374	2446
1994/1995	3771	3166
1995/1996	2557	2260
1996/1997	2494	2284
1997/1998	2272	2128
1998/1999	2718	2666
1999/2000	2819	2338

　　资料来源：Galabawa and Kilindo, "*Unit-Cost Analysis：Survey*". MoEC, 2001（Mimeograph）。

　　在 1993/1994 ~ 1999/2000 年，达累斯萨拉姆大学的生均培养成本费仅有两年（1994/1995、1998/1999）低于全国大学的平均水平，其余 5 年均高于全国平均水平（见表 4 - 2 - 17）。

　　[①] MoEC, *The Education and Training Sector Development Programme Document.* Revised, 2001. p. 25.

　　[②] 引自：MSTHE, *Higher and Technical Education Sub-Master Plan*（2003 ~ 2018）. Dar es Salaam, 2004. p. 55。

表 4 - 2 - 18　　达累斯萨拉姆大学校本部经费预算（Operating Budget）和生均培养成本费（1984/1985 ~ 1999/2000）[①]

年　　度	经费预算（百万美元）	在校学生人数	教师	非教学职员	生均培养成本费（美元）
1984/1985	22. 8	2913	680	1715	7824
1985/1986	18. 8	2987	715	1765	6302
1986/1987	14. 6	2972	726	1685	4914
1987/1988	8. 5	2891	664	1863	2924
1988/1989	8. 4	2743	678	1727	3078
1989/1990	9. 5	2839	675	1798	3346
1990/1991	11. 0	—	685	1847	3316
1991/1992	15. 9	2801	689	1924	5689
1992/1993	11. 5	2992	692	1966	3850
1993/1994	6. 6	2968	681	1953	2752
1994/1995	15. 3	2951	614	2012	2242
1995/1996	7. 8	3544	601	2012	2199
1996/1997	10. 3	3770	578	1297	2726
1997/1998	10. 7	4131	594	1230	2586

①　Daniel Mkude & Brian Cooksey, Lisbeth Levey, *Higher Education in Tanzania*: *A Case Study*. New York, 2003. p. 8, Table1.（http：//www. foundation-partnership. org/pubs/tanzania/index. php? sub.）

注：原文"学生培养费"用百万美元计，且精确到小数点后一位。如果用"万美元"计，则出入在 1 万美元上下。

续表

年　度	经费预算 （百万美元）	在校学生人数	教师	非教学职员	生均培养 成本费（美元）
1998/1999	11.0	4172	581	1224	2632
1999/2000	15.6	4816	579	898	3236

资料来源：UDSM, *Income-Generating Measures*. Vol. 3, 1995. pp. 12 – 13; *Facts and Figures* 1999/2000, pp. 10, 23 – 24。

注：1990/1991 学年，达累斯萨拉姆大学没有招收新生。

从上述资料看，1984 ~ 1994 年间，达累斯萨拉姆大学教员人数和学生人数基本保持稳定（2800 ~ 2900 人），但生均培养成本费却呈下降趋势。[1] 1995 年生均培养成本费仅为 1984 年的 28.1%（见表 4 - 2 - 17）。这反映出大学经费用于学生培养的部分越来越少。与此同时，达累斯萨拉姆大学师生比大体稳定在约 1∶4.3；但是，学校的非教学人员人数大大增加，从 1984/1985 年的 1715 人，增加到 1994/1995 年的 2012 人，10 年间非教学人员增加了 1/6 还多。自 1995 ~ 1996 年开始，非教学人员数目不断减少，到 1999/2000 年减少了 55% 左右，这是一个根本性的转折。专任教师人数的减少要早一年，从 1994/1995 年就开始了。到 1999/2000 年，教师人数已下降了近 1/5。1994 ~ 1999 年，达累斯萨拉姆大学在校生数量迅速增长，学生人数增加了约 60%。1999/2000 年，达累斯萨拉姆大学（校本部）在校学生人数达 4816 人，[2] 师生比达到 1∶8.32，比 1984/1985 年的师生比提高了近一倍。这说明自 1995 年以来，达累斯萨拉姆大学的办

①　"生均培养成本费" 是以学校经费除以在校生总数得出的。
②　另有资料说，1999/2000 年达累斯萨拉姆大学主校区在校大学生为 4765 人。参见 Daniel Mkude and Brian Cooksey, *Tanzania Higher Education Profile*. Dec., 2006。（http：//www. bc. edu/bc_ org/avp/soe/cihe/inhea/profiles/Tanzania. htm. ）

学效能在不断提高。

显然，在一个相当长的历史时期，坦桑尼亚大学生生均培养成本费用远远高于非洲多数国家的水平。以 1998/1999 年为例，大学生生均培养成本在坦桑尼亚是 2718 美元，而同年埃塞俄比亚是 1320 美元，肯尼亚是 1325 美元，苏丹是 1322 美元，乌干达仅有 345 美元。据坦桑尼亚科技和高教部 2001 年的预测，当全额交费的学生注册数达到理想的数量时，达累斯萨拉姆大学的生均培养成本费仍高达 2750 美元，索考伊农业大学的每生培养成本更高，达 3300 美元。[①] 坦桑尼亚大学生均培养成本费居高不下的原因主要是大学办学规模较小和师生比低。高昂的生均培养成本费加剧了坦桑尼亚高等教育财政的困难。

第三节　高校的财政来源和支出

一、公立院校

坦桑尼亚公立院校资金来源主要依赖政府财政支持。各公立高校的经费来源有政府拨款、国外捐赠和学校创收三个渠道。大学和非大学院校的经费来源也有所不同。因为很多非大学院校收费，并不是学生直接支付，而是由赞助机构或政府部门支付。除了收费，这些院校还接受政府补贴。由于政府并不遵循任何明确、一贯的补贴原则，资助金额多少往往取决于各院校与政府部门的谈判技巧。[②]

1985～1995 年间，达累斯萨拉姆大学经费总额减少近 2/3，

---

① MSTHE, *Higher and Technical Education Sub-Master Plan* (2003～2018). Dar es Salaam, 2004. p. 55.

② Daniel Mkude and Brian Cooksey, *Tanzania*: *Country Higher Education Profiles.* (INHEA: Tanzania Higher Education Profile.) (http://www.bc.edu/bc_ org/avp/soe/ cihe/inhea/profiles/Tanzania. htm.)

接近撒哈拉以南非洲的平均数。1984～1994年，达累斯萨拉姆大学学生人数基本保持稳定（2800～2900人）。1995年开始，达累斯萨拉姆大学在校生数量迅速增长，1999/2000年达累斯萨拉姆大学校本部在校大学生达4816人，学生培养费预算约1559万美元。[①] 而同年该校各项收入合计仅3810万美元，学生培养费支出占学校总收入的40.92%；同年，达累斯萨拉姆大学财政支出预算是4300万美元，[②] 财政收支赤字达490万美元（38.71亿先令）。

表4-3-1   1999～2000年达累斯萨拉姆大学收入概览[③]

收入项目	金　额	
	先令（百万）	美元（百万）
学生交纳的学费	—	—
政府拨款	16578	20.7
私人捐赠	1209	1.5
本校自筹经费	2222	2.8
政府补助	2213	2.8
捐赠人拨款（Donor grants）	8283	10.4
合　计	30505	38.1

资料来源：*UDSM*, *Facts and Figures* 1999/2000. Dar es Salaam：UDSM, 1999。

①   Daniel Mkude & Brian Cooksey, Lisbeth Levey, *Higher Education in Tanzania*：*A Case Study*. New York, 2003. p. 8, Table1.（http：//www. foundation-partnership. org/pubs/tanzania/index. php？sub.）

另有资料说，1999/2000年达累斯萨拉姆大学主校区在校大学生为4765人。参见 Daniel Mkude and Brian Cooksey, *Tanzania Higher Education Profile*. Dec., 2006。（http：//www. bc. edu/bc_ org/avp/soe/cihe/inhea/profiles/Tanzania. htm.）

②   Brian Cooksey & Daniel Mkude, *Higher Education in Tanzania*：*A Case Study*. 2001, Table 2.

③   Ibid.

自 1992 年以来，达累斯萨拉姆大学千方百计自筹办学经费，自筹经费数额逐年增加。1992/1993 年，该大学实际创收经费与政府批准的拨款比例为 4%；到 2004/2005 年，自筹经费与政府批准的拨款比例增加到 15.8%（见表 4 - 3 - 2）。该校每年实际创收金额往往比计划创收金额要多。这说明该校创收能力很强。

表 4 - 3 - 2　　达累斯萨拉姆大学自筹经费
（1992/1993 ~ 2004/2005）（先令）①

学　　年	计划创收	实际创收	实际创收与政府批准的拨款之比例（%）
1992/1993	42159160	132277675	4
1993/1994	48698032	182445281	5
1994/1995	260800000	299576822	10
1995/1996	26435000	399798185	8.8
1996/1997	38736500	335430631	5.3
1997/1998	228934968	318268124	5
1998/1999	343276252	380033309	5
1999/2000	353946000	413669800	4
2000/2001	672617800	1016879936	5
2001/2002	750560000	874274000	5
2002/2003	1043660452	1213080884	7
2003/2004	1462692009	1555352914	6.3
2004/2005	1996900000	2467300000	15.8

在 2001 ~ 2005 年，政府仍然是公立大学财政的主要支持者。公立大学主要依赖政府拨款来进行财政运转，因为大学内部筹得

①　UDSM，*UDSM Five-Year Rolling Strategic Plan*（2005/2006 ~ 2009/2010）. USDM, Nov 2005, p. 87.

的资金很难满足所有开支。达累斯萨拉姆大学校本部的常规经费（Running Funds）中，政府拨款比例逐年上升，平均占 67%，国外捐赠占 29%，学校创收占 4%。而土木建筑研究学院的常规经费中，政府拨款的比例不断下降，从 2001/2002 年的 93.76% 下降到 2005/2006 年的 88.60%；学校创收经费比例则增加，从 2001/2002 年的 2.09% 增加到 2005/2006 年的 4.64%（见表 4 - 3 - 3）。

表 4 - 3 - 3 大学常规经费来源[①]

大学	学年	经费来源				各项经费百分比（%）		
		政府拨款	国外捐赠	学校创收[②]	合计	政府拨款	国外捐赠	学校创收
达累斯萨拉姆大学校本部（百万先令）	2001/2002	14602	9972	874	25448	58	39	3
	2002/2003	15172	11035	877	27084	56	41	3
	2003/2004	15677	6416	895	22988	68	28	4
	2004/2005	16869	4069	1996	22934	73	18	9
	2005/2006	22680	5938	1000	29618	77	20	3
合计		85000	37430	5642	128072	67	29	4
土木建筑研究学院（万先令）	2001/2002	330669.1	14623.6	7363.0	352655.7	93.76	4.15	2.09
	2002/2003	289677.3	12379.1	5515.0	307571.4	94.18	4.02	1.80
	2003/2004	321644.2	17631.7	18288.0	357563.9	89.95	4.93	5.12
	2004/2005	338825.7	10987.7	28547.4	378360.8	89.55	2.90	7.55
	2005/2006	322588.5	24593.6	16821.6	364003.7	88.60	6.76	4.64
合计		1603404.8	80215.5	76535.0	1760155.5	91.10	4.56	4.34

① MHEST, *Basic Statistics on Higher Education, Science and Technology* (2001/2002 ~ 2005/2006). Dar es Salaam, July 2006. p. 28. 原书把达累斯萨拉姆大学和土木建筑研究学院的经费单位均作"千先令"，有误。

② 本表的"学校创收"金额与表 4 - 3 - 4 "实际创收"经费不一致，当以表 4 - 3 - 4 为准。

经验表明，政府批准的预算只是国家议会批准的一部分。2005/2006 学年，政府批准的经费预算只及该大学理事会批准经费预算的 64%（表 4 - 3 - 4）。为使预算达到合理的水平，大学开始进行学生培养成本预算。

表 4 - 3 - 4　校理事会和政府批准的达累斯萨拉姆大学校本部年度预算比例[1]

年　份	政府批准预算 （先令）	校理事会批准 预算（先令）	政府/校理事会 预算比例（%）
2001/2002	12962933600	23950500000	54
2002/2003	13112908820	22703220309	58
2003/2004	16869293885	29442119596	57
2004/2005	17861103881	30142200195	57
2005/2006	28416449520	44524155229	64

值得注意的是，虽然政府批准的经费预算比大学理事会要求的要少，但是政府实际拨款往往要多于政府批准的预算。即使政府实际经费拨款多于预算，政府拨款也大大少于大学理事会的经费预算（见表 4 - 3 - 5）。

表 4 - 3 - 5　政府预算和达累斯萨拉姆大学校本部实际得到的资金比例（先令）[2]

年　份	实际拨款	政府批准的预算	政府实际拨款和批准 预算的比例（%）
2001/2002	14297942238	12962933600	110
2002/2003	15831344983	16556980234	96

---

① UDSM, *Facts and Figures* (2005/2006). UDSM, July 2006, p. 158.
② UDSM, *Facts and Figures* (2005/2006). p. 159.

续表

年　份	实际拨款	政府批准的预算	政府实际拨款和批准预算的比例（%）
2003/2004	18991456376	16869293885	112
2004/2005	19211306174	16892395105	105

　　虽然政府的拨款逐年增加，但是大学招生人数增加更大。达累斯萨拉姆大学校本部在校大学生人数，2001/2002 年有 6137人，2005/2006 年增加到 11462 人，[①] 在校大学生人数增加了86.77%，而 2001/2002~2004/2005 年政府实际拨给的经费预算仅增加了 34.36%。

　　为了弥补办学经费的不足，达累斯萨拉姆大学在编制年度预算时，往往把国内外的捐款也编入预算中。而且，捐款预算在学校资金预算中的比例不断增加。在 2005/2006 年度，捐赠预算在学校总预算中的比例达到令人吃惊的 62%（见表 4－3－6）。捐赠资金主要用于大学的研究和发展项目。

表 4－3－6　　达累斯萨拉姆大学校本部的政府
　　　　　　　拨款和捐赠年度预算（百万先令）[②]

年　份	政府资金预算	捐赠资金预算	总计	捐赠资金在资金总额所占比例%
2001/2002	400	95	495	19
2002/2003	100	0	100	0
2003/2004	400	350	750	47
2004/2005	450	400	850	47
2005/2006	250	400	650	62

---

①　UDSM, *Facts and Figures* (2005/2006). UDSM, July 2006. p. 9.

②　UDSM, *Facts and Figures* (2005/2006). p. 160.

达累斯萨拉姆大学还在 2000 年编制了外国资金需求预算 5 年规划（表 4 - 3 - 7）。

表 4 - 3 - 7 达累斯萨拉姆大学外国资金需求预算 (2000 ~ 2005)（百万美元）①

重点资助的项目	金　额
教学设施的改进	13. 2
研究和出版	4. 7
文化和管理活动	5. 8
基础设施（Infrastructure）	36. 5
教职员工培训（Staff development）	5. 4
合计	65. 6

资料来源：*UDSM*, *Facts and Figures* 1999/2000。

1995 ~ 2002 年，达累斯萨拉姆大学共收到外国捐款 3430 万美元，平均每年 490 万美元。这些经费对改善达累斯萨拉姆大学的办学条件起了非常重要的作用（表 4 - 3 - 8）。②

表 4 - 3 - 8 达累斯萨拉姆大学主要捐赠者的赠款 (1995 ~ 2002)（百万美元）③

年　度	捐　赠　者	主要项目	金　额
1995 ~ 1998	德国技术合作协会	办公大楼工程	0. 8
1996 ~ 1998	爱尔兰	工程	0. 8

① Brian Cooksey & Daniel Mkude, *Higher Education in Tanzania*：*A Case Study.* 2001，Table 4.（http：//www. foundation-partnership. org/pubs/tanzania/index. php）。

② 关于国外捐赠对坦桑尼亚高等教育的影响，详见本书第六章第三节国际合作和国外捐助的影响。

③ Brian Cooksey & Daniel Mkude, *Higher Education in Tanzania*：*A Case Study*. 2001，*Table*3.（http：//www. foundation-partnership. org/pubs/tanzania/index. php? chap = tables&tbl = t3）。

续表

年　度	捐　赠　者	主要项目	金　额
1996～1998	丹麦	科研	4.7
1996～2001	其他国家和机构	综合	2.0
1996～2001	加拿大国际发展与研究中心（IDRC）	科研	1.4
1996～2002	荷兰	综合（Various）	5.0
1997～2000	瑞典国际开发署（Sida）/瑞典国际开发署合作研究处	科研	5.7
1997～2000	比利时	综合	2.8
1997～2001	挪威开发合作协会/挪威高等教育开发计划署	教学设施建设	11.1
合计			34.3

资料来源：UDSM, *Facts and Figures* 1999/2000. pp. 91 – 93。

1984～1993 年，达累斯萨拉姆大学的发展经费主要依靠捐赠款，捐款占发展经费的比重由 1984 年的 65% 上升到 1993 年的 92%。[1]

其他公立高等院校的经常费预算（Recurrent Budget）也主要由政府提供，但它们得到的政府财政经费拨款比达累斯萨拉姆大学校本部要少。例如穆希姆比利医学院，学院要求的预算和政府实际批准的预算之间有明显的差距。政府批准的预算数额仅占该学院预算的 44%～70% 之间（表 4 – 3 – 9）。在 2001/2002 年和 2005/2006 年之间，穆希姆比利医学院理事会批准了超过 100 亿先令的预算。政府只批准了该学院所要求的预算的一半多一点。在 2005/2006 年度，该学院理事会要求大约 63 亿先令预算，政府只批准了其中的 70%，即 44 亿先令预算。与前四年比较，

---

[1]　Brian Cooksey & Daniel Mkude, *Higher Education in Tanzania*: *A Case Study*. October, 2001. (http：//www. foundation-partnership. org/pubs/tanzania/index. php.)

政府批准的预算金额降低了 35%。

表 4 - 3 - 9 　　　　穆希姆比利医学院理事会和
　　　　　　　政府批准的经常费预算比较①

年　份	政府批准预算 （先令）	学院理事会批准 预算（先令）	政府/理事会比例（%）
2001/2002	6072368200	13862429628	43. 8
2002/2003	6204186800	10903237118	56. 9
2003/2004	6824605480	11391441768	59. 9
2004/2005	6841105000	12401250008	55. 2
2005/2006	4448233700	6345249546	70. 1

　　甚至在政府批准经费预算之后，政府实际拨出的资金也会与预算不同。在 2001/2002 年到 2003/2004 年间，政府给穆希姆比利医学院实际拨款在它批准预算的 96% 到 97% 之间。在 2004/2005 年间它实际拨出资金（104%）超过了最初批准的预算。在 2005/2006 学年，政府拨出了全额批准的预算（表 4 - 3 - 10）。

表 4 - 3 - 10 　　穆希姆比利医学院实际获得的资金
　　　　　　　和政府批准的经常费预算比较②

年　份	实际拨出的预算 （先令）	政府批准的预算 （先令）	政府实际拨出和 批准的预算比例（%）
2001/2002	5859835313	6072368200	97
2002/2003	5987040262	6204186800	97
2003/2004	6585744288	6824605480	96
2004/2005	6715733188	6434105380	104
2005/2006	4448233700	4448233700	100

①　UDSM, *Facts and Figures* (2005/2006). UDSM, July 2006, p. 162.
②　Ibid, p. 163.

　　从表 4 - 3 - 10 看出，从 2001/2002 年到 2003/2004 年间政府批准的和实际的拨款都有所增长。但是，同期在校生人数增加更快。穆希姆比利医学院在校生人数 2001/2002 年为 1160 人（其中有 28 人为外国留学生），2005/2006 年增加到 1938 人。[1]因此，该校得到的政府拨款按生均培养成本费计算是大大减少了。2001/2002 年，政府给穆希姆比利医学院的经费拨款生均为 442.5 万先令，到 2005/2006 年，这笔费用几乎减少了 50%，生均为 221.9 万先令。再加上每年坦桑尼亚先令贬值 5% 以上，学校得到的政府拨款实际上是大幅度下降了。

　　多年来，穆希姆比利医学院一直通过自己的渠道筹得一些资金。虽然学院自筹经费只及政府拨款的一部分，但总数在这些年来有所增长。在 2001/2002 年和 2005/2006 年间穆希姆比利医学院自筹资金相对于政府拨款，比例从 2.1% 增加到 14.7%（表4 - 3 - 11）。这远远高于达累斯萨拉姆大学校本部每年自筹经费占总经费收入平均 4% 的水平。

表 4 - 3 - 11　　穆希姆比利医学院自筹资金
　　　　　　　　和政府拨款经费比较（先令）[2]

年　份	自筹资金	政府实际拨款的预算	自筹资金和政府实际拨款预算的比例（%）
2001/2002	122500000	5859835313	2.1
2002/2003	228543600	5987040262	3.8
2003/2004	641976636	6585744288	9.7
2004/2005	770042132	6715733188	11.5

①　UDSM, *Facts and Figures* (2005/2006). UDSM, July 2006, pp. 29 - 30.
②　Ibid, p. 164.

续表

年 份	自筹资金	政府实际拨款的预算	自筹资金和政府实际拨款预算的比例（%）
2005/2006	651446201	4446233700	14.7

注：2002年，1美元约合842坦桑尼亚先令；2005年底，1美元约合1100先令。

索考伊农业大学的常规经费主要来自政府拨款（平均71.88%）和国外捐赠（27.05%），学校创收仅占1.07%。[1]

二、私立院校

坦桑尼亚私立院校的资金来源与公立院校有所不同。私立学校完全自负盈亏，其经费来源有学生的学费、捐款、捐赠、学校的创收。因为坦桑尼亚很多家庭收入微薄，这些私立学校的学生往往来自坦桑尼亚的富裕家庭或国外。[2]

多数私立大学没有任何政府拨款（如坦桑尼亚圣·奥古斯丁大学、桑给巴尔教育学院），但有少数院校也有政府拨款（如图迈尼大学伊瑞伽学院）。没有政府拨款资助的私立院校或主要靠学校的创收（如坦桑尼亚圣·奥古斯丁大学），或主要靠国外捐赠（如桑给巴尔教育学院）。学校创收的渠道主要是学生的学费、投资经营性收入等。2001～2004年，圣·奥古斯丁大学国外捐赠占学校总经费比例平均为16%，创收经费占学校总经费比例平均为84%（见表4-3-12）。

---

① MHEST, *Basic Statistics on Higher Education, Science and Technology* (2001/2002～2005/2006). Dar es Salaam, July 2006. p. 28.

② Daniel Mkude and Brian Cooksey, *Tanzania: Country Higher Education Profiles.* (INHEA: Tanzania Higher Education Profile.) (http://www.bc.edu/bc_org/avp/soe/cihe/inhea/profiles/Tanzania.htm.)

表 4 - 3 - 12　　　　坦桑尼亚圣·奥古斯丁大学
　　　　　　　　　　常规经费来源（万先令）[1]

大学	学年	经　费　来　源			各项经费百分比（%）	
		国外捐赠	学校创收	合计	国外捐赠	学校创收
坦桑尼亚 圣·奥古 斯丁大学	2001/2002	13904.8	53442.5	67347.3	21	79
	2002/2003	5443.3	69223.4	74666.7	7	93
	2003/2004	1731.1	79217.6	80948.7	2	98
	2004/2005	34877.1	98965.7	133842.8	26	74
总计		55956.3	300849.2	356805.5	16	84

　　2001～2005 年，桑给巴尔教育学院的经费平均有 88% 来自国外捐赠，12% 来自创收。

表 4 - 3 - 13　　　桑给巴尔教育学院常规经费来源（万先令）[2]

大学	学年	经费来源			各项经费百分比（%）	
		国外捐赠	学校创收	合计	国外捐赠	学校创收
桑给巴尔 教育学院	2001/2002	28778.0	4653.4	33431.4	86	14
	2002/2003	36070.7	4592.0	40662.7	89	11
	2003/2004	44439.7	12498.7	56938.4	78	22
	2004/2005	52821.1	14190.0	6701.1	79	21
	2005/2006	262872.7	21812.2	284684.9	73	27
总计		424982.2	57746.3	482728.5	88	12

　　图迈尼大学伊瑞伽学院的经费来自于政府拨款和国外捐赠，

---

　　[1]　MHEST, *Basic Statistics on Higher Education, Science and Technology* （2001/2002～2005/2006）. Dar es Salaam, July 2006. p. 34. 原表计算单位是"千先令"。
　　[2]　Ibid, p. 31.

没有本校创收。该校经费平均78%来自政府，在经费来源上与公立院校没有什么区别。

表4-3-14　　图迈尼大学伊瑞伽学院常规经费来源（万先令）①

大学	学年	经费来源			各项经费百分比（%）	
		政府拨款	国外捐赠	合计	政府拨款	国外捐赠
图迈尼大学伊瑞伽学院	2001/2002	11835.0	4524.0	16359.0	72	28
	2002/2003	11135.0	8706.0	19841.0	56	44
	2003/2004	11835.0	11695.2	23530.2	50.30	49.70
	2004/2005	11835.0	12694.1	24529.1	48	52
	2005/2006	136440.0	14504.1	150944.1	90.40	9.60
总计		183080.0	52123.4	235203.4	78	22

第四节　国际合作和国外援助的影响

一、国际合作及其成效

一些欧洲国家较早开展了与坦桑尼亚的合作关系，资助坦桑尼亚教育的发展。早在20世纪70年代，联邦德国（西德）政府与坦桑尼亚政府签署技术合作协议。根据此协议，1978年5月，联邦德国出资建起阿累沙工学院。该学院的校舍和教学、实习设施基本上由联邦德国援建。该校一直是坦桑尼亚北部地区教学设施先进的学校。

---

① MHEST, *Basic Statistics on Higher Education, Science and Technology*（2001/2002~2005/2006）. Dar es Salaam, July 2006. p. 31.

瑞典国际开发合作署（Swedish International Development Cooperation Agency，SIDCA）在发展中国家博茨瓦纳、莫桑比克、巴基斯坦、坦桑尼亚、赞比亚、斯里兰卡、老挝、印度和巴西等国资助教育、健康和文化发展项目。瑞典的斯德哥尔摩教育学会（The Stockholm Institute of Education，SIE）也在许多发展中国家开展了教育培训项目。坦桑尼亚也有这两个机构开展的项目。

1993 年，斯德哥尔摩教育学会应坦桑尼亚教育部的请求，在坦桑尼亚帕坦第（Patandi）教师培训学院资助开展了"特殊教育"项目，力图把该学院发展成为特殊教育师资培训中心。

坦桑尼亚教育和文化部在 1997 年制定了为期 5 年的导师教育计划（the Tutors Education Program），这项计划旨在改善教师教育的质量并间接地提高小学、中学的师资力量。该计划得到瑞典国际开发署（SIDA）的财政支持。1998 年 9 月，这项计划以莫罗戈罗教师学院（MTC）为中心开始实施。这项计划的核心是为期 3 个月的导师技能发展课程。课程的重点是提升教师的教育素质，更新他们的相关学科的理论知识、教学知识，提升他们的教学技能。首批学院导师接受 3 个月的导师课程学习，还接受了教育技术的培训，约 400 名导师完成了课程学习。次年，另有 7 所地区教育学校加入进来。

自 2000 年以来，瑞典国际开发署出资开展了高等教育师生互换交流项目，让坦桑尼亚、赞比亚（Lusaka 大学）、印度和中国（聊城大学）等发展中国家高校的师生与瑞典高校师生交换学习。坦桑尼亚的莫罗戈罗教育学院被该项目选中，作为交流定点学校。瑞典国际开发署、瑞典国际开发署研究合作处（SIDA Department for Research Cooperation，SAREC）为了适应坦桑尼亚小学教师发展的需要，于 2002～2003 年在坦桑尼亚开展了"坦桑尼亚小学校内外学习和应用技能培训"项目。[1]

瑞典国际开发署还积极资助达累斯萨拉姆大学的"制度改革规划"（ITP）的开展，支持达累斯萨拉姆大学和穆希姆比利医学院的科研建设，帮助建立科研管理体制（学术界和财政）、实验室建设，包括科学设备安装。瑞典国际开发合作署研究合作处还支持包括坦桑尼亚在内的撒哈拉以南非洲各国开展艾滋病研究，帮助坦桑尼亚政府在国际监督下实施全国艾滋病控制计划和世界卫生组织优先安排的项目，以及改善病毒感染的实验室诊断技术。[2]

国际社会还利用新兴的互联网技术，支持非洲大学的教学改革。2005年秋天开始，3所非洲大学——达累斯萨拉姆大学、乌干达的麦克勒勒大学、尼日利亚的奥巴费米·阿沃罗沃大学（Obafemi Awolowo）的学生与美国马萨诸塞州麻省理工学院（MIT）的学生一样，在麻省理工学院的国家级实验室信息技术实验室进行合成物实验，他们所需要的仅仅是一部可以上互联网的计算机。合作基金正在使坦桑尼亚、乌干达和尼日利亚的学生通过互联网与麻省理工学院信息技术实验室和其他实验室相连接，获得必需的科学和工程经验。这令人兴奋的合作是一群非洲大学副校长访问麻省理工学院的成果。

互联网在线实验室是真正的实验室，不是虚拟实验室或罐装

---

① The Stockholm Institute of Education (SIE) —— An institutional CV on involvement in Developing countries, 2006. (http: //www. lhs. se/SiteSeeker/ShowCache. aspx? url = http% 3a% 2f% 2fwww. lhs. se% 2fupload% 2fThe% 2520Stockholm% 2520I _ x005F _ x 0085_ f% 2520Education. pdf&query = an + institutional + CV + on + involvement + in + Developing + countries&ilang = sv&hitnr = 1&resid = 1653377373&uaid = E1927201D3397E580FBDB6D3FF71C244.)

② Brian Cooksey & Daniel Mkude, Higher Education in Tanzania: A Case Study. 2001. (http: //www. foundation-partnership. org/pubs/tanzania/index. php? sub = acronyms.)

实验室。它通过互联网做即时的实验，这些实验室将会让非洲学生做高质量的实验而不受学校严重短缺的实验资源之限制。最先做的实验是热的交换和微体电子学装置描述实验。麻省理工学院和非洲大学正在发展课程和课程资源，以适应非洲社会的需要。在开展互联网在线实验室项目后不久，麻省理工学院信息技术试验室又接受了 3 所非洲大学师生的学术访问。

对于数以百计的非洲大学学生来说，这些活动打开了一个新的科学世界，而且提供了一个见识计算机作为工程工具的实际的机会，他们还学到了解决科技问题和合作研究的方法。

撒哈拉以南非洲国家的大学普遍缺乏购买实验设备的资金。麻省理工学院信息技术试验室计划是非洲大学解决实验经费短缺的一个重要尝试。它不仅让学生上网做有关的实验，了解和掌握相关学科的最新研究成果，而且促进了非洲大学与国际知名大学的合作，提升了非洲大学的教育水平。[①]

在国际合作和援助不断加强的同时，坦桑尼亚本国的管理水平和经济实力的不足也日益显现出来。外部援助项目除了需要坦桑尼亚政府提供相应的配套经费外，还要承担项目建成后日常维护所需的经常性费用。据估计，这笔费用大约占最初援助投资资金的 5% ~ 7% 不等。但在外部援助项目资金用完后，坦桑尼亚政府又往往拿不出维护所需的经常性费用。所以，一旦援助经费用完，该项目往往无法维持下去，严重影响了外部援助项目的成效。在一个由丹麦国际发展署提供的援助项目中，坦桑尼亚政府最初答应提供项目的配套经费和项目建成后的经常性费用，但最终只拿出了承诺金额的 18%。一位坦桑尼亚官员无奈地说："由于缺乏资金，有时又把专项款额用于其他发展项目，政府在承担

[①] The Partnership For Higher Education in Africa. New York, 2005. p. 7. (www. foundation-partnership. org/.)

配套经费时十分困难"。①

　　2000 年 6 月，在日内瓦举行的"国际社会高峰会议"上通过了"第 6 号议定书"。针对世界范围的平等接受高质量教育的问题，该议定书要求各国政府采取措施，在财政上拨出充裕的经费以确保所有的人能接受基础教育。与会者认识到，要让所有的人接受成功的教育，政府就必须增加财政支持，增加教育发展援助，通过双边和多方的捐赠来减轻教育的债务负担，政府有必要做出新的、具体的财政承诺，双边的和多边的捐赠人——包括世界银行和地区发展银行、国内社会各界和基金会也应做出这样的财政援助承诺。为此，坦桑尼亚政府制定了"坦桑尼亚援助战略"（Tanzania Assistance Strategy，TAS），试图恢复政府在接受和处置捐赠款项的领导权，并促进坦桑尼亚与国外捐赠方的伙伴关系。

　　"坦桑尼亚援助战略"是一项重要的主动政策，对于有效的协调、管理和利用外国的资金是一个十分重要的国家规划。该战略还认识到其他组织和机构的积极作用，例如对外联络部（Sector Wide Approaches，SWAPs）、《公共支出评论》（Public Expenditure Review，PER）、《中期经费预算方案（MTEF)》和"公益基金会"的作用。②

二、国际援助及其影响

　　坦桑尼亚独立之初，就开始接受国际机构、组织和外国（主要是欧洲国家、日本和中国）的各类援助，尤其是经济援

---

　　①　N. V. Walle, *Improving Aid to Africa*. Washington, 1996. p. 61.

　　②　MoEC, *The Education and Training Sector Development Programme Document*. Final Draft, 2001. pp. 36 – 37. MoEC, *The Education and Training Sector Development Programme Document*. Revised, Aug. 2001, p. 27.

助。外部援助在坦桑尼亚经济发展和教育发展中占有很重要的地位。在坦桑尼亚，教育发展经费中的外援经费在 20 世纪 60 年代和 70 年代估计平均 42% 和 67%。有关 80 年代和 90 年代外国援助对教育发展经费预算和经常经费预算的贡献的数据缺乏可靠性，有些数据无法获得，我们就无法对外国的影响下确切的结论。外援资金往往集中在各部门和捐助机构选择的项目上，而不是交给坦桑尼亚政府，所以坦桑尼亚政府往往不能自主使用外援资金。[①] 外国对坦桑尼亚教育部门的援助经费一般是资助教育发展项目。但这些外援经费往往被坦桑尼亚政府计入教育总经费中。

表 4 – 4 – 1　　　1993 年部分非洲国家的外部援助情况[②]

国家名称	人均受援（美元）	占 GNP 比重（%）
坦桑尼亚	33.9	40.0
赞比亚	97.3	23.6
肯尼亚	35.3	16.1
布基纳法索	46.8	16.2
加纳	38.5	10.4
马里	35.3	13.5
塞纳加尔	64.3	8.8
博茨瓦纳	90.4	3.3

资料来源：世界银行《世界发展报告》1993 年。

从表 4 – 4 – 1 可以看出，坦桑尼亚人均受援虽然是选定国家中最少的，但外援占 GNP 的比重坦桑尼亚却是最高的。1994

---

① Lene Buchert & James Currey, *Education in the Development of Tanzania* (1919 ~ 1990). London, 1994. (http：//www. questia. com/PM. qst？a = o&d = 91114956.）

② 引自舒运国：《外援在非洲经济发展中的作用》，载《西亚非洲》2001 年第 2 期，第 35 ~ 40 页。

年，外部援助占非洲受援各国 GNP 的比重平均为 11%。[1] 坦桑尼亚接受外援在 GNP 中的比重高于非洲诸国平均值 29 个百分点。我们可以从中看出外援对坦桑尼亚的重要性。

表 4 - 4 - 2　　　　　坦桑尼亚受捐赠情况（百万美元）[2]

项　目 ＼ 年　份	1994	1995	1996	1997	1998 *	1999 *
捐赠总额	895.1	814.2	906.5	976.2	—	—
对教育部门的捐赠	35.3	46.5	65.5	92.8	44.0	56.0
教育捐赠占捐赠总额的比例	3.9%	5.7%	7.2%	9.5%	—	—

＊估计数额。

资料来源：Lawson et al, *Tanzania Education Sector Public Expenditure Review*. Oxford：Policy Group, Feb. 1999。

从表 4 - 4 - 2 看出，1994 ~ 1997 年，坦桑尼亚教育部门接受的外部援助在总量、比例上都在增加；但到 1998 ~ 1999 年，教育部门接受外部援助反而下降了，大体维持在 1995 年的水平。我们从表 4 - 4 - 3 可以看出，外援对教育发展的重要性不断增强。教育部门接受的外援金额在教育经费总额中的比例，从 1994/1995 年的 4.2% 增加到 1997/1998 年的 11.8%。高等教育和技术教育接受的外援也在增加，1994/1995 年为 2019 百万先令，占当年高等教育和技术教育经费总额的 11.3%；1996/1997 年，高等教育和技术教育接受的外援经费是 2020 百万先令，占当年高等教育和技术教育经费总额的 9.3%；1997/1998 年，高等教育和技术教育接受的外援经费是 4265 百万先令，占当年高

　　① N. V. Walle, *Improving Aid to Africa*. Washington, 1996. p. 18.

　　② MoEC, *Education Sector Country Status Report*（*Tanzania*）. Feb., 2001. p. 46, Table 4.10.　（http：//www. moe. go. tz/pdf/Educ. % 20Sector% 20Country% 20Status% 20Report. pdf.）

等教育和技术教育经费总额的 15.7%。

表 4 - 4 - 3　　　坦桑尼亚教育部门受捐基金情况（百万先令）[①]

项　目　＼　年　份	1994/1995	1995/1996	1996/1997	1997/1998 *
政府和捐赠者的教育经费总额	82673	79209	98252	121265
捐助教育总金额	3507	210	6737	14318
捐赠金额占教育经费总额的比例（%）	4.2	0.1	6.9	11.8
基础教育	49976	51712	62569	75764
国内政府经费拨款	49174	51602	59197	68895
捐赠发展基金总额	802	110	3372	6869
捐赠比例（%）	1.6	0.2	5.4	8.9
中学教育	7612	6608	6620	8446
国内政府经费拨款	7533	6608	6570	7894
捐赠发展基金总额	79	0	50	552
捐赠比例（%）	1.0	0	0.8	6.5
教师教育	2173	1458	2625	3135
国内政府经费拨款	2013	1458	2395	2639
捐赠发展基金总额	160	0	230	496
捐赠比例（%）	7.4	0	8.8	15.8
高等教育	17941	16836	21715	27179
国内政府经费拨款	15922	16836	19695	22914

---

①　MoEC, *Education Sector Country Status Report* (*Tanzania*). Feb., 2001. p. 48, Table 4.11. 原文没有注明货币单位。从数据上看，单位应是"百万先令"。

续表

项　目 ＼ 年　份	1994/1995	1995/1996	1996/1997	1997/1998 *
捐赠发展基金总额	2019	0	2020	4265
捐赠比例（％）	11. 3	0	9. 3	15. 7
公共设施	4972	3876	3661	6394
国内政府经费拨款	4524	3876	2596	3656
捐赠发展基金总额	448	0	1065	2738
捐赠比例（％）	9. 0	0	29. 1	36. 9

＊通行的估计数额。

在达累斯萨拉姆大学，捐赠款占学校发展经费的比重由 1984 年的 65％ 上升到 1993 年的 92％（详见第四章第三节）。[1]这说明在 1984～1993 年间，达累斯萨拉姆大学的发展经费主要依靠捐赠款。2001～2005 年，该校本部共收到国内外捐赠 374.30 亿先令（参见第四章第三节表 4－3－3）。

随着新世纪的到来，在非洲民族寻求发展出路时，民主意识和对健全的高等教育制度的渴望已经深入人心。非洲领导人致力于策略安排、分权管理、技术革新等措施，这给非洲大学注入了新的活力。这种积极转变的浪潮吸引了美国人的注意。2000 年 4 月[2]，纽约的卡耐基（Carncgic）、洛克非勒（Rokefeller）、福特（Ford）和麦克阿瑟（MacArther）等基金会

---

[1]　Brian Cooksey & Daniel Mkude, *Higher Education in Tanzania: A Case Study.* October, 2001.

[2]　又说是在 2000 年 5 月。见：The Partnership For Higher Education in Africa。（http://www. foundation-partnership. org/. ）

一起帮助非洲加强高等教育。这些基金会共同建立了"非洲高等教育合作组织"（The Partnership for Higher Education in Africa），加纳、肯尼亚、莫桑比克、尼日利亚、南非、坦桑尼亚和乌干达7国的高校受惠于此组织的资助。这些国家有相似的历史，它们有合作的基础。

4个基金会最初保证投给非洲高等教育1亿美元。2005年秋，威廉和福罗拉·荷勒特基金会（William & Flora Hewlett Funds）以及安德瑞·W. 迈龙基金会（Andrew W Mellon）也加入了合作组织，6个基金会将在接下来的5年里给上述7国的大学投资2亿美元，帮助它们发展教育事业。① 这些资金主要用于大学的机构改革和自治，高校的学术研究和科研成果的转化，教学和科研基础设施的建设，远程教育和网络设施的建设，鼓励女生入学和成才等方面。②

与此同时，联合国机构也积极支持坦桑尼亚的《坦桑尼亚援助战略》（TAS）、《降低贫困战略文件》（The Poverty Reduction Strategy Paper，PRSP）和《公共社会评价》（The Common Country Assessment，CCA）的实施。联合国发展援助组织（United Nations Development Assistance Framework，UNDAF）具体负责和协调联合国机构对坦桑尼亚的各种援助项目，对坦桑尼亚发展所面临的挑战作出评价，并对坦桑尼亚自身的优势予以充分考虑。③

① The Partnership For Higher Education in Africa. New York，2005. p. 1.

② Ibid, pp. 1 - 2.

③ United Nations，*United Nations Development Assistance Framework For Tanzania* (2002 ~ 2006). 2001. p. 1. （http：//portal. unesco. org/education/en/ev. php-URL_ ID = 45398&URL_ DO = DO_ TOPIC&URL_ SECTION = 201. html）（或：http：// www. undg. org/documents/1619 - Tanzania_ UNDAF_ 2002 ~ 2006_ Tanzania_ 2002 ~ 2006. pdf. ）

表 4 - 4 - 4　　　联合国机构给坦桑尼亚的援助款（单位：万美元）[①]

资金来源机构	2001（自然年）	年 份					总资金
		2002	2003	2004	2005	2006	
联合国开发计划署（UNDP）	1500	1700	2000	2000	2000	2000	11200
联合国国际儿童基金会（UNICEF）	2600	2600	2600	2600	2600	2600	15600
联合国人口基金会（UNFPA）	350	350	350	350	350	350	2100
世界粮食计划组织（WFP）	2000 *	500	500	500	500	500	4500
世界卫生组织（WHO）	300	300	300	300	300	300	1800
联合国世界粮农组织（FAO）	300	300	300	300	300	300	1800
联合国工业发展组织（UNIDO）	300	200	200	200	300	200	1400
联合国教科文组织（UNESCO）	150	200	200	200	200	200	1150
国际劳工组织（ILO）	400	400	无数据	无数据	无数据	无数据	800
总计	7900	6550	6450	6450	6550	6450	40350

＊包括 2002 年到 2006 年紧急救援行动支付的 1.5 万美元。

① United Nations, *United Nations Development Assistance Framework For Tanzania* (2002 ~ 2006). 2001. p. 35. （http：//portal. unesco. org/education/en/ev. php-URL_ ID = 45398&URL_ DO = DO_ TOPIC&URL_ SECTION = 201. html.）原表统计单位是"千美元"。

表4-4-5　　坦桑尼亚难民行动计划基金（单位：万美元）[①]

机构＼年份	2001	2002	2003	合计
世界粮食计划组织（难民行动计划）	7000	7000	7000	21000
联合国难民高级委员会（UNHCR）	3209.6	3300	3300	9809.6
总计	10209.6	10300	10300	30809.6

从以上两份统计表看，2001～2006年，联合国各机构对坦桑尼亚的经济援助不少于71159.6万美元。此外，还有世界银行和国际货币基金组织对坦桑尼亚的援助。

表4-4-6　　布雷顿森林（Bretton Woods）组织的特许援助（单位：万美元）[②]

机构＼年份	2001	2002	2003	2004	2005	2006	合计
世界银行	15000	15000	15000	15000	15000	15000	90000
国际货币基金组织	5000	5000	5000	5000	5000	5000	30000
总计	20000	20000	20000	20000	20000	20000	120000

注：在2002～2006年间，该机构只有临时的规划基金。

这些国际援助资金虽然只有很少一部分进入教育部门，但这些资金改善了坦桑尼亚人民的生活条件，改善了教育发展环境，从而也有利于教育的发展。

[①]　United Nations, *United Nations Development Assistance Framework For Tanzania* (2002～2006). 2001. p. 35.

[②]　同上。

第五章

坦桑尼亚高校的教学与科研

第一节　院系与专业设置

一、院系设置

坦桑尼亚大学一般下设大学学院（University College）、学院（College）和院系（Faculty）。如达累斯萨拉姆大学就有 6 所校区/学院，即：校本部、穆希姆比利医学院（MUCHS，1991 年成立）、土木建筑研究学院（UCLAS，1996 年成立）、达累斯萨拉姆教育学院（DUCE，2005 年成立）、姆克瓦瓦教育学院（MUCE，2005 年成立）、海洋科学研究院（IMS）。除了海洋科学研究院外，以上学院都是独立的大学学院。图迈尼大学实际上是由马库米拉学院（MUC）、伊瑞伽学院（IUC）、乞力马扎罗基督教医学院（KCMC）和图迈尼大学达累斯萨拉姆学院（TU-DARCo）四所独立的大学学院组成的。

大学学院是半独立的教学机构，其人事、教职工、财政都独立于大学。大学学院下设系（Faculty）或学院（School）。如达累斯萨拉姆教育学院和姆克瓦瓦教育学院各设 3 个系，即人文和社会科学系，理工系和教育系；穆希姆比利医学院由 5 个小学院（School）组成，即医学院、牙科学院、药理学院、护士学院及公共卫生和社会科学学院；土木建筑研究学院设有 2 个系，即建筑和规划系、土木和环境工程系。许多大学学院还设有学术研究机构和研究所。如穆希姆比利医学院设有医学协会、传统医学研究所；土木和建筑研究学院设有人居研究所。①

达累斯萨拉姆大学校本部也是一所独立的学院（Campus College），下设1所学院（College）和9所院系（Faculty），即：工程技术学院（CET），下设电气和计算机系统工程系（ECSE），民用工程及景观设计系（CEBE）、机械和化学工程系（MECHE）；人文和社会科学学院（FASS），工商管理学院（FCM），教育学院（FoED）、信息和虚拟教育学院（FIVE）、法学院（FoL）、理工学院（FoS）、水生动植物科学技术学院（FAST）等。值得注意的是，大学内有两种学院，分别称为College和Faculty；学院下设的机构被称为院系，院系下设的机构称为系/部（Department）。如2006/2007学年，工程技术学院下设电气和计算机系统工程系（ECSE）、民用工程及景观设计系（CEBE）、机械和化学工程系（MECHE）；人文和社会科学学院设有10个系和一个研究机构（经济研究所）。

除了以上这些院系外，达累斯萨拉姆大学还设有其他一些学术机构，包括研究所（Institutes）、研究中心和处所，这些单位的结构与前述院系不同。达累斯萨拉姆大学校本部设有：工业协作处（BICO），教育研究和评估处（BERE），继续教育中心（CCE），环境研究中心（CES），经济研究处（ERB），企业家中心（EC），发展研究所（IDS），新闻和大众传播研究所（IJMC），斯瓦希里语研究所，海洋科学研究院（IMS），达累斯萨拉姆大学计算机中心（2001年1月注册为有限公司，UCC Ltd），大学咨询处（UCB）。②

---

① UDSM, *Facts and Figures* (2005/2006). UDSM, July 2006, pp. 1 – 3.
② Ibid.

二、高校的专业分布

坦桑尼亚高等院校的专业设置是按学位课程计划来划分的，这与中国高校有所不同。坦桑尼亚高校中的各院系提供不同的学位课程，学生按自己选修的学位课程计划来确定专业方向。

有资料表明，近7年来，坦桑尼亚高校的专业布局趋于合理，以往那种重文轻理的现象得到很大改观。这从达累斯萨拉姆大学各专业本科在校生人数和毕业生人数反映出来：

表5－1－1　　达累斯萨拉姆大学本科在校生人数（1999/2000）

学　位　课　程	男	女	总计	男生比例（%）	女生比例（%）
文学士（普通）	740	350	1090	68	32
文学士（教育方向）	365	202	567	64	36
教育学士（PESC）	69	30	99	70	30
教育学士	102	77	179	57	43
工商学士	476	112	588	81	19
法学士	348	193	541	64	36
理学士（工程学）	853	49	902	95	5
理学士（普通）	122	62	184	66	34
理学士（计算机网络）	122	10	132	92	8
理学士（电子）	49	3	52	94	6
理学士（地质学）	75	5	80	94	6
理学士（教育学）	279	122	401	70	30
以上校本部合计	3600	1215	4815	75	25
临床医生（M. D.）	333	102	435	76	24
牙科学士	57	20	77	74	26

续表

学　位　课　程	男	女	总计	男生比例（%）	女生比例（%）
药学学士	67	38	105	64	36
理学士（护士）	16	18	34	47	53
穆希姆比利医学院合计	473	178	651	73	27
建筑学士	117	10	127	92	8
理学士（建筑经济）	156	19	175	89	11
理学士（城市和乡村规划）	73	18	91	80	20
理学士（土地勘测）	89	9	98	91	9
理学士（土地管理和评估）	97	18	115	84	16
理学士（环境工程）	104	17	121	86	14
土木建筑研究学院合计	636	91	727	87	13
总计	4709	1484	6193	76	24

资料来源：UDSM，*Facts and Figures* 1999/2000. ①

　　从表 5 - 1 - 1 可以看出，在达累斯萨拉姆大学校本部，1999/2000 年在校大学生文科生（文学、教育学、工商、法学专业）为 3064 人，占本校区在校大学生总数的 49.5% 左右。

　　表 5 - 1 - 2 显示了达累斯萨拉姆大学校本部 2001～2005 年一些院系大学生毕业人数，这段时间大学生毕业人数增长超过 100%，女生的比例也从 29% 增长到了 34.5%。

---

① Brian Cooksey & Daniel Mkude，*Higher Education in Tanzania*：*A Case Study*. 2001. p. 64，Table 7.（http：//www. foundation-partnership. org/pubs/tanzania/index. php. ）

表 5 − 1 − 2　　达累斯萨拉姆大学校本部的大学

毕业生人数（2000 ~ 2004 年）①

院系/研究所	性别	2000/2001	2001/2002	2002/2003	2003/2004	2004/2005
文科及社会科学	女性	166	188	156	266	415
	男性	81	272	313	493	474
	小计	447	460	569	759	889
工商管理	女性	24	40	47	62	91
	男性	123	201	190	268	289
	小计	147	241	237	337	380
教育	女性	41	21	33	57	176
	男性	45	55	46	74	255
	小计	86	76	79	131	431
工程技术学院	女性	—	—	20	19	28
	男性	—	—	189	151	322
	小计	—	—	209	170	350
法律	女性	74	101	114	76	20
	男性	172	159	241	138	25
	小计	246	260	355	214	45
理工学	女性	64	64	58	60	98
	男性	135	193	180	195	210
	小计	199	257	238	255	308
合计	女性	369	414	528	540	828
	男性	750	880	1159	1319	1575
学生总数		1125	1294	1687	1859	2403
女性比例（%）		29	29	31	27	34.5

① USDM, *Facts and Figures* 2005/2006. UDSM, July 2006, pp. 15 − 16. "信息学及虚拟教育"、发展研究所无毕业生数据。

坦桑尼亚高校内部的专业设置相当宽泛，有许多交叉专业。专业设置往往是跨系设置的，专业文凭是按研究方向设置和颁发的。例如，达累斯萨拉姆大学校本部的人文和社会科学学院设有斯瓦希里语系，外国语言学系、文学系，美术和表演艺术系，地理学系，历史学系，政治学和公共管理系，经济学系，社会学和人类学系、统计学系。此外，该学院还有 4 个专业，即考古学，通信技术，人口统计学和哲学。该学院学生授文学学士学位，分别按以下 23 个方向授予，即：文化遗产，美术和表演艺术，语言研究，经济学和统计学，统计学和经济学，经济地理学，经济和贸易，经济和数学，经济和社会学、地理学和环境研究，地理学和数学，地理学和统计学，历史学，历史学和考古学，历史学和政治学，政治学和公共管理，政治经济学、政治学和法语，社会学，统计学，考古学，考古学和地理学，教育学。①

第二节　非学位课程与学位课程设置

一、课程计划的设置

坦桑尼亚高校的课程计划设置分成非学位课程和学位课程两种。非学位课程由低到高分成证书（Certificate）、文凭（Diploma）和高级文凭（Adv. Diploma）课程等；学位课程则有学士学位课程、研究生学历（Post Graduate）课程、硕士学位课程、博士学位课程等。

在坦桑尼亚的大学、大学学院和大专院校均设有非学位课程。学位课程则在少数高等院校设立，技术学院（工学院）一般不设学位课程。但是，达累斯萨拉姆工学院（DIT）设有博士

---

① UDSM, *Prospectus* (2006/2007). UDSM, 2006, p. 68.

学位课程。到 2007 年，有 5 所私立大学（圣·奥古斯丁大学、图迈尼大学、阿鲁沙大学、纪念胡本特·凯鲁基大学、国际医科大学）可以颁发研究生课程证书和硕士学位文凭，其余的私立大学只可授予学士学位和各种技术证书。2002/2003 年乞力马扎罗基督教医学院（属于图迈尼大学的大学学院）开始招收博士学位研究生（社会卫生专业）。

选读非学位课程或学位课程的学生，在入学时有不同的要求。一般来说，选读非学位课程的学生初中毕业（中学四年级）即可，选读学士学位课程的学生必须是高中生。

2005/2006 年，坦桑尼亚各类高校（包括技术院校）在校学生总数为 55134 人（见表 5 - 2 - 3）。从表 5 - 2 - 1 和表 5 - 2 - 2 看出，2005/2006 年坦桑尼亚各类高校非学位课程学生有 17150 人，占高校在校学生总数的 31.1%；科技和高教部（高教和科技部）管辖的公立高校就读非学位课程（各类证书课程）学生 5024 人，占同类高校在校生总数（35606 人）的 14.1%；私立高校就读非学位课程学生 483 人，占私立高校在校学生总数（5272 人）的 9.2%，大大低于全国平均水平；技术院校（工学院）就读非学位课程学生 2402 人，占技术院校在校学生总数（2710 人）的 88.6%。可见，技术院校学生主要学习非学位课程。2005/2006 年，各类高校就读学士学位课程学生 30440 人，占高校在校学生总数的 55.2%；其中科技和高教部管辖的公立高校就读学士学位课程学生 25293 人，占同类高校在校生总数（35606 人）的 71%；私立高校就读学士学位课程学生 4358 人，占同类高校在校生总数（5272 人）的 82.7%。各类高校就读研究生课程以上课程的学生 6560 人，占高校在校学生总数的 11.9%，其中就读研究生课程的学生 1458 人，就读硕士学位课程的学生 4774 人，就读博士学位课程的学生 328 人。

表 5 - 2 - 1　　　　2005/2006 学年坦桑尼亚高等院校
非学位课程、人数及男女比例①

各类高校	非学位课程								
	证书			文凭			高级文凭		
	女	男	合计	女	男	合计	女	男	合计
公立大学②	1194	2386	3580	320	663	983	157	302	461
男女比例（%）	33.4	66.6	100	32.5	67.5	100	34	66	100
私立大学	3	21	24	80	49	129	113	217	330
男女比例（%）	12.5	87.5	100	62	38	100	34.2	65.8	100
技术院校	414	1464	1878	2	162	164	55	305	360
男女比例（%）	26.5	73.5	100	1.2	98.8	100	15.3	84.7	100
其他部委所辖院校	707	715	1422	373	674	1179	2623	4818	7441
男女比例（%）	49.8	50.2	100	31.6	68.4	100	35.3	64.7	100
总计	2225	4010	6235	775	1548	2323	2948	5644	8592
男女平均比例（%）	35.7	64.3	100	31.5	68.5	100	34.3	65.7	100

① MHEST, *Basic Statistics on Higher Education, Science and Technology* (2001/2002~2005/2006). Dar es Salaam, 2006, p. 5.

② 指科技和高教部（高教和科技部）管辖的公立高校。

表5－2－2　2005/2006学年坦桑尼亚高等院校学位课程设置①

各类高校	学位课程												总计		
	本科生（学士）			研究生			硕士学位			博士学位					
	女	男	合计	女	男	合计	女	男	合计	女	男	合计	女	男	合计
公立大学	8263	17030	25293	212	499	711	907	3369	4276	57	245	302	11110	24496	35606
男女比例（%）	32.7	67.3	100	29.8	70.2	100	21.2	78.8	100	18.9	81.1	100	31.2	68.8	100
私立大学	1666	2692	4358	4	14	18	79	149	228	8	18	26	1953	3160	5113
男女比例（%）	38.1	61.9	100	22.3	77.7	100	34.6	65.4	100	30.7	69.3	100	38.6	61.4	100
技术院校	38	270	308	0	0	0	0	0	0	0	0	0	509	2201	2710
男女比例（%）	12.4	87.6	100	0	0	0	0	0	0	0	0	0	19.5	80.5	100
其他部委所辖院校	86	395	481	244	485	729	81	189	270	0	0	0	4231	7474	11705
男女比例（%）	18.5	81.5	100	33.5	66.5	100	30	70	100	0	0	0	36.2	63.8	100
总计	10053	20387	30440	460	998	1458	1067	3707	4774	65	263	328	17803	37331	55134
男女平均比例（%）	33	67	100	31.5	68.5	100	22.3	77.7	100	19.8	80.2	100	32.2	67.8	100

① MHEST, Basic Statistics on Higher Education, Science and Technology (2001/2002－2005/2006). Dar es Salaam, 2006, p. 5.

表 5 - 2 - 3　　　2001/2002 ～ 2005/2006 学年坦桑尼亚
高等院校在校生情况①

高校	2001/2002 年			2003/2004 年			2005/2006 年		
	女	男	总数	女	男	总数	女	男	总数
公立大学	4142	12828	16970	8344	20566	28910	11110	24496	35606
男女比例（%）	24.4	75.6	100	28.9	71.1	100	31.2	68.8	100
私立大学	652	1084	1736	1060	1704	2764	2035	3240	5272
男女比例（%）	37.6	62.4	100	37	63	100	38	62	100
技术院校	158	2065	2223	245	1858	2103	509	2201	2710
男女比例（%）	7.1	92.9	100	11.7	88.3	100	18.7	81.3	100
其他部委所辖院校	949	1752	2674	2133	4274	6407	4231	7474	11705
男女比例（%）	35.5	64.5	100	34	66	100	35.9	64.1	100
总计	5091	17702	23603	11782	28402	40184	17803	37331	55134
男女平均比例（%）	25	75	100	29.3	70.7	100	32.2	67.8	100

二、学位课程计划的设置

达累斯萨拉姆大学各校区提供的本科生和研究生的学位课程（academic programs）数量反映在表格 5 - 2 - 4 中，学位课程的数量从 2001/2002 年的 135 个增加到了 2005/2006 年的 187 个。校本部和穆希姆比利医学院的学位课程增加很多。

---

　　① MHEST, *Basic Statistics on Higher Education, Science and Technology* （2001/2002～2005/2006）. Dar es Salaam, 2006, p. 9.

表5-2-4　　　达累斯萨拉姆大学学士学位课程计划的数量①

单位：个

校区＼年度	2001/2002	2002/2003	2003/2004	2004/2005	2005/2006
校本部	101	119	126	133	127
穆希姆比利医学院	19	22	26	35	37
土木建筑研究学院	15	15	17	17	19
教育学院	无数据	无数据	无数据	无数据	4
合计	135	156	169	185	187

　　达累斯萨拉姆大学校本部的院系提供许多本科生学位课程，这些课程的数量从2001/2002年的101个增加到2004/2005年的133个，2005/2006学年又减少到127个。这些学位课程分布如表5-2-5所示。在2001~2005年，人文及社会科学学院、工商管理学院、法学院、电子及计算机工程系和发展研究所的学位课程没有变化。学位课程变化最大的是理工学院，其学位课程从2001年的8个，增加到2002年的25个，2005年又减少到16个。在这5年里，达累斯萨拉姆大学校本部学位课程增加了26个，其中文科学位课程仅增加8个，而理工科的学位课程增加了16个。② 这反映了达累斯萨拉姆大学调整文理科失衡的措施奏效了，学科设置更为合理和实用，直接为社会服务。

表5-2-5　　达累斯萨拉姆大学校本部学士学位课程分布③ 单位：个

院所＼年度	2001/2002	2002/2003	2003/2004	2004/2005	2005/2006
人文和社会科学学院	34	34	34	34	34

① UDSM, *Facts and Figures* (2005/2006). UDSM, July 2006, p. 59.
② Ibid., p. 8.
③ Ibid., Table 2.2-2.

续表

年度 院所	2001/2002	2002/2003	2003/2004	2004/2005	2005/2006
水生动植物科学技术学院	0	0	3	3	3
工商管理学院	10	10	10	10	10
教育学院	8	9	11	11	13
法学院	6	6	6	6	6
理工学院	8	25	25	25	16
民用工程和建筑环境系	9	9	11	11	11
电气和计算机系统工程系	11	11	11	11	11
机械和化学工程系	13	13	13	15	16
发展研究所	2	2	2	2	2
新闻与大众传媒学院	—	—	—	5	5
合计	101	119	126	133	127

三、学位课程计划的构成①

　　坦桑尼亚的大学是按学位课程计划（Degree programme）来培养学生的。每一个大学生都就读于某个学位课程计划；所有的课程也是按学位课程计划来设置。全校各院系都向相关的学位课程计划提供课程资源。这与中国各大学按专业、院系来培养学生有很大的不同。我们以达累斯萨拉姆大学人文和社会科学学院为例：该学院实行学期学习制，一学年分成两个学期。每个学期提供不同的课程，包括核心课程（core course）和选修课程。核心课程是专业必修课。每一门课按周学时给予相应的学分。每一门学位课程由 3 个单元构成，即 45 小时的自学，30 节的授课（每

---

　　① 本节主要根据以下资料写成：UDSM，*Prospectus*（2006～2007）. USDM，2006. pp. 68－76.

节课一小时），和 15 个研讨会（seminar，每个研讨会一小时）。选修课程则只有两个单元。人文和社会科学学院设有 3 个学位课程计划，即文化和遗产，社会科学，以及文学士（教育学）。文化和遗产学位课程计划又分成文学士（文化和遗产）、文学士（语言研究）和文学士（美术和表演艺术）3 个专业方向。

达累斯萨拉姆大学规定，就读某一个学位课程计划的学生必须选择一个专业作为自己的主专业，或选择一个主专业、一个副专业，或选择两个教学专业（Teaching subject）作为自己的专业。以人文和社会科学学院为例，该学院的学生必须在上述三个学位课程中选择一个作为自己的学位课程；三年制学位课程计划的学生必须至少选修和通过 108 个学分（unit）的课程，四年制学位课程计划的学生至少选修和通过 121 个学分的课程，至多选修和通过 145 个学分的课程；从教育学院获得的学分另外计算（不计入上述学分总数）。

在文化和遗产学位课程计划的"文学士（文化和遗产）"专业，学生可选下列专业方向中的任何一个专业方向作为自己的主修专业，即历史学、社会学、文学、美术和表演艺术、斯瓦希里语、英语、法语、考古学和哲学 9 个专业方向。每一个专业方向至少需要 72 学分。学生也可以选择两个专业方向，一个为主修专业，一个为辅修专业，其中主修专业方向至少需要通过 42 学分，辅修专业方向至少需要通过 30 学分。按照校方的规定，学生选专业方向时必须符合以下条件，即学生不能同时选考古学和社会学作为自己的主修专业；有志于考古学和社会学研究的学生只能是社会科学学位课程系列录取的学生。学位可按一个主修专业或辅修专业授予，如文学士（历史学方向）；也可按主修和辅修双专业授予学位，如文学士（历史学和文学方向）。

文化和遗产学位课程计划的"文学士（语言研究）"专业是

一个二三种语言相连的学位课程，包括斯瓦希里语、英语和法语。今后，该专业将增加更多的语种。

文化和遗产学位课程系列的"文学士（美术和表演艺术）"专业主要提供与戏剧、图形设计、美术、雕塑、音乐、电影、电视和广播节目制作相关的课程。

在"文学士（教育学）"学位课程计划中，学生要选择两个教学专业，选修"人文学和社会科学通讯交流技术"（课程编号CL106，3学分）、"发展前景展望I"（DS101，2学分）、"计算机入门"（AS217，3学分）。学校要求学生必须在第一学年的第一学期从每一个教育专业科目至少获得9个学分，在第二学期，学生必须从教育类课程（Education course）和"人文和社会科学通讯交流技术"获得15个学分。在第二学年的第一学期，他们必须获得教育类课程12个学分，在第二学期，学生必须从每个教育实践专业方向获得9学分，并通过"发展前景展望I"和"计算机入门"两门课的考试。在第三学年，学生在每个学期必须从每个教育专业科目至少获得9个学分。每个教育专业科目的课程由相关的系来开设。就读"文学士（教育学）"学位课程的学生在第一学年末要教学实习，时间安排在6~8月，以检验他们是否具有教学素质。就读本学位课程的学生可以从以下专业选择两个作为自己的教育专业科目：商学，经济学，英语，法语，地理学，历史学，斯瓦希里语，文学，政治学和公共管理，数学，美术和表演艺术。

人文和社会科学学院的学生，除了各自完成自己的学位课程以外，还必须学习和通过下列学院拓展课程（Faculty-wide course）：第一学年有社会科学研究方法导论（课程编号AS102，3学分），社会科学研究方法（AS103，3学分），人文和社会科学通讯交流技术（CL106，3学分），发展前景展望I（DS101，2学分），发展前景展望II（DS102，2学分）。第二学年有计算机入门（AS217，3 学分）；思想评论和争鸣导论（PL111，3 学分），可在任一学年选修。设置上述课程的目的是为了强化学生的跨学科知识，给学生提供本学院基础学科的背景知识。出于同样的考虑，学生还可以从其他院系选修与本专业相关的 18 学分的课程。这些课程的学分将计入学位课程学分。

授予学位的名称有两种情况，一是只有主专业的学位按"文学士（某某专业）"颁授，例如"文学士（统计学）"；二是有主、副专业的学位按"文学士（主专业/副专业）"颁授，例如"文学士（经济学和统计学）"，主专业排列在前。

第三节　研究生教育

1970 年 7 月，达累斯萨拉姆大学成立，坦桑尼亚高校独立的硕士学位研究生和博士学位研究生教育也就开始了。此后，随着高等教育的发展，新的高等院校不断建立，研究生学位课程计划不断增加，培养研究生的院校也不断增加。

表 5 - 3 - 1　　　2006 年坦桑尼亚部属院校学位课程[①]

序号	学校名称	学位课程			
		学士	硕士	博士	其他课程计划
1	达累斯萨拉姆大学（UDSM）	●	●	●	
2	穆希姆比利医学院（MUCHS）	●	●	●	
3	土木建筑研究学院（UCLAS）	●	●	●	
4	索考伊农业大学（SUA）	●	●	●	
5	坦桑尼亚开放大学（OUT）	●	●		

---

① Ministry of Higher Education, Science and Technology (MHEST), *List of Higher Learning Institutions* (2006). (http：//www. tanzania. go. tz/educationf. html.)

续表

序号	学校名称	学位课程			
		学士	硕士	博士	其他课程计划
6	穆祖贝大学（MU）	●	●	●	—
7	桑给巴尔国立大学（SUZ）	●	—	—	—
8	莫希合作化和商业研究学院（MUCCBS）	●	●	—	—
9	达累斯萨拉姆工学院（DIT）	●	●	●	●
10	姆贝亚技术学院（MIT）	—	—	—	●
11	阿鲁沙技术学院（TCA）	—	—	—	●

注："其他课程计划"包括完全的技术证书（Full Technician Certificate，FTC），以及高级工程师证书（Advanced Diploma in Engineering，ADE）。

值得注意的是，达累斯萨拉姆工学院尽管属于专科院校，却具有博士学位课程（相当于中国的博士学位授予权单位）。姆贝亚技术学院（MIT）和阿鲁沙技术学院（TCA）却只有技术证书课程，没有学士学位课程。

到 2006/2007 学年，达累斯萨拉姆大学有 122 个研究生学位课程计划，包括研究生课程证书、硕士学位、博士学位三个层次。①

表 5 - 3 - 2 显示了达累斯萨拉姆大学所招收的研究生数量。从该表可以看出，达累斯萨拉姆大学招收的研究生数量增加很快，各校区在校注册的研究生从 2001/2002 年的 669 人增加到了 2004/2005 年的 2328 人，其中还有不少外国留学生。2001/2002 年，达累斯萨拉姆大学各院校留学生有 97 人，2005/2006 年增加到 191 人。

---

① UDSM, *Prospectus* (2006/2007). University of Dar es Salaam, 2006. p. 3.

表 5 - 3 - 2　　　　　　**2001 年以来达累斯萨拉姆大学**

招收研究生的性别与国籍情况①

学院	国籍	性别	2001/ 2002 年	2002/ 2003 年	2003/ 2004 年	2004/ 2005 年	2005/ 2006 年
校本部	坦桑尼亚	女	145	208	240	429	543
		男	378	485	615	1150	1376
		小计	523	693	855	1579	1919
	非坦桑尼亚	女	26	8	21	39	42
		男	14	22	28	67	40
		小计	40	30	49	106	82
穆希姆比利医学院	坦桑尼亚	女	18	28	37	37	50
		男	30	27	21	30	86
		小计	48	55	58	67	136
	非坦桑尼亚	女	49	54	49	62	1
		男	3	3	0	0	1
		小计	52	57	49	62	2
土木建筑研究学院	坦桑尼亚	女	0	4	7	12	22
		男	1	19	33	41	60
		小计	1	23	40	53	82
	非坦桑尼亚	女	0	6	11	18	37
		男	2	30	51	66	109
		小计	2	36	62	84	146
合计	坦桑尼亚	女	163	240	284	478	615
		男	409	531	669	1221	1522
		小计	572	757	937	1748	2137

---

① UDSM, *Facts and Figures* (2005/2006). UDSM, July 2006, p. 63.

续表

学院	国籍	性别	2001/ 2002 年	2002/ 2003 年	2003/ 2004 年	2004/ 2005 年	2005/ 2006 年
合计	非坦桑尼亚	女	75	68	81	119	80
		男	19	55	79	133	150
		小计	97	127	163	198	191
总计			669	884	1100	1946	2328
女生比例（%）			36	35	33	32	30

　　从达累斯萨拉姆大学校本部的在校研究生情况看，工商管理、工程技术、实用技术（如环境管理、管理工程、计算机科学等）硕士生比例不断增加，2005/2006 年还在许多与国民经济发展密切相关的学科（如海洋科学、计算机科学、电子与 IT、环境管理、自然资源评估、高速公路工程、水资源工程、管理工程等）开始招收硕士研究生，培养高层次的人才。①

　　表 5 - 3 - 3 显示，达累斯萨拉姆大学主校区研究生毕业人数从 2000/2001 年的 220 人增加到了 2003/2004 年的 462 人，增长了一倍多。

表 5 - 3 - 3　　达累斯萨拉姆大学校本部的毕业研究生的院系及性别分布②

院系/研究所	性别	2000/ 2001 年	2001/ 2002 年	2002/ 2003 年	2003/ 2004 年	2004/ 2005 年
人文及社会科学学院	女性	27	28	27	48	24
	男性	46	41	42	71	45
	小计	73	69	69	119	69

　　① MHEST, *Basic Statistics on Higher Education, Science and Technology* (2001/2002 ~ 2005/2006). pp. 46 - 48.

　　② UDSM, *Facts and Figures* (2005/2006). UDSM, July 2006, pp. 17 - 18.

续表

院系/研究所	性别	2000/ 2001 年	2001/ 2002 年	2002/ 2003 年	2003/ 2004 年	2004/ 2005 年
工商管理学院	女性	8	11	2	39	27
	男性	16	16	11	79	75
	小计	24	27	13	118	102
教育学院	女性	5	2	8	20	10
	男性	7	11	13	37	24
	小计	12	13	21	57	34
工程技术学院	女性	7	5	6	18	24
	男性	31	28	23	35	70
	小计	38	33	29	53	94
法学院	女性	5	4	5	9	20
	男性	5	7	6	13	25
	小计	10	11	11	22	45
海洋科学研究院	女性	—	—	—	—	10
	男性	—	—	—	—	18
	小计	—	—	—	—	28
新闻及大众传媒系	女性	—	—	—	—	4
	男性	—	—	—	—	1
	小计	—	—	—	—	5
理工学院	女性	11	15	18	26	25
	男性	52	40	54	69	60
	小计	63	55	72	95	85
合计	女性	63	65	66	160	144
	男性	157	143	149	304	318
	研究生 总数	220	208	215	464	462
女生比例（%）		29	31	31	34	31

　　坦桑尼亚开放大学从 2004 年开始招收研究生，通过函授和远程教育的方式来培养研究生，为边远地区大批有志深造的人提供了学习的机会。开放大学的硕士研究生课程主要有教育学研究生证书（PGDE）、法学研究生证书（PGDL）、教育学、文学、工商管理、理学、法学硕士学位课程，以及哲学博士学位课程。据高教和科研部统计，2005/2006 年，该校在读研究生总数达到 905 人（其中女生 196 人）。坦桑尼亚开放大学培养的硕士生主要集中在工商管理、教育学和法学等学科（见表 5 - 3 - 4 和表 5 - 3 - 5）：①

表 5 - 3 - 4　　　　　2001~2006 年坦桑尼亚开放
大学每年招收研究生数量②

项目 ＼ 年份	2001	2002	2003	2004	2005	2006	合计
教育学研究生证书	19	28	44	45	54	66	256
教育学硕士	27	16	35	35	39	52	204
文学硕士	1	23	4	5	0	1	34
工商管理硕士	0	12	12	236	269	353	882
理学硕士	3	3	2	3	3	1	15
法学研究生证书	15	8	12	15	23	34	107
法学硕士	8	1	3	2	1	4	19
哲学博士	24	25	12	12	2	3	78
合计	97	116	124	353	391	514	1595

---

　　① MHEST, *Basic Statistics on Higher Education, Science and Technology* (2001/2002~2005/2006). Dar es Salaam, July 2006. p. 53. 高教和科技部的统计数据与坦桑尼亚开放大学的统计数据有较大出入。

　　② The Open University of Tanzania, *Facts and Figures*, 2006. p. 19. 原表合计数字有误，现改正。

表 5 - 3 - 5　　　　　**坦桑尼亚开放大学各学院的**
研究生课程计划数①

年份 学院	2001	2002	2003	2004	2005	2006
教育学院	4	4	4	4	4	6
人文和社会科学学院	3	3	3	3	3	9
科学技术和环境研究学院	2	2	2	2	2	7
法学院	3	3	3	3	3	3
工商管理学院	—	1	1	1	2	2
合计	12	13	13	13	14	27

注：上表中的研究生课程计划包括研究生课程证书、硕士学位和博士学位。

第四节　图书和信息资源

一、图书馆服务

在坦桑尼亚，除了达累斯萨拉姆大学校本部以外，坦桑尼亚各高校的图书馆资源比较缺乏。除了达累斯萨拉姆大学，其他高校图书馆的藏书往往是以千册计的（不计复本）。这与中国国内高校动辄几十万藏书的情况大不一样。例如，2006 年，图迈尼大学伊瑞伽学院图书馆有藏书 10 万册，乞力马扎罗基督教医学院图书馆藏书 2 万册，期刊杂志约 40 种；② 坦桑尼亚圣·奥古斯丁大学图书馆藏书仅 15000 本，26 种杂志；③达累斯萨拉姆工

①　The Open University of Tanzania, *Facts and Figures*, 2006. p. 26.

②　Tumaini University, *Prospectus* (2005 ~ 2007). pp. 51, 221.

③　St Augustine University of Tanzania, *Prospectus* (2006/2007). p. 303.

学院图书馆藏书和期刊杂志合计 5 千册（本）。① 不过，坦桑尼亚许多高校图书馆的许多藏书是欧美原版书，反映了欧美国家最近的科研成果。这些书是需要昂贵外汇购买的，这一点给笔者留下极为深刻的印象。

达累斯萨拉姆大学校本部的主图书馆是藏书最多的图书馆。到 2007 年，该馆收藏了 60 万册图书，2800 种期刊杂志，覆盖艺术和社会科学、商业和管理、工程学、法律、自然科学、生物学和海洋科学等学科领域。该图书馆分成 3 个部门：技术服务部，读者服务部，研究和文献部。达累斯萨拉姆大学图书馆还是坦桑尼亚国内最大的一个政府出版物图书馆，向国内外研究者和学者开放。该图书馆收藏有丰富的坦桑尼亚出版的关于坦桑尼亚的印刷品，还收藏了东非政府和大学出版的书刊。该图书馆还致力于收藏境外出版的有关坦桑尼亚的资料，这些资料构成东非研究文集的核心；该图书馆还收藏有关东非联盟、解放运动、南部非洲发展和协作委员会（SADCC）等的资料。

达累斯萨拉姆大学主图书馆收集了大量的手稿，包括阿拉伯文、斯瓦希里文手稿和报纸，它们被制作成缩微胶片、数据光盘（CD - ROM）等。图书馆还订购了各种电子期刊和文献资料，发展了本地的文献目录数据库，包括环境和生物多样性、区域性和国内社会、经济学、教育学和社会学等学科的文献数据库。达累斯萨拉姆大学图书馆是"非洲论文和学位论文网数据库"（DATAD）的成员单位，并向该数据提供了 6000 篇以上的论文摘要。达累斯萨拉姆大学图书馆没有收藏的图书资料也可以通过馆际互借或电子文本传递的方式向其他图书馆借阅。该图书馆还与人文和社会科学学院合作，开设"信息研究"硕士学位课程，其学员通过 18 个月的学习，并通过规定课程的考试，即可获得"图

---

① Dar es Salaam Institute of Technology, *Prospectus* (2006~2007). p. 107.

书馆和信息研究"硕士学位。该学位课程的教学任务主要由图书馆的科研人员担当。[1] 图书馆在教学和科研中的重要作用不断增加。

达累斯萨拉姆大学校本部图书馆的座位数量已经从 2001/2002 年的 1020 个增加到了 2005/2006 年的 1956 个。如表 5-4-1 所示，藏书的数量也有了很大的提高。2005/2006 年，校本部图书馆有 405121 本藏书；2006/2007 年，校本部图书馆藏书达到 60 万本。图书馆所订阅的电子期刊也有了一个逐步的增长，从 2002/2003 年的 10000 种到 2005/2006 年的 13500 种。

表 5-4-1　　　　　　　达累斯萨拉姆大学校本部
可以使用的图书馆资源[2]

年份 项目	2001/2002	2002/2003	2003/2004	2004/2005	2005/2006
图书馆座位数量	1020	1150	1357	1756	1956
藏书数量	402500	402810	403197	403799	405121
期刊种类	—	11	11	18	19
订阅的电子期刊	—	10000 +	10000 +	12000 +	13500 +
CD - ROM 数据库	100	100	100	130	130
图书馆访问量（人次）	559584	571424	635668	682767	691514

注：＋号表示在此数值以上。

2001/2002 年，达累斯萨拉姆大学校本部研究生以下在校生 6137 人，2005/2006 年为 11462 人，增加了 86.6%；[3] 图书馆访问量从 2001/2002 年的 559584 人次，增加到 2005/2006 年的 691514 人次，增加了 23.6%。大学生到图书馆学习和查阅资料

---

[1]　USDM, *Prospectus*（2006/2007）. Dar es Salaam, USDM, 2006, pp. 279 - 280.

[2]　UDSM, *Facts and Figures*（2005/2006）. UDSM, July 2006, p. 84.

[3]　Ibid., pp. 9 - 11.

的次数实际上是减少了。

　　穆希姆比利医学院的图书馆读者座位多年来一直保持在 232
个。随着学生数量的增长，图书馆使用已经饱和，除非采取相应
措施扩大容纳量。目前穆希姆比利医科学院的图书馆藏书 2146
种（表 5 - 4 - 2）。但是期刊的种类从 2003/2004 年度的 83 种下
降到 2005/2006 年度的 31 种，这令人吃惊。

表 5 - 4 - 2　　　　　穆希姆比利医学院图书馆馆藏情况①

年份 项目	2001/2002	2002/2003	2003/2004	2004/2005	2005/2006
图书馆座位数（个）	232	232	232	232	232
藏书类（种）	415	415	447	1709	2146
期刊类（种）	70	67	83	0	31
CD - ROM 数据库	18	20	25	25	137
图书馆访问量（人次）	89250	102000	127000	153000	200000

二、电脑信息查询服务

　　1999 年 9 月 28 日，在达累斯萨拉姆大学计算机中心落成仪
式上，达累斯萨拉姆大学副校长 Luhanga 介绍说："在达累斯萨
拉姆大学，我们认识到了当前的信息革命将继续改变我们教学和
研究的方式，更重要的是，我们给社会大众提供服务的方式。因
此达累斯萨拉姆大学已演变成为一个信息和通讯技术（ICT）的
中心，给学生、工作人员和大学以外更广大的团体提供世界一流
的服务。"②

---

①　UDSM, *Facts and Figures* (2005/2006). UDSM, 2006, p. 92.

②　Brian Cooksey & Daniel Mkude, *Higher Education in Tanzania: A Case
Study.* 2001.　（http://www. foundation-partnership. org/pubs/tanzania/index. php? sub. ）

2005/2006 年，达累斯萨拉姆大学校本部、土木建筑研究学院和教育学院为专任教师提供的个人电脑登记在册的有 250 台。穆希姆比利医学院为专任教师提供的个人电脑的数量不详。

表 5 - 4 - 3　　　　　专任教师可使用的个人电脑数量①　　　单位：台

年份 校区/学院	2001/2002	2002/2003	2003/2004	2004/2005	2005/2006
校本部	49	47	47	55	211
土木建筑研究学院	35	35	35	35	35
教育学院	无数据	无数据	无数据	无数据	4
总计	84	82	82	90	250

达累斯萨拉姆大学校本部各院系/研究所教职工使用的电脑数量从 2001/2002 年的 49 台增加到了 2005/2006 年的 211 台。多数电脑在校内可以与互联网连接。值得注意的是，到 2005/2006 年，达累斯萨拉姆大学人文及社会科学学院、教育学院、法学院、信息学及远程教育系、发展研究所、民用工程及景观设计系没有一台教职工使用的电脑。②

进入 21 世纪后，坦桑尼亚政府十分重视大学的信息和通讯技术设施建设。2002 年 10 月，坦桑尼亚科技和高教部（MSTHE）在为期 15 年的《高等教育和技术教育硕士以下学生发展计划（2003～2018）》中列出了在全国高校装备信息和通讯技术设施的时间表：2008 年底以前，所有高等学校（包括三所技术院校，即达累斯萨拉姆、阿累沙、穆贝亚工学院）都装备上信息和通讯技术设施；到 2004 年 7 月，达累斯萨拉姆工学院

①　UDSM，*Facts and Figures*（2005/2006）. UDSM，July 2006，p. 106.
②　Ibid.，p. 85.

（DIT）建成计算机房；到 2008 年 7 月前，在所有的技术院校和国家技术教育委员会（NACTE）开展电脑扫盲培训。[①] 2007 年 4 月，笔者在访问达累斯萨拉姆工学院和阿累沙工学院时了解到，达累斯萨拉姆工学院的电脑机房在中国政府援助下已经建成，阿累沙工学院建起两间电脑教室。

第五节　科研成果

近年来，坦桑尼亚高等院校开始注重科研成果，教职工在学术期刊发表的论文、在各种学术会议上提交的论文、出版的著作、承担的科研课题和申请到的研究经费，均有不同程度的提高，并保持相对稳定。由于多数院校没有科研统计资料，我们仅以达累斯萨拉姆大学为例说明。表 5－5－1 显示了达累斯萨拉姆大学教职工（staffs）发表的期刊论文数量。

表 5－5－1　　　　达累斯萨拉姆大学教职工发表期刊论文数量[②]　　　　单位：篇

校区/学院 \ 年份	2001/2002	2002/2003	2003/2004	2004/2005	2005/2006
校本部	38	45	49	42	53
穆希姆比利医学院	8	10	16	155	0
土木建筑研究学院	22	27	36	44	0
总计	68	82	101	241	53

注：表 5－5－1 所统计的达累斯萨拉姆大学校本部教职工发表的期刊论文数量可能有误。以下表格中，达累斯萨拉姆大学统计数据与校本部统计数据不一致的，当以后者为准。

①　MSTHE, *Higher and Technical Education Sub-Master Plan* （2003－2018）. Dar es Salaam, 2004. p. 78.

②　USDM, *Facts and Figures* （2005/2006）. USDM, July 2006, p. 104.

表5-5-2显示了达累斯萨拉姆大学研究人员可以用来发表他们研究成果的期刊数量。从表中可以看出，2001～2004年，达累斯萨拉姆大学校本部研究人员仅在1种学术刊物上发表论文，而到了2005年，扩及16种学术期刊。这反映了他们的学术影响正在扩大。

表5-5-2　　　　达累斯萨拉姆大学教师发表论文的学术期刊数量①　　　　单位：篇

校区/学院 \ 年份	2001/2002	2002/2003	2003/2004	2004/2005	2005/2006
校本部	1	1	1	1	16
穆希姆比利医科学院	1	1	1	1	2
土木建筑研究学院	1	1	1	1	1
总计	3	3	3	3	19

达累斯萨拉姆大学校本部各院系和单位编辑发行的定期期刊数量，在2001/2002年有15种，2005/2006年增加到17种，其中人文及社会科学学院期刊8种，工商管理学院、法学院、斯瓦希里语研究所各编辑、发行2种，图书馆发行期刊1种。②

据达累斯萨拉姆大学统计（表5-5-3），达累斯萨拉姆大学校本部教职工发表的期刊论文的数量从2001/2002年的45篇增加到2005/2006年的77篇，数量有了明显的增长；2001/2002年全校各院系、校区教职工发表期刊论文68篇，2004/2005年有241篇。③但发表论文的教职工所在系科、专业分布不均衡。在2001/2002～2005/2006年间，人文及社会科学学院、法学院、

①　USDM, *Facts and Figures* (2005/2006). USDM, July 2006, p. 103.

②　Ibid., p. 80.

③　Ibid., p. xiii.

理工学院、民用工程及景观设计系、发展研究所（IDS）、资源评估研究所（IRA）均无一篇期刊论文发表，这似乎匪夷所思，也可能是统计有遗漏。2004/2005 年，人文及社会科学学院、法学院、理工学院及发展研究所共有教学人员 343 人，占当年达累斯萨拉姆大学校本部教师总数（590 人）的 58%[1]，他们居然 5 年没有发表期刊论文。如何提高这些院系、专业的教师的科研积极性，这是达累斯萨拉姆大学管理层需要认真考虑的问题。机械及化学工程系、斯瓦希里语研究所、海洋科学研究院、图书馆是发表论文的大户，这从一个侧面反映了这些部门的科研活动相对活跃。

表 5 - 5 - 3　　　　达累斯萨拉姆大学校本部教
　　　　　　　　职工发表的期刊论文数量[2]　　　单位：篇

系科　　　　年份	2001/2002	2002/2003	2003/2004	2004/2005	2005/2006
水生动植物科学	—	—	—	—	12
机械及化学工程	7	15	13	2	3
电子及计算机工程	0	0	0	0	2
工商管理	—	—	—	—	17
教育	—	—	—	9	5
斯瓦希里语研究所	8	18	13	18	—
海洋科学（IMS）	21	14	28	17	19
图书馆	9	13	8	7	5
合计	45	60	62	53	77

---

① UDSM, *Facts and Figures* 2005/2006. UDSM, 2006, p.148. 也有资料说，2004/2005 年，达累斯萨拉姆大学校本部教师总数为 610 人。参见 MHEST, *Basic Statistic on Higher Education*, *Science and Technology*（2001/2002～2005/2006）. Dar se Salaam, 2006. p.148。

② UDSM, *Facts and Figures*（2005/2006）. UDSM, 2006, p.80.

与期刊论文一样，会议论文（conference papers）显示了大学教师的科研活动情况。表5-5-4提供了达累斯萨拉姆大学各校区专任教师所提交的会议论文数量。达累斯萨拉姆大学校本部教职工（staff）出版的学术会议论文的数量仍然较少，但增长幅度较大，2001/2002年有7篇，到2005/2006年有33篇，其中水生动植物科学系（FAST）1篇，机械及化学工程系4篇，工商管理系15篇，斯瓦希里语研究所3篇，海洋科学研究院（IMS）4篇，图书馆6篇。① 从统计资料看，2001～2005年，穆希姆比利医学院、达累斯萨拉姆大学教育学院的教职工并没有会议论文发表（见表5-5-4），这反映了这两个校区的教职工并不积极参加学术会议。

表5-5-4　　　　　　　达累斯萨拉姆大学教职工
　　　　　　　　　　发表的会议论文数量②　　　　　单位：篇

校区/学院 \ 年份	2001/2002	2002/2003	2003/2004	2004/2005	2005/2006
校本部	7	21	2	10	33
土木建筑研究学院	0	13	11	13	—
总计	7	34	13	23	33

达累斯萨拉姆大学校本部教职工出版和发表的研究报告（research reports）数量，2001/2002年有32份，2002/2003年有47份，2003/2004年有65份，2004/2005年有46份，2005/2006年下降到29份。2001～2005年，电子及计算机工程系、教育学院、法学院、理工学院、发展研究所、信息学及虚拟教育系均没

---

① UDSM, *Facts and Figures*（2005/2006）. UDSM, July 2006, p. 81.
② Ibid., p. 105.

有一篇研究报告发表。①

在坦桑尼亚的大学和科研机构，著作被认为是一种反映学术水平的高级出版物，尤其是大学出版社出版的著作。表5－5－5反映了达累斯萨拉姆大学教师在大学出版社出版的著作数量。

表5－5－5　　　　达累斯萨拉姆大学教师在大学
出版社出版的著作数量②　　　　单位：部

校区/学院 ＼ 年份	2001/2002	2002/2003	2003/2004	2004/2005	2005/2006
校本部	6	7	4	2	8
土木建筑研究学院	2	3	6	0	0
总计	8	10	10	2	8

从统计数据看，2001～2005年，达累斯萨拉姆大学校本部教职工出版的著作主要集中在人文及社会科学学院（7部）和资源评估研究所（14部）。达累斯萨拉姆大学校本部的理工科院系没有学术著作出版。③

近年来，达累斯萨拉姆大学科研项目（research projects）的数量有所提高，显示了该大学科研成员更加积极的活动。从表5－5－6可以看出，达累斯萨拉姆大学开展的科研项目数量从2001/2002年度到2004/2005年度翻了一番。然而2005/2006年度有记录的科研项目有所减少。

①　UDSM，*Facts and Figures*（2005/2006）．UDSM，2006，pp. 82，105.

②　Ibid.，p. 105.

③　Ibid.，p. 83.

表 5 - 5 - 6 达累斯萨拉姆大学已完成的科研
项目和正在进行的科研项目①

年份 校区	2001/2002	2002/2003	2003/2004	2004/2005	2005/2006
校本部	257	273	277	635	92
穆希姆比利医科学院	28	29	38	75	64
土木建筑研究学院	24	36	38	53	54
总计	309	338	353	763	210

表 5 - 5 - 7 显示了达累斯萨拉姆大学校本部在近 5 年
（2001/2002 ~ 2005/2006） 所进行的科研项目的数量。直到
2004/2005 年度，研究课题的数量都在逐年增长。

值得注意的是，电子及计算机工程系、教育学院、法学院、
理工学院、发展研究所等单位有大量的科研课题，却没有一篇研
究报告发表，也几乎没有论文发表。他们研究的实效值得怀疑。

表 5 - 5 - 7 达累斯萨拉姆大学校本部已
完成和在研的科研项目数量②

年份 系科/研究所	2001/2002	2002/2003	2003/2004	2004/2005	2005/2006
人文及社会科学学院	48	55	55	71	—
水生动植物科学	—	—	4	4	7
民用工程及景观设计系	8	9	9	11	0
工商管理系	11	12	12	12	6
教育学院	35	23	24	9	5

① UDSM, *Facts and Figures* （2005/2006）. UDSM, July 2006, p. 101.

② Ibid. , p. 75.

续表

年份 系科/研究所	2001/2002	2002/2003	2003/2004	2004/2005	2005/2006
电子及计算机工程系	15	15	15	11	11
机械及化学工程	7	1	22	1	12
法学院	11	13	13	13	—
理工学院	16	16	9	29	—
发展研究所	16	21	21	22	—
资源评估研究所	17	24	34	31	0
斯瓦希里语研究所	27	27	27	28	23
海洋科学研究院	33	37	35	42	42
图书馆	2	4	3	3	2
合计	246	257	283	571	108

　　在科研课题稳步增加的同时，研究经费总体上也在增加。科研资金来自各种渠道，包括政府拨款和私人捐赠等。2001/2002到2004/2005年度，达累斯萨拉姆大学科研资金的增长近1.5倍。考虑到同期通货膨胀率接近50%，研究资金实际增长约一倍。表5-5-8显示了2001/2002年度到2005/2006年度达累斯萨拉姆大学科研资金的数额。校本部得到了大部分研究资金（2004/2005年度大约占70%）。

表5-5-8　　　　　达累斯萨拉姆大学各校区科研资金①　　单位：先令

年份	校本部	穆希姆比利 医科学院	土木建筑 研究学院	总计
2001/2002	1596000000	259494639	84000000	1939494639

---

① UDSM, *Facts and Figures* (2005/2006). UDSM, July 2006, p. 102.

续表

年份	校本部	穆希姆比利医科学院	土木建筑研究学院	总计
2002/2003	1561249000	258775822	193000000	2013024822
2003/2004	2619048000	1197471517	161000000	3977519517
2004/2005	3320000000	1318320400	90577068	4728897468
2005/2006	缺准确数据	3474759750	缺准确数据	—

注：1999/2000 年，1 美元约合 800 先令；2002 年，1 美元约合 842 先令；2006 年，1 美元约合 1200 先令。

校本部科研资金主要集中在工程技术学院、水生动植物科学系、图书馆、海洋科学研究院、斯瓦希里语研究所等少数几个单位，其他的文科院系几乎没有科研经费。[①] 如何提高占有大量科研资金的教师和科研人员的研究效率，文科院系的教师如何获得更多的研究经费，都是达累斯萨拉姆大学校方需要深思的问题。

达累斯萨拉姆大学近 5 年来科研项目和经费的持续增长，与该校加强与本地和国际的合作研究有关。达累斯萨拉姆大学通过合作研究项目，为提升自己的研究能力创造了条件。令人欣慰的是，这种合作研究的趋势不断加强。表 5 - 5 - 9 的统计数据表明，与 2001/2002 年度比较，2005/2006 年度达大各校区的对外合作科研数量增长超过了 143%。

表 5 - 5 - 9　达累斯萨拉姆大学各校区的对外合作研究项目[②]

校区/学院 \ 年份	2001/2002	2002/2003	2003/2004	2004/2005	2005/2006
校本部	25	29	33	30	33

① UDSM, *Facts and Figures* (2005/2006). UDSM, July 2006, p. 76.
② Ibid., p. 102.

续表

年份 校区/学院	2001/2002	2002/2003	2003/2004	2004/2005	2005/2006
穆希姆比利医科学院	8	10	12	14	37
土木建筑研究学院	4	9	31	40	20
总计	37	48	76	84	90

　　达累斯萨拉姆大学校本部的对外合作研究项目主要集中在水生动植物科学系、工程技术学院、海洋科学研究院、斯瓦希里语研究所等部门。2001～2005 年，国际合作科研项目增长迅速，从 2001/2002 年的 10 项，增加到 2005/2006 年的 26 项。人文及社会科学学院、工商管理工学院、教育学院、法学院、理工学院等单位没有一项合作研究课题。①

　　近年来达累斯萨拉姆大学教职工在学术期刊发表的论文、在各种学术会议上提交的论文、出版的著作、承担的科研课题和申请到的研究经费，均有不同程度的提高，并保持相对稳定。发表论文的教职工所在系科、专业分布不均衡。人文及社会科学学院、法学院、理工学院及发展研究所的教师和研究人员连续 5 年没有发表期刊论文。如何提高这些系科、专业教师的科研积极性，这是达累斯萨拉姆大学管理层需要认真考虑的问题。机械及化学工程系、斯瓦希里语研究所、海洋科学研究院、图书馆是发表论文的大户。电子及计算机工程系、教育学院、法学院、理工学院、发展研究所等单位有大量的科研课题，却没有一篇研究报告发表，也几乎没有论文发表，他们研究的实效值得怀疑。达累斯萨拉姆大学开展的科研项目数量从 2001/2002 年度到 2004/2005 年度翻了一番，但在 2005/2006 年又明显下降；校本部研

　　① UDSM, *Facts and Figures*（2005/2006）. UDSM, July 2006, p. 76.

究经费主要集中在工程技术学院、水生动植物科学系、图书馆、海洋科学研究院、斯瓦希里语研究所等少数几个单位。如何提高占有大量科研资金的教师的研究效率，义科院系的教师如何获得更多的研究经费，如何多出科研论文，都是达累斯萨拉姆大学校方需要深思和解决的问题。

第六章

坦桑尼亚高校的教师与学生

第一节　师资结构

一、教师和师生比

1963 年东非大学成立时，大学外籍教员占很大比重，东非人在大学学术人员中所占的比例还不到 10%。为增加本国教学人员的比例，大学一方面在国内积极培养师资力量，另一方面大力招聘留学归国人员充实师资队伍。在聘用外籍人员时改变完全依赖某一宗主国的做法，尽量从多国招聘，达累斯萨拉姆大学至少聘用了 15 个国家的教员。1970 年 7 月以后，坦桑尼亚致力于大学教学人员本土化，培养本国的高学历人才。① 1999 年以来，大学教学和科研人员基本上都是坦桑尼亚籍。20 世纪 90 年代大学教师招聘一度被冻结，这对高校教学和科研的发展产生了不良影响。进入 21 世纪以来，随着高校招生人数的大规模扩大，高校教师招聘解冻，教师数量也有了较大幅度提高。

从表 6－1－1 可以看到，2000～2005 年，坦桑尼亚公立高校（公立大学加上其他部委所辖院校）的教师从 1591 人增加到 2278 人，增幅为 43.2%；私立大学教师从 319 人增加到 501 人，增幅为 57%；技术院校教学人员从 178 人增加到 224 人，增幅为 25.8%。显然，私立大学教学人员的增幅最大。这从一个侧

① 李建忠：《战后非洲教育研究》，江西教育出版社 1996 年版，第 158 页。

面反映了近几年坦桑尼亚私立高等教育的发展。此外，高校教学人员中的女性比例私立大学也比公立大学高。2000/2001 学年，高校教学人员中的女性比例平均为 16.4%，公立大学为 13.3%，私立大学为 16%；到 2005/2006 年，女性比例平均为 18%，公立大学为 17.6%，私立大学为 17.8%。这反映了公立大学 1999 年以来采取的鼓励女生入学、提高妇女社会地位的措施取得了实效。技术院校（相当于中国的工科院校）基本上是公办的，其女性教师比例最低，到 2005/2006 年也只有 14.3%。

表 6 - 1 - 1　　2000/2001 ~ 2005/2006 学年高等院校中的教学人员（Teaching Staff）数量[1]

学校类别	2000/2001			2002/2003			2005/2006		
	女	男	总数	女	男	总数	女	男	总数
公立大学	171	1117	1288	207	1093	1300	296	1386	1682
男女比例（%）	13.3	86.7	100	15.9	84.1	100	17.6	82.4	100
私立大学	51	268	319	65	252	317	89	412	501
男女比例（%）	16	84	100	20.5	79.5	100	17.8	82.2	100
技术院校	14	164	178	15	149	164	32	192	224

[1]　MHEST, *Basic Statistics on Higher Education*, *Science and Technology*（2001/2002 ~ 2005/2006）. Dar es Salaam, July 2006, p. 23. 原书中计算的男女教师比例错误较多，现重新计算。在坦桑尼亚高等教育审查委员会（HEAC）的统计资料中，教师所属的学校类别仅分为公立大学、私立大学和其他院校三类，没有技术（工科）院校的类别；从统计数据看，"其他院校"相当于"其他部委所辖院校"，这类院校均是公立院校。参见：HEAC, *Guide to Higher Education in Tanzania*（2005）. Third Edition, Dar es Salaam, 2005. pp. 142 - 143.

续表

学校类别	2000/2001			2002/2003			2005/2006		
	女	男	总数	女	男	总数	女	男	总数
男女比例（%）	7.9	92.1	100	9.2	90.8	100	14.3	85.7	100
其他部委所辖院校	58	245	303	58	271	329	125	471	596
男女比例（%）	19.1	80.9	100	17.3	82.7	100	21	79	100
总计	294	1794	2088	345	1765	2110	542	2461	3003
男女平均比例（%）	16.4	83.6	100	16.4	83.6	100	18	82	100

　　2001 年，坦桑尼亚政府制定了教育和培训 15 年发展规划，提出了教育和培训部门发展的主要目标，其中有增加招生人数，到 2015 年高等院校各学科教师和学生的比例将达到 1∶12，达到国际高校师生比的平均水平。[①] 2001 年后，坦桑尼亚多数高校的师生比逐年提高，大学效能也随之提高。20 世纪 80 ~ 90 年代坦桑尼亚普遍存在的大学效能低下的问题得到较好解决。例如，达累斯萨拉姆大学校本部师生比 1996/1997 年为 1∶7，2001/2002 年为 1∶11，2005/2006 年为 1∶22；索考伊农业大学师生比 1996/1997 年为 1∶6，2001/2002 年增至 1∶9，以后大体保持此水平（见表 6 - 1 - 2 和表 6 - 1 - 3）。

---

　　① The United Republic of Tanzania: *The Education and Training Sector Development Programme Document*, *Final Draft*, August, 2001. pp. 6 - 7. （http：//www. moe. go. tz/pdf/SDP-Document-final% 20draft. pdf. ）

表 6 - 1 - 2　　　　　1997～1999 年坦桑尼亚
代表性高校师生比例①

年份 院校	1996/1997	1997/1998	1998/1999
达累斯萨拉姆大学校本部	1：7	1：7	1：7
索考伊农业大学	1：5	1：6	1：6
穆希姆比利医学院	1：2	1：2	1：5
土木建筑研究学院	1：3	1：5	1：3
达累斯萨拉姆工学院	1：14	1：15	1：10

表 6 - 1 - 3　　　　坦桑尼亚部分公立院校师生比例
（2001/2002～2005/2006）②

年份 院校　项目	2001/2002			2003/2004			2005/2006		
	师	生	比	师	生	比	师	生	比
达累斯萨拉姆大学校本部	539	6117	1：11	549	10866	1：19	685	15081	1：22
穆希姆比利医学院	193	898	1：05	214	1833	1：08	201	2056	1：14
土木建筑研究学院	105	786	1：08	85	967	1：11	121	1194	1：10
索考伊农业大学	237	2096	1：09	256	2520	1：09	265	2286	1：09
坦桑尼亚开放大学	71	5351	1：05	79	10313	1：12	121	9232	1：10

---

① J. C. J. Galabawa, *Education Sector Country Status Report*（*Tanzania*）. Dar es Salaam, Ministry of Education and Culture, Feb., 2001. Table 6.6.（http：//www. moe. go. tz/pdf/Educ.％20Sector％20Country％20Status％20Report. pdf.）

② MHEST, *Basic Statistics on Higher Education, Science and Technology*（2001/2002～2005/2006）. Dar es Salaam, July 2006. p. 158. 表 6 - 1 - 3 所统计的"学生"，是指本、专科学生和各类全日制证书学生，以及研究生。

续表

年份 项目 院校	2001/2002			2003/2004			2005/2006		
	师	生	比	师	生	比	师	生	比
穆祖贝大学	111	1148	1∶10	146	1669	1∶11	181	3210	1∶17
国立桑给巴尔大学	—	—	—	32	186	1∶05	27	260	1∶09
穆希商学院	41	251	1∶06	66	556	1∶08	74	866	1∶11
达累斯萨拉姆大学教育学院	—	—	—	—	—	—	缺数据	527	—
总计	717	10279	1∶13	1427	28910	1∶20	1675	34712	1∶20

如果算上研究生，达累斯萨拉姆大学的师生比则更高。2005/2006 年，校本部师生（大学生加研究生）比最高的是法学院，达 1∶54，最低的是水生动植物科学系，师生比为 1∶10，校本部平均为 1∶28。①

私立大学的师生比一般比公立大学低，这表明私立大学的办学效能较低。不过，私立大学的师生比也在逐年提高，2004 年后提高较快，少数院校师生比（如圣·奥古斯丁大学、图迈尼大学伊瑞伽学院、国际医科大学）已接近公立院校水平。但有超过半数的私立院校的师生比低于 1∶10（见表 6 - 1 - 4）。

为了解决学生入学率低、高等学校办学效能低等问题，坦桑尼亚科技和高教部在 2003 年制定了《硕士培养计划》（*Master Plan*, 2003）、《高等教育和技术教育硕士以下发展计划（2003 ~ 2018）》（*Higher Technical Education Sub-Master Plan* < 2003 ~ 2018 >，2003）。

---

① USDM, *Facts and Figures 2005/2006*. USDM, 2006, pp. 19 - 20. 按达累斯萨拉姆大学的解释，academic staff 为授课的教师（staff involved in delivering lectures）。

表 6 - 1 - 4　　坦桑尼亚部分私立院校师生比情况
（2001/2002 ~ 2005/2006）①

机构名称	2001/2002			2003/2004			2005/2006		
	师	生	比例	师	生	比	师	生	比
坦桑尼亚圣奥古斯丁大学	32	404	1:02	44	473	1:10	51	1344	1:26
图迈尼大学乞力马扎罗基督教医学院	64	148	1:03	58	256	1:05	60	220	1:04
图迈尼大学伊瑞伽学院	37	363	1:09	48	599	1:12	60	1308	1:22
图迈尼大学马库米拉学院	26	141	1:05	19	154	1:08	19	271	1:14
图迈尼大学达累斯萨拉姆学院	—	—	—	15	126	1:08	17	264	1:16
阿鲁沙大学	23	188	1:08	28	161	1:05	16	154	1:10
桑给巴尔大学教育学院	—	—	—	46	291	1:06	17	143	1:03
桑给巴尔大学	20	303	1:15	19	438	1:23	21	485	1:06
国际医科大学	27	93	1:03	—	—	—	28	172	1:23
纪念胡本特·凯鲁基大学	43	60	1:02	44	135	1:03	67	190	1:08
麦鲁山大学	—	—	—	—	—	—	20	164	1:05
布甘多医学院	—	—	—	—	—	—	26	35	1:08

---

①　MHEST, *Basic Statistics on Higher Education, Science and Technology*（2001/2002 ~ 2005/2006）. Dar es Salaam, July 2006. p. 159.

续表

机构名称	2001/2002			2003/2004			2005/2006		
	师	生	比例	师	生	比	师	生	比
鲁阿哈大学伊瑞伽学院	—	—	—	—	—	—	13	221	1:17
阿加汗大学	—	—	—	—	—	—	27	123	1:01
基桑吉（Kisanji）大学	—	—	—	—	—	—	24	62	1:06
莫罗戈罗穆斯林大学	—	—	—	—	—	—	22	167	1:03
木温吉大学学院	—	—	—	—	—	—	13	33	1:08
总数	272	1700	1:06	321	2633	1:08	501	5356	1:10

《高等教育和技术教育硕士以下发展计划》承诺要扩大公立和私立的高等和技术教育院校的办学规模，主要是扩大学生招生人数，增加专任教师数量和教室数量。到 2007 年 6 月，高中毕业生（A级）上大学的升学率要从 30% 增长到 80%。到 2008 年 7 月，在校全日制学生人数要达到 30000 人，在校兼职学生人数达到 10000 人；远程学习学生入学人数达到 15000 人；到 2008 年，大学生毛入学率（GER）增长到 2.5%（相当于东非大学生入学率的中等水平）。① 高校在校大学生人数从 2001 年的 10400 名增加到 2007 年的 30000 名，高等院校的师生比率从 2001 年的 1:8 增长到 2007 年的 1:18。高等技术院校的师生比率逐年增长，从 2001 年的 1:9 增长到 2002 年的 1:10，2004 年的 1:12，2007 年的 1:18。② 这个目标比 2001 年坦桑尼

① MSTHE, Higher and Technical Education Sub-Master Plan (2003~2018). Vol. II, Dar es Salaam, 2004. pp. 64-66.

② Ibid., 2004. pp. 106-107.

亚政府在《教育和培训十五年发展规划》提出的目标要高。[①]

截至 2007 年 4 月，达累斯萨拉姆大学本科生的师生比已达到 1:22，坦桑尼亚开放大学的师生比达到 1:28.5，[②] 但其余高校师生比仍未达到 1:18 的目标。

二、教师学历和年龄

长期以来，在坦桑尼亚的许多大学，博士、教授主要集中在几个学科，而且他们的年龄老化。20 世纪 90 年代以来，许多高等院校停止人才补充，使得大学教师（Academic staffs）青黄不接。为了加强师资队伍建设，改善教学设施，达累斯萨拉姆大学在 1994 年制定了为期 10 年的《制度改革规划》（Institutional Transformation Programme，ITP，1994），并在同年 8 月 25 日通过了"共同战略计划"（the Corporate Strategic Plan）。此后，达累斯萨拉姆大学制定了《学院和研究所 5 年滚动发展战略规划》（1999）、《校级 5 年战略滚动计划（2000~2004）》（1999）、《达累斯萨拉姆大学未来优先支持领域议案》（2000）。根据规划，达累斯萨拉姆大学开展了一系列教职员工培训、智力开发计划，其主要措施有教师博士学位培训，学术和技术人员硕士培训，学术、技术及行政人员短期培训和交流计划，所有员工持续专业教育课程，教员公休日学习。[③] 该校对于那些国家急需的新兴学科和缺少教师的重要传统学科给予特别的关注；大学和政府也采取了教师等级激励

---

① The United Republic of Tanzania: *The Education and Training Sector Development Programme Document*, *Final Draft*, August, 2001. pp. 6—7. (http://www. moe. go. tz/pdf/ SDP-Document-final%20draft. pdf.)

② The Open University of Tanzania, *Facts and Figures* 2006. pp. 13, 32.

③ Brian Cooksey & Daniel Mkude, *Higher Education in Tanzania: A Case Study*. 2001. Chap. Five. (http://www. foundation-partnership. org/pubs/tanzania/ index. php.) USDM, *USDM Ten Years Experience of the Institutional Transformation Programme*. USDM, 2004, p. 1.

制度，以提高优秀的教师留在大学里的积极性。

在上述措施推动下，达累斯萨拉姆大学各校区的教师（Academic staffs）学历水平有很大提高。如表 6 - 1 - 5 所示，达累斯萨拉姆大学主校区教师的博士学位持有者从 2001/2002 年度的 431 人增加到 2005/2006 年度的 457 人，硕士学位持有者从 2001/2002 年度的 119 人增加到 2005/2006 年度的 238 人，专任教师的学历、学位均达到硕士生以上水平；土木建筑研究学院教师的博士学位持有者从 2001/2002 年度的 17 人增加到 2005/2006 年度的 44 人，硕士学位持有者反而下降，从 2001/2002 年度的 72 人减少到 2005/2006 年度的 54 人，其中有些硕士升为博士了。穆希姆比利医学院博士学位持有者则从 89 人减少到 76 人，尤其是 2005/2006 年，该院拥有博士学位的教师从 105 人减少到 76 人，这说明穆希姆比利医学院高端人才流失严重。但该院拥有硕士学位的教师人数变化不大。

表 6 - 1 - 5　　　达累斯萨拉姆大学各校区教师学位水平[①]

学年	校本部		土木建筑研究学院		穆希姆比利医学院	
	博士	硕士	博士	硕士	博士	硕士
2001/2002	431	119	17	72	89	119
2002/2003	440	110	21	69	95	131
2003/2004	442	107	28	55	100	133
2004/2005	442	107	35	60	105	136
2005/2006	457	238	44	54	76	120

受此影响，其他院校也开始重视师资力量的培养和高学历人才的引进，尤其是私立院校。于是，坦桑尼亚各高校教师学历水平普遍得到提高。

从表 6 - 1 - 6 的统计数据来看，公立院校具有研究生以上学

---

① USDM, *Facts and Figures* 2005/2006. USDM, July 2006, p. 147.

表 6 - 1 - 6　　　2005/2006 学年坦桑尼亚部分高等院校教学人员学历情况表[1]

院　校	博士			硕士			研究生学历			学士			其他			总计		
	女	男	总	女	男	总	女	男	总	女	男	总	女	男	总	女	男	总
达累斯萨拉姆校本部	46	423	469	58	158	216	0	0	0	0	0	0	0	0	0	104	581	685
索考伊农业大学	19	157	176	10	62	73	0	0	0	4	13	17	0	0	0	33	232	265
坦桑尼亚开放大学	6	32	38	16	62	78	0	0	0	1	2	3	0	0	0	23	96	119
穆祖贝大学	1	24	25	27	79	106	0	1	1	8	41	49	0	0	0	36	145	181
穆希姆比利医学院	19	44	63	20	93	113	1	4	5	16	17	33	0	0	0	56	158	214
土木建筑研究学院	5	36	41	6	48	54	0	0	0	4	18	22	0	0	0	15	102	117
达累斯萨拉姆工学院	0	6	6	6	22	28	0	0	0	3	18	21	2	27	29	11	73	84
阿鲁沙工学院	0	1	1	0	9	9	0	0	0	1	14	15	1	27	28	2	51	53
国立桑给巴尔大学	1	7	8	5	13	18	0	0	0	1	1	2	0	0	0	7	21	28
桑给巴尔大学*	0	4	4	1	16	17	0	0	0	0	0	0	0	0	0	1	20	21

[1] MHEST, *Basic Statistics on Higher Education, Science and Technology* (2001/2002 - 2005/2006). Dar es Salaam, July 2006. p. 21.

续表

院　校	博士			硕士			研究生学历			学士			其他			总计		
	女	男	总	女	男	总	女	男	总	女	男	总	女	男	总	女	男	总
坦桑尼亚圣奥古斯丁大学*	0	11	11	0	29	29	0	0	0	2	5	7	0	4	4	2	49	51
图迈尼大学马库米拉学院*	0	9	9	3	6	9	0	0	0	0	0	0	0	1	1	3	16	19
图迈尼大学乞力马扎罗基督教医学院*	0	8	8	8	19	27	0	0	0	4	20	24	0	1	1	12	48	60
图迈尼大学伊瑞加学院*	0	6	6	5	30	35	0	0	0	2	14	16	0	0	0	7	53	60
桑给巴尔教育学院*	0	10	10	0	7	7				0	0	0	0	0	0	0	17	17
国际医科大学*	1	2	3	3	17	20	0	0	0	1	1	2	2	1	3	7	21	28
阿加汗大学*	0	1	1	7	14	21	0	0	0	3	1	4	0	0	0	10	17	27
莫罗戈罗穆斯林大学*	0	7	7	2	13	15	0	0	0	0	0	0	0	0	0	2	20	22
总计	98	788	886	177	697	874	1	5	6	50	165	215	5	61	66	331	1720	2051

注：带 * 者为私立院校。原表的达累斯萨拉姆工学院的合计有误。

历教师的比例最高的是达累斯萨拉姆大学本部，比例达100%，索考伊农业大学为94%，阿累沙工学院具有研究生以上学历的教师比例最低，为18.9%。私立院校教师中研究生学历以上的比例最高的学校是桑给巴尔大学和桑给巴尔教育学院，均达100%，研究生学历以上的教师比例最低的私立院校是图迈尼大学乞力马扎罗基督教医学院，其比例为41.7%。显然，私立高等学校的教师学历不但不比公立学校低，甚至还略胜一筹。

从学源结构看，坦桑尼亚本土培养的高学历人才虽然不断增加，但留学归国人才仍占主要地位。以达累斯萨拉姆大学人文和社会科学学院为例，院长 M. C. Y. Mbago 教授在英国利物浦获博士学位，分管教学的副院长 L. Ndumbara 高级讲师在美国佛罗里达大学获博士学位，分管实验课程的副院长 N. N. Luanda 副教授在剑桥大学获博士学位，期刊主编 A. Kanuya 在美国密西西比大学获文学学士学位，只有分管科研和出版物的副院长 W. Rugumamu 教授、学院行政主管 M. J. Kabengwe 是在达累斯萨拉姆大学获得博士、硕士学位。[1]

在专任教师（Teaching Staff）的学历提升的同时，其职称层次和结构也发生了一些变化。从表6-1-7可以看出，在2001/2002～2005/2006学年，达累斯萨拉姆大学主校区教师从523人增加到695人，增加了30%以上，其中教授人数从44人增加到53人，增加了20%左右，副教授人数从77人增加到99人，增加了近30%；高级讲师人数变化不大，讲师人数从155人减少到127人，说明有许多讲师升职了。值得注意的是，助理讲师人数有大幅度提高，从73人增加到233人，这说明该校补充了大批新教师。

从表6-1-7可以看出，到2005/2006年，达累斯萨拉姆大

---

[1]　USDM, *Prospectus* (2006/2007). USDM, 2006. p. 306.

表6-1-7　达累斯萨拉姆大学校本部专任教师职称①

年份	教授			副教授			高级讲师			讲师			助理讲师			总计		
	女	男	总	女	男	总	女	男	总	女	男	总	女	男	总	女	男	合计
2001/2002	5	39	44	10	67	77	13	161	174	19	136	155	12	61	73	59	464	523
2002/2003	5	48	53	9	72	81	15	168	183	25	129	154	14	71	85	68	488	556
2003/2004	6	55	61	9	79	88	16	166	182	30	115	145	16	97	113	77	512	589
2004/2005	6	58	64	10	81	91	15	164	179	28	110	138	18	100	118	77	513	590
2005/2006	7	46	53	10	89	99	—	—	183	18	109	127	65	168	233	124	571	695
2005/2006 女性比例	13.2			10.1						14.2			27.9			17.8		

① USDM, *Facts and Figures* 2005/2006. USDM, 2006, p. 148.

学校本部教师的职称分布仍为金字塔形，其中教授占 7.6%，副教授占 14.2%，高级讲师占 26.3%，讲师占 18.3%，助理讲师占 33.6%。作为坦桑尼亚的最高学府，达累斯萨拉姆大学的高级职称的比例还是偏少。大量的女性专任教师是助理讲师，其次是讲师；与此同时，副教授到教授级别的女教师比例变化不大，副教授以上女性比例极低。

从达累斯萨拉姆大学校本部教师专业分布情况看，文科教师比例很高。以 2005/2006 年为例，人文及社会科学学院、教育学院、法学院、新闻及大众传媒学院教师共有 305 人，占全校教师（695 人）的 43.9%。① 达累斯萨拉姆大学其他校区教师构成与校本部相似（见表 6 - 1 - 8）。

2005/2006 学年，坦桑尼亚开放大学教师 121 人，其中教授 6 人，副教授 7 人，高级讲师 6 人，讲师 28 人，助理讲师 72 人；② 国立桑给巴尔大学教师仅 27 人，其中教授 1 人，没有副教授和高级讲师，讲师 2 人，助理讲师 12 人，助教 12 人。③ 达累斯萨拉姆大学各校区（除教育学院外）和坦桑尼亚开放大学、国立桑给巴尔大学教师中的副教授以上人员比例，在 2005/2006 年平均为 18.5%。

私立高等院校教师的学历虽然并不比公立院校的教师低，但前者的职称普遍较低。从 9 所数据较全的私立院校教师的职称统计来看（见表 6 - 1 - 9，阿鲁沙大学以下的院校），2005/2006 年副教授以上职称的教师仅占这些学校教师总数的 6.8% 左右，远远低于公立院校高级职称比例的平均水平（18.5%）。

---

① USDM, *Facts and Figures* 2005/2006. USDM, July 2006, pp. 19 – 20.

② MHEST, *Basic Statistics on Higher Education, Science and Technology* (2001/2002 ~ 2005/2006). Dar es Salaam, 2006. p. 152.

③ Ibid., p. 153.

表 6－1－8　达累斯萨拉姆大学其他校区教师职称构成①

	年份	教授			副教授			高级讲师			讲师			助理讲师			导师助理②			总计		
		女	男	总计	女	男	总计	女	男	总计	女	男	总计	女	男	总计	女	男	总计	女	男	总计
穆希姆比利医学院	2001/2002	0	13	13	0	27	27	10	42	52	19	31	50	15	17	32	1	0	1	45	130	175
	2002/2003	0	13	13	0	25	25	15	43	58	23	38	61	14	17	31	3	2	5	55	138	193
	2003/2004	0	16	16	1	24	25	16	41	57	22	40	62	12	14	26	5	4	9	56	139	195
	2004/2005	0	17	17	1	23	24	14	40	54	20	38	58	13	15	28	5	6	11	53	139	192
	2005/2006	0	13	13	2	27	29	15	44	59	20	44	64	18	14	32	3	8	11	58	150	208
	2005/2006 年女性比例			0			6.9			25.4			31.3			56.3			27.3			27.9
土木建筑研究学院	2001/2002	0	0	0	0	12	12	1	27	28	7	20	27	6	36	42	0	0	0	14	105	119
	2002/2003	0	0	0	0	2	2	1	22	23	7	23	30	6	29	35	1	3	4	14	79	93
	2003/2004	0	0	0	0	3	3	2	26	28	8	24	32	6	29	35	1	2	3	15	83	98
	2004/2005	0	0	0	0	7	7	2	21	23	4	18	22	8	37	45	1	2	3	25	86	111
	2005/2006	0	1	1	0	8	8	2	16	18	5	22	27	8	34	42	6	16	22	22	97	119
	2005/2006 年女性比例			0%			0%			11%			19%			19%			27%			18%
教育学院	2005/2006	1	1	2	—	—	—	—	2	2	—	—	—	—	—	—	—	—	—	1	3	4

① USDM, *Facts and Figures 2005/2006*. USDM, 2006, p. 148.

② 助理讲师（Assistant Lecturers），导师助理（Tutorial Assistants）是坦桑尼亚高校特有的职称。"导师助理"类似于中国大学中的助教。

表6－1－9　　　坦桑尼亚私立高等院校教师职称情况

（2005/2006）①

院校 ＼ 职称	教授	副教授	高级讲师	讲师	助理讲师	助教	总计
纪念胡本特·凯鲁基大学							67
国际医科大学							28
图迈尼大学乞力马扎罗基督教医学院							60
图迈尼大学马库米拉学院							19②
图迈尼大学伊瑞伽学院							60
图迈尼大学达累斯萨拉姆学院							17
圣奥古斯丁大学							51
桑给巴尔大学							21
阿鲁沙大学	0	0	0	16	0	0	16
桑给巴尔大学教育学院	1	9	0	7	0	0	17
麦鲁山大学	0	0	13	0	0	7	20
布甘多医学院							26
阿加汗大学	0	1	5	17	3	1	27
鲁阿哈大学伊瑞伽学院③	1	0	4	1	4	3	13
穆贝亚大学							24
木温吉大学学院	0	0	2	4	7	0	13
莫罗戈罗穆斯林大学							22
总计	2	10	24	45	14	11	501

---

①　MHEST, *Basic Statistics on Higher Education, Science and Technology*（2001/2002～2005/2006）. Dar es Salaam, 2006. p. 156.

②　根据图迈尼大学的资料，2007年4月，马库米拉学院有教授3人。参见：Tumaini University, *Prospectus*（2005～2007）. p. 260。

③　其他资料未见此学院之名（Ruaha University College-Iringa）。疑有印刷错误。

公立大学教师的高级职称比例虽然较高，但教师年龄也普遍偏高。表 6 - 1 - 10 呈现了 2005/2006 年达累斯萨拉姆大学 3 个校区教师年龄分布情况。该校有 405 名教师在 41 ~ 50 岁之间，有 226 名教师在 51 - 55 岁之间，只有 13 名教师的年龄在 20 ~ 30 岁之间。50 ~ 65 岁的教师占教师总数的 38.6%。我们从中可以看出，达累斯萨拉姆大学教师年龄老化现象明显，培养年轻教师的任务迫在眉睫。如何加快年轻教师的成长，是达累斯萨拉姆大学校方需要深思和解决的问题。

表 6 - 1 - 10 　　　达累斯萨拉姆大学 2005/2006
学年教师年龄层次①

年龄组	学院/校区			总计
	校本部	穆希姆比利医学院	土木建筑研究学院	
20 ~ 30	0	6	7	13
31 ~ 35	14	22	20	56
36 ~ 40	59	17	5	81
41 ~ 45	131	27	9	167
46 ~ 50	156	49	33	238
51 ~ 55	138	55	33	226
56 ~ 60	57	22	10	89
61 ~ 65	20	12	2	34
总计	575	210	119	904

相比之下，达累斯萨拉姆大学技术和实验人员（Technical staff）的年龄比较年轻化，大部分技术人员的年龄在 30 岁以上、45 岁以下（表 6 - 1 - 11）。2005/2006 年，达累斯萨拉姆大学三

---

① 　USDM, *Facts and Figures* 2005/2006. USDM, July 2006, p. 151.

个校区共有技术和实验人员 458 人，其中 40 岁以下 181 人，41～50 岁 172 人，51 岁以上者 105 人。技术和实验人员的学历也不断提高。达累斯萨拉姆大学校本部和穆希姆比利医学院的技术和实验人员中有 6 人具有博士学位，39 人具有硕士学位。[①]

表 6－1－11　　　2005/2006 年达累斯萨拉姆大学技术人员年龄分布[②]

年龄组	学院/校区			总计[③]
	校本部	穆希姆比利医学院	土木建筑研究学院	
20～30	15	0	2	17
31～35	34	4	7	45
36～40	83	28	8	119
41～45	85	7	9	101
46～50	54	12	5	71
51～55	51	16	6	73
56～60	21	9	0	30
61～65	2	0	0	2
总计	345	76	37	458

私立大学教师的年龄结构趋于年轻化，但高学历的教师年龄仍偏高。例如，2005/2006 年，坦桑尼亚圣·奥古斯丁大学专任教师有 52 人，其中 35 岁以下 10 人，35－44 岁 21 人；具有博士学位的教师 11 人，年龄均在 40 岁以上；具有硕士学位的教师 29 人，年龄在 40 岁以上者 19 人（见表 6－1－12）。图迈尼大学乞力马扎罗基督教医学院师资情况也大体类似。2005/2006 年，

① USDM, *Facts and Figures* 2005/2006. USDM, 2006, p. xiv.
② Ibid., p. 156.
③ 原表总计有误，今按三院校总计。

该医学院共有教师 60 人，其中有博士学位的教师 8 人，年龄在 40 岁以下的博士仅 1 人；有硕士学位的教师 27 人，年龄在 40 岁以下的 10 人。[①]

表 6 – 1 – 12　　坦桑尼亚圣·奥古斯丁大学专任教师
学历和年龄情况（2005/2006）[②]

年龄组	博士			硕士			学士			其他			总计		
	女	男	合计	女	男	合计	女	男	合计	女	男	合计	女	男	总计
25 ~ 29	0	0	0	0	1	1	1	0	1	0	1	1	1	2	3
30 ~ 34	0	0	0	0	1	1	1	3	4	1	1	2	2	5	7
35 ~ 39	0	0	0	0	8	8	0	2	2	0	0	0	0	10	10
40 ~ 44	0	4	4	0	5	5	0	0	0	0	2	2	0	11	11
45 ~ 49	0	1	1	0	7	7	0	0	0	0	0	0	0	8	8
50 ~ 54	0	1	1	0	3	3	0	0	0	0		0	0	4	4
55 ~ 59	0	1	1	0	3	3	0	0	0	0	0	0	0	4	4
60 ~ 64	0	1	1	0	1	1	0	0	0	0	0	0	0	2	2
65 +	0	3	3	0	0	0	0	0	0	0	0	0	0	3	3
总计	0	11	11	0	29	29	2	5	7	1	4	5	3	49	52

第二节　高校学生

一、入学条件和录取率

坦桑尼亚各高校根据本校的实际情况（学校声誉、地理位

---

①　MHEST, *Basic Statistics on Higher Education, Science and Technology*（2001/ 2002 ~ 2005/2006）. Dar es Salaam, 2006. p. 120.

②　Ibid. , p. 119.

置、专业设置等）制定出自己的招生条件。这些招生条件在很大程度上决定了生源质量。

达累斯萨拉姆大学的本科生直接入学条件是通过初中毕业考试（CSEE）或同等学力考试的5门课程，且必须获得高中毕业证书（ACSEE）或同等学力文凭，在高中会考或同等学力考试中达到以下要求之一者：一是同时通过两门规定的主干课程考试，且两门课程的考试分数不低于5分（按高等教育审查委员会的标准，A=5分，B=4分，C=3分，D=2分，E=1分，S=0.5分，F=0分）；或是，在历次考试中，两门规定主干课程考试成绩都达到或高于C级。符合以上条件之一者，可直接申请进入达大学习。成年人入学条适当放宽，只要持有二级或二个积点以上的证书或文凭，并得到达累斯萨拉姆大学学术委员会的认可，均可提出申请。①

索考伊农业大学的本科生一般入学条件是：必须有初中毕业证书或东非教育证书（O级），或是在以前的高中会考、东非教育证书"A级"考试或相等的学历考试中通过5门规定课程的考试；必须在高中会考或同等学力考试中达到下列条件之一者：

（1）在同一次考试中，有两门主干课程通过了考试；

（2）在历次考试中，有两门主干课程通过了考试，而且考试达到或高于C级；

（3）有二级以上的证书学力，并得到本校学术委员会的认可。②

圣·奥古斯丁大学对不同专业的本科生入学条件有不同的规定。以文学学士（大众传媒方向）为例，校方要求申请者必须

---

① The Higher Education Accreditation Council, *Guide to Higher Education in Tanzania*, 2005. Third Edition, Dar es Salaam, 2005. p. 22.

② Ibid., pp. 27 – 28.

持有高中毕业证书，而且在同一次考试中有两门规定的主干课程成绩总分不低于5分（分数标准与达累斯萨拉姆大学一样），或者两门主干课程在历次考试中至少达到 C 级。达到下面两个条件之一者也可申请入学：其一是申请人拥有本大学认可的二级水平5门课程以上的证书；其二是申请人年满25岁，至少通过了5门规定课程的考试，并获得3个积点（学分），其中包括英语，还应有初中文凭。如果申请人曾进入高中学习，必须在离开高中5年后方可提出进入圣奥古斯丁大学学习的申请，他们必须有4年以上的相关工作经历。这样的申请人还必须准备参加特殊的技能测试。对于来自 8 - 4 - 4 学制国家的申请人，该校规定他们必须在自己的母国的大学至少完成一年学业后方可提出申请。①

从以上的入学条件看，达累斯萨拉姆大学的入学条件最高，索考伊农业大学次之，圣·奥古斯丁大学最低。圣·奥古斯丁大学甚至招收仅有3个积点的25岁以上的学生。达累斯萨拉姆大学在20世纪70年代教育质量下滑时曾招生过3个积点的学生。圣奥古斯丁大学的入学条件大致反映出私立大学的生源状况，一些高中没有毕业或没有读过高中的学生也可申请入学。

达累斯萨拉姆大学虽然入学门槛较高，但仍受到学生们的追捧。在1999年以前，入学申请者只有约 1/3 的人获得批准（见下表）。高等教育在坦桑尼亚始终属于高度精英化教育。坦桑尼亚同年龄段人群中接受大学教育的比例为 0.27%，同比肯尼亚为 1.47%，而乌干达为 1.33%。② 影响学生入学的主要因素有入学标准太复杂以至于不能光看学生中学的现实成绩，还有令人质

①　St Augustine University of Tanzania, *Prospectus* 2006/2007. p. 19.

②　Johnson M. Ishengoma, *Cost Sharing and Participation in Higher Education in Sub Saharan Africa: The Case of Tanzania*. Paris, December, 2004. p. 6. University of Dar es Salaam, *Minutes of the* 149th *Meeting of the University Council Held on March* 8th 2002. pp. 17.

疑的等级体系，学校教室和学生宿舍的缺少，以及政府、学生家庭和赞助者对教育投入不够。针对边远地区的招生优惠政策被取消以后，乡村地区学生的入学申请大幅下挫。1995 年以来政府采取一系列积极的措施，高等院校学生入学率逐步得到提高。与此同时，随着中学数量和高中毕业生数量的不断增加，国内高等院校的生源也在不断扩展。招生形势开始好转，1999/2000 年全国大学生平均入学批准率上升到了 52%。

表 6 - 2 - 1   达累斯萨拉姆大学大学生最低入学资格
申请的比例（1989/1990 ~ 2003/2004）[1]

学年	申请人数	批准人数	批准率（%）
1989/1990	2578	1037	40.2
1990/1991	2850	994	34.8
1991/1992	2644	1081	40.8
1992/1993	3407	973	28.5
1993/1994	3711	1097	29.5
1994/1995	3058	1105	36.1
1995/1996	3800	1300	34.2
1996/1997	4100	1339	32.6
1997/1998	4233	1607	38.0
1998/1999	4992	1805	36.1
1999/2000	5132	2457	47.8
2000/2001	缺数据	3000	缺数据

[1] Johnson M. Ishengoma, *Cost Sharing and Participation in Higher Education in Sub Saharan Africa: The Case of Tanzania.* Paris, December, 2004. Table 2. 该表的数据可能有出入。从统计数据看，该表中的"达累斯萨拉姆大学"包括达累斯萨拉姆大学校本部、穆希姆比利医学院和土木建筑研究学院三所院校。

学年	申请人数	批准人数	批准率（%）
2001/2002	缺数据	2950	缺数据
2002/2003	缺数据	3531	缺数据
2003/2004	8000	2555①	32.0

资料来源：University of Dar es Salaam, *Admissions Office.* May 2003。

　　表 6 - 2 - 1 的数据揭示出达累斯萨拉姆大学入学申请的低批准率。相对于申请率，入学率在下降和适度增长之间摆动。事实上，如果我们假定达累斯萨拉姆大学在 2003/2004 年没有招收自费生，入学批准率将降低至 27.6%，从 2002/2003 学年的 3531 人降到 2003/2004 学年的 2555 人。与此同时，高中毕业生以最低和最高入学资格进入达累斯萨拉姆大学和其他公立大学的人数从 1991 年的 4148 人增加到 2001 年的 8773 人，增长 111.4%。

　　在 2001～2005 年，达累斯萨拉姆大学所接受的入学申请者数量一直都在增加。这种趋势表现在表格 6 - 2 - 2 中。2001/2002 年度，在 5276 名申请者中，有 2886 人被录取了，大约占申请者总数的 54.7%。2005/2006 年度，申请者的数量是 12619 人，只有 4798 人被录取了，大约占所有申请人的 38%。这表明入学需求的增长超过了大学的容纳能力。另一方面，达累斯萨拉姆大学所招收的女学生所占的百分数也是每年都在增长，从 2001/2002 年的 25% 增加到了 2005/2006 年的 32%。②

---

　　①　这是投考者人数，他们被政府直接下达给达累斯萨拉姆大学招生计划所接受，但该校按政府主管部门下达的计划所承认的投考者没有超过 2555 人。2003/2004 年该校的自费生投考人数数据无法得到。

　　②　USDM, *Facts and Figures* 2005/2006. UDSM, July 2006. p. 61.

表 6 – 2 – 2 达累斯萨拉姆大学入学申请与录取统计①

校区	2001/2002		2002/2003		2003/2004		2004/2005		2005/2006	
	申请	录取	申请	录取	申请	录取	申请	录取	申请	录取
校本部	4233	2333	5333	2857	4800	2410	4941	4450	11833	3925
穆希姆比利医学院	556	307	366	410	597	316	490	325	461	323
土木建筑研究学院	487	246	472	244	487	773	773	264	252	328
合计	5276	2886	6171	3511	5884	3499	6204	5039	12546	4576

总的说来，随着持有"A"级（高中毕业）证书的学生不断增加，大学的生源扩大了，生源质量也在提高。在达累斯萨拉姆大学，1991 年"A"级考生是 5032 人，1995 年上升到 6867 人，1998 年上升到 9593 人。1999 年，超过 6000 名学生获得一至三级高级证书，同时有 2310 人获得第一级和第二级证书，达累斯萨拉姆大学的 3 个校区一共招收了 2000 名新生。②

达累斯萨拉姆大学各专业的入学申请人数和批准比例也有所不同。1995/1996 学年，达累斯萨拉姆大学的商学、电子学、医学、护理学、制药学等本科专业入学申请的批准率仅有 10% 左右。③

公立大专院校和私立大学的入学率加起来仍然非常低。例如，在 2001/2002 学年，15 所公立大专院校仅招收了 2475 名学生，11 所私立大学和学院招收了 787 名学生。大量申请入学的学生不能入学。这意味着在成本分担政策并没有增加学生接受高

① USDM, *Facts And Figures* 2005/2006. UDSM, July 2006. p. 58.

② Brian Cooksey & Daniel Mkude, *Higher Education in Tanzania*: *A Case Study-Economic*, *Political and Education Sector Transformations*. 2003.

③ MSTHE, *Higher and Technical Education Sub-Master Plan* (2003 ~ 2018). Vol. II, 2004. p. 49.

等教育的机会。表 6 - 2 - 3 显示了 1992/1993 ~ 2001/2002 学年
达累斯萨拉姆大学和其他公立大学在读大学生人数变动情况。

表 6 - 2 - 3　　　1992/1993 ~ 2001/2002 学年达累斯萨拉姆
大学和其他公立大学在校大学生人数①

学年	达累斯萨拉姆大学②	其他公立院校
1992/1993	2992	缺数据
1993/1994	2968	缺数据
1994/1995	3869	缺数据
1995/1996	4308	3996
1996/1997	4519	4851
1997/1998	4920	5853
1998/1999	5221	6848
1999/2000	6073	6592
2000/2001	6674	7313
2001/2002	7801	7246

资料来源：United Republic of Tanzania, *Financial Sustainability of Higher Education in Tanzania*. Dar es Salaam, 1998. p. 24; United Republic of Tanzania, *Some Basic Statistics on Higher Learning Institutions in Tanzania 1997/1998 ~ 2001/2002*. Dar es Salaam, 2002. pp. 1 - 6.

————————

① Johnson M. Ishengoma, *Cost Sharing and Participation in Higher Education in Sub Saharan Africa: The Case of Tanzania*. Paris, December, 2004. (http://portal. unesco. org/ education/en/file _ download. php/9f9e36e4f6d024d6ab6c981a3c08c75bColloquium ＋ － ＋ December ＋04 ＋ － ＋Ishengoma. doc.)

② Johnson M. Ishengoma 在表 6 - 2 - 3 所列达累斯萨拉姆大学在校大学生人数可能有误。从统计数据看，该表中的"达累斯萨拉姆大学"包括达累斯萨拉姆大学校本部、穆希姆比利医学院和土木建筑研究学院。参见 Brian Cooksey & Daniel Mkude, *Higher Education in Tanzania: A Case Study*. Oct. , 2001. Table 6, Table 11。

坦桑尼亚高教和科技部统计，2001/2002 年，达累斯萨拉姆大学校本部各种学历、证书在校生共计 6117 人，2005/2006 年为 15081 人。参见 MHEST, *Basic Statistics on Higher Education, Science and Technology 2001/2002 ~ 2005/2006*. Dar es Salaam, 2006. pp1, 158。

从表 6 - 2 - 3 看，达累斯萨拉姆大学在校生人数从 1992/1993 学年的 2992 人增长至 2001/2002 学年的 7801 人。虽然该校学生入学人数增长了 1.6 倍，考虑到这是 10 年的增长，因此高等教育规模的增长并不显著。实际上，2001/2002 学年入学的 7801 名学生只占坦桑尼亚大陆地区人口的 0.02%，2001/2002 学年达累斯萨拉姆大学全部入学人数加上其他公立大学全部入学人数（7246 名学生）也只占全国总人口数的 0.04%。

2004 年以来，一些私立大学（如坦桑尼亚圣·奥古斯丁大学）的在校大学生数量有很大提高，办学效能随之也得到提高。

表 6 - 2 - 4　坦桑尼亚圣·奥古斯丁大学在校生情况（2001/2002 - 2005/2006 年）[1]

专业	2001/2002			2002/2003			2003/2004			2004/2005			2005/2006		
	女	男	总计	女	男	总计	女	男	总计	女	男	总计	女	男	总计
文学硕士（大众传媒方向）													2	4	6
文学学士（大众传媒）	66	37	103	66	37	103	66	49	321	94	74	168	0	0	0
文学学士（工商管理）	16	40	56	16	40	56	44	49	205	54	99	153	104	250	354
文学学士（经济类）										5	8	13	16	46	62
工商管理学士（夜校）										3	10	13	0	0	0
工商管理学士													8	26	34
文学学士（大众传媒方向，BAMC）													188	218	406

① MHEST, *Basic Statistics on Higher Education, Science and Technology* (2001/2002 - 2005/2006). Dar es Salaam, 2006. p. 55.

续表

专业	2001/2002			2002/2003			2003/2004			2004/2005			2005/2006		
	女	男	总计	女	男	总计	女	男	总计	女	男	总计	女	男	总计
采购和后勤高级证书（ADPL）													7	9	16
ALP 高级证书													1	2	3
AP 高级证书													11	13	24
新闻学高级证书	34	39	73	34	40	74	40	42	526	37	34	71	22	21	43
材料管理高级证书	2	4	6	2	4	6	2	5	19	4	8	12	0	0	0
高级证书（会计）	39	51	90	39	51	90	42	60	282	45	80	125	72	172	244
证书（会计）	17	8	25	17	8	25	16	21	301	12	31	43	36	35	71
证书（医院管理）	8	3	11	8	3	11	0	3	25	3	4	7	3	2	5
证书（新闻和媒介）	22	18	40	22	18	40	19	15	114	18	7	25	13	17	30
后勤保障管理证书（CLSM）										1	1	2	2	4	6
AMP（会计证书，平行专业）													18	22	40
总计	204	200	404	204	201	405	229	244	139	276	356	632	503	841	1344

　　大体上说，在公立高等学校就读的大学生占坦桑尼亚在校大学生的4/5以上。以2004/2005年为例，公立大专院校的在校大学生人数有42678人，私立院校在校学生仅有3554人。而且，学生的集中度很高，公立的达累斯萨拉姆大学、坦桑尼亚开放大学两所大学就有25089名在校学生；私立的坦桑尼亚圣·奥古斯丁大学、图迈尼大学伊瑞伽学院、桑给巴尔大学在校学生有

1840 名。①

在坦桑尼亚，中学生要进入高等院校学习，除了受到父母亲职业、经济收入和受教育程度的影响外，还受到学生家庭宗教信仰、家庭所在地的文化传统等诸多因素的影响（详见第七章第一节）。达累斯萨拉姆大学 2003 年的调查报告表明，大学生的宗教信仰与高等教育的入学率也有某种关联。

表 6 - 2 - 5　　　　达累斯萨拉姆大学招生计划和学生宗教信仰

单位：人；%

院系	基督教徒	穆斯林	其他	总计
	人数比例%	人数比例%	人数比例%	人数比例%
医学	177（85）	30（14.5）	1（0.5）	208（100）
计算机科学	147（82.6）	28（15.7）	3（1.7）	178（100）
艺术和社会科学	658（82.6）	93（12.4）	0（0）	751（100）
商学	385（85.4）	65（14.4）	1（0.2）	451（100）
教育学	164（94.3）	10（5.7）	0（0）	174（100）
工程学	599（90.3）	63（9.5）	1（0.2）	663（100）
法学	284（86.3）	44（13.4）	1（0.3）	329（100）
总计	2414（87.6）	333（12.1）	7（0.3）	2754（100）

资料来源：达累斯萨拉姆大学行政办公室调查报告，2003 年 1～5 月。

注：被调查人数为 2754 人。

表 6 - 2 - 5 的数据揭示了占坦桑尼亚大陆地区总人口 45% 的基督教徒，在达累斯萨拉姆大学 7 个被调查专业中占 82.6% 至 94.3% 不等，而穆斯林（在坦桑尼亚大陆地区占 35%，在桑给巴尔和奔巴岛超过 99%），占 5.7% 至 15.7% 不等。整体上看，基督教徒占 87.6%，而穆斯林占 12.1%。以上的调查结果揭示了进入达累斯萨拉姆大学和其他公立和私立高等院校读书的

---

① The Higher Education Accreditation Council, *Guide to Higher Education in Tanzania* (2005). Third Edition, Der es Salaam, 2005. pp. 140 – 141.

机会在宗教上是不平等的。基督教徒显然有更多的受教育机会。这一现象有着一定的历史根源。

二、高校学生的学业水平

由于缺乏私立院校学生的学业水平资料，我们无法就公立和私立院校学生的学业水平做比较研究。表 6－2－6 提供了达累斯萨拉姆大学的学生表现出来的学业水平，提供了大学生在参加达累斯萨拉姆大学的考试之后，能进入下一年学习的学生的百分比。值得注意的是，进入下一年学习的学生的百分比从 2002/2003 的 91% 左右小幅度提升到 2003/2004 的 92% 以上。而 2004/2005 学年还缺乏可信的统计数据。

表 6－2－6　　达累斯萨拉姆大学大学生的考试表现①

	学年	参考者	通过	缓考	重考	延期	不完全通过	留级	缺考/中止	作弊	进入下一年学习的学生	休学	除名	中止
校本部	2000/2001	5601	3921	1580	70	70	2	8	109	9	5140	0	59	5
	2001/2002	6356	4292	1562	74	58	0	6	264	99	5786	0	4	14
	2002/2003	7458	4946	1830	66	69	100	68	310	90	6784	0	25	14
	2003/2004	8350	5850	2200	50	40	80	45	150	70	7700	0	18	6
医学院	2000/2001	682	440	213	1	7	0	0	40	1	645	0	0	1
	2001/2002	872	608	191	1	5	0	0	47	0	828	0	0	0
	2002/2003	934	627	256	0	3	2	12	13	6	791	130	0	2

① USDM, *Facts and Figures* 2005/2006. UDSM, July 2006, pp. 15, 65.

续表

	学年	参考者	通过	缓考	重考	延期	不完全通过	留级	缺考/中止	作弊	进入下一年学习的学生	休学	除名	中止
医学院	2003/2004	1054	709	301	0	4	3	13	20	7	964	0	0	2
	2004/2005	872	608	191	1	5	0	0	47	0	828	0	0	0
土木建筑学院	2000/2001	684	260	115	4	6	2	0	7	0	677			
	2001/2002	720	506	187	11	5	8	0	15	31	691			
	2002/2003	866	626	157	4	5	1	0	18	56	747			
	2003/2004	914	680	149	33	8	16	0	7	18	905			

从表 6 - 2 - 6 的统计来看，达累斯萨拉姆大学各校区大学生考试一次通过率一般在 70% 左右。这使 30% 左右的学生在大学读书时间要在 4 年以上。大批学生的延期毕业，使大学的办学效能受到很大影响。值得注意的是，土木建筑学院的学生考试一次通过率，从 2000/2001 年的 38% 提高到 2003/2004 年的 74.4%，提高很快。

表 6 - 2 - 7 反映了达累斯萨拉姆大学各校区的大学毕业生人数变化，从 2000/2001 年 2048 名毕业生增加到 2004/2005 年的 3366 人。女生在所有招收学生中所占的平均比例数，从 2000/2001 年的 30% 增加到 2004/2005 年的 32%。

表 6－2－7　　　　达累斯萨拉姆大学各校区毕业大学生人数①

学院	性别	2000/2001	2001/2002	2002/2003	2003/2004	2004/2005
	女性	374	421	529	574	821
校本部	男性	916	1050	1169	1471	1503
	小计	1290	1471	1698	2018	2324
	女性	99	118	143	136	135
医学院	男性	354	378	386	421	520
	小计	486	426	463	502	624
土木建筑	女性	132	48	77	81	104
研究学院	男性	354	378	386	421	520
	小计	486	426	463	502	624
	女性	605	587	749	764	1060
合计（不完全）	男性	1443	1677	1780	2172	2306
	总计	2048	2246	2529	2936	3366
女生比例（%）		30	26	30	26	32

第三节　高校毕业生就业

一、大学生就业

1986～2000 年的经济自由化导致了城乡经济迅速地"私营化"。据估计，私营经济部门雇用了 60% 的非农业劳动力，非公有制的制造业、商业和个人服务业创造的价值超过公有制部门。

《劳动力透视》（*The Labour Force Survey*）的作者发现，42%的高校毕业生在政府部门工作，担任公务员，23% 的人在半官方

---

① USDM, *Facts and Figures*（2005/2006）. pp. 66－67.

的公司工作，35％的人在私营部门工作。裁减公务员，半国营企业的私有化和关闭以及私营企业投资的不断增长，导致上述比例发生急剧变化。

失业率的估计人数相差甚大。坦桑尼亚政府《就业新政策（1995年）》提到，1994年前后总的失业率达到13％。在城市地区，15～19岁年龄组的失业率接近40％。政府部门不再雇用中学生，加上国营经济的持续低增长，导致受过中学以上教育人群失业率的增长。[①]

坦桑尼亚各种所有制部门工作人员的收入差异对大学生就业有很大影响。1988年，在私营部门工作的工资收入超过在公有部门工作的工资平均工资6倍以上。1995年，男性职工在政府部门所挣的工资比在私营部门工作的工资平均高20％，女性职工在政府部门所挣的工资比在私营部门工作的工资高50％以上。半官方部门的工资又比政府部门的高。[②]但到1998/1999年，私营部门、半官方部门和外国企业的工资又大大超过政府部门（见表6-3-1）。

表6-3-1　　坦桑尼亚不同部门职工月薪税后收入差异
　　　　　　（1998/1999年，先令）[③]

部门性质	平均数	标准差（STD）	与政府部门的薪差＊
政府（公立）	109351	238634	
私营（本国）	158362	197108	1.50
半官方	238688	218061	2.20

①　Brian Cooksey & Daniel Mkude, *Higher Education in Tanzania*: *A Case Study*. *Chapt.* 4. pp. 58 - 59, 106 - 107.

②　Ibid.

③　Ministry of Education and Culture（URT）, *Education Sector Country Status Report*（*Tanzania*）. Feb., 2001. p. 75, Table 6.17.

续表

部门性质	平均数	标准差（STD）	与政府部门的薪差＊
外国（国际）	407579	152262	3.70
其他外国私营	217550	184724	1.98
平均标准	175874	151684	1.60

资料来源：*Education Status Report Survey* 2000.

　　从上表可以看出，本国的私营单位职员的薪水比政府部门职员的薪水要高得多，前者每月税后收入平均是 158362 先令；半官方的单位职员月薪比官方的和本国私营的单位及外国私营企业的职员的月薪都要高，其每月工资税后收入平均是 238688 先令；跨国大公司、大企业的员工月薪收入是最高的，其税后月收入平均达到 407579 先令，而且其工资收入的标准差较低，仅有 184724 先令。从工资收入的标准差来看，政府部门和半官方部门职员收入的高低差异较大，这说明这些部门单位和岗位的福利待遇对职工收入水平影响很大。这对大学生的就业选择有很大的影响。

　　达累斯萨拉姆市是大学毕业生的主要就业地区。1985 年在达累斯萨拉姆工作的达累斯萨拉姆大学工程学院当年毕业生的比例为 57％；1995 年，有 55％ 的工程学院毕业生在达累斯萨拉姆工作。[①]有数据表明，在 1998/1999 年前后，相同学历的人在城市或乡村工作所得到的报酬是不一样的，在城市工作的人工资要高 40％；而在相同地方工作的男女月薪差异不大，男性高 10％ 左右（见表 6－3－2）。正因为如此，坦桑尼亚的大学毕业生一般不愿到乡村工作。

――――――――――

　　① USDM, *Faculty of Engineering* (1989, 1995). 引自 Brian Cooksey & Daniel Mkude, *Higher Education in Tanzania: A Case Study*. 2001. Box. 2, Box. 3.

表 6 - 3 - 2　　　　坦桑尼亚城乡工作月薪差异
　　　　　　　　　　　（税后收入，先令）①

选定组	平均数	标准差
城市	194563	486926
乡村	134972	130126
男性	199052	506387
女性	181341	279659
所有人		433926

资料来源：*Education Status Report Survey* 2000.

　　根据达累斯萨拉姆大学工程学院（FoE）的毕业生跟踪调查，1977 年至 1980 年，84% 的毕业生为政府部门工作，16% 的毕业生到私营部门工作；1992～1994 年，到政府部门工作的毕业生比例降为 64%，到私营部门工作的毕业生比例升至 36%。1977～1980 年，75% 毕业生在进入工程系前认为他们的教育背景"足够了"；1992～1994 年只有 55% 的人认为其教育背景足够了。1977～1980 年，有 50% 的毕业生获得第一学位或二个学位，1992～1994 年，只有 31% 的毕业生获得第一学位或二个学位。这说明工程学院的毕业生水平在这个时期下降了。②

　　2002～2003 年，达累斯萨拉姆大学对本校各院系近年来的毕业生作了抽样问卷调查。在人文和社会科学学院 1400 名毕业生中有 1133 人作了回答；240 个雇用单位（180 个单位在达累斯萨拉姆周边地区，60 个在城区）中有 161 个单位回答了问卷。

　　①　Ministry of Education and Culture （URT），*Education Sector Country Status Report* （*Tanzania*）. Feb.，2001. p. 74，Table 6. 16. 接受调查的人男性 1051 人（占调查总人数的 60. 3%），女性 692 人（39. 7%）。

　　②　Brian Cooksey & Daniel Mkude，*Higher Education in Tanzania：A Case Study*. Chapt. 4. pp. 58－59，106－107.

在 161 个单位中，政府机构占大多数，其中培训机构占 34%，服务机构和公共机关分别占到了被调查雇主的 28% 和 16%。调查结果显示，所有被调查的机构中，有超过 40% 的机构雇佣了 1~10 名不等的达累斯萨拉姆大学人文和社会科学学院毕业生；大约 45% 的单位和机构不支持雇佣职员性别平衡，加上拒绝此项回答者共有 53% 的单位不支持男女平等雇佣，而更愿意雇佣男生；有 56% 的雇主认为毕业生所研究的领域对毕业生应聘工作来说非常重要，有 51% 的雇主认为毕业生主修课程或专业对应聘来说起着重要的作用；有 40% 的雇主认为大学里的考试成绩不是很重要，因为工作环境是和大学里的考试环境非常不相同的；有 41% 的雇主（在这方面没做回答的雇主排除掉以后）认为，毕业生书面表达能力是非常重要的，55% 雇主认为英语的熟练程度对于毕业生的应聘来说是非常非常重要的，而电脑的熟练程度并不是至关重要的因素。这或许是因为电脑并没有在坦桑尼亚国内广泛推广。调查报告表明，人文和社会科学学院毕业生工作与自己所学专业完全吻合的仅有 26%，只有 12% 的毕业生认为学以致用，21% 的毕业生对工作感到满意。根据调查，一定数量的毕业生成为了个体户，因为他们没有在正规部门中找到工作。个体户是那些没能被正式部门雇用的毕业生的选择。①

另有调查资料表明，大学毕业生工作收入的高低，与其所学专业的关系有所变化。1990 年，世界银行的研究报告表明，坦桑尼亚大学生工作收入并不主要归因于个人特点，如父母亲教育或者性别的原因。教育和学术成就能获得更多的收入。大学生所

---

① Edited by Daniel J. Mkude&Abel G. Ishumi, Tracer Studies in a Quest for Academic Improvement (The Process and Results of a University — Wide Tracer Study Project Conducted in 2002~2003). Dar es Salaam University Press, 2004. pp. 26–42.

学专业与他们的工资水平没有紧密的联系，社会最缺乏的医药和工程技术人才也不比其他专业的大学生所挣多得多。[1]但在1998年以后，大学不同专业毕业生的月薪差距开始拉大，工程学、商学专业的毕业生工资要高很多。收入最高的商学专业毕业生与收入最低的教育（文科）专业的毕业生的工资比是2.01∶1（见表6-3-3）。

表6-3-3　　　　　　1998/1999年学位和证书获得者
扣税后的月薪（先令）[2]

专业	平均数	标准差（STD）	人数（n）	差*
工程学	277445	208239	113	1.82
医学	213411	528921	197	1.40
教育（文科）	152054	156519	174	1.00
商学	305459	282165	149	2.01
法律	234537	188707	154	1.54
文科	262632	211380	189	1.73
理科	233988	190091	46	1.54
教育（理科）	180401	183404	145	1.19
农业	257153	252844	69	1.69
其他	192207	114826	42	1.26
没学位	150233	842854	317	—

＊这是指与收入最低的"教育（文科）"专业毕业生的月薪差。

资料来源：*Education Status Report Survey* 2000.

---

① C. J. Galabawa, *Implementing Educational Policies in Tanzania.* （World Bank Discussion Papers, No. 86, Africa Technical Department Series.）Washington, D. C. 1990. p. 26.

② Ministry of Education and Culture（URT）, *Education Sector Country Status Report*（*Tanzania*）. Feb., 2001. p. 77, Table 6. 19.

二、教育的个人回报率和社会回报率

教育的个人回报率和社会回报率对于大学生就业也有影响。在相当长的时期，坦桑尼亚教育的个人回报率和社会回报率不相一致，教育回报率呈倒挂现象。1963 年到 1979 年间，小学生的社会回报率要比其他教育水平的学生高。在此期间，各级教育的社会回报率分别是小学为 0.55、中学为 0.18、大学为 -0.35。[①]

1995 年，坦桑尼亚男性中学毕业生月薪是无学历男性的 3 倍，而女性中学毕业生的月薪则是没有受过教育女性的 9 倍。男性高中肄业生和毕业生每月分别挣 7763 塔先令（合 9.70 美元）和 12048 先令（合 15.06 美元），而女性高中肄业生和毕业生平均月收入 7390 先令（合 9.24 美元）和 18141 先令（合 22.68 美元）。以上男生、女生的收入还不包括一些未公开的收入（常常是实物）。[②] 对于中学毕业的男生和女生来说，每年的教育回报率分别是 9.9% 和 11.4%，女性高于男性。然而，由于公众对大学教育的高投入，导致了耐人寻味的负的社会回报率，负值达 -5.7%。相比之下，撒哈拉以南非洲其他国家的高等教育社会回报率平均是 2.8%。这意味着就学生个人而言，高等教育的经济成本远远高于它所产生的纯经济效益。这个令人吃惊的结论一直到 2000 年（《劳动力概况》，2000）仍被学者们所争论。[③]

---

① C. J. Galabawa, *Implementing Educational Policies in Tanzania.* (World Bank Discussion Papers, No. 86, Africa Technical Department Series.) Washington, D. C. 1990. p. 26.

② Brian Cooksey & Daniel Mkude, *Higher Education in Tanzania: A Case Study. Chapt.* 4. pp. 58 - 59, 106 - 107.

③ A. Dar, *Labour Markets in Tanzania.* Poverty and Social Policy Department. Washington, DC, World Bank, 1995. pp. 14 - 17. 引自 Brian Cooksey & Daniel Mkude, *Higher Education in Tanzania: A Case Study. Chapt.* 4. pp. 106 - 107.

表 6 - 3 - 4　　　　坦桑尼亚个人和社会对教育和
培训的年回报率（1996 年）①

群体	学历教育			培训	
	小学	中学	大学	脱产	在职
个人总回报率(%) 统计人数	3.6 (2113)	6.9 (609)	9.0 (41)	19.4 (819)	35.2 (514)
男性	1.9 (1612)	6.6 (360)	9.9 (28)	17.8 (523)	33.0 (416)
女性	10.8 (501)	9.0 (249)	11.4 (13)	20.2 (291)	35.0 (98)
社会总回报率(%)	3.6	1.5	0.0	0.0	—

资料来源：World Bank, "*Post-Primary Education and Training in Tanzania: Investments, Returens and Future Opportunities*". mimeo. 1996.

从表 6 - 3 - 4 可以看出，大学生的社会回报率低于小学生和中学生，但他们工作的个人回报率超过中学和小学；职工接受培训所得到的个人回报率是最高的，远远超过大学毕业生的回报率。各级学校毕业生工作收入、社会回报率和个人回报率详细状况，还从表 6 - 3 - 5 和表 6 - 3 - 6 反映出来。坦桑尼亚政府长期重视小学教育，与小学社会回报率高不无关系。

表 6 - 3 - 5　　　坦桑尼亚职工的平均月薪收入（税后）与
受教育程度的情况（1998/1999 年，先令）②

学历水平	平均数	标准差	中间值	峰态	与小学生差别
小学	93193	441775	49758	246.65	—
初中（O）	108083	264952	67712	207.88	1.16

①　Ministry of Education and Culture (URT), *Education Sector Country Status Report* (*Tanzania*). Feb., 2001. p.71, Table 6.14. (http://www.moe.go.tz/pdf/Educ.%20Sector%20Country%20Status%20Report.pdf.)

②　同上。

续表

学历水平	平均数	标准差	中间值	峰态	与小学生差别
高中（A）	116 955	91 705	98000	17. 345	1. 25
证书	144417	131855	90500	18. 097	1. 55
学士学位	211349	184647	160000	29. 176	2. 27
硕士	261923	159415	234508	− 0. 039	2. 81
博士	464368	246546	534365	− 1. 460	4. 98

资料来源：*Education Status Report Survey* 2000.

表 6 - 3 - 6　　　　　　　　**坦桑尼亚学生的教育回报**
（1998/1999），（先令）①

教育水平	收入高	收入低	个人成本	社会成本	社会回报	个人回报
小学	93193	35000	48000	91696	14%	10%
中学	112450	93193	152007	307954	9%	16%
高教/大学	211349	112450	313525	3675863	8%	23%

　　到 2000 年，这种情形有了很大改变，大学生工作的个人回报率开始超过了职业教育和培训，学历越高的人得到的个人回报（收入）也越高。据世界银行 2000 年的调查，坦桑尼亚受过初等、中等、高等教育的人的工资水平比例为 1:2:4。②大学毕业生的收入比中学毕业生高一倍。所以，有越来越多的坦桑尼亚青年希望进入大学学习。

---

　　① Ministry of Education and Culture（URT），*Education Sector Country Status Report*（*Tanzania*）. Feb.，2001. p. 81，Table 6. 23.

　　② World Bank，*Higher Education in Developing Countries*. Washington，D. C.，2000.

　　MSTHE，*Higher and Technical Education Sub-Master Plan*（2003～2018）. Vol. II，Dar es Salaam，2004. p. 31.

表 6 - 3 - 7　　　　坦桑尼亚教育的回报率（2000 年）①

受教育程度	没有负担的费用（%）	个人回报率（%）	社会回报率（%）
小学毕业	9.4	6.2	4.8
初中（O 级）	10.9	—	—
高中（A 级）	9.8	—	—
初中和高中	6.3	4.8	2.2
大学	21.0	21.0	1.8
在职	9.9	—	—
脱产职业教育和培训	8.0	4.6	3.3
第三级培训	2.8	2.8	0.3

资料来源：Van Der Werf, "*The Value of Technical Education：A Cost/Benefit Analysis of Technical Education and other Subjects of Education Tanzania*" mimeo, Dar es Salaam, ESRF/Eindhoven University, 2000.

①　Ministry of Education and Culture（URT），*Education Sector Country Status Report*（*Tanzania*）. Feb. , 2001. p. 73，Table 6. 15.

第七章

高等教育发展政策研究

第一节　高等教育成本分担政策[①]

一、高等教育成本分担政策的起源

在坦噶尼喀独立后的最初 7 年里（1961 年 12 月～1967 年），保留了从殖民统治中继承而来的自由市场经济。高等教育成本分担以各种名义在实践中存在。从 1961 年独立之后到 1964 年，在各高校学习的学生仍需支付自己的学费，但来自贫困家庭的学生能得到政府的助学金。这一助学金其实是变相的比例还款型助学贷款，其还款方式是通过毕业生被保证聘用至公务部门和其他公共部门后从每月的薪水中扣除。坦桑尼亚学者 J. C. 盖拉巴瓦（J. C. Galabawa）指出，20 世纪 60～70 年代坦桑尼亚有学生周期性贷款计划，毕业生工作以后的 18 个月中扣除月薪归还免利息的贷款，但由于缺乏监管和信用机制而告失败。[②]

1967 年，新经济和教育政策《阿鲁沙宣言》公布，坦桑尼

---

① 本节主要根据以下研究报告写成：Johnson M. Ishengoma, *Cost Sharing and Participation in Higher Education in Sub Saharan Africa：The Case of Tanzania*. Paris, December, 2004. （http：//portal. unesco. org/education/en/file ＿ download. php/9f9e36e4f6d024d6ab6c981a3c08c75bColloquium ＋ - ＋ December ＋ 04 ＋ - ＋ Ishengoma. doc.） 本章未注明出处的表格均引自以上研究报告。

② Justinian C. Galabawa, "*Funding, Selected Issues and Trends in Tanzania Higher Education*", *Higher Education* 21, p. 54. 引自 Johnson M. Ishengoma, *Cost Sharing and Participation in Higher Education in Sub Saharan Africa：The Case of Tanzania*.

亚教育政策发生根本转变。根据《阿鲁沙宣言》的原则，对类似于教育这样稀缺资源的使用应该以这样一种方式去规范和控制，即所有的坦桑尼亚人，无论他的社会经济地位、种族血统、宗教信仰或者性别如何，都有机会获得这样的资源。在《阿鲁沙宣言》所述的原则中，政府制定了以平等主义为本的教育政策，在进入公立中学的选拔中引入配额制度，以均衡不同种族、区域、宗教、社会和性别的群体获得教育的机会。根据这个政策，政府废除了各级公立学校学费的收取。

1974 年，也就是《阿鲁沙宣言》颁布后的第七年，坦桑尼亚政府废弃了助学金制度，开始支付全部高等教育费用，而大学生承诺毕业后在公共部门工作满两年，以此来回报国家。80 年代后期，由于经济危机，政府对教育部门的财政支持减少，坦桑尼亚政府在国际货币基金组织和世界银行的资助下，实施"结构调整方案（SAPS）"，进行广泛的经济和社会改革，重新实施高等教育费用分担政策。政府在 1988 年首次采纳高等教育成本分担政策，但由于政治原因，该项政策在举行大选后的两年，即 1992 年 1 月才正式公布、实行。在实行"免费"高等教育 24 年（1967 ~ 1991 年）后，坦桑尼亚政府决定实行教育成本分担政策。

实际上，坦桑尼亚政府实行教育成本分担政策是借鉴了美国学者的理论。美国纽约州立大学教授布鲁斯·约翰斯通（Bruce D. Johnstone）在 1986 年提出了"高等教育成本分担"理论，他把高等教育费用分担政策定义为："将完全或主要由政府或者纳税人负担的高等教育成本进行转移，部分分担给学生及其家长。"约翰斯通确定了发达国家和转型期国家所采取的高等教育成本分担的各种形式，包括：

① 以往免费的公立高等教育开始收费；

② 已收费的公立高等教育大幅增加学费；

③ 对过去补助的食宿进行收费；

④ 减少学生助学金或奖学金；

⑤ 增加学生贷款；

⑥ 官方在一些没有私立高教的地区鼓励收费的私立高等教育院校的设立，以满足不断增加的高教需求。[①]

坦桑尼亚高等教育成本分担采取的主要是第①、③和⑥种形式。

坦桑尼亚圣·奥古斯丁大学的 Johnson M. Ishengoma 博士于 2003 年 1 月至 5 月在坦桑尼亚的主要公立大学——达累斯萨拉姆大学研究了高等教育成本分担问题，写成博士学位论文。他主要利用如下一些指标来关注政府通过分摊成本，达到扩大高等教育的入学率这一主要目标：报名率和入学率；大学生招生总数；达累斯萨拉姆大学自费生的入学人数；私立大学和学院的入学总人数；学生的社会经济地位和宗教信仰决定高教政策的费用分担是否像所期望的那样真正扩大坦桑尼亚各阶层接受高教的机会。[②]

---

　　① 　D. Bruce Johnstone, (2001) *"Response to Austerity: The Imperatives and Limitations of Revenue Diversification in Higher Education,"* Paper presented at Lee Hysan Lecture at the Chinese University of Hong Kong, May 15th.

　　Johnstone, Bruce D and Preeti Shroff-Mehta (2000) *"Higher Education Finance and Accessibility: An International Examination of Tuition and Financial Assistance Policies,"* New York: State University of New York at Buffalo, Centre for Comparative and Global Studies in Education.

　　Bruce D. Johnstone, (2004) *"The Economics and Politics of Cost Sharing in Higher Education: Comparative Perspectives,"* Economics of Education Review, 2004.

　　D. Bruce Johnstone, *Economics Financing of Higher Education.* (《高等教育财政：问题与出路》，沈红、李红桃译，人民教育出版社 2004 年版。)

　　Kisembo, Patrick (2003) "UDSM Cut Down Tuition Costs."

　　(http://www.ippmedia.com/observer/2003/11/30/observer4.asp accessed 11/30/2003.)

　　② 　Johnson M. Ishengoma, *Cost Sharing and Participation in Higher Education in Sub Saharan Africa: The Case of Tanzania.* Paris, December, 2004.

二、高等教育成本分担政策的实施

坦桑尼亚政府最初于 1988 年在高等教育中采取成本分担政策，部分原因是国际货币基金组织和世界银行所赞助的结构调整项目引起广泛的社会经济改革，更主要的原因则是由于政府对公立高等教育投资资金的匮乏。但出于政治上的考虑，到 1992 年 1 月才正式宣布该政策。坦桑尼亚政府恢复高等教育成本分担政策的主要目标是：扩大高等教育招生，让高等教育自身盈利，并使高等教育体系更加适应劳动力市场的需要。该项政策具体的目的是：

（1）遏制由于经营不善而导致的接受高等教育机会的减少和公立高等教育学术水平的下降，这需要所有的受益人（学生及其家长）支付部分高等教育成本；

（2）使政府对高等教育的投入处于合理的水平；

（3）制定法律保护的学生贷款计划；

（4）使学生意识到接受高等教育对其私人的回报多于对社会的回报，因此他们有义务帮助承担教育成本；

（5）使高等教育体系更加适应劳动力市场。①

坦桑尼亚政府决定分三个阶段实施高等教育成本分担政策。在 1992/1993 学年实施第一阶段的成本分担政策。在这一阶段，学生需自行支付从自家到其就读高等院校的往返交通费用。（在此之前，学生们可以享受免费二等车票往返旅行，还可以享受半价国内机票。）另外，学生还需支付以下各项费用：其对教育机构的财产造成的毁坏和损失，学生本人的入学申请费，学生会的费用以及入学考试费用。

1994/1995 学年开始实施第二阶段的成本分担政策。1995 年

---

① URT, MSTHE, *Financial Sustainability of Higher Education in Tanzania: A Report of the Task Force on Financial Sustainability of Higher Education in Tanzania.* Dar es Salaam, 1998. pp. 75 - 76.

2月，坦桑尼亚教育和文化部颁布《教育和培训政策》，进一步提出实行教育成本分担政策。[①] 在这一阶段，学生需要"支付"以下一些直接教育成本：政府为每个准许进入高等院校接受教育的学生担保的无息贷款，通过此贷款安排的食品和住宿的费用。在这一阶段，所谓大学生津贴都被取消了。政府继续负责支付大学生学费、考试费、书籍和文具津贴、学院的特殊费用（special faculty requirements）、注册费、野外实习津贴。

在这一阶段，政府还推出贷款供所有学生支付校内外的住宿费用。学生贷款时，需要家长/监护人共同签署贷款协议。1994～1999年间，国家给高校学生共发放11.85亿坦桑尼亚先令贷款，预期偿还贷款期限为16年。[②]国家实行高等教育助学贷款也是需要承担一定风险的。这些学生完成学业后，是否能找到工作，工作收入是否足以偿还贷款，这些因素都构成了潜在的风险。由于贷款回收机制尚未到位，逾期还贷的毕业生数量将不断增加。

在这一阶段，各大学食堂实行成本核算，大学食堂也已私有化。政府通常支付每位学生每天3100先令（约合3.68美元），作为食宿费。从2001～2002学年开始，政府要把这笔开支降至每生每天2500先令（约合2.97美元），但遭到学生抵制，因此政策迟迟没有施行。

高等教育成本分担的第三个阶段开始于1999/2000学年。1998年10月，坦桑尼亚科技和高教部发表了一份题为《坦桑尼亚高等教育可持续性财政的艰巨任务》（*Report of the Task Force on Financial Sustainability of Higher Education in Tanzania*）的报

---

① URT, MoEC, *Education and Training Policy*. 1995. pp. 90 – 93.

② MSTHE, *Financial Sustainability of Higher Education in Tanzania: A Report of the Task Force on Financial Sustainability of Higher Education in Tanzania*. Dar es Salaam, 1998.

告。这份报告提出了几个不同的高等教育筹资办法，对高等教育如何改善成本分担办法提出了很好的建议，其中有中央政府引入一种稽查制度，以确保那些有支付能力的人得不到政府贷款和赠款。这份报告建议，收入稽查制度还可包括所谓"对贷款申请人的支付能力实行社区的民主确认"的做法。目前，这种做法主要由贷款申请人所在社区或单位的领导来实施。1999 年 2 月，坦桑尼亚科技与高教部颁布《国家高等教育政策》，决定全面实行教育成本分担政策。该政策第 6.2 条要求每一位高等学校学生分担自己的教育费用，以减轻国家的负担；国家对大学生提供助学贷款和奖学金。[1] 在这个阶段，政府设想让学生及家长部分缴纳下列费用：学费、考试费、书费、文具费和学生津贴，以及学院的特殊费用、野外实习津贴和医疗保险。[2]

2004 年，坦桑尼亚议会通过了题为《高等教育学生贷款委员会（Higher Education Students Loan Board，HESLB）法案》的（2004）第 8 号议会法案，并由总统颁布施行。[3]所有高等学校学生可以通过政府贷款来完成学业。2006 年，政府决定通过高等教育学生贷款委员会资助一年级所有学生的 60% 的学费，以及通过该贷款委员会资助其他费用，包括实践训练和教学实践的费用，学生应该支付剩余的 40% 学费。学生签署包含此义的贷款申请表，以此表示服从这项决定。继续学业的学生仍旧由高等教育学生贷款委员会提供 100% 的贷款资助。同时，达累斯萨拉姆大学校方还取消了每个学生每年 10 万先令的医疗保障。此决定

---

① 　URT，MSTHE，*National Higher Eduction Policy*. 1999. p. 16.

② 　The International Comparative Higher Education Finace and Accessibilty Project：*Database Student — Parent Cost by Country — Tanzania.*（http：//www. gse. buffalo. edu/org/inthigheredfinance/ region_africaTanzania. html.）

③ 　URT，*Review of Financial Sustainability in Financing Higher Education in Tanzania.* May，2005. p. 19.

引发了达累斯萨拉姆大学大规模的学生罢课风波（2007 年 4 月），他们抗议政府要他们分担 40% 的学费以及每人 10 万先令医药费用，要求政府贷款支付 100% 的学费。

2007 年 4 月 17 日晚，达累斯萨拉姆大学委员会决定终止在校本部、土木建筑研究学院、教育学院（DUCE），穆克瓦瓦教育学院（MUCE）和新闻与大众传媒学院（IJMC）就读的本科生的课程，没有被终止课程的学生是硕士生，博士生，短期课程学生及就读于达累斯萨拉姆大学的外国留学生。[①]

达累斯萨拉姆大学副校长 R. S. 穆坎达拉教授说，罢课造成了学校每天 1 亿先令的损失，这些损失来自于学校运营费用包括发电机的费用，实验室及各项支出。根据 R. S. 穆坎达拉副校长所说，没有支付全部学费的学生将不允许重返课堂。[②]

三、学费负担

在实行教育成本分担政策时，2000 年坦桑尼亚政府规定了强制性的财政分担比例：

表 7 -1 -1　　　　　高教成本分担比例[③]

经费来源	经费比例（%）
中央政府、地方政府和社团	82
学生、父母和家庭成员	12

①　以上描述来自：University of Dar es Salaam （USDM）. *A Statement by the University of Dar es Salaam Management on the Students' Crisis.* 该声明由该校副校长 R. S. Mukandala 签署，交给本书作者。

②　以上据 Jonas Songora《大学学生被终止课程》，坦桑尼亚《国民报》2007 年 4 月 18 日头版。北京外国语大学斯语系三年级留学生律德伦译。

③　*The International Comparative Higher Education Finace and Accessibilty Project：Database Student — Parent Cost by Country — Tanzania.* （http：//www. gse. buffalo. edu/org/inthigheredfinance/region_africaTanzania. html. ）

续表

经费来源	经费比例（%）
高等院校和捐赠人	4
其他来源及学院	2

资料来源：MSTHE, *Financial Sustainability of Higher Education in Tanzania. A Report of the Task Force on Financial Sustainability of Higher Education in Tanzania.* Dar es Salaam, 2000. p. xvii.

从比例来看，学生及其家庭承担的教育成本仅占教育经费成本的12%，似乎不高。但对许多中低收入的家庭来说，仍是一个沉重的负担。1999/2000学年，家长和学生所承担的高等教育费用估算如下：

表7－1－2　　家长和学生所承担的高教费用的估算
（1999～2000学年）（千先令）①

		公立学校	私立学校	
			交费低的	交费高的
教学费用	一次性赞助费	0	15	20
	每年学费	0	1400	1400
教学费用	其他费用	3.2	24	50
	书籍和其他教育费用	0	165	275
	合计	3.2	1604	1745
学生生活费等	住宿费	157.5	包含在学费中	600
	伙食费	472.5	包含在学费中	

---

① *The International Comparative Higher Education Finace and Accessibilty Project*: *Database Student — Parent Cost by Country — Tanzania.* (http://www.gse.buffalo.edu/org/inthigheredfinance/region_ africaTanzania. html.) 原文认为，1999年，1美元＝676.07坦桑尼亚先令。按坦桑尼亚政府公布的数据，1999年1美元＝800先令。参见 URT, *Tanzania Assistanca Strategy.*

续表

		公立学校	私立学校	
			交费低的	交费高的
学生生活费等	交通费	50	50	50
	其他个人花费	150	150	150
	合计	830	200	800
	家长和学生总花费	833.2	1804	2545

注：公立学校学生：指达累斯萨拉姆大学的住宿生。

　　私立学校学生：也是指住宿生。

　　从表7-1-2可以看出，在1999年公立院校学生每年的住宿费和伙食费达63万先令（约787.5美元），占学生全部生活费用83.32万先令（1041.5美元）的75.6%。考虑到坦桑尼亚有52%的人每天的收入不足1美元，大学生每年的开销是一笔很大的费用。

　　在教育成本分担政策实施以后，坦桑尼亚政府仍然负担着大学生主要的教育成本，包括教学费用，以及学生的大部分食宿费、书费、文具费、医疗保险和野外实习费用。实际上，在小学和中学中的可比费用，如表7-1-3表7-1-4所示，都比大学的高。父母为孩子在政府的中学接受教育支出的平均"费用"是156356坦桑尼亚先令（合344美元），而公立大学的学生和家长支出的费用仅约93200先令（205美元）。在私立中学和其他迅速增加的教育学院和国际学校里，家长的支出都要高些。私立大学14%的办学经费也是由政府提供的。私立高等学校的学费标准必须经过政府同意，学校不能在没有向政府递交申请和得到许可的情况下提高学费。

表 7 – 1 – 3　　坦桑尼亚公立大学学生负担的费用（2003 年）①

项　　目	金额（先令）	美元
保证金	2000	4.40
学生会会费	1200	2.64
交通费（每学年，平均支出）	47000②	103
申请费	5000	11
注册费	5000	11
大学入学考试费	15000	33
考试费	12000	26
毕业费	5000	11
学生 ID 卡费	1000	2.20
合　计	93200	193.24

资料来源：Johnson M. Ishengoma 于 2003 年 1～5 月的调查；各大学的招生说明书。

如表 7 – 1 – 3 和表 7 – 1 – 4 所揭示的，学生父母对高等教育和中学教育的贡献的差异支持了世界银行长期以来的观点，即坦桑尼亚教育成本分担（像其他非洲国家一样）目前是不公平的，更多的政府资金应该优先流向小学和中学教育，而不是高等教育。因为高校可通过更多的现实的成本分担中产生的收入来扩充其容纳能力。现实的教训是，有些坦桑尼亚家庭——至少曾经有孩子上过中学的——几乎肯定有能力继续支付一定的大学费用，毕竟大学比起高中来更加有声望且受到欢迎，且其毕业后的回报会使学生及其家庭受益。

---

①　Johnson M. Ishengoma, *Cost Sharing in Higher Education in Tanzania: Fact or Fiction*. p. 18.　（http://www.gse.buffalo.edu/org/inthigheredfinance/Ishengoma%20Final4%20Rev%202%5B1%5D.22.pdf.）这儿的坦桑尼亚先令与美元的兑换比例是有问题的。2003 年，大约 820 坦桑尼亚先令兑换 1 美元。

②　根据学生上大学的花费问卷计算所得。

表 7 - 1 - 4　　　　公立中学父母教育成本估计

费用类型	平均花费	
	（先令）	（美元）
学费	60694	146
校服费	16161	39
零用钱	12481	30
交通费	27766	67
私立学校学费	21262	51
其他花费	17992	43
平均总成本	156356	375

资料来源：Omari, Issa M., "*The Relationship Between Education and Income in Poverty Alleviation Strategies*" in Justinian C. J. C. Galabawa, ed. *Basic Education Renewal Research for Poverty Alleviation*. University of Dar es Salaam, 2000. p. 88.

坦桑尼亚各大学的学习费用不一。达累斯萨拉姆大学是坦桑尼亚学费最高的大学。

表 7 - 1 - 5　　　　2006/2007 学年达累斯萨拉姆大学学士课程每年的学费如下

每年学费（万先令）	系别/课程
60	文学和社会科学系（经济专业除外），教育系，工程系（计算机工程，信息技术专业除外），护士专业
80	理工系，水生动植物科学和技术系、环境健康科学专业，牙科专业，商业学学士。土木建筑研究学院校区：建筑学，土地管理和评估，城市和区域规划，环境工程，土地勘测和建筑经济学，新闻学，及大众传播专业
100	法学学士，临床医学，药学学士，电子科学和传播，计算机科学，计算机工程和信息技术，电信学。工程学，信息和虚拟教育学院（FIVE）各专业

资料来源：UNDM, Prospectus 2006/2007. p. 39.

此外，学生还必须向学校交纳一次性入学申请费 5000 先令，注册费（每学年）5000 先令，考试费 12000 先令，毕业费（一次性）1000 先令，医疗费（每学年）10000 先令等费用。[①]也就是说，达累斯萨拉姆大学最便宜的系科学生一年交费亦需 72 万先令以上（约合 576 美元）（表 7 - 1 - 6）。

学校直接返还给每个学生的费用有入学保证金 2000 先令，学生会费用 2500 先令，常规津贴 6000 先令，书籍津贴 8000 先令，伙食津贴 472500 先令，合计 491000 先令（表 7 - 1 - 7）。[②]

值得注意的是，2006/2007 学年达累斯萨拉姆大学的学费实际上比 2005/2006 年有所下降。

表 7 - 1 - 6　　2005/2006 年达累斯萨拉姆大学坦桑尼亚籍学生的直接交费（先令）[③]

目录	人文和社会科学学院	工商管理学院	教育学院	工程学院（FoE）	法学院	理工学院
申请费	5000	5000	5000	5000	5000	5000
注册费	5000	5000	5000	5000	5000	5000
学费	900000	900000	900000	1200000	1000000	950000
地域津贴	—	—	—	—	—	—
考试费	12000	12000	12000	12000	12000	12000
毕业费	5000	5000	5000	5000	5000	5000
身份证费	1000	1000	1000	1000	1000	1000
医药费	100000	100000	100000	100000	100000	100000
总计	1028000	1028000	1028000	1332000	1128000	1078000

①　UNDM. *Prospectus* 2006/2007. UNDM, 2006：39.

②　Ibid.

③　The Higher Education Accreditation Council, *Guide to Higher Education in Tanzania*, 2005. Third Edition, Dar es Salaam, 2005. p. 25.

表 7 - 1 - 7　　　2005/2006 年达累斯萨拉姆大学返还给

坦桑尼亚籍和外籍学生的费用（先令）①

目录	人文和社会科学学院	工商管理学院	教育学院	工程学院（FoE）	法学院	理工学院
保证金	2000	2000	2000	2000	2000	2000
学生社团会费	1200	1200	1200	1200	1200	1200
文具费	60000	60000	60000	60000	60000	60000
书籍补贴	80000	80000	80000	80000	80000	80000
住宿费	157500	157500	157500	157500	157500	157500
膳食费	472500	472500	472500	472500	472500	472500
总计	773200	773200	773200	773200	773200	773200

　　坦桑尼亚是一个典型的农业国，全国有 85% 左右的人口从事农业生产，农业占国内生产总值（GDP）的比重高达 48%（也有数据说达 50%②）。坦桑尼亚 51% 的人口每天生活费少于 1 美元；42% 的人处于绝对贫困，每天生活费少于 0.75 美元。对于占全国人口 85% 的、从事农业的家庭来说，供养一个大学生不是一件容易的事情。所以，许多学生需要向政府申请贷款。据笔者在达累斯萨拉姆大学的调查了解，少数已婚成家的学生甚至要依靠贷款余额养家，否则难以继续学业。

　　2007 年 4 月，笔者对达累斯萨拉姆大学 53 名学生和达累斯萨拉姆工学院 103 名学生作了问卷调查。对学生双亲收入的有效问卷 96 份，其中双亲月收入 50 美元以下者 44 人，双亲收入

---

　　① The Higher Education Accreditation Council, *Guide to Higher Education in Tanzania*, 2005. p. 26.

　　② INHEA: Daniel Mkude and Brian Cooksey, *Tanzania Higher Education Profile*. Dec. , 2006.

51～80 美元者 9 人，双亲收入 81～120 美元者 13 人。对学生月生活费的调查有效问卷 114 份，其中每生每月生活费 90 美元以下者 64 人，每生每月生活费 91～110 美元者 15 人，每生每月生活费 111～130 美元者 3 人。[①]这意味着一半以上的学生父母无法依靠每月收入供养学生。

根据高等教育学生贷款委员会（The Higher Education Students' Loans Board，HESLB）2005/2006 学年贷款申请指南，贷款对象为在坦桑尼亚获得高等教育审查委员会承认的高等院校（包括大学，大学学院和专科院校）就读的在校学生，以及获得发展合作奖学金的在国外留学的坦桑尼亚学生，这些学生必须学业优良但经济贫困、付不起学费。在实际操作过程中，学生的学业成绩并没有考虑。学生贷款的上限为：学生所在院校要求的学费，人文课程不得超过 150 万先令，医学不得超过 400 万先令，理科、工程技术课程不得超过 200 万先令；在校读书期间食宿费（理论性的高校每天 2500 先令）；书籍和文具费（每位学生每学年 12 万先令）；研究经费每位学生每学年 10 万先令；为期至多为 42 天的实践训练费，每天 6000 先令。基于双边协议获得奖学金的在国外求学的坦桑尼亚学生可以贷款：每月生活费 120 美元，每年健康保险费 200 美元，往返旅费最高限额 1200 美元。其他被国外高等院校录取的学生可以每学年获取不超过 3500 美元的贷款。贷款申请人须向高等教育学生贷款委员会交申请费 1 万先令。[②]

2006/2007 学年，坦桑尼亚政府决定把一年级所有新生的学费贷款额度降低到 60%，这对许多学生来说是无法忍受的。再

---

① 见附录一的问卷统计表。

② The Higher Education Accreditation Council. *Guide to Higher Education in Tanzania*, 2005. Third Edition, Dar es Salaam, 2005. pp. 16 – 17.

加上罢课风波发生后，校方要求学生自己支付 10 万先令的医疗保障，更使部分学生的负担加重，双方的分歧加大。政府之所以如此举措，是因为学生在毕业后逐年还贷，但往往期限很长，国家很难在短时间内收回贷款；再加上近年来坦桑尼亚每年通货膨胀率平均 5% 以上，国家经济相当困难。而学生长期生活在计划经济体制下，既没有树立交费读书的观念，家庭又缺乏经济基础，所以很难适应降低贷款的形势。看来，坦桑尼亚的教育成本分担政策，还需要宏观经济的改善和人们观念的转变才能顺利实施。

坦桑尼亚私立高校的学费并不比公立院校贵。例如，桑给巴尔大学每生每个学位课程的交费每年需要 1220 美元（见表 7-1-8），约合 1342000 先令。

表 7-1-8   2005 年桑给巴尔大学大学生学位课程每年收费 （美元）[①]

费用	商业管理学学士	法学学士	文学士
学费	520	520	520
住宿费	200	200	200
餐费	500	500	500
总计	1220	1220	1220

注：以上费用适用于国内学生和外国学生。学费包括教师补课收费，图书馆服务收费和考试费。还有坦桑尼亚学生的入学申请费（一次性）5000 先令，外国学生的申请费 20 美元未计入。2005 年，1 美元约合 1100 坦桑尼亚先令。

马库米拉学院 2005/2006 年的非坦桑尼亚籍学生交费一年共计 3030 美元（学费 1500 美元，医药费 200 美元，住宿费 300 美元，膳食 730 美元，书费 200 美元，文具费 100 美元），该校只

---

① HEAC, Guide to Higher Education in Tanzania （2005）. Third Edition, 2005. p. 57.

有神学学士、教育学士、文学士（艺术/音乐专业）三个学位课程。该校 2004/2005 年在校本科生仅有 147 人。[①] 同年达累斯萨拉姆大学外籍学生交费需要 5260 美元，学校返还给学生 773200 先令（约合 702.9 美元）。[②] 当然，私立学校也有更便宜的，例如桑给巴尔教育学院（1998 年成立），学生一学年交费包括注册费（10 美元）、学费（200 美元）、住宿费（50 美元）、膳食费（250 美元），总计 510 美元。[③] 但这些私立院校往往规模较小，而且专业设置较少。2004/2005 年，桑给巴尔教育学院在校大学生人数仅 363 人，学士课程仅有教育学一种。这对学生选择专业是一个很大的限制。许多学生为了选择自己喜欢的专业，不得不选择学费高的院校，例如达累斯萨拉姆大学。

四、高等教育成本分担政策的影响

高等教育成本分担政策的主要目的是在不增加政府教育经费投入的情况下，增加高等院校的招生和培养能力，从而使更多学生进入高等院校学习，包括进入标志性大学达累斯萨拉姆大学学习。但是，在实施成本分担后的 12 年里，成本分担政策看起来并没有对入学率提升产生多少影响，无论是正面的还是负面的影响。达累斯萨拉姆大学的大学生入学率的增加，似乎并非受成本分担政策的影响。事实上，大学入学人数的增长甚至不及高中入学人数的增长。公立和私立高中的入学人数，从 1991 年的 10562 人增长到 2001 年的 24807 人，增长了 135%。坦桑尼亚各高校大学生就读人数，从 1995/1996 年的 5001 人增加到 1999/

---

① HEAC, Guide to Higher Education in Tanzania (2005). Third Edition, 2005. p. 95.

② Ibid. p. 26.

③ Ibid. p. 101.

2000 年的 9054 人，① 仅增长了 81% 。

　　达累斯萨拉姆大学对低入学率的解释是宿舍和教学设施不足，院系和专业设置太少。例如，自 1970 年达累斯萨拉姆大学创建以来，长期未建设新的学生公寓或演讲厅，直到 1998 年借助外资才建成了两座学生公寓和两个演讲厅。尽管新增了设施，但这些学生宿舍、教室和图书馆仍然非常拥挤。此外，现有研究证据表明，在 1990 年至 1999 年间，达累斯萨拉姆大学有 85 名教学人才外流，到 1999/2000 学年，该校有 308 个获得批准但空缺的职位，分别是：教授 60 人，副教授 54 人，高级讲师 87 人，讲师 69 人，助教 38 人。②

　　实际上，学生家庭状况对入学率的影响大于高等教育成本分担政策的影响。达累斯萨拉姆大学把学生个人档案中的出生证明、入学申请和注册表中填写的父母职业用作学生的社会经济状况的代理指标，调查了 2757 位学生的父母职业（见表 7 - 1 - 9）。

表 7 - 1 - 9　　　2000 年达累斯萨拉姆大学学生父母的职业
（社会经济状况）调查③（调查人数 2757 人）

职业④	父亲		母亲	
	人数	比例（%）	人数	比例（%）
专业/技术	982	35.6	632	23

---

　　① Brian Cooksey & Daniel Mkude, *Higher Education in Tanzania: A Case Study-Economic, Political and Education Sector Transformations.* Oct. , 2001. Table 6. （http://www. foundation-partnership. org/pubs/tanzania/index. php? sub/.)

　　MHEST, *Basic Statistics on Higher Education, Science and Technology* 2001/2002 - 2005/2006. Dar es Salaam, 2006. p. 1.

　　② UDSM, *UDSM Five-Year Rolling Plan* 2001/2002 ~ 2005/2006. Dar es Salaam, 2002. pp. 5 - 6.

　　③ Johnson M. Ishengoma, *Cost Sharing and Participation in Higher Education in Sub Saharan Africa: The Case of Tanzania.* Paris, December, 2004. p. 18, Table6.

　　④ 本表的职业分类根据"国际劳工组织"（ILO）的分类。

职业	父亲		母亲	
	人数	比例（%）	人数	比例（%）
行政/管理	113	4.1	16	0.6
牧师及相关工作者	74	2.7	194	7.0
销售人员	15	0.5	3	0.1
服务业从业者	13	0.47	0	0
农业	1408	51.0	1875	68.0
运输设备操作及劳动者	106	3.8	9	0.3
其他	46	1.7	28	1.0
总计	2757	100.0	2757	100.0

资料来源：达累斯萨拉姆大学行政办公室调查报告，2003年1~5月。

表7-1-9表明，父亲职业类别为专业技术人员、行政官员和管理人员的孩子在被调查学生中占39.7%，母亲职业类别为此类的孩子占23.6%。上层和中层家庭的孩子所占的比例较大。在上述学生抽样样本中，其父亲和母亲的职业类别为农民的分别占51.0%和68%。而农民占全国人口85%左右。这表明高等教育成本分担政策并没有惠及穷人。政府也承认很多穷人极少有机会进入高等教育机构，高等教育的公共支出利益被20%最富有的人获得。[①] 在坦桑尼亚从事专业技术人员、行政官员和管理人员这样的职业和工作，最基本的求职条件需要大学学位或者同等学力，这些人只占全部成人人口数的0.4%。

此外，研究结果揭示了达累斯萨拉姆大学名牌专业的招生与学生父母的社会经济状况之间的关系。一般而言，我们的调查结

---

① MSTHE, *Higher and Technical Education Sub Master Plan* 2003~2018. Dar es Salaam, 2002. p.45.

果显示，父母较高的社会经济地位对名牌的、高私人回报的专业，如医学、计算机科学、工程学和法学招生、入学有影响，农民的子女在医学、计算机科学和法学中的比例低于50%，在工程学中接近于50%。

随着教育成本分担制的引入和私人办中等教育的自由化，提高的教育费用绝大多数是由富裕家庭的孩子承担了，因为高昂的私立学校的教育费用主要是由他们承担的。世界银行1995年的一份报告显示，坦桑尼亚贫困家庭的孩子接受中等教育的比例仅有1%，而富裕家庭的孩子接受中等教育的比例超过11%。因此，真正的穷人离高等教育是十分遥远的。一份Voipio和Hoebink所作的近期报告（1999年）以民众教育花费的数据为指标，显示用于高等教育的公共开支所带来的利益自然增长是最丰富的，达到20%。问题在于，仅仅增加高中招生人数和进入高中的机会并不能保证高中贫富学生的合理比例。①

表7－1－10　　　　民众教育开支的指数（坦桑尼亚大陆地区5个贫富等级）②

	穷　人				富人
	（1）	（2）	（3）	（4）	（5）
初等教育	19	22	21	20	18
中等教育	8	14	17	24	37
高等教育	0	0	0	0	100
总体	13	16	16	17	38

注：（1）为最穷的人，以下贫穷程度递减。

大学的扩招吸纳了越来越多的有最低入学资格的毕业生。但

① MSTHE, *Higher and Technical Education Sub — Master Plan* (2003～2018). Vol. II, 2004. p. 48.

② Ibid. p. 48.

是，这并不意味着达累斯萨拉姆大学和其他坦桑尼亚的院校扩大招生将扩大穷人的孩子、女孩及非基督徒学生接受教育的机会。中学生要进入高等院校学习，除了受到父母亲职业、经济收入和受教育程度的影响外，还受到学生家庭宗教信仰、家庭所在地的文化传统和等诸多因素的影响。

达累斯萨拉姆大学工商管理学院（FoCM）跟踪研究发现，抽样调查的学生有85%基督徒和14%的穆斯林教徒，其中22%是妇女；被调查的学生有41%来自两个地区——乞力马扎罗地区（26%）和卡盖拉地区（Kagera）（15%），有2/3的学生来自坦桑尼亚22个区域中的6个。这些地区经济相对比较发达，文化传统也较深厚。①

1977年至1980年，达累斯萨拉姆大学将近74%的毕业生的父亲是文盲或只有小学学历，1992年至1994年这个数字下降到44%。1977~1994年，大学毕业生的父亲有中学或高等教育学历的比例从16%增长至45%。这表明坦桑尼亚社会文明程度的提高。大学生源区域选择仍很高。1989年，29%的学生来自乞力马扎罗地区，另有15%来自卡盖拉。到1995年，来自乞力马扎罗地区的学生为26%，来自卡盖拉的学生占14%，显示这两个地区继续占主导地位。②

为了扩大招生规模，达累斯萨拉姆大学还实行私人赞助和自费生的招生方式，但收效不大。表7-1-11显示了在达累斯萨拉姆大学校本部和其两个学院实施私人赞助计划后学生的入学人数。

---

① Brian Cooksey & Daniel Mkude, *Higher Education in Tanzania: A Case Study.*

② Brian Cooksey & Daniel Mkude, *Higher Education in Tanzania: A Case Study.* 2003. pp. 66～67. （http://www.foundation-partnership.org/pubs/tanzania/tanzania_2003.pdf）或：http://www.foundation-partnership.org/pubs/tanzania/index.php? chap = chap4.）

表 7 - 1 - 11　达累斯萨拉姆大学通过私人赞助计划入学的
自费生人数 (1992/1993 ~ 2001/2002)

学　　年	入学人数	自费生占总入学人数百分比 (%)
1992/1993	106	3. 5
1993/1994	111	3. 7
1994/1995	117	3. 0
1995/1996	100	2. 3
1996/1997	103	2. 2
1997/1998	47	0. 9
1998/1999	162	2. 9
1999/2000	缺数据	缺数据
2000/2001	缺数据	缺数据
2001/2002	289 *	4. 7

资料来源：Committee of Vice Chancellors and Principals in Tanzania (1998), *Public Universities Remaining Competitive Under Liberalized Education Environment in Tanzania*, p. 65；*United Republic of Tanzania*, *Some Basic Statistics on Higher Learning Institutions in Tanzania* 1995/1996 ~ 1999/2000 & 1997/1998 ~ 2001/2002, pp. 1 - 4, 1 - 2, and 151；University of Dar es Salaam (2000) *Minutes of the 139th Meeting of the University Council Held on March 10th 2000：Council Memorandum No.* 139. 2. 4. *Report of the Income Generation Unit*, October-December 31st 1999.

* 仅仅是达累斯萨拉姆大学校本部的数据。

　　大部分私人赞助计划是由公共团体和非政府组织（本土的和国外的）负担的，而不是由学生家庭和个人负担。

　　1995 年，坦桑尼亚实施开放高等教育政策以扩大其高等教育入学，政府修改了 1978 年的教育法第 25 条的规定，代之以 1995 年教育法的第 10 条。这一新的法案有建立私立高等教育机构的条款。由此，私立大学和学院于 1997 年在坦桑尼亚开始正式运营，尽管目前私立大学之一（坦桑尼亚圣·奥古斯丁大学）

于 1960 年就已作为一个天主教的私立高等教育机构存在。私立
高等院校主要依赖于学生学费和社会赞助来运转。目前有 18 个
私立大学和学院，主要提供学士学位和工商学、会计以及相关领
域、医科、教育、新闻和大众传播学及宗教学高级学位。这些机
构大多隶属于坦桑尼亚国内外的宗教组织。

然而，私立高等教育对于扩大坦桑尼亚高等教育入学的贡献几
乎可以忽略不计，主要是由于其办学能力明显有限，宿舍和教学投
入不足，学术人员的严重匮乏以及无持续性的财政支持。大多数私
立大学和学院经费投入有限，它们以前都是规模很小的大专院校，
在政府允许运营私立高等教育机构之后转为大学。它们在提升学校
档次的同时往往没有扩建或兴建新的教育设施。因此，大部分私立
大学和学院都是租用各种建筑。表 7 - 1 - 12 显示了 1997/1998 ~
2001/2002 学年私立大学和学院学生的入学情况。

表 7 - 1 - 12 坦桑尼亚 1997/1998 ~ 2001/2002 学年
私立高等院校在校大学生人数①

学　　年	总入学人数
1997/1998	545
1998/1999	1100
1999/2000	1289
2000/2001	1399
2001/2002	1779

资料来源：United Republic of Tanzania（2002）*Some Basic Statistics on Higher Learning Institutions in Tanzania* 1997/1998 ~ 2001/2002. pp. 29 - 31，71；Higher Education Accreditation Council，*Tanzania Higher Education News*. Vol. 1. No. 1（January-April，2001）. p. 12.

① 引自：Johnson M. Ishengoma，*Cost Sharing and Participation in Higher Education in Sub Saharan Africa：The Case of Tanzania*. Paris，December，2004. Table 5.

尽管如表 7 - 1 - 12 所示，2001 ~ 2002 学年私立高等院校入学人数很低，但非坦桑尼亚人仍然占所有私立大学和学院大学生招生计划总入学人数的 18.5%，而且每一所私立高等学校中非坦桑尼亚人的比例从 0.8% 到 57% 不等，私立院校对非坦桑尼亚人和坦桑尼亚人收取的学费等各种费用都以美元计收。[①]

综上所述，从达累斯萨拉姆大学学生调查结果看，到 2004 年为止，该政策对提高和扩大高等教育的影响极不明显，主要原因在于私人赞助学生计划表现不佳，且各大学没有能力进行全面创收的活动，这样的活动可使大学扩大其招收更多学生的能力。调查结果显示，进入坦桑尼亚标志性大学——达累斯萨拉姆大学接受教育仍然受到宗教、社会经济地位的影响。这些影响似乎削弱了所有用以扩大高等教育的成本分担政策的积极影响。[②]

第二节　支持女生入学的政策[③]

在坦桑尼亚，追求男女平等在 1961 年独立时被写入了国家宪法，各级教育中促进两性平等和公平一直是国家的长远追求。

---

①　MSTHE, *Some Basic Statistics on Higher Learning Institutions in Tanzania* 1997/1998 ~ 2001/2002. Dar es Salaam, 2002. pp. 171 - 176.

②　Johnson M. Ishengoma, *Cost Sharing and Participation in Higher Education in Sub Saharan Africa*: *The Case of Tanzania*. Paris, December, 2004.

③　本章主要资料来源：Amandina Lihamba, Rosemarie Mwaipopo and Lucy Shule, *The challenges of affirmative action in Tanzanian higher education institutions*: *A case study of the University of Dar es Salaam*, *Tanzania*. Women's Studies International Forum, Volume 29, Issue 6, November-December 2006, pp. 581 - 591.

（http://www.sciencedirect.com/science?_ob = ArticleURL&_udi = B6VBD - 4MG1P5K - 1&_coverDate = 12%2F31%2F2006&_alid = 512498921&_rdoc = 1&_fmt = &_orig = search&_qd = 1&_cdi = 5924&_sort = d&view = c&_acct = C000055136&_version = 1&_urlVersion = 0&_userid = 1870172&md5 = 3d656fdfa29d8c27ebede33e35f96796#cor1 # cor1.）

在一段很长的时期，教育家、家长及一般社会人士把高等教育看做提高女孩的社会声誉和自强的最有效的渠道。教育也被视为通向知识、智慧和自由的一扇门。但是，长期以来，坦桑尼亚与撒哈拉以南非洲诸国一样，存在着高等院校女生入学率低下的问题。

一、高校女生入学率问题

据坦桑尼亚政府 2000 年公布的数据，坦桑尼亚人口中有51% 是妇女，15 周岁以下的人口占 46%。[①] 另有一份联合国教科文组织的材料说，2004 年坦桑尼亚平均每一位育龄妇女生育 5 个孩子，婴儿死亡率高达 104‰，儿童小学失学率达 14%，在15～49 岁的成人中艾滋病感染者高达 8.8%。[②]

正是在这样的社会现实背景中，坦桑尼亚各级教育的妇女的升学率受到很大限制，尤其是高等教育。升学率的性别失衡，还带来妇女在政治、经济社会中地位的下降。

20 世纪 70 年代以来，坦桑尼亚政府不断推出直接或间接影响各级教育男女平等战略性举措。在 1974 年，制定了普及小学教育的政策，并于 1977 年开始实施。普及初等教育导致强制适龄入学女童小学入学率超过 50%。然而，普及初等教育没有直接影响高等教育招生，1974 年的穆索马决议是最早的肯定性行动，为女孩和妇女进入公立（政府）中学、大学和其他高等教育机构设立有区别的入学条件，免除女生 2 年的强制工作时间，这对于男生来说，是中学和大学之间必须经历的阶段。[③] 此后，

---

①　United Republic of Tanzania: *Tanzania Assistance Strategy*. May 2000.

②　UNESCO, *Institute for Statistics*, *Education in United Republic of Tanzania*. 2004.

③　Johnson M. Ishengoma, *Cost Sharing and Participation in Higher Education in Sub Saharan Africa: The Case of Tanzania*. Paris, 2004, p. 5.

坦桑尼亚推出了教育和培训政策（1995）、国家科技政策（1996）、妇女参与发展和男女平等政策（2000）、中小学教育发展规划（2002－2006）、高等教育贷款政策（2005），这些政策对提高女性的高等教育入学率有直接和间接影响。坦桑尼亚还批准了非洲关于人权和人民权利宪章（1981）和南部非洲性别与人权发展合作宣言（1997）。

在坦桑尼亚，经过政府的长期努力，小学阶段男女生比例基本平衡，但在中学阶段男女生的比例已经失衡，在高等教育阶段则更为明显。中学和高等学校男女生比例的失衡，导致社会分工的性别歧视，90％以上的妇女从事农业劳动（见表7－2－1）。

表 7－2－1　　　坦桑尼亚妇女从事职业的
种类和比例（1990/1991 年）①

职业	总雇用人数		妇女比例（%）	占妇女总人口比例（%）
	人数	妇女		
管理人员	214388	5028	21.0	0.9
专业人员	17980	1832	10.2	0.0
助理研究人员	96435	53024	30.1	1.0
职员/出纳	176435	45115	46.8	0.9
服务/商店	269435	119883	44.5	2.2
农业	9114437	4903690	53.8	90.0
手工艺	372567	37055	9.9	0.7
机器操作人员	120720	13074	10.8	0.3
售货员/劳动者	507117	215405	42.5	4.0
总计	10889205	5434100	49.9	100

资料来源：*Labuor Force Survey*，1990/1991.

---

① J. C. J. Galabawa, *Education Sector Country Status Report（Tanzania）*, Dar es Salaam, Ministry of Education and Culture, 2001. Table 1.5.（http：//www.moe.go.tz/pdf/Educ.%20Sector%20Country%20Status%20Report.pdf.）

1999 年，坦桑尼亚国家的高等教育政策（The National Higher Education Policy，1999）列出了坦桑尼亚的高等教育所面对的 6 个主要问题：令人震惊的学生低入学率，文理科严重失衡，男女生比例失衡，财政困难，无规律、无节制地扩大三级培训机构，扭曲学术研究的真正价值的倾向。[1]坦桑尼亚各高校的女生入学比例严重偏低。

表 7 - 2 - 2　　　　坦桑尼亚主要高校在校
大学生人数（1997～2000）[2]

院校	1997/1998			1998/1999			1999/2000		
	女生	男生	总数	女生	男生	总数	女生	男生	总数
达累斯萨拉姆大学	744	3387	4131	932	3240	4172	1209	3556	4765[3]
穆希姆比利医学院	122	299	421	141	407	548	180	440	620
土木建筑研究学院	47	329	376	64	437	501	82	606	688
索考伊农业大学	251	793	1044	257	902	1159	318	1114	1432
坦桑尼亚开放大学	558	4251	4809	682	5007	5689	813	4347	5160

---

① Brian Cooksey & Daniel Mkude, *Higher Education in Tanzania: A Case Study-Economic, Political and Education Sector Transformations.* World Education News & Reviews（WENR），Jan. /Feb. 2003，Volume 16.

② Daniel Mkude and Brian Cooksey, *Tanzania Higher Education Profile.* Dec. , 2006. （http：//www. bc. edu/bc_org/avp/soe/cihe/inhea/profiles/Tanzania. htm. ）

③ 该年数据可能有误。

续表

院校	1997/1998			1998/1999			1999/2000		
	女生	男生	总数	女生	男生	总数	女生	男生	总数
达累斯萨拉姆工学院	38	763	801	55	864	919	89	1046	1135
阿鲁沙技术学院	57	418	475	63	381	444	46	394	440
金融管理学院	422	968	1390	378	690	1068	282	553	835
阿鲁沙会计学院	37	123	160	38	145	183	36	99	135
国立交通学院	3	88	91	2	45	47	1	57	58
圣奥古斯丁大学	93	192	285	102	201	303	117	175	292
乞力马扎罗基督教医学院	6	10	16	48	57	105	25	34	59
马库米拉学院	—	—	—	11	133	144	9	131	140
伊瑞伽学院	—	—	—	40	73	113	74	132	206
桑给巴尔大学	11	18	29	26	66	92	37	67	104
总计	2389	11639	14028	2839	12648	15487	3318	12751	16069

从表 7 - 2 - 2 中可以看出，国立交通学院的女生比例是最低的，1999/2000 年，该校男女生比例竟为 57∶1；达累斯萨拉姆工学院作为坦桑尼亚理工技术院校第一学府，1997/1998 年入学的男女生比例约为 20∶1，1999/2000 年为 11.75∶1。

在同一所大学，不同专业的女生比例也相差悬殊。以达累斯萨拉姆大学为例，教育学专业的女生占了43%，而工程学专业的女生仅有5%（见表7－2－3）。

表7－2－3　　　　达累斯萨拉姆大学校本部

本科招生（1999～2000年）①

课程计划	男	女	总计	男生比例（%）	女生比例（%）
文学士（普通）	740	350	1090	68	32
文学士（教育）	365	202	567	64	36
文学士（体育运动和文化）	69	30	99	70	30
教育学士	102	77	179	57	43
商贸学士	476	112	588	81	19
法学士	348	193	541	64	36
理学士（工程学）	853	49	902	95	5
理学士（普通）	122	62	184	66	34
理学士（Comp. with/IN）	122	10	132	92	8
理学士（电子学）	49	3	52	94	6
理学士（地质学）	75	5	80	94	6
理学士（教育学）	279	122	401	70	30
合计	3600	1215	4815	75	25

资料来源：UDSM, *Facts and Figures* 1999/2000.

长期以来，达累斯萨拉姆大学本科生中女生所占比例不到1/4。理学与工程学系录取女生比文学和社会科学少很多。从表7－2－3可以看出，直到1999/2000年，在达累斯萨拉姆大学的

---

① Brian Cooksey & Daniel Mkude, *Higher Education in Tanzania：A Case Study.* 2001, *Table* 7. （http：//www. foundation-partnership. org/pubs/tanzania/index. php? chap = chap4&sub = c4c. ）

工程学、电子学、地质学等学科，女生比例仍只有 5% ~ 6%。
1992 ~ 1993 年，达累斯萨拉姆大学主要校区的首批入学学生中
女学生占 17%，到 2000 ~ 2001 年期间上升为 26%。而穆希姆比
利医学院校区的可比数字分别 28.3% 和 27.0%；1996 年土木建
筑研究学院的首批入学学生中女生人数占 15.4%，2000 年下降
到 11.7%。1992 年至 1998 年在坦桑尼亚获得研究生学位的 804
名学生中只有 20% 是女性，且文理差异大。虽然没有确切的数
字，但多数女学生为基督教徒，且大多数来自乞力马扎罗
地区。①

二、肯定性行动方案

1995 年，第二次世界妇女大会在哥本哈根召开。坦桑尼亚
政府在会议上作出 5 项许诺：（1）2000 年前将学龄儿童小学入
学率从 78% 提高到 100%，完成小学教育率提高到 80%，减少
文盲 50%；（2）2000 年前完成审议所有的歧视性法律，并制定
和实行促进男女平等的法律；（3）设立地方性发展基金，在
2000 年前使 30% 的妇女能够得到信贷；（4）2000 年前使妇女参
与政治和决策人数增加 30%；（5）2002 年前使每个家庭都能得
到安全、清洁的饮用水。② 在 2000 年 6 月日内瓦举行的世界首
脑会议上，坦桑尼亚政府重申了以上承诺，并宣布到 2005 年，

① Amandina Lihamba, Rosemarie Mwaipopo and Lucy Shule, The challenges of affirmative action in Tanzanian higher education institutions: A case study of the University of Dar es Salaam, Tanzania. Women's Studies International Forum, Volume 29, Issue 6, November-December 2006, pp. 581 – 591.

Brian Cooksey & Daniel Mkude, *Higher Education in Tanzania: A Case Study-Economic, Political and Education Sector Transformations.*

② 《一些国家和组织对提高妇女地位作出具体承诺》，载《中国妇运》1995 年
第 11 期。

通过缩小中小学教育的性别差距，促进男女平等；确保到 2015 年普及小学义务教育；到 2015 年增加妇女和女童接受各级和各种形式教育的机会，成人识字水平提高 50%，特别是妇女。[①]

为了实现上述目标，坦桑尼亚采取了许多措施，其中达累斯萨拉姆大学增加女生入学率的肯定性行动方案（affirmative action programmes，即 AAP）取得了一定成效。[②]

早在 20 世纪 70 年代，达累斯萨拉姆大学的一些学者通过研究、研讨会、出版物等形式，探讨在该国高教性别不平等的问题，探讨体制缺陷和资源短缺对大学的运作的影响。但是直到 1992 年达累斯萨拉姆大学才使两性平等措施制度化。1992 年，达累斯萨拉姆大学制定了"制度改革规划"（ITP），该规划规定把不断实现男女平等作为工作重点之一。该规划的战略目标之一就是改善教职工和学生的性别平等。该规划还为成立性别工作小组（the Gender Dimension Task Force，GDTF）提供了依据，该小组在 1997 年被性别活动委员会（The Gender Dimension Programme Committee）取而代之。这个委员会成为在达累斯萨拉姆大学促进和实施一些肯定性行动方案重要组织。从 20 世纪 90 年代中期开始，达累斯萨拉姆大学已转变体制政策、改革组织结构，通过肯定性行动方案解决日益增加的实现两性公平入学的压力。该方案主要内容有：

① 女性入学成绩降低约 1.5 分；

①　The United Republic of Tanzania: The Education and Training Sector Development Programme Document, Final Draft, August, 2001. p. 14.

②　关于达累斯萨拉姆大学肯定性行动方案，参见 Amandina Lihamba, Rosemarie Mwaipopo and Lucy Shule, The challenges of affirmative action in Tanzanian higher education institutions: A case study of the University of Dar es Salaam, Tanzania. Women's Studies International Forum, Volume 29, Issue 6, November-December 2006, pp. 581 – 591.

② 为愿意参加科学项目的女子进行入学前规划；

③ 给予参加工程学院运作的人力资源开发基金项目的女学生 20% 的学费减免；

④ 校园住宿女性优先。[①]

达累斯萨拉姆大学提高女生入学的肯定性行动方案实际上由 3 个行动子方案构成，即准入方案（Pre-entry Programme，PEP），优先入学标准（Preferential Admission Criteria，PAC）和奖学金计划（Scholarship Programmes）。3 个肯定性行动方案都是在 1996/1997 学年建立，尽管它们的具体目标不同，其目的都是为了提高妇女入学率，鼓励妇女投身于学术界。

准入方案的目标一直是增加理科的女学生人数，从而增加理科女性教师。为了做到这一点，最初的准入方案为那些没有达到达累斯萨拉姆大学理科系入学标准的女生提供就学机会。每年均举办为期六周的课程辅导，那些通过考试者获得大学入学资格。该方案后来扩大到包括那些想进入工程学、经济学和统计学的人。从 1997 年至 2004 年，准入方案扩招了 486 名女生。

达累斯萨拉姆大学的第二大肯定性行动方案是优先入学标准（PAC），这个方案有着更大的目标，使得那些拥有 A 级证书、合格的申请者或是在各系的入学成绩比男性申请者低的女生可以入学。优先入学标准的应用取决于每年申请人数以及与达累斯萨拉姆大学最低学历要求相关的成绩水平。此外，虽然全校实施优先入学标准，但是决定应用与否以及录取分数是由各个系科自行决定的。表 7-2-4 显示了选定的不同学科录取分数的变化。

---

① Brian Cooksey & Daniel Mkude, Higher Education in Tanzania: A Case Study-Economic, Political and Education Sector Transformations.

表 7 - 2 - 4　　　　达累斯萨拉姆大学 2005/2006 学年选定学科优先入学标准①

学位计划	总招生人数	招生人数		女生百分比（％）	大学入学资格			
		男	女		高中证书考试最低分数		最低录取分数（百分制）	
					男	女	男	女
文学士（文化和遗产）	17	7	10	59	10.5	8.5	60 +	53 +
文学士（表演艺术）	22	9	13	59	9.5	8.5	69 +	50 +
文学士（统计学）	31	26	5	16	8.5	6.5	62.7 +	56 +
文学士（政治学和社会学）	90	44	46	51	11.5	11.5	72 +	47 +
理学士（机械工程学）	13	11	2	15	6.5	7.5	52 +	52 +
理学士（化学和系统工程学）	20	16	4	20	7.5	6.0	50 +	62 +
理学士（采矿工程学）	18	16	2	11	7.5	9.5	60 +	63 +
理学士（计算机工程学和信息技术）	4	4	0	0	4.4	4.1	40 +	—
理学士（药剂学）	30	19	11	37	9.0	8.0	40 +	40 +
牙医	35	30	5	14	8.0	7.0	40 +	40 +
理学士（土地管理和估价）	68	52	16	24	8.5	6.5	59 +	62 +

资料来源：Admissions Office, University of Dar es Salaam, *Undergraduate admissions for the 2005/2006 academic year*, Directorate of Undergraduate Studies. University of Dar es Salaam, 2005.

①　Amandina Lihamba, Rosemarie Mwaipopo and Lucy Shule, *The challenges of affirmative action in Tanzanian higher education institutions：A case study of the University of Dar es Salaam, Tanzania*. Women's Studies International Forum, Volume 29, Issue 6, November-December 2006, Table 1.

　　如上表 7－2－4 所示，优先入学标准的应用是有选择性的，少数学科（如采矿工程学、机械工程学）的女生入学标准不但没有下降，反而上升了。实行优先入学标准的学科，女性入学率有所上升。

　　肯定性行动方案的第三个组成部分是特别针对女性考生的奖学金计划。这些奖学金面向贫困并且合格的各学科本科和研究生学习的女生。这些奖学金包括：正在进行的女大学生奖学金计划（Female Undergraduate Scholarship Programme，FUSP），由卡耐基基金会（the Carnegie Foundation）提供；瑞典国际开发署（the Swedish International Development Agency）奖学金，由 SIDA/SAREC 5 个基金会提供；挪威发展组织（the Norwegian Development Organization，NORAD）研究生奖学金计划，着重于女生；以及从 1997 年至 2003 年运作的人力资源开发和信托基金（Human Resources Development and Trust Fund，HRDTF）。人力资源开发和信托基金的主要目标是促进工程学男女学生招生，但偏袒女生。男生被要求交 20% 学费，而女生免缴，这一方案在某种程度上初步促成工程专业女生比例从 3.5% 增加至 7.0%。与人力资源开发和信托基金不同的是，SIDA/SAREC 和 NORAD 奖学金的目标是支持达累斯萨拉姆大学的人力资源能力建设方案，重点支持研究生学习。

　　女性受制于婚姻和生育的社会和家庭压力，缺乏攻读研究生课程的资金。而且大学只聘请硕士学位以上的学者，妇女受这项规定限制，一般对在大学执教不感兴趣。为此，研究生奖学金明显偏向女性，鼓励和吸引妇女加入学术界。

　　多年来搜集的一些奖学金受益者的数据显示了其在改善女生招生方面做出重大贡献。例如，1997－2003 年间通过人力资源开发和信托基金女生总招生比例接近 30%。1998 年至 2003 年间，得到 SIDA/SAREC 奖学金的 200 名学生中的 56% 是女性，

226 名女生得到女大学生奖学金计划支持。

不可否认的是，国外基金资助对女生奖学金计划的推行起了很大作用。2000 年 4 月[①]，纽约的卡耐基、洛克非勒、福特和麦克阿瑟等基金会共同建立了"非洲高等教育合作组织"（The Partnership for Higher Education in Africa），加纳、肯尼亚、莫桑比克、尼日利亚、南非、坦桑尼亚和乌干达 7 国的高校受惠于此组织的资助。4 个基金会在 2000 年到 2005 年 9 月，投给以上非洲 7 国高等教育 1.5 亿美元。2005 年 9 月，威廉和福罗拉·荷勒特基金会（William & Flora Hewlett）以及安德林·W. 米隆基金会（Andrew W. Mellon）也加入了合作组织，6 个基金会将在接下来的 5 年里投资 2 亿美元，资助非洲 7 国大学生就学。2006 年，埃及和马达加斯加也成为该组织的受惠国。2007 年 4 月，克林斯格（Kresge）基金会成为该组织的新成员。[②]

2001 年 7 月到 2005 年 4 月，该合作组织给坦桑尼亚的达累斯萨拉姆大学、乌干达的麦克勒勒大学（Makerere）、尼日利亚的约瑟和阿马杜·贝罗大学（Jos and Amadou Bello）及奥巴费米·阿沃罗沃大学（Obafemi Awolowo）、南非大学的女生提供奖学金共计 1000 万美元。有 1000 多名女生受益，其中有 762 人得到全额奖学金，有 341 人得到其他形式的资助。这使 95% 的学生完成学业，辍学率低于 2%。这是合作关系成功的一个事例。[③]

三、对肯定性行动方案的评价

肯定性行动方案的理由在于弥补历史机遇的不平等，这些机

---

① 又说是在 2000 年 5 月。见：The Partnership For Higher Education in Africa.（http://www. foundation-partnership. org/.）

② The Partnership For Higher Education in Africa. New York，2005. p. 1. 另参 The Partnership For Higher Education in Africa.

③ The Partnership For Higher Education in Africa. New York，2005. p. 6.

遇对于人们的发展是必需的。在实践中，肯定性行动方案促成优惠待遇的实现，特别优待过去遭到不平等待遇的群体，促进社会机遇的平等获得。在一些国家，肯定性行动方案已被用于弥补比如教育、就业、工作场所的不平等，弥补由种族和性别歧视所导致的历史性的不平等。比如在美国，肯定性行动方案就被用作给少数弱势团体（包括非洲裔美国人，拉美裔美国人和土著人）和女性获得优先。在性别不平等的多数国家，女性是弱势群体。这种状况在非洲也不例外。肯定性行动方案给女性群体提供了一种补偿途径，使她们可以被带入到社会上更优越的群体。

然而，尽管对于社会有明显的积极方面，肯定性行动的概念一直有来自多个角度的争议。最关键的是它总是用来证明无关或没有价值的特性。反对肯定性行动方案的观点主要是基于高等教育或就业机会的优惠待遇使得其他有更好资格的人受到了伤害。反对者有的出于传统的观念和态度，有的人认为肯定性行动方案是个人偏见的来源，而不是去除对某些社会群体的歧视的工具。在另一方面，有人觉得肯定性行动方案侵犯了人们的自由，削弱了自信心。事实上，一些肯定性行动方案受益人对自己被冠以弱势群体很不安，因为他们对传统意义上的优势身份非常在意。不过，不容否认的是肯定性行动方案在社会学术环境中所创造的授权趋势以及它们在社会环境中对女性身份和价值构建的积极影响。肯定性行动方案为其他妇女争取公平准入和成就创造了平台，并在当地社会为妇女政治、经济地位的提升创造了良好的条件。达累斯萨拉姆大学的经验证明了这一点。肯定性行动方案的授权趋势是走向男女平等。

到 20 世纪 80 年代末，鉴于各专业以及政治领域女性代表非常低的现状，坦桑尼亚执政党推出在议会中增加妇女代表的方针。1990 年，肯定性行动方案产生影响，为妇女在国会保留特殊席位，增加其代表，在当时妇女代表只有 11%。到 2001 年，妇女代表占国会席位 22.5%，在本届国会（2005 年 12 月至 2010 年 10 月），女代表已达到预计的 30%。坦桑尼亚现任总统在 60 位部长中已任命了 16 名女部长和内阁成员，这在历史上第一次有这么多的女内阁成员。

达累斯萨拉姆大学的肯定性行动方案在数量和质量方面都有意义。在数量方面，肯定性行动方案使达累斯萨拉姆大学自 1996/1997 学年开始女生招生人数大幅度提高，尽管在人数上还没有达到性别平等。1996/1997 学年达累斯萨拉姆大学在校生人数为 3661 名，其中 606 名为女性；2002/2003 年度，在校生 9170 名，其中女性有 2627 名；2003/2004 学年，在校生 12265 名，其中有女生 3722 名，比上年增加近 34%。整体上看，达累斯萨拉姆大学的女生比例从 1996 年的 24% 升至 2003 年的 31%，理学与工程学科有明显的改善。在理学系，女生招生从 1996 年的 16% 上升到 2003/2004 年的 27%。工程系从 1996 年的 7% 上升到 2003/2004 年的 13%。而艺术，社会科学，法律系，到 2004 年已达到男女生同比。表 7-2-5 说明用同一标准的招生人数和用优先入学标准的真实招生人数的差异。

表 7-2-5　　　　达累斯萨拉姆大学 2000/2001 学年的一年级女生入学情况①

学位计划	招生总数	女生总数	同一标准女生数	优先标准女生人数	同一标准女生入学百分比（%）	女生总百分比（%）
文学士	494	242	74	168	23	49

① 参见 Amandina Lihamba, Rosemarie Mwaipopo and Lucy Shule, The challenges of affirmative action in Tanzanian higher education institutions: A case study of the University of Dar es Salaam, Tanzania. Women's Studies International Forum, Volume 29, Issue 6, November-December 2006, pp. 581–591, Table2.

续表

学位计划	招生总数	女生总数	同一标准女生数	优先标准女生人数	同一标准女生入学百分比（%）	女生总百分比（%）
商业学士	273	45	45	未实施优先标准	16	16
文学士（教育）	144	34	20	14	15	24
工程学	405	23	11	12	3	6
法律	197	101	61	40	39	51
土木建筑研究学院	212	25	17	8	8	12
医学	132	33	22	11	18	25
牙科学	14	0	0	未实施优先标准	0	0
药剂学	26	12	12	未实施优先标准	46	46
体育运动和文化	25	13	1	12	8	52
护理学	23	13	3	10	23	57
理学	382	87	44	43	13	23
总计	2341	628	310	318	平均15	27

资料来源：Amandina Lihamba and Verdiana Masanja, *Gender initiative at the University of Dar es Salaam：A historical perspective. GECHE Working Paper 1 – Setting the Scene Part 2*, University of Dar es Salaam（2003）.

注："同一标准女生招生数"是指男女生同一录取标准条件下，被学校录取的女生数。

从表 7 - 2 - 5 中可以看出，在 2000/2001 学年，如果按男女生同一录取标准，达累斯萨拉姆大学女生在新生中的平均比例是 15%；实行了女生优先入学标准后，女生在新生中的平均比例从 15% 提高到 27%，提高了 12 个百分点。

表 7 - 2 - 6　2000/2001～2004/2005 学年达累斯萨拉姆
大学本科生在册男女生人数①

2000/2001			2001/2002			2002/2003			2003/2004			2004/2005		
女	男	合计	女	男	合计	女	男	合计	女	男	合计	女	男	合计
1498	4108	5606	1870	4869	6739	4163	5985	10148	3501	7365	10866	5108	7036	12144

　　从表 7 - 2 - 6 可以看出，自 2000 年以来，达累斯萨拉姆大学入学本科生的性别比例有了明显改善，女生比例超过 26%；2002 年以来，女生入学率更是大幅提高。2004/2005 学年，达累斯萨拉姆大学在校大学生中女生约占 42%。与此相比，2004/2005 学年坦桑尼亚其他高校在校女生比例，索考伊内农业大学为 25.8%，坦桑尼亚开放大学为 26.89%，圣·奥古斯丁大学为 43.7%，桑给巴尔大学为 35.3%，马库米拉学院为 15.6%，达累斯萨拉姆工学院为 15.7%。② 2005/2006 学年坦桑尼亚高等教育审查委员会批准 29 所院校（包括达累斯萨拉姆大学）的招生数共 10854 人，其中女生为 3182 人，占 29.3%；其中，达累斯萨拉姆大学计划招收女生 958 人，占该校招生总数的 30.4%。达累斯萨拉姆大学入学女生比例略高于全国高校平均水平。值得注意的是，在 2005/2006 学年，坦桑尼亚一些没有采取肯定性行动计划的院校，计划招收女生比例也达到甚至超过全国平均水平，例如社会工作学院（55.3%）、国立桑给巴尔大学（49%）、穆祖比大学（47.7%）、国际医科大学（38.3%）、乞力马扎罗基督教医学院（35.8%），阿加汗大学坦桑尼亚高等教育学院计

---

　　① The Higher Education Accreditation Council, Guide to Higher Education in Tanzania, 2005. Third Edition, Dar es Salaam, 2005, p. 26.

　　② Ibid., pp. 38, 43, 55, 57, 95, 116.

划招收女生甚至达到 82.9%。①种种迹象表明，坦桑尼亚高等教育的准入和参与还受社会经济地位、种族、宗教等因素影响。天主教、基督教和伊斯兰教影响大的地区，女生入学率往往较高。达累斯萨拉姆大学并没有招募弱势学生的趋向，大学扩张吸纳了越来越多的有最低入学资格的毕业生。但是，这并不意味着达累斯萨拉姆大学和其他坦桑尼亚的院校扩大了穷人的孩子及非基督徒学生接受教育的机会。

由于实施了肯定性行动方案，在达累斯萨拉姆大学传统上以男性为主的专业，如工程、医学、化学、物理、数学，增加了女性入学。例如，由于肯定性行动，理工院的女性招生人数从1996 年的 16% 增至 2003/2004 年的 27%，工程系从 1996 年的7% 增至 2003/2004 年的 13%。不过，男女平等并不仅仅反映在入学人数上。定性因素，如作为学生或教职工参加课堂内外的学术生活、生活环境、教学仍然构成两性平等的挑战。招生规模的限制，基础设施和资源也对肯定性行动方案的可持续性提出重大挑战。因此，尽管肯定性行动可以被看作弥补历史性失衡的一种积极的努力，但它仍面临着资金短缺、能否可持续发展等问题。

这种扩招是否意味着降低一年级学生的质量，这取决于中学毕业生的质量（A 级水平通过的人数及标准）和达累斯萨拉姆大学招收筛选程序是否合理，以及付费学生的比例（目前付费学生还很少）。

1999~2000 年度达累斯萨拉姆大学曾对校本部一年级学生的英语、数学、一般知识和指定的 A 级学科进行了多项考试，学生成绩令人满意。今后大学入学考试将用来选择经过初步筛选的 A 水平学生。这对新生质量起到一定的把关作用。

---

① The Higher Education Accreditation Council, Guide to Higher Education in Tanzania, 2005. Third Edition, Dar es Salaam, 2005, pp. 13 – 15.

综上所述，达累斯萨拉姆大学的肯定性行动方案对提高理工科女生入学率起到了一定的积极作用。但是，该计划对弱势群体（非基督徒、非穆斯林，社会下层的女生）并没有特殊的倾斜政策。提高女生入学率的问题，实际上是一个全社会的系统工程，需要多种措施和观念的转变。

第八章

坦桑尼亚高等教育面临的
挑战与发展前景

第一节 坦桑尼亚高等教育存在的
主要问题[①]

坦桑尼亚高等教育起步较晚，加上国民经济发展长期低迷，教育经费严重短缺，致使高等教育和技术教育存在着以下 10 个主要问题：

1. 入学率低

坦桑尼亚高等教育存在的第一个问题是学生入学率低下。长期以来，坦桑尼亚的入学率在东非乃至整个非洲是最低的，高等院校和技术教育学院的入学学生在 12000 人上下徘徊。1999 年，坦桑尼亚高等教育男生毛入学率为 0.79%，女生毛入学率仅有 0.18%。[②] 2001 年，坦桑尼亚初等教育的净入学率为 57%，中等教育为 5%，高等教育仅为 0.27%。[③] 低下的学生入学率导致了各校教学成本极其高昂。根据高等教育审查委员会 1999/2000

---

① 本节主要资料来源：MSTHE, *Higher and Technical Education Sub — Master Plan* (2003 ~ 2018). Vol. II, Dar es Salaam, 2004. pp. 28 – 32, 64.

② J. C. J. Galabawa, *Education Sector Country Status Report (Tanzania)*. Dar es Salaam, 2001. p. 86, Table 7. 3. (http: //www. moe. go. tz/pdf/Educ. % 20Sector% 20Country% 20Status% 20Report. pdf.)

③ MSTHE, *Higher and Technical Education Sub — Master Plan* (2003 ~ 2018). Vol. II, Dar es Salaam, 2004. p. 28.

年的年度报告，坦桑尼亚高等院校一年级新生入学人数如表8-1-1所示①

表8-1-1　　1999/2000 学年坦桑尼亚高等
院校一年级新生入学人数②

学校级别	女性	男性	合计	女性比例（％）
大学 （含私立与公立）	999	3271	4270	23.3
非大学或准大学水平的院校 （全公立）	384	988	1372	27.9

对于一个当时拥有3300万人口的国家来说，这样的入学率实在是太低了。这导致了坦桑尼亚社会长期无法拥有一个高水平的人力资源群体。

从历年的高中和高等院校入学率统计数据看，高中入学率的变化与高校入学率相关度不大。我们从表8-1-2和表8-1-3可以看出，从1997年开始，坦桑尼亚高校女生入学人数有较大提高。但高中女生的入学比例的提升并没有给高等院校女生入学率带来什么变化。值得注意的是，1995年和1997年，高等院校男生注册人数超过高中男生注册人数，1996年高等院校男生注册人数与高中男生注册人数大体相当。此后，高中在读男生数量都远远超过大学在读男生数。而高中女生数量一直都超过大学女生数量一倍以上。这反映出大量的高中女生没有升入大学学习。

①　MSTHE, *Higher and Technical Education Sub — Master Plan* (2003～2018).
Vol. II, Dar es Salaam, 2004. p. 28.
②　Ibid.

表 8 - 1 - 2　　　1985 ~ 1999 年坦桑尼亚高中男女生注册人数及比例①

年份	男生	男生比例（%）	女生	女生比例（%）
1985	4467	78. 4	1230	21. 6
1990	7133	77. 4	2078	22. 6
1995	9149	71. 9	3567	28. 1
1996	9597	68. 7	4377	31. 3
1997	11144	61. 7	6903	38. 3
1998	12093	66. 6	6072	33. 4
1999	14518	66. 9	7195	33. 1

资料来源：*Basic Education Statistics*, 1985 ~ 1989, 1989 ~ 1993, 1995 ~ 1999；URT, *Economic Survey for* 1999.

表 8 - 1 - 3　　　1995 ~ 1999 年坦桑尼亚高等院校男女生注册人数及比例②

年份	男生	男生比例（%）	女生	女生比例（%）
1995	9161	88. 0	1313	12. 0
1996	9593	86. 8	1455	13. 2
1997	12829	80. 0	1731	20. 0
1998	6813	81. 2	1577	18. 0
1999	8589	80. 6	2069	19. 4

资料来源：*Basic Education Statistics*, 1989 ~ 1999；URT, *Economic Survey for* 1999.

2. 办学经费严重不足

由于国家经济困难，公立院校的经费拨款严重不足。达累斯

---

①　J. C. J. Galabawa, *Education Sector Country Status Report* (*Tanzania*). Dar es Salaam, Ministry of Education and Culture, 2001. p. 84, Table 7. 1.

②　Ibid.

萨拉姆大学的经费拨款是所有高校中最多的，在 2005/2006 学年政府批准的经费预算仅及该大学理事会批准的经费预算的 64%（参见第四章第三节表 4 - 3 - 4）。在穆希姆比利医学院，2001 ~ 2005 年学院要求的预算和政府实际批准的预算之间有明显的差距，政府批准的预算额度仅占学院预算的 44% 到 70% 之间（参见第四章第三节表 4 - 3 - 9）。在目前坦桑尼亚的经济发展形势下，学校自筹经费面临着重重困难。而且，学生和学生家长对教育成本分担又有抵触情绪。所有这一切使坦桑尼亚高等教育的办学经费在今后一个时期很难有大的改观。

坦桑尼亚公立大学曾试图通过扩大自费生招生来解决办学经费不足的问题，但收效甚微。以达累斯萨拉姆大学为例，自费生数量一直没有多大增长：1992/1993 年，达累斯萨拉姆大学在读自费生人数 106 人，占全体在校学生的比例为 3.5%；2001/2002 年，该校校本部在读自费大学生人数 209 人，占全体在校学生的比例为 4.7%。[①]

3. 高昂的学生培养成本

无论以什么样的标准来衡量，坦桑尼亚的教育费用都是异乎寻常的高。2003 年，就读达累斯萨拉姆大学社会科学专业需要 210 万先令，护理学专业要 690 万先令，工程学专业要 390 万先令，法学专业要 430 万。如此高昂的个人花费不但使许多聪明的学生读不起书，而且使政府背上了沉重的财政负担。高昂的教育花费由于低效率的运行机制和低下的师生比例而进一步膨胀。关于坦桑尼亚高等教育学生的培养成本，我们有一组数据（见表 8 - 1 - 4）。

① Johnson M. Ishengoma, *Cost Sharing and Participation in Higher Education in Sub Saharan Africa: The Case of Tanzania.* Paris, 2004. p. 14, Table4. (http://portal. unesco. org/education/en/file_download. php/9f9e36e4f6d024d6ab6c981a3c08c75bColloquium + - + December + 04 + - + Ishengoma. doc.)

表 8 - 1 - 4　坦桑尼亚高等教育和技术教育学生培养成本
（1993～1999）（美元，以可比价格计）①

学年	高等教育	高等教育和技术教育
1993/1994	1374	2446
1994/1995	3771	3166
1995/1996	2557	2260
1996/1997	2494	2284
1997/1998	2272	2128
1998/1999	2718	2666
1999/2000	2819	2338

资料来源：Galabawa and Kilindo, "*Unit-Cost Analysis*：*Survey.*" 2001. *Computations from official government documents.*

　　显然，在一个相当长的历史时期，坦桑尼亚大学生每生的培养成本远远高于非洲多数国家的水平。以 1998/1999 年为例，大学生每生的培养成本在坦桑尼亚是 2718 美元，而同年埃塞俄比亚是 1320 美元，肯尼亚是 1325 美元，苏丹是 1322 美元，乌干达仅有 345 美元。据坦桑尼亚科技和高教部 2001 年的预测，当全额交费的学生注册数达到理想的数量时，达累斯萨拉姆大学的每生培养成本仍高达 2750 美元，索科伊农业大学的每生培养成本更高，达 3300 美元。② 坦桑尼亚大学每生培养成本居高不下的原因主要是大学办学规模较小和师生比低。高昂的每生培养费加剧了坦桑尼亚高等教育财政的困难。

　　4. 教学资源浪费率高

　　教学资源浪费主要表现为学生退学、重修、不及格和旷课的

---

　　①　MSTHE. *Higher and Technical Education Sub-Master Plan*（2003—2018）. Dar es Salaam，2004. p. 55.

　　②　Ibid.

比例居高不下。在一些学院，例如穆希姆比利医学院（2002年），不及格和重修率高达50%左右，理学和数学学院的学生状况也大同小异。表8-1-5提供了达累斯萨拉姆大学的学生表现出来的学业水平，提供了大学生在参加达累斯萨拉姆大学的考试之后，能进入下一年学习的学生的百分比。值得注意的是，进入下一年学习的学生的百分比从2002/2003年的91%左右小幅度提升到2003/2004年的超过92%。[1] 而2004/2005学年还缺乏可信的统计数据。

表8-1-5　　　　　　达累斯萨拉姆大学各校区
　　　　　　　　　大学生的考试表现[2]

校区	学年	参考者	通过	缓考	重考	延期	不完全通过	留级	缺考/中止	作弊	进入下一年学习的学生	休学	除名	中止
校本部	2000/2001	5601	3921	1580	70	70	2	8	109	9	5140	0	59	5
	2001/2002	6356	4292	1562	74	58	0	6	264	99	5786	0	4	14
	2002/2003	7458	4946	1830	66	69	100	68	310	90	6784	0	25	14
	2003/2004	8350	5850	2200	50	40	80	45	150	70	7700	0	18	6
医学院	2000/2001	682	440	213	1	7	0	0	40	1	645	0	0	1
	2001/2002	872	608	191	1	5	0	0	47	0	828	0	0	0

[1]　USDM. *Facts And Figures* 2005/2006. UDSM，July 2006，pp. 15，65.

[2]　Ibid.

校区	学年	参考者	通过	缓考	重考	延期	不完全通过	留级	缺考/中止	作弊	进入下一年学习的学生	休学	除名	中止
医学院	2002/2003	934	627	256	0	3	2	12	13	6	791	130	0	2
	2003/2004	1054	709	301	0	4	3	13	20	7	964	0	0	2
	2004/2005	872	608	191	1	5	0	0	47	0	828	0	0	0
土木建筑学院	2000/2001	684	260	115	4	6	2	0	7	0	677	—	—	—
	2001/2002	720	506	187	11	5	8	0	15	31	691	—	—	—
	2002/2003	866	626	157	4	5	1	0	18	56	747	—	—	—
	2003/2004	914	680	149	33	8	16	0	7	18	905	—	—	—

从表 8 - 1 - 5 的统计来看，达累斯萨拉姆大学各校区大学生考试一次通过率一般在 70% 左右。这使 30% 左右的学生在大学读书的时间要在 4 年以上（达累斯萨拉姆大学大学生的学制一般为 3 年）。大批学生的延期毕业，使大学的办学效能受到很大影响。值得注意的是，土木建筑研究学院的学生考试一次通过率，从 2000/2001 年的 38% 提高到 2003/2004 年的 74.4%，提高很快。

5. 学生入学和毕业年龄的高龄化

坦桑尼亚大陆的教育体制是小学 7 年，初中 4 年，高中 2 年；桑给巴尔岛为小学 8 年，初中 3 年，高中 3 年。大学本科学制一般

是 3 年,硕士生 2 ~ 3 年。高等院校一般在 9 月或 10 月开学。在
2003 年以前,中学生在进入一个高等教育机构以前必须接受 6 个
月的公民兵役训练。加上中学生高中资格证书考试(ACSE)的成
绩在 10 月份公布,中学生毕业后一年才能上大学。因此,一个 7
岁就上小学的学生,读大学的年龄一般要到 22 岁后。[1] 在这种情
况下,大多数学生要在 26 岁以上才能大学毕业。坦桑尼亚的教育
体制使学生花在学业上的时间过长,以至于他们经受不起这种教
育体制。此外,一些院系的学生有许多是大龄的新生或同等学力
的大龄人,这就剥夺了许多年轻人第一次接受高等教育的机会。
总的来说,这种教育体制没能利用一些学生早熟的优势。

6. 男女生比例的失衡

据坦桑尼亚政府 2000 年公布的数据,坦桑尼亚人口中有
51% 是妇女,15 周岁以下的人口占 46% 。[2]但是,坦桑尼亚中学
和大学的女生入学率一直很低。1994/1995 ~ 1998/1999 年,坦
桑尼亚高等院校女生平均仅有 21% ,工科院校和职业教育学校
中的女生比例则更低(见表 8 - 1 - 6)。这种状况与投资妇女教
育的高昂的社会回报率是不相适应的。

表 8 - 1 - 6　　1994/1995 ~ 1998/1999 年坦桑尼亚
　　　　　　　部分高等教育机构的女生比例 (%)[3]

院校	1994/ 1995	1995/ 1996	1996/ 1997	1997/ 1998	1998/ 1999
达累斯萨拉姆大学校本部	17	15	16	18	23

① Cultural Affairs Assistant and Educational Advisor, *Tanzania Educationl System*. 2005.

② United Republic of Tanzania, *Tanzania Assistance Strategy*. May 2000.

③ J. C. J. Galabawa, *Education Sector Country Status Report* (*Tanzania*). Dar es Salaam, Ministry of Education and Culture, Feb. , 2001. Table 7. 2.

续表

院校	1994/ 1995	1995/ 1996	1996/ 1997	1997/ 1998	1998/ 1999
穆希姆比利医学院	25	26	25	28	24
索考伊内农业大学	23	25	23	24	23
各技术学院	6	6	6	6	8
私立大学	无数据	无数据	35	34	26
平均	17.8	18	21	22	21

为了提高女生入学率，坦桑尼亚政府采取了许多积极措施，达累斯萨拉姆大学也自 1996/1997 年以来采取了肯定性行动方案。经过坦桑尼亚政府近 10 年的努力，大学女生入学率有了较大的提高。如前所述，2005/2006 学年大学招生数，29 所高等院校批准招收新生 10854 人，其中男生 7675 人，女生 3182 人，女生占 29.3% 。① 这个数据仍然是偏低的。女生入学率偏低，导致了妇女社会地位的低下，绝大多数妇女只能从事农业劳动和城市中下层劳动。

7. 大学毕业生专业水平低

据 2004 年坦桑尼亚科技和高教部的分析，大学毕业生专业水平低主要表现在以下几个方面：

（1）他们无力胜任像教育、法律、管理之类的工作；

（2）在招聘面试和工作中不能表达自己；

（3）当工作需要操作计算机时，缺乏操作计算机的技巧；

（4）当邻国需要引进英语、科学和数学教师时，毕业生无法在邻国的招聘市场上竞争；

---

① The Higher Education Accreditation Council (HEAC), *Guide to Higher Education in Tanzania*, 2005. Third Edition, Dar es Salaam, 2005. pp. 13 – 15.

（5）本国的院校很难招收到外国留学生。[①]

8. 艾滋病的困扰

全球艾滋病病毒/艾滋病数据以及来自坦桑尼亚卫生部的统计数字显示，约有一半的新增感染者年龄是在 15～34 岁，这和达累斯萨拉姆大学的学生年龄群很相似。坦桑尼亚的艾滋病病毒/艾滋病情况比非洲北部和西部严重，比非洲南部好。众所周知，2/3 的世界艾滋病病毒/艾滋病病例是在撒哈拉以南非洲。

表 8 - 1 - 7　　坦桑尼亚每 10 万人中死于艾滋病的
　　　　　　　　人数（截至 1997 年 8 月）[②]

年　　龄	男	女
15～18	10	50
19～22	50	200
23～26	60	400
27～32	480	700
33～38	500	430
39～41	310	210
45～49	185	75
合计	1595	2065

资料来源：UNDP, *Tanzania Human Development Report*. 1999. p. 1.

从表 8 - 1 - 7 可以看出，在坦桑尼亚 23～38 岁人群是艾滋病高发群体。而大学生和青年教师也正好在这个年龄群体中。

在达累斯萨拉姆大学，1986 年至 1999 年间共有 40 个学生和 106 名职员的艾滋病病例报告，累计死于艾滋病的在校本部的

[①]　MSTHE, *Higher and Technical Education Sub — Master Plan*（2003～2018）. Vol. II, Dar es Salaam, 2004. pp. 28 - 29.

[②]　Ministry of Education and Culture（URT）, *Education Sector Country Status Report*（*Tanzania*）. p. 11, Table 1. 15.

学生和教职工分别是 16 名和 49 名。虽然数字不是来自官方，但已对大学产生严重影响。这个情况要求采取谨慎的控制措施。艾滋病病毒/艾滋病的负面影响包括：人力资本投资的损失；某些学科稀有人才流失；由于患病或死亡，教职工的工作时间减少；学生身败名裂导致辍学甚至自杀；增加了学校的社会福利和医疗费用支出。

9. 高等教育发展与社会需求之间的矛盾

在改善个人收入和居住条件的同时，高等教育还在更为广泛的社会里充实着人们人力资源拓展的意识，其中包括雇用群体（employment generation）。因此无论个人还是社会都对高等教育充满了期待。大多数家长都希望自己的孩子能接受高等教育，使他们能进入社会上层，获得更多的收入，摆脱贫困带来的恶性循环。

据世界银行 2000 年的报告，坦桑尼亚受过初等、中等、高等教育的人的工资水平比例为 1：2：4。[1] 除此之外高等技术教育实质上还提高了劳动者的生产率，使个人和国家变得更为富足。教育日益使人们喜爱上丰富的精神生活，又向社会提供了社会的、文化的、政治上的益处，教育培养了民主的价值，保存了一个民族的文化遗产。社会发展急需高等教育的发展，但高等教育的发展目前无法满足社会的需求。

在地理上，坦桑尼亚是一个大国，拥有着多样的文化和差别很大的经济收入。据估计 50% 以上的家庭生活在贫困线以下，他们每年的收入依旧十分低，仅有约 240 美元。很多学生由于贫困没有机会接受高等教育。其结果是可能会出现严重的社会不平

---

① World Bank, *Higher Education in Developing Countries*. Washington, D. C. , 2000.

MSTHE, *Higher and Technical Education Sub — Master Plan* (2003 ~ 2018). Vol. II, Dar es Salaam, 2004. p. 31.

等和贫富分化现象，继而扰乱国家的和平与安宁。这需要政府的
干涉以使贫穷的学生有接受高水平教育的机会。

坦桑尼亚的很多地区和社区日益在从国家教育和经济机会的
主流中被边缘化。同时，第三级教育和高等教育学校被一些特定
的群体把持着。在高等学校存在着种族、宗教、地区的不平衡。
此外，高等院校的地理分布也很不均衡，临地（Lindi）、马特瓦
拉（Mtwara）、辛吉达（Singida）和多多马等地区的高等院校设
置较少，国家必须想方设法鼓励和资助这些地区发展高等教育，
使它们能得到全国教育服务中的平等份额。以上这些问题必须通
过教育体制改革来解决。

10. 管理体制和行政管理人员素质问题

坦桑尼亚与非洲其他许多国家一样，各公立大学普遍存在着
管理人员教育水平低、素质低，管理和行政设施陈旧过时、低效
无用，管理系统低效、官僚作风严重。众多高校的教学和研究人
员少于非学术人员、管理人员，大学管理机构存在严重的比例失
调。2005/2006 年，达累斯萨拉姆校本部、穆希姆比利医学院的
行政管理人员数量大大超过教师的人数。达累斯萨拉姆大学校本
部行政人员数量甚至比教师多出 60%（详见第三章第二节）。大
学的财政资源主要用于非教学人员的支出，限制了增加新的教学
职位，阻碍了提高学科专业。当非学术人员数量过多时，学校将
面临人员臃肿、各种服务机构与学生之间缺乏沟通和高校的运营
成本大大提高等问题，还导致员工薪酬微薄。虽然非学术人员也
很重要，但其过高的比例耗费了高校实现其基本职能——教学和
研究所必需的资源。为了确保一些重要领域的财政资源分配，坦
桑尼亚大学必须重视减少这些有重大影响但却不能促进学校持续
发展的财政负担。

2001 年，一份关于达累斯萨拉姆大学组织机构的报告表明，
目前的大学机构存在着许多内在的问题。这些问题主要有：过度

的集权控制；全体教职员工分属两个机构管理，一个属于学术副校长办公室（Chief Academic Officer，CACO），一个属于行政副校长办公室（Chief Administrative Officer，CADO），而这两个机构相互竞争和牵制；在决策制定方面对委员会的过度依赖，致使管理效率低下；与国际标准相比，对学术副校长办公室和行政副校长办公室的管理控制过于严格，从而削弱了其效率。[①]

坦桑尼亚高等院校行政管理人员的学历很低。2005/2006年，达累斯萨拉姆大学主校区有行政管理人员 655 人，其行政人员中拥有学士学位以上文凭的有 97 人，仅占行政管理人员总数的 14.8%，初中（四级）及以下学历的有 451 人，占 68.9%；穆希姆比利医学院有行政管理人员 345 人，其中拥有学士以上文凭的仅 87 人。[②] 大量低学历管理人员的存在，导致管理人员素质较低。在坦桑尼亚各高校，行政管理人员并不追求高学历。

以上种种问题，严重制约了坦桑尼亚高等教育的发展。坦桑尼亚政府正采取多项措施，力图解决上述问题。

第二节　高等教育发展的措施和前景

一、提高入学率的措施

为了解决学生入学率低、高等学校办学效能低等问题，坦桑尼亚科技和高教部自 2000 年以来制订了一系列的计划，提出了一系列整改策略和目标。这些计划有《中期经费支出纲要》

---

①　Brian Cooksey & Daniel Mkude, *Higher Education in Tanzania: A Case Study.* 2001. Chap. Five. (http://www. foundation-partnership. org/pubs/tanzania/index. php? chap = chap5.)

②　USDM. *Facts And Figures* (2005/2006). UDSM, July 2006, p. 152.

（*Medium-Term Expenditure Framework*，2000）、《硕士培养计划》（*Master Plan*，2003）、《高等教育和技术教育硕士以下发展计划（2003～2018）》 （*Higher Technical Education Sub-Master Plan <2003～2018>*，2003）等。

《高等教育和技术教育硕士以下发展计划》和《硕士培养计划》承诺要扩大公立和私立的高等和技术教育院校的办学规模，主要是扩大学生招生人数，增加专任教师数和教室数量。

为增加学生入学率的一些策略包括：

① 提高现有的院校、教室和专任教师的利用率；

② 开设晚上和周末的课程；

③ 鼓励各校设立降低入学条件的理学和工科学位课程计划；

④ 增设远程学习专业课程；

⑤ 坦桑尼亚开放大学运用计算机网络互动技术来提升入学率；

⑥ 扩大教育投资的渠道（如鼓励私人投资的特殊政策）；

⑦ 选择性地发展基础设施建设；

⑧ 在开设晚上和周末的课程和增设远程学习专业课程的同时，引入与劳动力市场直接相关的课程。

为落实和实施以上措施，坦桑尼亚政府制定了2003～2008年各阶段的具体目标。

（1）2004年6月前，在科技和教育部、教育和文化部、学校、地方政府、高等教育审查委员会、国家技术教育委员会（NACTE）和财政部门等的共同努力下，正式开始实施上述行动计划。

（2）在扩大高等教育水平之前，鼓励初中和技术教育扩大招生（到2010年前，每年以50%的增长率增长），为高等教育的生源打基础。到2007年6月，高中毕业生（A级）上大学的升学率从30%增长到80%。

（3）2003年7月前，高等教育和技术教育的社会/私人允诺的基金到位。

（4）制订公立和私立学校不同的学生培养计划；到 2003 年 7 月前，制订基于培养成本的私立院校奖学金计划。

（5）在扩充全日制学生人数的同时，大力增加兼职、远程学习的学生人数：到 2008 年 7 月，在校全日制学生人数达到 30000 人，在校兼职学生人数达到 10000 人；远程学习学生入学人数达到 15000 人。

（6）到 2008 年，大学生毛入学率（GER）增长到 2.5%（相当于东非大学生入学率的中等水平）。

（7）努力改善学生食宿条件，促进第三方/私人投资。到 2008 年 7 月，争取 25000 名大学生的食宿由非政府部门的资金来安排。

（8）2003 年 7 月，启动选择性的高等院校基础设施计划。

（9）2004 年 7 月，设计计算机网络技术，以促进计算机网络互动技术的发展和远程教育课程的传输。

（10）大力推进技术教育的发展。具体措施有：

2005 年 7 月，阿累沙和穆贝亚工学院引入工程学高级证书课程；

2008 年 7 月，技术教育学生的入学人数增加 20%；

2006 年 7 月，建立三个地方性技术学院；

2008 年 7 月，再建立三个地区性的技术学院；

2008 年 7 月，完成为学生入学数提高而做的基础设施建设；

2008 年 7 月，阿累沙和穆贝亚工学院及达累斯萨拉姆工学院引入新的专业技术学位课程（academic-cum-professional course programmes）。[①]

---

① MSTHE, *Higher and Technical Education Sub — Master Plan* (2003 - 2018). Vol. II, Dar es Salaam, 2004. pp. 64 - 66.

（11）提高高等院校的师生比。

高校在校大学生人数从 2001 年的 10400 名增加到 2007 年的 30000 名，高等教育院校的师生比从 2001 年的 1:8 增长到 2007 年的 1:18；高等技术院校的师生比逐年增长，从 2001 年的 1:9 增长到 2002 年的 1:10，2004 年到 1:12，2007 年达到 1:18。[1] 这个目标比 2001 年坦桑尼亚政府在《教育和培训十五年发展规划》中提出的目标（到 2015 年高等院校各学科教师和学生的比例达到 1:12[2]）要高。

截止到 2007 年 4 月，达累斯萨拉姆大学本科生的师生比已达到 1:22，坦桑尼亚开放大学的师生比达到 1:28.5，[3] 但其余高校师生比仍未达到 1:18 的目标。

二、加大高等教育经费投入

2003 年，坦桑尼亚科技和高教部在《高等教育和技术教育硕士以下发展计划（2003～2018）》中准备采取开源节流三方面的措施来拓展高等教育经费投入。一是通过发展国民经济、提升经济实力来加大政府教育预算拨款，加大教育经费投入；二是拓展捐赠经费渠道，寻求国内和国际社会更多的赞助经费，增加教育经费来源；三是加强财政监管，提高教育经费使用的效力。具体措施有：

2003 年，坦桑尼亚政府计划在 2003～2018 年间把教育预算份额提高到政府每年年度预算的 25%（即年度预算扣除债务支

---

①　MSTHE, *Higher and Technical Education Sub — Master Plan*（2003～2018）. Vol. II, Dar es Salaam, 2004. pp. 106－107.

②　The United Republic of Tanzania: *The Education and Training Sector Development Programme Document*, *Final Draft*, August, 2001. pp. 6－7.（http: //www. moe. go. tz/ pdf/SDP-Document-final%20draft. pdf.）

③　The Open University of Tanzania, *Facts and Figures* 2006. pp. 13, 32.

出和人员薪水之后所剩余43%预算中的25%）；

国内生产总值（GDP）每年的增长将保持在6%左右并实行和国民生产总值相关的更高的退税（也就是说，比现今11%的退税额更高）；

把"高负债贫穷国（HIPC）"减免资金更大的份额，至少是25%，用在教育部门（教育和文化部及科技和高教部）。

建立"捐赠规划基金会（DPDF）"来引导公益性捐助；把更大份额的捐赠款（从9.5%左右上升到15%左右）划拨给教育和文化部及科技和高教部，作为国家教育拨款的有机组成部分；

高等教育和技术教育院校加强机构改革，加强学校自治权；

科技和高教部将提高高等教育和技术教育院校的办学效率，培养高校的成本意识，进行成本核算，想方设法减少成本支出；各高等教育和技术教育院校根据本校办学能力确定招生规模，建立高等教育和技术教育机构批准体系（2002年7月已建成）；

将引入按人计算补助费和投资资金管理系统，所有投资资金必须用于学校的基础设施建设和发展，不得用于教职工的薪水开支；

政府将建立短期信贷基金，以帮助各院校维持和扩建基础设施。

建立一个专门创设加以共享的"高等技术教育发展项目基金"（HTEDF）。它是坦桑尼亚国家银行预算案中的"教育发展规划基金（EDF）"的一部分。

为了确保足够的财力和有效的资金管理，减少教育经费缺口，坦桑尼亚高等教育和技术教育的《硕士计划》优先考虑采用以下措施：

（1）共享政府以及赞助者的财力；

（2）通过每一个赞助者的财政赞助，建立基金管理自治机构；

（3）需要学校改革计划和预算；

（4）通过监督部门确保学校的透明性和可核查性；

（5）对资金管理、报告和审计进行委托管理；

（6）引入资金运行的监督和报告机制；

（7）监控和评估关键性指标的执行情况。[1]

2003～2009年，坦桑尼亚高等教育经费安排如下表。

从2003～2018年，高等教育院校具体的财务指标计划如下：

高等教育院校教职工的工资每年增长率为4%，低于国内生产总值每年6%的增长率；

从2003年开始，就读夜校学位课程的学生必须负担10%的培养成本；

分配给高等教育院校的常规经费预算分配占国家教育经费总预算的12%；

政府为高等院校的重建和扩建提供信贷支持。[2]

提高高等教育院校每生的培养费，提高的部分主要是教学实践费用。每生的培养费从2001年的1735458先令，提高到2007年的2141389先令（其中教学实践费用1378071先令）。[3]

从2003～2018年，技术教育院校具体的财务指标计划如下：

教师工资每年增长4%，低于国民生产总值6%的增长率；

分配给技术教育院校的常规经费预算占国家教育经费总预算的6%；

各技术院校不再扩大教师编制，新教师的引进仅仅因为自然

---

①　MSTHE, *Higher and Technical Education Sub — Master Plan* (2003 - 2018).
Vol. II, Dar es Salaam, 2004. pp. 104 - 106.

②　Ibid., pp. 105 - 107.

③　Ibid., p. 106.

表 8 - 2 - 1　　2003 ~ 2009 年坦桑尼亚高等教育经费预算（百万先令）①

收支项目 \ 年份	2003	2004	2005	2006	2007	2008	2009
国内生产总值	7557920	8011395	8402079	9001604	9541700	10114202	10721054
GDP 增长（%）	5	6	6	6	6	6	6
退税税率（%）	11	12	12	12	13	14	15
国内税收	831379	961367	1019049	1080192	1145004	1314845	1608158
高负债贫劳国减免资金	7500	7500	7500	7500	7500	7500	7500
国家经费预算总额	838871	967867	1026549	1087692	1152504	1322345	1615658
教育经费支出在国家经费净预算（TP Exp.）中的比重（%）	25	25	25	25	25	25	25
教育经费支出	209718	241966	256637	271923	288126	330586	403915
高等教育经费支出 12%	25166	29035	30796	32630	34575	39670	48469
技术教育经费支出 6%	12583	14518	15398	16318	17288	19835	24234

① MSTHE, *Higher and Technical Education Sub — Master Plan* (2003 - 2018). Vol. II, Dar es Salaam, 2004. pp. 119, 123.

损耗（退休、生病、死亡等），以期教师效能的提高。

根据 1998 年人力资源调查报告，坦桑尼亚在国内生产总值增长率为 6% 的情况下，每年需要新增 6500 名工程师和技术人员。因此，2001～2007 年工科（技术）院校在校学生必须从 2000 名增加到 15000 名，以培养大批实用型的技师、技术专家和工程技术人员；

按学校最佳招生状态，全额核算学生的培养费；

就读夜校学位课程的学生必须负担 5% 的培养成本；

达累斯萨拉姆工学院、阿鲁沙技术学院和姆贝亚技术学院容纳学生的利用指数将从当前的 0.4 提高到较高水平的 0.9～1.0 左右。

提高技术教育院校每生的培养费，提高的部分主要是教学实践费用。该类院校每生的培养费从 2001 年的 512418 先令提高到 2007 年的 575745 先令。[1]

2003 年，坦桑尼亚政府在《高等教育和技术教育硕士以下发展计划（2003～2018）》中，对 2003～2007 年高等教育和技术教育经费预算做了规划，在这个五年计划时期，需要大约 3620 亿坦桑尼亚先令（约合 4 亿 3 百万美元），其中高等教育共需要 3010 亿坦桑尼亚先令，而技术教育需要 610 亿坦桑尼亚先令。这些经费主要用于 9 个发展项目，即部门的合理化建设，招生规模的扩大，性别失衡的调整，质量改进，与艾滋病的斗争，财政效率最优化的改革，工作和办学效能的改革，学校招生能力的扩展，学校创收，以及科学技术的转化。[2]

在高等技术教育中招生规模的扩大，性别失衡的调整和质量

---

① MSTHE, *Higher and Technical Education Sub — Master Plan* (2003～2018). Vol. II, Dar es Salaam, 2004. p. 108.

② Ibid. , p. 109.

的改进，这是政府优先考虑的经费预算项目。因此，政府对这 3 项投入 3170 亿坦桑尼亚先令，这占到了所有项目发展经费的 88%；其中总经费预算的 67% 用于招生规模的扩大，20% 用于质量改进。①

在加大高等教育经费投入的同时，坦桑尼亚国民必须树立负担一部分教育费用的意识。否则，仅靠政府和社会捐助的力量，坦桑尼亚教育经费的投入很难在短时期内有大的改观。

三、防治艾滋病的措施

为了减少艾滋病的困扰，坦桑尼亚卫生部在 1998 年制订了一个抗击艾滋病的计划，名为《第三个中期防治艾滋病计划的战略规划（1998～2002 年）》。②在这个计划里，坦桑尼亚政府认识到政府部门应当发挥抗击艾滋病传播和影响的能动性，调动和协调政府各相关部门的力量，采取主动和积极的措施来预防和治疗艾滋病，尽力阻止艾滋病的蔓延。

2001 年 11 月，坦桑尼亚总理办公室（Prime Minister's Office）在多多马颁布了《防治艾滋病国策》（National Policy on HIV/AIDS）。为了预防和治疗艾滋病，提高艾滋病病毒携带者和患者的社会地位，扼制艾滋病蔓延的趋势，坦桑尼亚政府采取了一系列措施，并制定和颁布有关艾滋病的法律，在法律上确定艾滋病病毒携带者和患者的权利和义务，扼制艾滋病的蔓延。③

2003 年，在《高等教育和技术教育硕士以下发展计划

---

① MSTHE, *Higher and Technical Education Sub — Master Plan* (2003 ~ 2018). Vol. II, Dar es Salaam, 2004. pp. 106 – 110.

② Ministry of Health (URT), *Strategic Framework for The Third Medium-Term Plan (MTP-III) for Prevention and Control of HIV/AIDS/STDs*, 1998 ~ 2002. Dar es Salaam, 1998.

③ Prime Minister's Office (URT), *National Policy on HIV/AIDS*. Dodoma, 2001.

（2003～2018）》中，坦桑尼亚科技和高教部决定集中精力制订和实施一系列优先计划，减少由于疾病引起的教师减员和学生辍学与旷课。他们的具体措施是：立即在全国范围内的高等教育和技术教育院校中开展行为和方式的转变活动，使各院校战略规划中的行动纲领立即发生有效的转变，尽最大力量挽救那些没有感染艾滋病病毒的人，尤其是各大专院校中的适龄大学生人群。立即制订一个计划，以宣传和推广师生志愿测试艾滋病病毒活动，让这项措施成为学校健康中心的战略规划中的有机组成部分，并编辑和印刷防治艾滋病的公共教育材料，于 2005 年前在所有高等教育和技术教育院校中散发。为了解决女性在社会和经济中的地位相对弱小问题，在 2003 年 6 月前通过网络呼吁妇女提高保护自己的意识，并教育男性不要使用性暴力；与此同时，让高等教育和技术教育院校的人才引进制度发生重大改变，以解决师资需求短缺的矛盾。坦桑尼亚科技和高教部希望通过上述措施，在 2003 年年底前让那些疲惫的或已离岗很久的教师重返岗位，将各校雇用的教学助手列入学校员工常规发展规划和其他陪训计划。为了实施上述措施，坦桑尼亚政府规定，在 2005 年所有高等教育和技术教育院校必须在经费预算中单列"防治艾滋病经费"项目。① 在 2003～2007 年国家高等教育和技术教育经费预算中，"防治艾滋病经费"为 40 亿先令，占同期经费预算总额的 1.1%，平均每年 8 亿先令（88 万美元）。

　　面对艾滋病日益泛滥的局面，达累斯萨拉姆大学也制订了艾滋病预防和干预方案，其主要内容包括：在大学健康中心提供预防和医疗服务；大学健康教育计划；大学青年师生的生殖保健计划。

---

① MSTHE, *Higher and Technical Education Sub — Master Plan* (2003～2018). VOL. II, Dar es Salaam, 2004. pp. 71 –72.

　　尽管这些措施有助于提高人们对艾滋病病毒/艾滋病的认识，但它们是远远不够的。鉴于问题的严重性，还有很多事情要做。在坦桑尼亚，即使在大学里，也有不准公开讨论性行为的文化禁忌。[1] 所以，上述措施在实施过程中遇到许多障碍。

　　2006 年 1 月，联合国教科文组织（UNESCO）发布了《艾滋病教育计划：教师培训和教育——基于网络平台的非洲十国研究》。这份文件肯定了坦桑尼亚政府 5 年来在抗击艾滋病方面的措施。这些措施包括在中小学开展艾滋病防治和生活方式教育，在"2003~2007 年教育部门战略规划（ESSP）"中列入抗击艾滋病的内容，在桑给巴尔一些教师培训学院的"学者俱乐部"中开展性健康教育，等等。[2]

四、改善教学设施和提高教学质量的措施

　　近 10 年来，坦桑尼亚许多高等院校开始注重改善教学设施和提高教学质量，并采取了一些改革措施。其中，以达累斯萨拉姆大学的改革措施最为全面和系统。最初达累斯萨拉姆大学改革集中在财政金融和行政结构改革以及相关配套的法律框架。自 1998 年以来，改革努力已扩大到教学和学术领域。朝这个方向改革的第一步是 1998~1999 年进行学术审计工作（the academic audit exercise）。

　　达累斯萨拉姆大学把改革的重点移至学术结构和进程的改革，并把这项改革作为大学的核心任务。在改革进程中，该大学集中精力解决教什么，如何教，谁去教，在什么样的环境下教

---

① Brian Cooksey & Daniel Mkude, *Higher Education in Tanzania: A Case Study-Economic, Political and Education Sector Transformations.*

② UNESCO, *HIV and AIDS Education: Teacher Training and Teaching — A Web-based Desk Study of 10 African Countries.* Paris, 2006. pp. 39 – 41. (http://unesdoc. unesco. org/images/0014/001436/143607E. pdf.)

学，有什么效果，如何适应整个社会的需求等问题。为了解决这些改革的关键问题，达累斯萨拉姆大学制定了四个"制度改革规划"（Institutional Transformation Programme，ITP，1994）文件，即《学术审计报告》（the Report on the Academic Audit，1998），《学院和研究所 5 年滚动战略规划》（the Five-Year Rolling Strategic Plans of Colleges，Faculties and Institutes，1999），《校级 5 年战略滚动计划（2000 ~ 2004）》（the University-Level Five-Year Strategic Rolling Plan ［2000 ~ 2004］，1999），《达累斯萨拉姆大学未来优先支持领域议案》（the Proposed Priority Future Support Areas for UDSM，2000）。在这些文件中，为了大大推进改革进程向前发展，达累斯萨拉姆大学计划把经费投到以下领域内：

1. 改进教学过程

为了改善教学效能，学校提出了一些有针对性的措施。例如提高师生计算机方面的素养，改善图书馆的设施和网络。

与此同时，学校对学生的学习能力给予特殊的关注。因为即使课程和教学大纲能够安排得既充分又实用，传授渠道也能做得很完善，然而，学生的学习能力才是能否最大化利用这些课程资源的决定性因素。有证据表明，坦桑尼亚大学生在学习效率方面的能力很差，部分原因是英语使用上的困难。大学应当采取措施，找出学生学习能力薄弱的根源，并且采取相应的措施来改善这种状况。

2. 师资队伍建设

一个大学的办学水平与其教师水平有着直接的关系。有一支高水平的师资团队才能有高水平的大学。在许多大学，博士、教授主要集中在几个学科，而且他们的年龄老化。即便是达累斯萨拉姆大学也是如此。20 世纪 90 年代以来，许多高等院校停止人才补充，使得大学在教学与研究上的继承性与连续性变得极其薄弱。为了加强师资队伍建设，达累斯萨拉姆大学在 1994 年制定的《制度改革规划》（ITP）中，对于那些国家急需的新兴学科和那些过去缺少教师的重要传统学科给予特别的关注；大学和政府也考虑采取等级激励制度，以提高优秀的教师留在大学里的积极性。达累斯萨拉姆大学计划通过以下措施来加强教师队伍建设：文科教师博士化；文科教师和理工科教师硕士化；对文科教师、工科教师和管理职员进行短期培训和交流；对全体教师实施专业进修教育方案和文科教师的公休假制度，使其和当今迅速变化的知识内容、结构和传输系统保持一致。

五、改革组织机构和管理方式的措施

自 20 世纪 90 年代中期以来，以《高等教育的政策》、《在坦桑尼亚建立高等教育机制的用途》、《关于达累斯萨拉姆大学的议案》和《达累斯萨拉姆大学战略合作计划》等文件的发布为契机，达累斯萨拉姆大学等院校开始了机构改革。《高等教育的政策》文件明确了大学的地位和功能。《关于达累斯萨拉姆大学的议案》明确了大学管理者的法律地位，授予大学管理者应有的管理权限。《达累斯萨拉姆大学战略合作计划》确定了达累斯萨拉姆大学机构改革方的目标之一就是建立一个不受外部过多控制的机构。根据这 4 份文件，达累斯萨拉姆大学建立了一个由 3 个副校长组成的新的组织机构，分别负责教学、科研、咨询，规划、财务和开发，人力资源的管理和总管理处。

为了发展更有效的管理方式，达累斯萨拉姆大学正努力使不同层次的学院和系科独立化、合理化，对相对独立学科采取更好的协调方式和分散管理方式。新的管理方式具有以下几个特征：

① 对学校的董事会、委员会以及学院职能部门进行改组，使其权力更加全面、清晰；

② 加强学科一级单位在财政和行政管理方面的权利，向学

院和系一级单位下放决策方面的权利；

③ 建立学科理事会；

④ 在教育计划、财务管理、人才培养和行政管理方面，加强各部门的协调。

达累斯萨拉姆大学还建立了一个信息管理系统，使其为管理者制定学校各种决策提供可靠的信息。与此同时，开发出一套多功能智能卡系统，负责管理诸如登记、检查、进入图书馆等程序，以提高工作效率。图书馆的管理设施升级换代，使其能够适应持续发展的学术需要。①

上述改革措施，在一定程度上提高了工作效率。但是，行政人员过多，人浮于事，管理人员素质不高，以及管理机构臃肿等问题，并没有得到根本的解决。这些问题制约了坦桑尼亚各高校的发展，各高校需要在今后的改革中认真加以解决。

---

① Brian Cooksey & Daniel Mkude, *Higher Education in Tanzania: A Case Study*. 2001. Chap. Five. (http://www.foundation-partnership.org/pubs/tanzania/index.php?chap=chap5.)

附录一

调查问卷

问卷（请在你认可的选项打"√"）

1. 请告知你的基本信息：

A 年龄（　　　）；B 性别（　　　）；C 未婚（　　　），已婚（　　　）。

2. 你双亲或你父亲的职业：

（A）农民；（B）工人；（C）公务员；（D）自由职业；（E）其他。

3. 你的家庭住址在：

（A）达累斯萨拉姆市；（B）其他市镇；（C）乡村。

4. 你的双亲的宗教信仰：

（A）基督教；（B）伊斯兰教；（C）本土信仰；（D）没有。

5. 你的宗教信仰：

（A）基督教；（B）伊斯兰教；（C）本土信仰；（D）没有。

6. 你的双亲每月收入相当于（　　　）美元；你在校每月生活费相当于（　　　）美元。

7. 你的学费和生活费主要来源于：

（A）双亲；（B）自己的积蓄和兼职工作；（C）贷款；（D）向亲戚朋友借。

8. 如果你的双亲不能提供足额的学习费用，你是：

（A）贷款；（B）向亲戚朋友借；（C）拖欠学费；（D）辍学。

9. 你选择所学专业的原因是（可以多项选择）：

（A）喜欢；（B）毕业后就业机会很多；（C）预期毕业后薪金较高；（D）父母的要求；（E）由于中学成绩不理想；（F）同学或朋友的影响。

10. 你对所学专业的满意程度是：

（A）满意；（B）比较满意；（C）不满意。

11. 你对所学专业的课程满意程度是：

（A）满意；（B）比较满意；（C）不满意。

12. 你认为自己所学专业的课程设置符合你今后的工作需要吗：

（A）符合；（B）比较符合；（C）不符合。

13. 你最喜欢听的课是（只选一项）：

（A）内容有趣的课；　（B）知识丰富、信息量大的课；（C）对自己今后工作帮助最大的课；（D）其他。

14. 你对多数教师的授课方式是否满意：

（A）满意；（B）不满意。

15. 毕业后你最希望的工作岗位在：

（A）政府部门；（B）非政府部门；

（C）大公司或大企业；（D）其他。

16. 毕业后你预期每月薪金最少相当于：（　　）美元。

17. 毕业后你理想的每月薪金相当于：（　　）美元。

18. 从大学毕业生的薪金收入看，你认为读大学是否划算：

（A）是；（B）否。

19. 你对大学中的社团活动是否感兴趣：

（A）是；（B）否。

20. 你认为大学生的工作能力主要应通过以下哪个途径获得（可以多项选择）：

（A）课堂学习；（B）图书馆；（C）社团活动；（D）社会工作。

21. 你认为贵校的图书馆对你的学习帮助大吗：

（A）是；（B）否。

22. 你对学校食堂的伙食是否满意：

（A）满意；（B）不满意。

23. 你对学校宿舍的住宿条件是否满意：

（A）满意；（B）不满意。

24. 你理想的配偶是（如果多项选择，请按重要程度排列）：

（A）收入高；（B）漂亮或英俊；（C）与自己情投意合，爱情至上；（D）门当户对；（E）对方的双亲社会地位高；（F）还没有考虑。

问卷统计（样本 156 人）

问题编号	分类子项	选答 A	选答 B	选答 C	选答 D	选答 E	选答 F	未选	合计人数
1	A 年龄	6	27	46	36	28	5	8	156
	B 性别	122	28					6	
	婚否	119	30					7	
2		77	19	10	32	8	10		
3		42	96	9	2		7		
4		115	36	1	1		3		
5		119	35	1	1				
6	双亲月收入	44	9	13	3	8	19	60	
	在校月生活费	64	15	3	6	26		42	
7		18	7	123	6	0		2	
8		110	16	2	20			8	
9		60	57	24	5	10		12	

续表

问题编号	分类子项	选答 A	选答 B	选答 C	选答 D	选答 E	选答 F	未选	合计人数
10		105	36	11				4	
11		100	41	5				10	
12		71	75	7				3	
13		12	21	91	22			10	
14		82	59					15	
15		63	36	40	11			6	
16		6	6	1	124			19	
17		4	2	49	78			23	
18		117	29					10	
19		135	17					4	
20		44	48	62	44			9	
21		95	55					6	
22		48	103					5	
23		49	100					7	
24		25	27	58	58	14	29	16	

注：2007 年 4 月对达累斯萨拉姆大学 52 人，达累斯萨拉姆工学院 104 人的调查。由于样本太少，此调查仅作为参考。

第 1 题：年龄 A. 21 岁以下；B. 22 - 23 岁；C. 24 - 26 岁；D. 27 - 30 岁；E. 31 - 40 岁；F. 40 岁以上。

性别 A. 男；B. 女。

婚否 A. 未婚；B. 已婚。

第 6 题：双亲月收入 A. 50 美元以下；B. 51 ~ 80 美元；C. 81 ~ 120 美元；D. 121 ~ 150 美元；E. 151 ~ 200 美元；F. 200 美元以上。

在校每生每月生活费 A. 90 美元以下；B. 91 ~ 110 美元；C. 111 ~ 130 美元；D. 131 ~ 150 美元；E. 150 美元以上。

第 16、17 题：A. 180 美元以下；B. 180 ~ 210 美元；C. 211 ~ 250 美元；D. 250 美元以上。

附录二

坦桑尼亚主要高等学校名录^①

大学

1. 达累斯萨拉姆大学（The University of Dar es Salaam，简称 UDSM）。坐落在达累斯萨拉姆市郊 12 公里的 Observation 山，Ubungo 区。P. O. Box 35091, Dar es Salaam, Tanzania. Tel：（255）–（022）– 2410500. Fax：（255）（022）2410078. E-mail：vc@ admin. udsm. ac. tz.

2. 索考伊（内）农业大学（Sokoine University of Agriculture，SUA）。The University is situated three kilometres South of Morogoro town. Contact：SUA, P. O. Box 300, Morogoro, Tanzania. Tel：255 – 23 – 2603511/14. E-mail：SUA@ sua. ac. tz.

3. 坦桑尼亚开放大学（Open University of Tanzania，OUT）。P. O. Box 23409, Dar es Salaam, Tanzania. Tel. （255）（022）2668992, 2668445, and 2668960. Fax：（255）（022）2668759. E-mail：avu. out@ udsm. ac. tz.

4. 纪念胡本特·凯鲁基大学（Hubert Kairuki Memorial University，HKMU）。P. O. Box 65300, Dar es Salaam, Tanzania. Tel. （255）（022）2700021/4. Fax：（255）（022）75591 0r 0811 320456. E-mail：info @ hkmu. ac. tz, secvc @ hkmu. ac. tz, vc @

---

① Ministry of Higher Education, Science and Technology：*List of Higher Learning Institutions*.（http：//www. tanzania. go. tz/educationf. html. ）

HEAC, *Guide to Higher Education in Tanzania*, 2005.

hkmu. ac. tz or miuhs@ raha. com.

5. 国际医科大学（International Medical & Technological University, IMTU）。P. O. Box 77594, Dar es Salaam, Tanzania. Tel.（255）（022）2647257, 2647036, 2647037. Fax：（255）（022）647038.

6. 坦桑尼亚圣·奥古斯丁大学（St. Augusine University of Tanzania, SAUT）。P. O. Box 307, Mwanza, Tanzania. Tel.（255）（028）2552725, 2550560. Fax：（255）（028）500575. E-mail：saut @ africaonline. co. tz, saut @ maf. org. Internet：http//www. members. tripod. com/SAUT.

7. 桑给巴尔大学（Zanzibar University, ZU）。P. O. Box 2440, Zanzibar, Tanzania. Tel.（255）（024）2232642, 2236388. E-mail：zanvarsity@ zitec. org.

8. 图迈尼大学（Tumaini University, TU）。P. O. Box 2200, Moshi, Tanzania. Tel.（255）（027）275291. Fax：（255）（027）2753612. E-mail：kcmc@ eoltz. com.

9. 布库巴大学①（University of Bukoba, UOB）。P. O. Box 1725, Bukoba, Tanzania. Tel.（255）（028）2220979. Fax：（255）（028）2220979. E-mail：uob@ udsm. ac. tz.

10. 穆祖贝大学（Mzumbe University, MU）。Contact：P. O. Box 1, Morogoro, Tanzania. Tel.（255）（023）4380 – 4. Fax：（255）（023）4011. E-mail：idm@ raha. com. Website.

11. 国立桑给巴尔大学（State University of Zanzibar, SUZA）。P. O. Box 146, Zanzubar. Tel.（255）（024）2230724/2233337. Fax：（255）（024）2233337. E-mail：takiluki @

---

① 在坦桑尼亚高等教育审查委员会2005年公布的招生院校名录中，没有这所学校。参见 HEAC, Guide to Higher Education in Tanzania, 2005.

zanlink. com.

12. 麦鲁山大学（The Mount Meru University, MMU）。
P. O. Box 11811, Arucsha, Tanzania. Tel. （255）（027）
2508801/2508802. Fax：（255）（027）2508821. E-mail：vicllor@
habari. co. tz.

13. 阿鲁沙大学（The University of Arusha, UoA）。P. O. Box7,
Usa River Arucsha, Tanzania. Tel. （255）（027）2553626. Fax：
（255）（027）2553626. E-mail：vince-goddard@ hotmail. com.

14. 莫罗戈罗穆斯林大学（The Muslim University of
Morogoro, MUM）。P. O. Box1031, Morogoro, Tanzania. Tel.
（255）（023）2600256. Fax：（255）（023）2600256.

15. 吉萨吉主教大学（Bishop Kisanji University, BIKU）。
P. O. Box1104, Mbeya, Tanzania. Tel. （255）（025）2502682.
Fax：（255）（025）2502155. E-mail：motheco@ elet. org.

大学学院（University Colleges）

1. 土木建筑研究学院（University College of Lands and
Architectural Studies, UCLAS）。P. O. Box 35176, Dar es Salaam,
Tanzania. Tel. （255）（022）275004, 272291/2. Fax：（255）
（022）75448 & 75479. E-mail：alfeo@ uclas. ud. co. tz.

2. 穆希姆比利医学院（Muhimbili University College of Health
Science, MUCHS）。P. O. Box 65001, Dar es Salaam, TANZANIA.
Tel：255 - 22 - 2150331. E-mail：principal@ muchs. ac. tz.

3. 伊瑞伽学院（Iringa University College, IUC）。P. O. Box
200, Iringa, Tanzania.

Tel. （255）（026）2720900. Fax：（255）（026）72720904.
E-mail：amblom@ maf. org.

4. 乞力马扎罗基督教医学院（Kilimanjaro Christian Medical

College < Centre > , KCMC)。P. O. Box 2240, Moshi, Tanzania. Tel. (255) (027) 54377/8/9. Fax: (255) (027) 54381. E-mail: kcmc@ eoltz. com.

5. 马库米拉学院 (Makumira University College, MUC)。 P. O. Box 55, Usa River-Arusha, Tanzania. Tel. (255) (027) 2548599, 2553634/5. Fax: (255) 0811 512050.

6. 图迈尼大学达累斯萨拉姆学院 (The Tumaini University Dar es Salaam College, TUDARCO)。P. O. Box 77588, Dar es Salaam.

7. 布甘多医学院 (The Bugando University College of Health Sciences, BUCHS)。P. O. Box 1464, Mwanza, Tanzania. Tel. (255) (028) 2500881. Fax: (255) (028) 2502678. E-mail: principal@ bugando. org Web: http: //www. Bugando. org.

8. 桑给巴尔教育学院 (The University College of Education Zanzibar, CEZ)。P. O. Box 1933, Zanzibar, Tanzania. Tel. (255) (024) 2234102. Fax: (255) (024) 2234101. E-mail: amacez@ zitec. org.

9. 莫希合作化和商业研究学院 (The Moshi University College of Cooperative and Business Studies, MUCCOBS)。P. O. Box474, Moshi, Tanzania. Tel: (255) (027) 54401/51833. Fax: (255) (027) 50806.

10. 木温吉教育学院 (The Mwenge University College of Education, MUCE)。P. O. Box 1226, Moshi, Tanzania. Tel. (255) (027) 2754156. Fax: (255) (027) 2751317. E-mail: stjosephmwenge@ yahoo. com.

11. 新闻和大众传媒学校 (Institute of Journalism and Mass Communication, IJMC)。P. O. Box 4067, Dar es Salaam, Tanzania. Tel: (255) (022) 2700236. Fax (255) (022) 700239.

E-mail：Director@ tsjtz. com. Web：http：//www. tsj. tznet. net.

12. 阿加汗大学（Aga Khan University，AKU-TIHE）。该校位于坦桑尼亚高等教育学校（Tanzania Institute of Higher Education）。P. O. Box 38129，Dar es Salaam. Tel. （255）（022）2122740/2122764. E-mail：aku-t@ afsat. com.

13. 鲁阿哈学院（Ruaha University College）。P. O. Box 774，Iringa，Tanzania. Tel. （255）（026）2702431. Fax：（255）（026）2702563. E-mail：rucosaut@ yahoo. co. uk.

14. 瓦尔多夫学院达累斯萨拉姆校区①（Waldorf College DSM Campus，WALDORF）。P. O. Box 77588，Dar es Salaam，Tanzania. Tel：（255）（022）2152285. Fax：（255）（022）151293. E-mail：waldorfdar@ cats. net. com.

大专级学校（Non University Level Institutions）

1. 商业教育学院（College of Business education，CBE）。P. O. Box 1968，Dar es Salaam，Tanzania. Tel. （255）（022）2150176，2150177，215017. Fax：（255）（022）150178.

2. 达累斯萨拉姆工学院（Dar es Salaam Institute of Technology，DIT）。P. O. Box 2958，Dar es Salaam，TANZANIA. Tel：255 - 22 - 2150174. Fax：（255）（022）2152504. E-mail：principaldit@ intafrica. com.

3. 金融管理专科学校（The Institute of Finance Management，IFM）。P. O. Box 3918，Dar es Salaam，Tanzania. Tel. （255）（022）2112931 - 4. Fax：（255）（022）211935. E-mail：lfm @ twiga. com.

---

① 在坦桑尼亚高等教育审查委员会 2005 年公布的院校名录中，没有这所学校。参见 HEAC，Guide to Higher Education in Tanzania，2005.

4. 达累斯萨拉姆会计学校① （Dar es Salaam School of Accountancy, DSA）。P. O. Box 9522, Dar es Salaam, Tanzania. Tel. (255)（022）2851035/37, 285192. Fax：(255)（022）851036.

5. 国立交通专科学校（The National Institute of Transport, NIT）。P. O. Box 705, Dar es Salaam, Tanzania. Tel. （255）（022）2200148/2400260. Fax：（255）（022）2443149. E-mail：nit@ intafrica. com.

6. 国立社会福利培训专科学校② （The National Social Welfare Training Institute, NSWTI）。Contact：P. O. Box 3375, Dar es Salaam, Tanzania. Tel. （255）（022）274443/2700918, 0811 341884. E-mail：nswti@ twiga. com.

7. 坦格鲁社区发展专科学校（The Institute of Community Development Tengeru, ICDT）。Contact：P. O. Box 1006, Tengeru-Arusha, Tanzania. Tel. 49 （ Duluti ） Request through TTCL operator）.

8. 阿鲁沙财会专科学校（Institute of Accountancy Arusha, IAA）。P. O. Box 2798, Arusha, Tanzania. Tel. （255）（027）2501416, 2501413 – 4. Fax：（255）（027）2508421. E-mail：iaa @ habari. co. tz.

9. 乡村开发规划院③ （The Institute of Rural Development

---

① 在坦桑尼亚高等教育审查委员会 2005 年公布的院校名录中，这所学校名为 "Tanzania Institute of Accountancy （TIA）"。但在 2007 年 3 月坦桑尼亚政府官方网站 （ http：//www. tanzania. go. tz/educationf. html； http：//www. tanzania. go. tz/educationf. html. ）上改为此名。

② 在坦桑尼亚高等教育审查委员会 2005 年公布的院校名录中，这所学校名为 "The Institute of Social Work （ISW）"。但在 2007 年 3 月坦桑尼亚政府官方网站上改为此名。

③ The United Republic of Tanzania, *National Website*. 2007. （http：//www. tanzania. go. tz/educationf. html. ）

Planning, IRDP)。The institute is located at Miyuji area, which is about 7 kms from Dodoma City centre along Arusha Road. Contact: P. O. Box 138, Dodoma, Tanzania. Tel. (255) (026) 2302147.

10. 公民教育中心 (The Civic Education Centre, CEC)。 P. O. Box 63142, Observation Hill, Changanyikeni, Dar es Salaam, Tanzania. Tel. (255) (748) 482436. E-mail: pmassawe @ yahoo. com.

11. 阿累沙工学院 (Technical College Arusha, TCA)。 Contact: P. O. Box 296, Arusha, Tanzania. Tel. (255) (027) 2502076, 2503040. Fax: (255) (027) 2548337. E-mail: tca@ habari. co. tz.

12. 莫希职业技术学院 (The Co-operative College of Moshi, CCOM, 或 MOSHI CO – OP)。Contact: P. O. Box 35176, Moshi, Tanzania. Tel. (255) (027) 54401/4, 51833. Fax: (255) (027) 50806.

13. 坦桑尼亚新闻专科学校 (Tanzania School of Journalism, TSJ)。Contact: P. O. Box 4067, Dar es Salaam, Tanzania. Tel. (255) (022) 2700236/7. Fax: (255) (022) 700239. E-mail: habari@ tsj. tznet. Website: http: //www. tsj. tznet. net. [①]

---

① 在坦桑尼亚高等教育审查委员会 2005 年公布的大专级院校名录中，没有阿累沙工学院、莫希职业技术学院、坦桑尼亚新闻专科学校三所学校。

附录三

坦桑尼亚部分高等院校介绍

1. 达累斯萨拉姆大学

该大学直属高教和科技部，是坦桑尼亚唯一的门类齐全的综合性大学，也是科学研究中心，其前身系东非大学坦噶尼喀分校，成立于 1961 年 10 月，当时作为自治政府总理的尼雷尔为名誉校长，东非大学总校设在乌干达。1970 年 7 月东非大学解体，遂发展为一所独立的大学。

大学校级领导机构由校长、副校长、教务长、总务长和理事会、参事会共同组成。按照坦桑尼亚法规，校长由总统兼任。副校长由校长任命。前任校长尼雷尔，后来校长是姆维尼总统。

达累斯萨拉姆大学有 6 个校区/学院，即校本部、穆希姆比利医学院（MUCHS）、土木建筑研究学院（UCLAS）、达累斯萨拉姆教育学院（DUCE）、姆克瓦瓦教育学院（MUCE）、海洋科学研究院（IMS）。除了海洋科学研究院外，其余 4 个学院都是独立的大学学院。

校本部设有一个校区学院（College）和 10 个院系（Faculty），即作为校区学院的工程技术学院，设电气和计算机系统工程系（ECSE），民用工程和建筑环境系（CEBE）、机械和化学工程系（MECHE）；校本部的院系还有人文和社会科学学院（FASS），工商管理学院（FoCM），教育学院（FoED）、信息和虚拟教育学院（FIVE）、法学院（FoL）、理工学院（FoS）、水生动植物科学技术学院（FAST）。

穆希姆比利医学院（位于达累斯萨拉姆市穆辛比利医疗中

心）由 5 个学校组成，即医校、牙科学、药学学校、护士学校、公共卫生和社会科学学校。

土木建筑研究学院设有两个系，即建筑和规划系，土木和环境工程系。

达累斯萨拉姆教育学院和姆克瓦瓦教育学院各设有 3 个系，即人文和社会科学系，理学系和教育系。

除了以上这些院系外，达累斯萨拉姆大学还设有其他一些学术机构，包括研究所（Institutes）、研究中心和处，这些单位的结构与前述院系不同。在达累斯萨拉姆大学校本部设有：工业协作处（BICO），教育研究和评估处（BERE），继续教育中心（CCE），环境研究中心（CES），经济研究处（ERB），企业家中心（EC），发展研究所，新闻和大众传播研究所（IJMC），斯瓦希里语研究所，海洋科学研究院，达累斯萨拉姆大学计算机中心（2001 年 1 月注册为有限公司），大学咨询处（UCB）。①

2005/2006 学年，达累斯萨拉姆大学校本部设有 4 个证书（certificate）专业，10 个文凭（diploma），3 个高级法院证书（advanced diplomas）专业，以及 76 个本科学位计划（dgree programmes），形成多层次办学模式。②

穆希姆比利医学院的学术机构有：医学协会，传统医学研究所。土木和建筑研究学院的学术机构有人居研究所。③

各学院以教学为主，设学士学位课程并招收硕士研究生和博士研究生。各研究院所以科研为主，一般不单独招生，但研究人员常在校内兼课。达累斯萨拉姆大学有较现代化的设施、设备和

---

① USDM, *Facts and Figures* 2005/2006. Dar es Salaam, 2006, pp. 1 – 3.

② USDM, *Prospetus*（2006/2007）USDM, 2006, p. 1.

③ USDM, *Facts and Figures* 2005/2006. Dar es Salaam, 2006, pp. 1 – 3.

实验室。2006 年，校本部图书馆藏书 405121 册。[①]

近年来，达累斯萨拉姆大学本科生人数迅速增加。1992 年至 1999 年，第一学年招生人数从 883 人增至 2055 人，增长一倍多。毕业生人数也开始上升。校本部和穆希姆比利医学院毕业生 1992 年有 777 人，到 1998 年上升为 1167 人，增加了 50%。同一时期，研究生学历的人数由原来的 110 人增至 126 人。[②]

2005/2006 学年，达累斯萨拉姆大学校本部注册大学生人数（包括证书班学生）为 12477 人，教师 685 人，师生比 1∶18.2（不包括研究生。包括研究生的师生比是 1∶28）。[③] 同年，穆希姆比利医学院校区学生有 2056 人，教师 201 人，师生比 1∶14。土木建筑研究学院校区学生有 1194 人，教师 121 人，师生比 1∶10。[④] 2005/2006 学年，达累斯萨拉姆大学校本部在读各类研究生（研究生学历、硕士生、博士生）有 2607 人（其中女生 686 人）。[⑤]

---

①　UDSM, *Facts and Figures* 2005/2006. UDSM, July 2006, p. 84. 《非洲教育概况》，中国旅游出版社 1997 年版，第 316 页称，达累斯萨拉姆大学图书馆藏书 50 万册。未知所据。

②　Brian Cooksey & Daniel Mkude, *Higher Education in Tanzania: A Case Study*. Oct. , 2001. p. 66. （http: //www. foundation-partnership. org/pubs/tanzania/tanzania_2003. pdf. ）

③　USDM, *Facts and Figures* 2005/2006. USDM, July 2006, p. 148.
MHEST, *Basic Statistics on Higher Education, Science and Technology* (2001/2002 ~ 2005/2006). Dar es Salaam, July 2006. p. 158 称，2005/2006 年，达累斯萨拉姆大学主校区有教师 685 人，学生 15081 人，师生比为 1∶22。USDM, Prospetus （2006/2007）第 1 页称，2005/2006 年，达累斯萨拉姆有学位计划大学生和非学位计划（证书）学生 15735 人（其中女生 5367 人）。

④　MHEST, *Basic Statistics on Higher Education, Science and Technology* (2001/2002 ~ 2005/2006). Dar es Salaam, July 2006. p. 158. 该书 38 - 39 页称，2005/2006 年，穆希姆比利医学院学生有 2045 人，土木建筑学院学生有 2221 人。

⑤　USDM, *Prospetus* (2006/2007) USDM, 2006, p. 1.

2. 索考伊农业大学

该大学位于莫罗戈罗市郊,其前身为达累斯萨拉姆大学农学院,1984 年 7 月升格为大学,为纪念前总理索考伊改称现名。现有 3 所学院:农学院、林学院和兽医学院。设农林、兽医、农机、渔业、水利、野生动物管理、食品、农业经济等专业。1996 年,该校图书馆藏书据说有 6 万册。① 2005/2006 年,该校教师 265 人,学生 2286 人,师生比 1:9。②

3. 达累斯萨拉姆工学院

该学院位于达累斯萨拉姆市区,它是坦桑尼亚最好的工科院校,下设土木工程、机械、电机工程、电子与通讯 4 个系。1996 年有学生 1025 名,教师 132 名。③ 2005/2006 年,该校在校学生有 1226 人,有专任教师 85 人。④

该院培养的学生有以下 3 类:

(1)技术员:大部分学生毕业于中等技术学校,少数学生为普通中学四年级(初中)毕业生,学制 3 年,毕业后相当于技术员,获技术员证书。

(2)工程人员:获得技术员证书优秀毕业生工作 1~2 年后重返该校学习 3 年,毕业后获工程学毕业证书。

(3)师范生:该院与国家师范学院合作培养中等技术学校毕业生,学习 2 年,毕业后分配到中等技校任教。

---

① 《非洲教育概况》编写组:《非洲教育概况》,中国旅游出版社 1997 年版,第 316 页。

② MHEST, *Basic Statistics on Higher Education, Science and Technology* (2001/2002~2005/2006). Dar es Salaam, July 2006. p. 158.

③ 《非洲教育概况》编写组:《非洲教育概况》,中国旅游出版社 1997 年版,第 316 页。

④ MHEST, *Basic Statistics on Higher Education, Science and Technology* (2001/2002~2005/2006). Dar es Salaam, July 2006. pp. 60, 134.

4. 坦桑尼亚开放大学

该校建于 1994 年 1 月,它是根据坦桑尼亚议会 1992 年 17 号法令而建立的。2005/2006 年,该校有专任教师 121 人,其中教授 6 人,副教授 7 人,高级讲师 6 人,讲师 28 人;同学年,在读大学生和证书学生 8327 人,研究生学历班学生 177 人,硕士研究生 723 人,博士研究生 5 人。[①] 2006 年,该校招收本科大学生(学士课程学生)3354 人。[②]

5. 图迈尼大学(Tumaini University)

该校是坦桑尼亚规模最大的私立大学。该大学由基督教路德教派所建,成立于 1996 年,它实际上由四所院校组成,即达累斯萨拉姆学院(Tumaini-DSM College)、伊瑞伽学院(Iringa Univ. College,位于伊瑞伽市)、乞力马扎罗基督教医学院(Kilimanjaro Christian Medical College,KCMC,位于莫希市)和马库米拉学院(Makumira Univ. College,位于阿鲁沙市)。2005/2006 年,达累斯萨拉姆学院各类在读学生有 264 人,伊瑞伽学院各类在读学生有 1308 人,马库米拉学院各类在读学生有 271 人,乞力马扎罗基督教医学院各类在读学生有 220 人。[③]

① MHEST, *Basic Statistics on Higher Education*, *Science and Technology*(2001/2002 ~ 2005/2006). Dar es Salaam, July 2006. pp. 41, 53, 152.

② The Open University of Tanzania, *Facts and Figures*(2006). p. 1.

③ MHEST, *Basic Statistics on Higher Education*, *Science and Technology*(2001/2002 ~ 2005/2006). Dar es Salaam, July 2006. p. 2.

坦桑尼亚高等教育审查委员会通过的 2005/2006 学年大学招生数

编号	高等院校	女性	男性	总计	女性所占比例（%）
1	达累斯萨拉姆大学（UDSM）及其附属学院	958	2197	3155	30.5
2	伊瑞伽学院（IUCO）	51	158	219	23
3	阿鲁沙财会专科学校（I A A）	116	401	517	22
4	索考伊农业大学（SUA）	208	527	735	28.3
5	商业教育学院（CBE）	54	129	183	29.5
6	坦桑尼亚会计学校（TIA，后改名为达累斯萨拉姆会计学校）	30	131	161	18.6
7	坦桑尼亚圣·奥古斯丁大学（SAUT）	63	141	204	30.9
8	穆祖贝大学（MU）	119	131	250	47.6
9	乞力马扎罗基督教医学院（KCMC）	52	93	145	35.8
10	达累斯萨拉姆工学院（DIT）	15	150	165	9.09
11	纪念胡本特·凯鲁基大学（HKMU）	24	26	50	48
12	国际医科大学（IMTU）	38	64	102	38.3
13	国立交通专科学校（NIT）	29	59	88	32.9
14	阿加汗大学（AKU – TIHE）	39	8	47	82.9
15	莫希合作化和商业研究学院（MUCCOBS）	139	426	565	24.6
16	社会工作学院（ISW）	89	72	161	55.3

续表

编号	高等院校	女性	男性	总计	女性所占比例（%）
17	马库米拉学院（MUC）	16	54	70	22.9
18	桑给巴尔大学（ZU）	81	188	269	30.1
19	桑给巴尔教育学院（CEZ）	25	42	67	37.3
20	国立桑给巴尔大学（SUZA）	77	79	156	49
21	公民教育中心（CEC）	8	20	28	28
22	布甘多医学院（BUCHS）	32	44	76	42.1
23	金融管理专科学校（IFM）	100	239	339	29.5
24	乡村开发规划院（IRDP）	42	108	150	28
25	坦格鲁社区发展专科学校（ICDT）				
26	图迈尼大学达累斯萨拉姆学院（TUDARCO）	27	37	64	42.2
27	麦鲁山大学（MMU）	32	77	109	29.4
28	阿鲁沙大学（UoA）	29	46	75	38.7
29	坦桑尼亚开放大学（OUT）	689	2015	2704	25.5
30	中国政府奖学金计划	1	24	25	4
	总计	3183	7696	10879	29

资料来源：The Higher Education Accreditation Council, *Guide to Higher Education in Tanzania*, 2005. Third Edition, Dar es Salaam, 2005. pp. 13 – 15.

附录五

英文缩略语

Abbreviations & Acronyms

AAP Affirmative Action Programmes 肯定性行动方案

ACSE Advanced Certificate of Secondary Education 高中资格证书

ACSEE Advanced Certificate of Secondary Education Examination 高中考试证书

ADE Advanced Diploma in Engineering 高级工程师证书

AKU — TIHE Aga Khan University, Tanzania Institute of Higher Education 阿加汗大学（坦桑尼亚高等教育学院）

AVU African Virtual University 非洲虚拟大学

BEDC Basic Education Development of Counciul 基础教育发展委员会

BERE Bureau of Educational Research and Evaluation 教育研究和评估处

BEST Basic Education Statistics 教育基本数据

BICO Bureau of Industrial Cooperation 工业协作处

BUCHS Bugando University College of Health Sciences 布甘多医学院

CACO Chief Academic Officer 学术副校长办公室

CADO Chief Administrative Officer 行政副校长办公室

CBE College of Business Education 商业教育学院

CCA *The Common Country Assessment* 《公共社会评价》

CCE Centre for Continuing Edcation 继续教育中心

CCOM The Co-operative College of Moshi 莫希职业技术学院

CEBE Civil Engineering and the Built Environment 民用工程和建筑环境系

CES Centre for Environmental Studies 环境研究中心

CEZ College of Education Zanzibar 桑给巴尔教育学院

CSE Certificate of Secondary Education 初中资格证书

CSEE the Certificate of Secondary Education Examination 中学资格证书考试

DARUSO Dar es Salaam University Students Organization 达累斯萨拉姆大学学生会

DIT Dar es Salaam Institute of Technology 达累斯萨拉姆工学院

DSA Dar es Salaam School of Accountancy 达累斯萨拉姆会计学校

DSTC Dar es Salaam Teacher College 达累斯萨拉姆教师培训学院

DUCE Dar es Salaam University College of Education 达累斯萨拉姆教育学院

EC Entrepreneurship Centre 企业家中心

ECSE Electrical and Computer System Engineering 电气和计算机系统工程系

EMIS 教育管理信息系统

ERB Economic Research Bureau 经济研究处

ESDP Education Sector Development Programme 教育部门发展规划

ETP Education and Training Policy 教育和培训政策

FAO　Food and Agriculture Organization　联合国世界粮农组织

FASS　Faculty of Arts and Social Sciences　人文和社会科学学院

FAST　Faculty of Aquatic Sciences and Technology　水生动植物科学技术学院

FDE　Folk Development Education　乡村发展教育

FIVE　Faculty of Informatics and Virtual Education　信息和虚拟教育学院

FoCM　Faculty of Commerce and Management　工商管理学院

FoED　Faculty of Education　教育学院

FoL　Faculty of Law　法学院

FoS　Faculty of Science　理工学院

FTC　Full Technician Certificate　完全的技术证书

FUSP　Female Undergraduate Scholarship Programme　女大学生奖学金计划

GDPC　The Gender Dimension Programme Committee　性别活动委员会

GDTF　the Gender Dimension Task Force　性别工作小组

GER　Gross Enrolment Rates　全国统考

GPA　Grade Point Average　平均学业总成绩

HEAC　Higher Education Accreditation Council　高等教育审查委员会

HESLB　The Higher Education Students' Loans Board　高等教育学生贷款委员会

HKMU　Hubert Kairuki Memorial University　纪念胡本特·凯鲁基大学

HRDTF　Human Resources Development and Trust Fund　人力资源开发和信托基金

IAA　Institute of Accountancy Arusha　阿鲁沙财会专科学校

IAE　the Institute of Adult Education　成人教育学院

ICBAE　Integrated Community Based Adult Education　社区基础成人教育

ICDT　Institute of Community Development Tengeru　坦格鲁社区发展专科学校

ICT　Information and Communication Technology　信息和通讯技术

IDM　Institute of Dev Management　发展管理学校

IDRC　The International Development Researcn Centre　（加拿大）国际发展与研究中心

IDS　Institute of Development Studies　发展研究所

IFM　Institute of Finance Management Sciences　金融管理专科学校

IFMS　Institute of Finance Management Sciences　金融管理研究所

ILO　International Labor Organization　国际劳工组织

IMS　Institute of Marine Sciences　海洋科学研究院

IMTU　International Medical & Technological University　国际医科大学

INHEA　非洲高等教育互联网

IRA　Institute of Resource Assessment　资源评估研究所

IRDP　Institute of Rural Development Planning　（多多马）乡村发展规划学院

ISC　Inter-ministerial Steering Committee　部际筹划指导委员会

ISW　　Institute of Social Welfare　　社会福利专科学校

ITP　　Institutional Transformation Programme　　《制度改革规划》

IUC　　Iringa University College　　伊瑞伽学院

KCMC　　Kilimanjaro Christian Medical College　　乞力马扎罗基督教医学院

KTCZ　　Karume Technical College Zanzibar　　桑给巴尔卡鲁米技术学院

MANTEP　　the Management Administration Training Education Personnel Institute　　培训教育管理人员的管理学院

MCE　　Faculty of Mechanical and Chemical Engineering　　机械和化学工程系

MHEST　　Ministry of Higher Education, Science and Technology　　高教和科技部

MIT　　Massachusetts Institute of Technology　　麻省理工学院

MIT　　Mbeya Institute of Technology　　姆贝亚技术学院

MLMD　　the Ministry of Labor and Manpower Development　　劳动和人力资源发展部

MLSW　　the Ministry of Labor and Social Welfare　　劳动和社会福利部

MMU　　the Mount Meru University　　麦鲁山大学

MoEC　　Ministry of Education and Culture　　教育和文化部

MoLYD　　Ministry of Labor and Youth Development　　劳动和青年发展部

MRALG　　the Ministry of Regional Administration and Local Government　　地方管理和地方政府部

MSTHE　　Ministry of Science, Technology and Higher Education　　科技和高等教育部

MTC　　Morogoro Teacher College　　莫罗戈罗教师学院

MTEF　　Medium Term Expenditure Framework　《中期经费预算方案》

MU　　Mzumbe University　　穆祖贝大学

MUC　　Makerere University College　　（乌干达）麦克勒勒大学学院

MUC　　Makumira University College　　马库米拉学院

MUCCBS　　Moshi University College of Cooperative and Business Studies　莫希合作化和商业研究学院

MUCE　　Mwenge University College of Education Moshi　木温吉大学莫希教育学院

MUCHS　　Muhimbili University College of Health Science　穆希姆比利医学院

MUM　　Muslim University of Morogoro　　莫罗戈罗穆斯林大学

MWC　　Mweka Wildlife College　　穆威卡野生动物学院

NACTE　　The National Council for Technical Education　　国家技术教育委员会

NECTA　　the National Examination Council of Tanzania　　坦桑尼亚考试委员会

NGO　　Non-Governmental Organization　　非政府组织

NIT　　National Institute of Transport　　国立交通专科学校

NORAD　　the Norwegian Development Organization　　挪威发展组织

NSWTI　　National Social Welfare Training Institute　国立社会福利培训专科学校

NUC　　Nairobi University College　　内罗毕大学学院

NULI　　Non University Level Institutions　　专科学校

OUT　　Open University of Tanzania　　坦桑尼亚开放大学

PAC　　Preferential Admission Criteria　　优先入学标准

PBKU　　Proposed Bishop Kisanji University　　基桑吉主教大学

PEP　　Pre-entry Programme　　准入方案

PER　　Public Expenditure Review　　《公共支出评论》

PRSP　　the Poverty Reduction Strategy Paper　　《降低贫困战略文件》

RTCNK　　the Royal Technical College Nairobi in Kenya　　内罗毕皇家技术学院

RUCO　　Ruaha University College　　鲁阿哈学院

SADCC　　the Southern African Development and Coordinating Committee　　南部非洲发展和协作委员会

SAREC　　Sida Department for Research Cooperation　　瑞典国际开发署研究合作处

SAUT　　the St. Augusine University of Tanzania　　坦桑尼亚圣·奥古斯丁大学

SIDA　　the Swedish International Development Agency　　瑞典国际开发署

SIDCA　　Swedish International Development Cooperation Agency　　瑞典国际开发合作署

SIE　　The Stockholm Institute of Education　　斯德哥尔摩教育学会

SUA　　Sokoine University of Agriculture　　索考伊农业大学

SUZ（SUZA）State Uiversity of Zanzibar　　桑给巴尔国立大学

SWAPs　　Sector Wide Approaches　　对外联络部

TA　　Technical Assistance　　技术援助

TAC　　Tanzania Adventist College　　坦桑尼亚耶稣学院

TANU　　Tanganyika African National Union　　坦噶尼喀非洲民族联盟（坦盟）

TAS   *Tanzania Assistance Strategy*   坦桑尼亚援助政策

TC   Technology Commission   科技委员会

TCA   Technical College of Arusha   阿鲁沙工学院

TCU   the Tanzania Commission for Universities   坦桑尼亚大学委员会

TEP   the Tutors Education Program   导师教育计划

TIA   Tanzania Institute of Accountancy   坦桑尼亚会计学校

TIE   Tanzania Institute of Education   坦桑尼亚教育学院

TIJMC   the Institute of Journalism and Mass Communication   新闻和大众传播学院

TLS   the Tanzania Library Services   坦桑尼亚图书馆服务

TSC   the Teachers Service Commission   教师服务委员会

TSJ   Tanzania School of Journalism   坦桑尼亚新闻专科学校

TU   Tumaini University   图迈尼大学

TUDARCo   Tumaini Dar es Salaam College   图迈尼大学达累斯萨拉姆学院

UA   University of Arusha   阿鲁沙大学

UC   University Colleges   大学学院，学院

UCB   University Consultancy Bureau   大学咨询处

UCLAS   University College of Lands and Architectural Studies   土木建筑研究学院

UCT   University College of Tanganyika   坦噶尼喀大学学院

UDASA   University of Dar es Salaam Academic Staff Assembly   达累斯萨拉姆大学教师工会

UDSM   the University of Dar es Salaam   达累斯萨拉姆大学

ULI   University Level Institutions   大学水平的高校

UNDAF   United Nations Development Assistance Framework   联合国发展援助组织

UNDP　　United Nations Development Programmer　　联合国开发计划署

UNESCO　　United Nations Educational, Scientific and Cultural Organization　　联合国教科文组织

UNFPA　　United Nations Fund for Population Analysis　　联合国人口基金会

UNHCR　　United Nations High Commissioner for Refugees　　联合国难民高级委员会

UNICEF　　United Nations International Children's Emergency Fund　　联合国国际儿童基金会

UNIDO　　United Nations Industrial Development Organization　　联合国工业发展组织

UOB　　University of Bukoba　　布库巴大学

UPE　　Universal Primary Education　　小学教育

URT　　United Republic of Tanzania　　坦桑尼亚共和国

VETA　　Vocational Education Training Authority　　职业教育和培训部门

VFEDC　　职业教育和乡村教育发展委员会

WALDORF　　Waldorf College DSM Campus　　瓦尔多夫学院达累斯萨拉姆校区

WFP　　World Food Programme　　世界粮食计划组织

WHO　　World Health Organization　　世界卫生组织

ZU　　Zanzibar University　　桑给巴尔大学

参考文献

1. 外文文献

[1] Amandina Lihamba, Rosemarie Mwaipopo and Lucy Shule, *The challenges of affirmative action in Tanzanian higher education institutions: A case study of the University of Dar es Salaam, Tanzania* [J]. Women's Studies International Forum, Volume 29, Issue 6, November-December 2006.
(http: //www. sciencedirect. com/science? _ob = ArticleURL &_udi = B6VBD – 4MG1P5K – 1&_coverDate = 12% 2F31% 2F2006&_alid = 512498921&_rdoc = 1&_fmt = &_orig = search&_qd = 1&_cdi = 5924&_ sort = d&view = c&_acct = C000055136&_version = 1&_urlVersion = 0& _userid = 1870172&md5 = 3d656fdfa29d8c27ebede33e35f96796 # cor1 #cor1.)

[2] B. D. Johnstone, "Findings and Recommendations," in Burton L. M. Mwamila, et al. , eds. , *Proceedings of an International Conference on Financing of Higher Education. (Financing Higher Education in Eastern and Southern Africa: Diversifying Revenue and Expanding Accessibility* [C]. *March* 24 – 28, 2002.), Dar es Salaam, 2002.

[3] Bandiho, Hellen Anthony. *Founding a Catholic University in Tanzania: Lessons from Saint Augustine University of Tanzania* (1995 ~ 2002) [D]. Duquesne University, 2003.

[4] Barkan, J. D. An African Dilemma: University Students, Development and Politics in Ghana, Tanzania and Uganda.

Nairobi, Kenya [M]. Oxford University Press, 1975.

[5] Brian Cooksey & Daniel Mkude, *Higher Education in Tanzania: A Case Study-Economic, Political and Education Sector Transformations* [J]. *World Education News & Reviews*, Volume 16, Jan./ Feb. 2003.
(http://www. wes. org/ewenr/03jan/Feature. htm) 或 (http://www. foundation-partnership. org/pubs/tanzania/tanzania_2003. pdf)
(http://www. foundation-partnership. org/pubs/tanzania/index. php? chap = chap4&sub = c4b.)

[6] Buchert, Lene. *Basic and Higher Education in Tanzania* 1919 ~ 1990: *Quantitative Expansion for the Many or Qualitative Improvement for the Few?* [C]. Eastern Africa Social Science Research Review, Vol. VIII, No. 1, 1992.

[7] Chijoriga, Marcelina Mvula, *Enrolment Determinants for Higher Education: The Case Study of Self-sponsored Students in Higher Education* [D]. MBA thesis. University of Dar es Salaam, Tanzania, 2000.

[8] Court, David, *The Development Ideal in Higher Education: The Case of Kenya and Tanzania* [J]. Higher Education, 9, December, 1980.

[9] Cultural Affairs Assistant and Educational Advisor, *Tanzania Educationl System* [R]. 2005.

[10] D. Bruce Johnstone, *Response to Austerity: The Imperatives and Limitations of Revenue Diversification in Higher Education*, [C]. Paper presented at Lee Hysan Lecture at the Chinese University of Hong Kong, May 15th. 2001.

[11] Daniel Mkude, Brian Cooksey & Lisbeth Levey, *Higher Education in Tanzania: A Case Study-Economic, Political*

and Education Sector Transformations [J]. World Education News & Reviews, Volume 16 Jan. /Feb. 2003. (http: //www. foundation-partnership. org/pubs/tanzania/ tanzania_2003. pdf) 或 (http: //www. wes. org/ewenr/03jan/Feature. htm.)

[12] Daniel Mkude and Brian Cooksey, *Tanzania Higher Education Profile* [R]. Dec, 2006. (http: //www. bc. edu/bc _ org/avp/soe/cihe/inhea/profiles/ Tanzania. htm.)

[13] Degefe, Befekadu, *"Retention of Professionals in Africa: Lessons from Ethiopia and Tanzania. "* In Jeffrey C. Fine, William Lyakurwa and Anne Gordon Drabek (eds.), Ph. D Education in Economics in Sub-Saharan Africa: *Lessons and Prospects. Nairobi, Kenya: East African Publishers in conjunction with African Economic Research Consortium* (AERC) [D]. 1994.

[14] Examination Results, *Report to the PROBE on Students Crises in Higher Education Institutions in Tanzania* [R]. 2006.

[15] Fadhili, Mohamed Ali Mohamed, *The Effect of Socio-economic Factors on Women's Participation in Higher Education in Zanzibar* [D]. MA thesis. University of Dar es Salaam, Tanzania, 1996.

[16] Forum for African Women Educationalists, *Promoting Female Access to University Education through Affirmative Action: A Case Study in Tanzania* [C]. FAWE Best Practices. FAWE Best Practices Paper. Nairobi, Kenya, 2001. Guardian Reporter, *UDSM adamant on readmission conditions.* [N]. The Guardian, Tanzania, May 5, 2007.

[17] Githinji, P, *Case III: "University of Dar es Salaam,*

Tanzania. " *In Svava Bjarnason and Helen Lund* (*Eds.*), *Government/University Relationships*: *Three African Case Studies* [R]. London: Commonwealth Higher Education Management Service, 1999.

[18] Hossea, Ephraim M. L. Constraints and Decision-making in Higher Education Development. (Tanzania) [D]. MA thesis. University of Exeter, 1985.

[19] J. C. J. Galabawa, *Education Sector Country Status Report* (*Tanzania*) [R]. Ministry of Education and Culture, Dar es Salaam, 2001.

(http: //www. moe. go. tz/pdf/Educ. % 20Sector% 20Country% 20Status% 20Report. pdf.)

[20] J. C. J. Galabawa, *Implementing Educational Policies in Tanzania* [C]. World Bank Discussion Papers, No. 86, Africa Technical Department Series, Washington D. C. , 1990.

[21] Johnson M. Ishengoma, *Cost Sharing and Participation in Higher Education in Sub Saharan Africa*: *The Case of Tanzania* [M], Paris, 2004.

(http: //portal. unesco. org/education/en/file _ download. php/ 9f9e36e4f6d024d6ab6c981a3c08c75bColloquium + - + December +04 + - + Ishengoma. doc) 或

(www. tanzaniagateway. org/docs/Girls_education_in_Tanzania _2003. pdf.)

[22] Johnstone, Bruce D & Preeti Shroff-Mehta, *Higher Education Finance and Accessibility*: *An International Examination of Tuition and Financial Assistance Policies* [R]. New York: State University of New York at Buffalo, Centre for Comparative and Global Studies in Education, 2000.

(http: //www. ippmedia. com/observer/2003/11/30/observer4. asp accessed 11/30/2003.)

[23] Kilato, Niwael Simon. *Factors Influencing Women Enrolment in Distance Education: A Case Study of the Open University of Tanzania* [D]. MA thesis. University of Dar es Salaam, Tanzania. 1997. (http: //www. wes. org/ewenr/03jan/Feature. htm.)

[24] Kimambo, I, *Humanities and Social Sciences in East and Central Africa: Theory and Practice* [M]. Dar es Salaam, Tanzania: DUP Ltd. 2003.

[25] Kisembo, Patrick, UDSM Cut Down Tuition Costs [D]. 2003

[26] Lene Buchert & James Currey, *Education in the Development of Tanzania* (1919 ~ 1990) [R]. London, 1994. (http: //www. questia. com/PM. qst? a = o&d = 91114956)

[27] Luhanga, Matthew L. 2003. "*The Tanzanian Experience in Initiating and Sustaining Tertiary Education Reform.* " Paper presented at the Africa regional training conference entitled *Improving Tertiary Education in Sub-Saharan Africa: Things that Work! held in Accra, Ghana on September* 2003 [C]. (Retrieved from www. worldbank. org/afr/teia.)

[28] Luhanga, Matthew L. et al. *Strategic Planning and Higher Education Management in Africa: The University of Dar Es Salaam Experience.* Dar es Salaam, Tanzania: University of Dar es Salaam Press, 2003.

[29] Matimbo, F. J. *The Growth of Private Universities and Private University Colleges in Tanzania: A Case Study of Teaching Methods* [D]. M. Phil thesis. University of Oslo, Norway. 2002.

[30] Mbwette, T. and Ishumi, A. (Eds.), Managing University Crises [M]. Dar es Salaam, Tanzania: DUP Ltd, 2000.

[31] Ministry of community Development, Woman Affairs and Children, *Community Development Policy* [R]. 1996. (http: //www. tzonline. org/pdf/communitydevelopmentpolicy. pdf.)

[32] Ministry of Education and Culture (MoEC), *Education and Training Policy* [R]. 1995. (http: //www. tzonline. org/pdf/educationandtraining. pdf.)

[33] MoEC, *Culture Policy (Policy Statement)* [R]. 1997. (http: //www. tzonline. org/pdf/culturalpolicy. pdf.)

[34] MoEC, *Basic Statistics in Education* (1994 ~ 1998) [R]. Dar es Salaam, 1999.

[35] MoEC, *Education Sector Country Status Report (Tanzania)* [R]. Dar es Salaam, Feb. 2001. (http: //www. moe. go. tz/pdf/Educ. % 20Sector% 20Country% 20Status%20Report. pdf.)

[36] MoEC, *The Education and Training Sector Development Programme Document* [R]. Final Draft, Aug. 2001. (http: //www. moe. go. tz/pdf/SDP-Document-final% 20draft. pdf.)

[37] MoEC, *National Report on the Development of Education* 2001 ~ 2004. Geneva, 2004.

[38] MoEC, *Basic Education Statistics in Tanzania* (1995 ~ 2005). Dar es Salaam, June 2005. (http: //www. moe. go. tz/zip/National% 202005. zip.)

[39] Ministry of Education & Vocational Training (MoEVT), *Education Directorates — teacher education* [R]. 2006. (http: //www. moe. go. tz/ted/t_colledges. html.)

[40] MoEVT, *Basic Education Statistics in Tanzania* (2003—

2007). Dar es Salaam, June 2007.

(http: //www. moe. go. tz/zip/National 2007. zip.)

[41] Ministry of Health, *Strategic Framework for The Third Medium-Term Plan (MTP - III) for Prevention and Control of HIV/AIDS/STDs*, 1998 ~ 2002 [R]. Dar es Salaam, 1998.

[42] Ministry of Higher Education, Science and Technology (MHEST), *Admission to Higher Education Institutions* [R]. Dar es Salaam, 2006.

(http: //www. msthe. go. tz/admission/index. asp#2#2.)

[43] Ministry of Higher Education, Science and Technology, *List of Higher Learning Institutions* [R]. 2006.

(http: //www. tanzania. go. tz/educationf. html) 或
(http: //www. msthe. go. tz/admission/index. asp#2#2.)

[44] Ministry of Higher Education, Science Technology, *Basic Statistics on Higher Education, Science and Technology* (2001/ 2002 ~ 2005/2006) [R]. Dar es Salaam, July 2006.

[45] MoLYD, National Employment policy [R]. 1997.

(http: //www. tzonline. org/pdf/thenationalemploymentpolicy. pdf.)

[46] Ministry of Science, Technology and Higher Education (MSTHE), *An Evaluation of the First and Second Phases of Cost Sharing in Higher Education in Tanzania* [R]. Dar es Salaam, 1996.

[47] Ministry of Science, Technology and Higher Education, *The National Science and Technology Policy for Tanzania* [R]. 1996.

(http: //www. tzonline. org/pdf/thenationalscience. pdf.)

[48] Ministry of Science, Technology and Higher Education,

Financial Sustainability of Higher Education in Tanzania: *A Report of the Task Force on Financial Sustainability of Higher Education in Tanzania* [R]. Dar es Salaam, 1998.

[49] Ministry of Science, Technology and Higher Education, *National Higher Education Policy* [R]. Dar es Salaam, 1999.

[50] Ministry of Science, Technology and Higher Education, *Higher and Technical Education Sub Master Plan* 2003 ~ 2018 [R]. Dar es Salaam, 2002.

(http://www.tzonline.org/pdf/nationalhighereducationpolicy.pdf.)

[51] Mmari, Geoffrey, *Increasing Access to Higher Education*: *The Experience of the Open University of Tanzania*. [C]. In Juma Shabani (ed.), Higher Education in Africa: Achievements, Challenges and Prospects. Dakar: UNESCO Regional Office for Africa (BREDA), 1998.

[52] Mmari, Geoffrey, *The Open University of Tanzania* [C]. In Keith Harry (ed.), Higher Education through Open and Distance Learning. Vancouver, Canada: Routledge Falmer Press in association with the Commonwealth of Learning, 1999.

[53] N. V. Walle, *Improving Aid to Africa* [M]. Washington, 1996.

[54] Ndibalema, Rwekaka Alphonce. *Tertiary Education Leadership Programmes in Tanzania and New Zealand*: *Higher Education for Social Development* [D]. Ph. D. dissertation. University of Massey, New Zealand, 2000.

[55] Omari, I. M, *Innovation and change in higher education in developing countries*: *Experiences from Tanzania* [J]. Comparative Education, vol. 27, June 1991.

(http://web.ebscohost.com/ehost/detail? vid = 10&hid =

112&sid = 746ba2c0 – e026 – 454e-a4e2 – f931f6c39411%
40sessionmgr107）或

（http：//web. ebscohost. com/ehost/detail? vid = 6&hid =
112&sid = 295e7695 – 209b – 44bf-b073 – 2652390c7f76%
40sessionmgr108. ）

（http：//search. ebscohost. com/login. aspx? direct = true&db
= ehh&AN = 9603195438& lang = zh-cn&site = ehost-
live. ）

[56] Sanyal, Bikas C. & Kinunda, Michael J. , *Higher Education
for Self-reliance*: *the Tanzanian Experience* [D].
Paris, 1977.

[57] *The Partnership for Higher Education in Africa* [M]. New
York, 2005.
（www. foundation-partnership. org/. ）

[58] Prime Minister's Office, *National Policy on HIV/AIDS* [R].
Dodoma, 2001.

[59] Puja, Grace Khwaya, *Cost Sharing in Higher Education*:
Experience of Tanzania Female Undergraduates [C]. Paper
presented at the Conference of Canadian Association of African
Studies, Lennoxville, Quebec, June 4 – 7, 1999.

[60] Rajani, Rakesh. *The Education Pipeline in East Africa. A
Research Report and Synthesis of Consultations in Kenya,
Tanzania and Uganda.* [R]. Nairobi, Kenya: The Ford
Foundation, 2003.

[61] Sivalon, J. C. , and B. Cooksey, Tanzania: *The State and
Higher Education.* [C]. In G. Neave and F. van Vught
(Eds.), Government and Higher Education Relationships
Across Three Continents: The Winds of Change. Oxford:

Pergamon Press for the International Association of Universities. 1994.

[62] St Augustine University of Tanzania, *Prospetus* (2006/2007) [R]. 2006.

[63] L. Maliyamkono& O. Ogbu, *Cost Sharing in Education & Health* [M]. Dar es Salaam, 1999.

[64] The Higher Education Accreditation Council, *Guide to Higher Education in Tanzania*, 2005. Third Edition [R]. Dar es Salaam, 2005.

[65] The International Comparative Higher Education Finace and Accessibilty Project: *Database Studend-Parent Cost by Country-Tanzania* [R]. 2002.
(http://www.gse.buffalo.edu/org/inthigheredfinance/region _africaTanzania.html.)

[66] The Open University of Tanzania, *Facts and Figures* [R]. 2006.

[67] The Open University of Tanzania, *Prospectus* (2007) [R]. 2007.

[68] The Stockholm Institute of Education (SIE) ——*An institutional CV on involvement in Developing countries* [R]. 2006.
(http://www.lhs.se/SiteSeeker/ShowCache.aspx? url = http% 3a%2f%2fwww.lhs.se%2fupload%2fThe%2520Stockholm%25201 _x005F_x0085_f%2520Education.pdf&query = an + institutional + CV + on + involvement + in + Developing + countries&ilang = sv&hitnr = 1&resid = 1653377373&uaid = E1927201D3397E580 FBDB6D3FF71C244).

[69] UDSM, *UDSM adamant on readmission conditions.* [N]. The

Guardian, May 5, 2007.

[70] URT (The United Republic of Tanzania), *The Education and Training Sector Development Programme Document*, *Final Draft* [R], 2001.
(http: //www. moe. go. tz/ pdf/SDP-Document-final% 20draft. pdf.)

[71] URT, *Review of Financial Sustainability in Financing Higher Education in Tanzania*. [R]. May 2005.

[72] The United Republic of Tanzania: *Tanzania Assistance Strategy* [R], May 2000.
(http: //www. undg. org/documents/1691 - Tanzania _ CCA _ - _Tanzania_2000. pdf.)

[73] The United Republic of Tanzania, *National Website*. 2007.
(http: //www. tanzania. go. tz/educationf. html.)

[74] URT, *Ministry of Education and Vocational Training. htm.*
(http: //www. tanzania. go. tz/educationf. html.)

[75] United Republic of Tanzania: *Tanzania Assistance Strategy* [R]. May 2000.

[76] Tumaini University, *Prospectus* (2005 ~ 2007) [R]. 2005.

[77] UNESCO Institute for Statistics, *Education in United Republic Tanzania* [R], 2004.

[78] UNESCO, *HIV and AIDS Education*: *Teacher Training and Teaching——A Web-based Desk Study of 10 African Countries* [R]. Paris, 2006.
(http: //unesdoc. unesco. org/images/0014/001436/143607E. pdf.)

[79] United Nations (UN), *United Nations Development Assistance Framework for Tanzania* (2002 ~ 2006) [R]. 2001.
(http: //portal. unesco. org/education/en/ev. php-URL _ ID =

45398&URL_DO = DO_TOPIC&URL_SECTION =201. html）或
（http：//www. undg. org/documents/1619 - Tanzania_UNDAF_
2002 ~ 2006_ - _Tanzania_2002 ~ 2006. pdf. ）

[80] University of Dar es Salaam （USDM）. *A Statement by the
University of Dar es Salaam Management on the Students' Crisis*
[Z]. （该声明由该校副校长 R. S. Mukandala 签署，交给本
书作者），April 2007.

[81] University of Dar es Salaam, *Facts and Figures* 2005/2006
[M]. UDSM, 2005.

[82] University of Dar es Salaam, *Minutes of the* 149*th Meeting of
the University Council Held on March* 8*th* 2002 [R]. 2002.

[83] University of Dar es Salaam, *Prospectus* （2006/2007） [R].
UDSM, 2006.

[84] University of Dar es Salaam, *UDSM Five-Year Rolling Strategic
Plan* （2005/2006 ~ 2009/2010） [R]. USDM, Nov 2005.

[85] University of Dar es Salaam, *Facts and Figures* 2005/2006
[R]. Dar es Salaam, 2006.

[86] Wield, David. *Beyond the Fragments*：*Donor Reporting Systems
at Eduardo Mondlane University in Mozambique and the
University of Dar es Salaam*, *Tanzania* [R]. Research Survey
No. 3. Stockholm：Swedish Agency for Research Cooperation
with Developing Countries-SAREC, 1995.

[87] World Bank, *Higher Education in Developing Countries* [R].
Washington, D. C. , 2000.

[88] World Bank, *Summary Education Profile*：*Tanzania* 2005.
（http://devdata. worldbank. org/edstats/SummaryEducation Profiles/
CountryData/GetShowData. asp? sCtry =TZA, Tanzania. ）

2. 中文文献

（1）Leon Tikly，John Lowe：《全球化与技能发展：来自南部非洲的启示》，载《职业技术教育》2003 年第 33 期。

（2）陈少炎：《坦桑尼亚的卫生保健与经济状况》，载《国外医学·卫生经济分册》1988 年第 4 期。

（3）陈树清：《东南非国家鼓励青年在本地区上大学》，载《比较教育研究》1983 年第 2 期。

（4）陈岳：《尼雷尔总统谈坦桑尼亚教育》，载《人民教育》1985 年第 3 期。

（5）达姆图·塔费拉、P. G. 阿特巴赫：《非洲高等教育面临的挑战与发展前景》，别敦荣，黄爱华编译，载《高等教育研究》2003 年第 2 期。

（6）邓明言：《哈拉雷会议 非洲教育发展的历史转折》，载《比较教育研究》1992 年第 1 期。

（7）丁邦英：《陷入严重困境的坦桑尼亚经济》，载《西亚非洲》1981 年第 4 期。

（8）段汉武：《现代斯瓦希里语文学的创作背景及其特点》，载《许昌师专学报》1995 年第 1 期。

（9）范工：《坦桑尼亚的自给自足教育》，载《外国教育研究》1981 年第 3 期。

（10）《非洲教育概况》编写组：《非洲教育概况》，中国旅游出版社 1997 年版。

（11）葛公尚：《班图人的起源》，载《西亚非洲》1981 年第 6 期。

（12）葛公尚：《初析坦桑尼亚的民族过程一体化》，载《民族研究》1991 年第 2 期。

（13）葛公尚：《试析影响斯瓦希里民族过程的若干社会历史因素》，载《西亚非洲》1985 年第 2 期。

（14）洪永红、胡可：《坦桑尼亚的司法制度》，载《人民法院报》2005 年第 6 期。

（15）贺文萍：《非洲国家民主化进程研究》，时事出版社 2005 年版。

（16）金荣：《坦桑尼亚经济困难的原因及前景》，载《西亚非洲》1986 年第 3 期。

（17）〔美〕埃里克·吉尔伯特、乔纳森·T. 雷诺兹：《非洲史》，黄磷译，海南出版社、三环出版社 2007 年版。

（18）李环：《坦桑尼亚大力发展民族教育》，载《比较教育研究》1982 年第 1 期。

（19）李建忠：《坦桑尼亚教育改革初探》，载《比较教育研究》1994 年第 5 期。

（20）李建忠：《战后非洲教育研究》，江西教育出版社 1996 年版。

（21）刘郇生：《坦桑尼亚经济发展面面观》，载《西亚非洲》1988 年第 3 期。

（22）陆庭恩：《非洲问题论集》，世界知识出版社 2005 年版。

（23）舒运国：《外援在非洲经济发展中的作用》，载《西亚非洲》2001 年第 2 期。

（24）世界银行和亚洲开发银行新项目信息，载《国际融资》2003 年第 3 期。

（25）坦桑尼亚积极改革殖民主义教育，载《比较教育研究》1975 年第 6 期。

（26）〔英〕威廉·托多夫：《非洲政府与政治》（第四版），肖宏宇译，北京大学出版社 2007 年版。

（27）王卫国：《坦桑尼亚卫生学校的质量控制》，载《国外医学·医学教育分册》1998 年第 2 期。

（28）肖蓉春：《坦桑尼亚经济剖析》，载《西亚非洲》1987 年第 1 期。

（29）许纯真：《南非将增加高等教育资助》，载《世界科技研究与发展》1996 年第 6 期（Z1）。

（30）薛柳华等：《艾滋病在坦桑尼亚的流行状况》，载《中国艾滋病性病》2005 年第 5 期。

（31）熊志勇：《发达国家援助非洲的方式——以坦桑尼亚为例》，载《西亚非洲》2003 年第 1 期。

（32）杨晓波：《全球化与技能发展：来自南部非洲的经验》，载《比较教育研究》2002 年第 5 期。

（33）会议综述：一些国家和组织对提高妇女地位作出具体承诺，载《中国妇运》1995 年第 11 期。

（34）［美］D. B. 约翰斯通：《高等教育财政：问题与出路》［M］，沈红、李红桃译，人民教育出版社 2004 年版。

（35）张斌等：《桑给巴尔—坦桑尼亚教育发展概况》，载《教育研究》2007 年第 10 期。

（36）张来仪：《鲍罗达列考对坦桑尼亚伊斯兰教与基督教关系的研究评介》，载《西亚非洲》2006 年第 5 期。

（37）张友蓬：《欧盟对非洲援助评析》，载《西亚非洲》2003 年第 6 期。

（38）张子珩：《撒哈拉以南非洲的人力资源状况》，载《南京人口管理干部学院学报》2005 年第 1 期。

（39）赵立涌：《坦桑尼亚的伊斯兰教》，载《中国穆斯林》1997 年第 3 期。

（40）赵鸣骥等：《坦桑尼亚农业支持和服务体系》，载《世界农业》2005 年第 2 期。

（41）周弘：《坦桑尼亚民族过程及其民族政策》，载《民族论坛》1997 年第 4 期。

（42）中非教育合作与交流编写组：《中国与非洲国家教育合作

与交流》，北京大学出版社 2005 年版。

（43）祝怀新：《非洲高等教育经费研究》，载《外国教育研究》
　　　1999 年第 2 期。

后　记

本书缘起于 2006 年 12 月初浙江师范大学招标课题 "坦桑尼亚高等教育研究"。该课题属国家教育部 "非洲高等教育国别研究工程" 项目。

在坦桑尼亚考察期间（2007 年 4～5 月），我们访问了下列学者和专家，得到了他们无私的帮助：中国驻坦桑尼亚大使馆文化处文化参赞孙林有、秘书杨庆忠，天津工程师范学院在达累斯萨拉姆工学院（DIT）援外工作的教师刘建卿、孙鸿波，坦桑尼亚高教和科技部高教司高级官员（司长助理）Kajigili A. Joseph 先生，坦桑尼亚大学委员会（TCU）执行秘书 William Sabaya 先生，坦桑尼亚国家图书馆培训部的 Z. A. Hatibu 先生，达累斯萨拉姆工学院常务副校长 R. J. Masika 教授，达累斯萨拉姆大学常务副校长 Rwekaza S. Mukandala 教授，达累斯萨拉姆公关主管 Julius Saule 先生，达累斯萨拉姆大学研究和出版部的高级主管 A. S. Muze 夫人，达累斯萨拉姆大学历史系主任 Bertram B. B. Mapundag 高级讲师，北京外国语大学赴达累斯萨拉姆大学留学生律德伦，桑给巴尔教育学院院长，私立桑给巴尔大学（ZU）代理副校长 Minaji. I. Saleh 先生，图迈尼大学马库米拉学院院长 Gwakisa. E. Mwakagali 教授，阿累沙工学院（TCA）常务院长 M. A. Kitali 先生、学术主管 G. Y. Sambayukha 先生，圣奥古斯丁大学行政副校长 Peter A. Mwanjonde、学术副校长 Egino M. Chale 博士，等等。他们给我们提供了很多第一手资料，帮助我们开展访问工作。我们在达累斯萨拉姆工作期间，在生活上得到坦中合资友谊纺织有限公司中方经理许欢平先生、坦桑尼亚木材公司（P&P Share Trading Co. Ltd）董事长丁贤先生的很大帮助。

本人在大学从事《世界上古史》教学 16 年，心仪人类发祥地多年。这次借赴坦桑尼亚考察高等教育之便，专程到奥都威峡谷，得偿心愿，幸甚。坦桑尼亚许多院校都非常重视近 15 年的教育发展资料的编辑工作，这给我的工作带来很大便利。但令人遗憾的是，仅有达累斯萨拉姆大学一所学校编了校史。据达累斯萨拉姆大学研究和出版部的高级主管 A. S. Muze 夫人说，这本校史存在较多问题，不能给我们看。在坦桑尼亚，对于高等教育专题研究的著述很少。在利用坦桑尼亚各院校编的资料时，我发现其中的统计数据相互牴牾之处不少，这给研究带来一定困难。对一些资料上的错误，我已尽力予以更正，但可能还存在错误，请有识之士指正。按照非洲学研究的国际通例，我尽可能地采用了我自己在坦桑尼亚的访谈材料，并据此对一些资料和观点作了修正。

本书的写作，本着考其源流，察乎时变的宗旨，力图写出坦桑尼亚高等教育的发展轨迹，总结经验教训，指出存在的问题。由于我国学界对坦桑尼亚高等教育的研究也是刚起步，所以我在写作时尽量附上一些术语原文，以求正于方家。考虑到后来居上者研究的方便，我把许多重要的原始数据也附上。由于时间和书稿篇幅的限制，本书重点研究达累斯萨拉姆大学，其他大学的许多资料留待今后刊布、研究。即便是本书中的许多资料，我探讨的也不够深入。对于坦桑尼亚各大学与撒哈拉以南非洲国家的大学的比较研究，更是阙如。这些问题只有今后本人和大家一起努力解决了。

在从事本课题研究时，我的研究生胡彩娟和浙江师范大学外语学院研究生卢慧霞在收集资料方面出力甚多。卢慧霞还担任翻译，随赴坦桑尼亚考察。卢慧霞和我的研究生胡彩娟、叶锋、林琳、庄礼彩、许璐斌、葛俊燕、田野还帮助翻译了部分表格和资料。附录中的缩略语、英文专有名词，是胡彩娟帮助编制的；附录中的参考文献目录，是叶锋帮助编制的。

本课题虽然由我一人完成，但上述研究生们的工作减轻了我的工作负担，加快了我的写作进度。本书责任编辑在审读书稿后提出了许多修改意见，使本书稿质量得以提高。在此，我表示由衷的感谢。

在办理出国事宜方面，浙江师范大学外事处的领导和老师提供了很大便利；浙江师范大学人文学院领导对我的工作和研究提供了方便。我将他们的帮助铭记于心。

我的妻子刘念群积极支持我的研究，并在资料整理上出力甚多。没有她的支持和帮助，本书也不可能如期完成。

许序雅谨识
2008 年 10 月 10 日于浙江师范大学丽泽花园寓所